Sonsoles Ónega

LES FILLES DE LA FEMME DE CHAMBRE

Prix Planeta 2023

Roman

Traduit de l'espagnol
par Judith Vernant

CHARLESTON

À Iago et Gonzalo,
qui (m')attendent toujours.

« Souviens-t'en et que d'autres s'en souviennent. »
LUIS CERNUDA

« Car la vie des morts consiste
dans le souvenir des vivants. »
CICÉRON

« L'amour et la mer sont assez grands
pour tout le monde. »

— *Din que houbo parto no pazo dos Valdés.*

— *Quen cho dixo ?*

— *Dixérono no porto e a nova voou como gaivota de mar. Pero dixeron máis.*

— *Que máis dixeron ?*

— *Que, como criada e ama pariron ao mesmo tempo, iso é cousa de meigas*[1].

1. En galicien : « Il paraît qu'il y a eu une naissance au manoir des Valdés./ – Qui te l'a dit ?/– C'est ce qu'on raconte au port, et la nouvelle s'est envolée comme un goéland. Mais ce n'est pas tout./– Que dit-on d'autre ?/– Que, puisque servante et maîtresse ont accouché en même temps, c'est là l'œuvre de sorcières. » *(Toutes les notes sont de la traductrice.)*

PREMIÈRE PARTIE

PUNTA DO BICO, FÉVRIER 1900

1

CERTAINES HISTOIRES RESTENT CACHÉES des siècles durant et méritent pourtant d'être racontées. Des histoires de famille qui disparaissent avec les morts, enfouies sous leurs cendres. Celle qui avait commencé à se forger derrière les murs du Pazo[2] d'Espíritu Santo en est une.

Jusqu'alors, personne n'avait osé la coucher sur le papier.

Bien que son ombre plane encore, comme un goéland.

Lorsque les Valdés eurent fini de dîner, l'odeur de l'estuaire pénétra dans la salle à manger et les suivit dans le grand salon à la cheminée, où doña Inés ressentit les frémissements de l'enfantement.

Elle était incommodée depuis quelques jours mais ne s'attendait pas que cela survienne si tôt. L'accouchement

2. Demeures seigneuriales caractéristiques de la Galice et possédant souvent de fastueux jardins, les *pazos* étaient autrefois la résidence des familles nobles.

prévu était celui de Renata, l'épouse de Domingo, un couple de paysans également gardiens du Pazo d'Espíritu Santo.

Selon une hypothèse, don Gustavo Valdés savait lui aussi ce qui allait arriver quelques heures plus tard, mais cela ne resterait guère plus que cela : une hypothèse. En réalité, personne ne pourrait confirmer par la suite ce qui s'était passé après cette nuit-là, pluvieuse comme toutes les nuits de février à Punta do Bico, province de Pontevedra, Galice.

Le vent du nord faisait vibrer les vitres et menaçait de les briser de ses furieux assauts. Gustavo attisa les braises dans l'âtre et se plongea dans la lecture d'un article sur la culture de la betterave, un tubercule qui, depuis quelque temps, se révélait d'un grand intérêt pour la production sucrière.

Inés déclara ressentir des contractions, mais son mari n'y prêta pas attention, non plus qu'il ne remarqua ses cernes ni combien son ventre était bas, affaissé sur ses cuisses. À cette distance l'un de l'autre – lui dans sa bergère à oreilles, elle dans son fauteuil rembourré assorti –, il ne remarqua pas non plus qu'Inés brûlait de fièvre.

— Je ne me sens pas bien, Gustavo, répéta-t-elle.

Son mari leva les yeux de son journal.

— Va te coucher, mon amour. Je monte tout de suite.

Inés le regarda et le vit si absorbé dans *El Faro* qu'elle préféra le laisser tranquille. Elle quitta le salon et pointa le nez dans la cuisine pour demander à la bonne Isabela de lui préparer une infusion bien chaude.

— Je ne sais même pas si je pourrai la boire. Je souffre le martyre.

— Qu'avez-vous, madame ?

— J'ai mal là, dit-elle en pointant du doigt son bas-ventre. J'ai l'impression qu'on me déchire les entrailles.

— Montez dans votre chambre, je vous apporte une camomille.

— Non, je n'en veux pas, Isabela. Montez-moi un tilleul.

— Un tilleul ?

— Oui, Isabela, un tilleul. Est-ce que Jaime dort ?

— Oui, madame. Comme un petit ange, ne vous inquiétez pas pour lui. Montez, j'arrive tout de suite. Vous m'avez l'air bien mal en point.

— Et Renata ? s'enquit Inés, qui tenait toujours à passer le personnel de maison en revue avant d'aller se coucher.

— Elle s'est enfermée chez elle à six heures.

— Et elle n'est pas ressortie ?

— Non, madame.

— Sait-on où est Domingo ?

— À la taverne, certainement.

Inés eut un élancement au ventre qui la fit se plier en deux.

— J'ai si mal ! Je crois que c'est pour cette nuit.

— Oh non, madame ! Ne dites pas cela. C'est dimanche. Et nous n'avons pas prévenu la sage-femme. Elle n'aura jamais le temps d'arriver de Vigo !

— Croyez-vous que le Dr Cubedo dort déjà ?

— Je n'en ai aucune idée, madame. Mais vous savez bien qu'il ne pratique pas d'accouchements.

— Peu importe. Allez le chercher, s'il vous plaît.

— Où pourrais-je le trouver à cette heure ?

— Chez lui, qu'en sais-je ! s'impatienta Inés.

En se tenant le ventre à deux mains, elle parvint à monter l'escalier menant à la chambre conjugale, puis s'étendit sur le lit et commença à ressentir des contractions inédites.

Elles ne ressemblaient en rien à celles qui l'année précédente avaient annoncé l'arrivée de Jaime, son premier enfant. Celles-là étaient brutales et lancinantes. Elle passa la main entre ses jambes et la ressortit pleine de sang.

— Isabela, Isabela ! Faites vite !

— C'est Madame qui crie ainsi ? demanda Gustavo dans un sursaut.

Il jeta son journal et s'élança dans l'escalier tandis que, sans lui répondre, Isabela courait chercher le Dr Cubedo.

Elle le trouva en pyjama, prêt à se glisser entre les draps.

— Docteur, il faut que vous veniez chez les Valdés ! Doña Inés est sur le point d'accoucher. Elle est à l'agonie !

— Mon Dieu, quel sens du drame, ma fille !

— Je n'exagère pas le moins du monde. Elle dit avoir l'impression qu'on lui déchire les entrailles. Et ce n'est pas encore le moment, docteur ! Dépêchez-vous, pour l'amour du ciel !

— Combien de temps reste-t-il avant le terme ?

— Au moins trois semaines !

— D'après tes calculs...

— Oui, monsieur. D'après mes calculs.

La bonne insista tant et si bien que le médecin partit sans même se changer. Il eut à peine le temps de jeter un manteau sur ses épaules et d'attraper sa mallette, oubliant son parapluie pour s'abriter de la pluie battante. La boue rendait le chemin glissant et le Dr Cubedo n'était pas homme à prendre des risques en courant.

Les chiens hurlèrent et les chats s'enfuirent en entendant grincer le portail du manoir. Trempés jusqu'aux os, le médecin et la bonne grimpèrent les marches quatre à quatre, laissant à chaque pas des flaques sur le bois.

Dans la chambre des Valdés, don Gustavo se tenait comme une âme en peine au pied du lit où doña Inés gémissait.

— Pour l'amour du ciel, docteur Cubedo, sauvez ma femme ! supplia-t-il.

— Allons, don Gustavo, ne dites pas de telles choses. Ce n'est qu'un accouchement.

— Eh bien il se présente mal.

Le médecin fit un signe de croix, retira ses vêtements mouillés et enfila une chemise sèche et un pantalon de Gustavo beaucoup trop grand pour lui. Cubedo était un sac d'os au ventre creusé ; il ne prenait jamais un gramme.

— Où est la salle d'eau ? Je voudrais me laver les mains.

Isabela l'y conduisit et, tout en se savonnant, il lui ordonna de faire bouillir de l'eau et de la lui apporter quand elle serait tiède.

Il s'approcha d'Inés les mains gouttant encore et constata qu'elle était brûlante.

— Déshabillons-la. Il faut faire baisser cette fièvre.

Gustavo aida maladroitement le médecin à la dénuder ; ce n'était pas le moment de se montrer pudibond.

— Couvrez-la d'un drap léger et demandez à la bonne d'apporter de vieux vêtements.

— Docteur, elle saigne, murmura Gustavo.

Cubedo réclama l'aide d'une autre domestique, mais le maître de maison répondit que c'était dimanche et que Renata était partie.

— Mais enfin c'est une urgence ! insista le médecin.

— Le dimanche, elle se repose, répliqua sèchement Gustavo.

Isabela entendit ces paroles en entrant avec la bassine d'eau. Elle sentit la colère affluer dans ses veines mais ne dit rien ; après tout elle aussi était domestique dans ce manoir et elle ne voulait pas risquer son gagne-pain.

Le médecin lui bafouillait des ordres.

— Apporte-moi de l'alcool pour tout désinfecter, apporte-moi ma mallette, apporte-moi...

Isabela abondait à tout.

— Ne pourrions-nous pas faire venir la sage-femme de Vigo ? demanda le médecin.

— C'est trop tard, se lamenta la bonne.

Cubedo se sentait si désemparé qu'il l'envoya au Pazo de la Sardina.

— Leur servante est expérimentée en accouchement.

— En accouchement d'animaux, docteur ! se récria la jeune femme.

— Qu'est-ce que ça peut faire, au point où nous en sommes ?

— Et puis elle est aveugle !

Pour Isabela cette servante n'était en aucun cas la solution.

Gustavo secoua la tête avec une fureur que lui seul pouvait comprendre.

— Non, non et non ! C'est hors de question. Jamais un occupant du Pazo de la Sardina ne mettra les pieds dans cette maison !

— Monsieur Valdés, nous n'avons pas le choix. J'ai besoin d'aide ! s'exclama le médecin. Qu'elle soit aveugle, borgne ou quoi que ce soit !

Gustavo quitta la pièce mais revint quelques minutes plus tard, les lèvres serrées.

— Faites-la venir, ordonna-t-il à Isabela, qui courut chercher la domestique.

Inés avait les pupilles dilatées et même ses cheveux semblaient avoir blanchi. La bonne lui avait défait son chignon et sa chevelure retombait sur ses épaules.

— Respirez, madame, respirez profondément ! l'encouragea Cubedo.

Mais Inés ne parvenait qu'à gémir et à se mordre le poing pour étouffer ses cris. Elle avait le ventre dur comme de la pierre.

— Ce sang qui mousse ne me plaît pas, dit le médecin.

— Que voulez-vous dire ? s'inquiéta Gustavo.

— Ce n'est pas habituel, mais cela arrive.

Gustavo se moquait que ce soit habituel ou non. Il voulait savoir ce que diable signifiait que le sang soit mousseux, et si son épouse risquait de décéder.

— Docteur…

Ce dernier préparait une seringue.

— Docteur, insista-t-il. Est-ce qu'elle va mourir ?

Cubedo le considéra comme s'il venait d'employer un verbe maudit.

— Ne vous avisez pas de me reposer cette question.

Gustavo s'approcha du lit et sa femme le regarda dans les yeux avec une tristesse indicible. Il repensa aux derniers événements, remontant le fil de sa vie comme si son temps était compté, comme si l'avenir se réduisait à une peau de chagrin, comme si trahir son épouse lui avait attiré cette effroyable punition. Son péché avait consisté à succomber à ses instincts. Mais seulement avec Renata ! rugissait sa conscience.

— Tiens-moi la main, Gustavo.

La voix d'Inés lui paraissait étrangère.

Il lui embrassa les doigts et se rappela leurs premières nuits d'amour dans cette chambre.

Rompant le silence, le Dr Cubedo informa Inés qu'il allait lui injecter un coagulant, mais Gustavo n'écoutait plus. Jamais il n'aurait imaginé devoir expier ses fautes de son vivant. Sans minimiser l'incident, il pouvait jurer sur ses aïeuls cubains n'avoir jamais cessé d'aimer Inés depuis la première fois qu'il l'avait vue, à seize ans, fraîche comme l'aurore. L'écho du plaisir de l'autre femme, ses gémissements clandestins résonnèrent contre les murs de la demeure.

— L'hémorragie semble maîtrisée, doña Inés. Je vais passer la main pour voir comment se présente l'enfant. Respirez profondément.

Il fallut quelques secondes au médecin pour confirmer que l'enfant se présentait par le siège.

— Bon Dieu, mais pourquoi la servante de la Sardina ne vient pas ? grogna-t-il.

Il avait perdu toute distinction dans cette gigantesque chemise aux manches retroussées et ce pantalon roulé à la taille.

À cet instant, Isabela guida dans la chambre l'accoucheuse de bestiaux. Trempées par la pluie, toutes deux évoquaient des fantômes. Le médecin et le maître de maison y virent une funeste apparition.

— Mon Dieu ! s'écria Cubedo. Quelle frayeur vous m'avez faite !

Prénommée Mariña, l'accoucheuse s'approcha lentement du lit et tourna ses yeux vitreux vers Inés. Elle posa la main sur son ventre, la fit glisser vers son entrejambe et, sans souci de son statut de domestique, écarta celle de Cubedo sans ménagement.

— Laissez-moi faire, ordonna-t-elle.

— Le bébé se présente par le siège, protesta le médecin.

— Sans rire ? Ça se voit comme le nez au milieu de la figure.

Mariña se mit à donner ses instructions avec une aisance insoupçonnée.

— Isabela, ouvre les fenêtres. Il y a une concentration de démons, ici ! s'écria-t-elle. Docteur, massez-lui le ventre dans le sens des aiguilles d'une montre.

La jeune femme se débarrassa de ses vêtements mouillés, demanda une blouse ou ce qu'ils avaient sous la main et s'agenouilla au pied du lit. Elle avait un visage de petite fille, pas même d'adolescente, des mains de taupe et ce regard, toujours dans le noir, de qui n'avait jamais vu le visage de la mort.

Avec des gestes précis, rodés à la mise bas de vaches, brebis et chiennes, elle saisit les fesses du bébé et le tira pour l'arracher au ventre maternel.

— C'est une petite fille ! s'écria Mariña.

— Une petite fille ! répéta Isabela.

— Une petite fille vivante ! répondit la voix du Dr Cubedo.

— Une petite fille... dit en écho Gustavo, ne sachant que ressentir ou penser.

Ce serait la première demoiselle à porter le patronyme Valdés. Trois générations durant, les filles avaient manifesté une résistance farouche à venir au monde dans la famille.

Inés était blanche comme un linge. Elle semblait avoir perdu la raison et marmonnait des paroles inintelligibles.

— Madame, tenez bon, votre enfant est là.

Mariña noua le cordon ombilical à l'aide d'un fil de soie et le désinfecta avec quelques gouttes d'alcool. Alors le bébé se mit à pleurer.

Isabela l'emmena en hâte à la bassine et, tout en le baignant, demanda :

— Don Gustavo, comment allons-nous l'appeler ?

— Croyez-vous que ce soit le moment de parler de prénoms ? se récria le Dr Cubedo.

Isabela s'approcha de lui à une distance frôlant l'irrespect.

— Pardonnez-moi, docteur... dit-elle. Mais il est urgent de consacrer cette enfant à la Sainte Vierge, il ne faudrait pas...

— Ne joue donc pas l'oiseau de malheur ! Assez de mauvais présages, bon sang ! C'est compris ?

Isabela ne pipa mot, mais entêtée et tenace comme elle l'était, elle revint à la charge au bout de deux secondes.

— Vous avez beau être médecin et moi seulement domestique, je la confierai à la Sainte Vierge avec un prénom, comme il se doit.

Sur ces mots, elle enveloppa le bébé dans un linge propre et descendit l'escalier en courant tandis que la nuit répercutait les mots de l'accoucheuse :

— Isabela, elle s'appellera Carolina !

Nul ne sut qui en avait décidé ainsi. Et cela importait peu. De même qu'il n'importait guère qu'au lieu de « Carolina » Isabela ait entendu « Catalina », et que Catalina, nom d'une vierge et martyre, lui reste toute sa vie.

La chapelle du domaine, en granit robuste et au toit à deux pans, se trouvait à moins de vingt mètres de l'entrée principale. La bonne ouvrit la porte en bois et, agenouillée devant la statue de la Vierge du Carmen, pria pour le prompt rétablissement de doña Inés et l'avenir de sa fille.

— Regardez quelle belle enfant je vous amène ! Elle s'appelle Catalina. Accueillez-la, très Sainte Vierge du Carmen, et prenez soin de sa mère. Et je vous promets de ne pas manquer une seule messe du dimanche.

Elle approcha le bébé de la statue et le tint en l'air quelques minutes, fermant les yeux pour prier tout ce qu'elle savait. Quand elle les rouvrit, elle crut voir pleurer la Vierge.

— Bonté divine ! s'exclama-t-elle, la peur au ventre.

Dans la chambre, Gustavo s'était mis à pleurer lui aussi. Il embrassa son épouse sur le front et se réfugia dans la galerie vitrée face aux îles Cíes. Il n'avait jamais eu aussi peur de sa vie. Même lorsqu'il avait quitté Cuba. Ou lorsqu'il avait risqué jusqu'à son dernier réal dans la scierie. Ou lorsqu'il avait appris le décès de ses proches, les uns après les autres.

Jamais.

Gustavo semblait avoir disparu de ce monde. La galerie vitrée offrait une vue panoramique sur le domaine de l'imposant manoir. La chapelle, la grange, les beaux jardins aussi sombres que l'horizon dans la triste nuit de Punta do Bico. Au fond, jouxtant les écuries et la remise qui abritait les outils agricoles, la maison des gardiens. La faible lumière d'une lanterne éclairait une pièce crasseuse au sol de terre battue : don Gustavo y identifia le corps accroupi de Renata, en position d'accouchement.

De la même façon que les bêtes de Mariña.

La silhouette dessinait une femme hurlant à la lune, tordue de douleur, les cheveux en désordre et les paumes poussant le sol. Comme si elle voulait qu'il s'ouvre sous ses mains et que son corps expulse le bébé qu'elle portait.

Gardant pour elle ses cris et sa souffrance.

Sans autre témoin que le regard lointain de M. Valdés, Renata donna naissance à une fillette qu'elle prénommerait Clara, et qui aurait pour premier nom celui de Domingo, Alonso, et en second celui de sa mère, Comesaña.

Clara Alonso Comesaña.

— Monsieur Valdés ?

— Je suis là, ma fille, murmura-t-il.

Guidée par sa voix, Mariña s'approcha de lui et lui toucha le dos. Il tremblait de la tête aux pieds.

— Voulez-vous que je vous apporte un peu d'eau ? demanda l'accoucheuse avec inquiétude.

— Ça ira, merci.

— Retournez auprès de votre femme.

Tout homme, quels que soient son prestige, sa fortune ou sa lignée, finit par commettre une erreur. Gustavo s'approcha d'Inés et fixa son ventre. Son regard portait le poids de sa faute.

2

LE SILENCE REVINT dans la demeure des Valdés tard dans la nuit, juste avant le lever du jour et le premier orage de la matinée. L'horloge sonnait trois heures quand Inés céda enfin aux effets de la sédation légère que le Dr Cubedo lui avait administrée dans un mouchoir imbibé de chloroforme. Isabela écoutait docilement ses instructions.

— Qu'on ne dérange pas la mère, dit-il. Mets l'enfant à ton sein et qu'il tète autant que possible.

La bonne protesta, ses seins étant secs, mais le médecin insista jusqu'à ce que l'accoucheuse intervienne.

— Docteur, je suis aussi nourrice. Ce bébé me permettra de ne pas manquer de lait.

Surpris par cette révélation, le médecin se tourna vers elle et lui demanda si elle était vaccinée. La jeune femme opina.

— C'est entendu. Elle allaitera cette enfant jusqu'à ce que doña Inés se rétablisse. Tu t'en sortiras ?

— Docteur, je suis aveugle, pas stupide.

— Alors c'est entendu, répéta Cubedo.

— Quand mon épouse se réveillera-t-elle ? demanda Gustavo.

— Pour l'instant, laissez-la dormir aussi longtemps que le chloroforme fera effet.

— Et ensuite ? insista la nourrice.

— Ensuite, laissez-la se reposer encore une journée. Mais si Madame demande à voir l'enfant, amenez-la-lui et mettez-la-lui au sein.

Don Gustavo fit à nouveau mine de protester, mais finit cette fois encore par s'incliner.

Le médecin s'approcha d'Inés, écarta la couverture et observa ses seins gonflés. Il en pressa un ; un liquide jaune et épais s'écoula du mamelon.

— Ce colostrum fera l'affaire. Elle déborde, la pauvre enfant, elle déborde de lait !

Isabela ne put retenir ses larmes – elle pleurait beaucoup et à tout bout de champ, surtout quand il ne le fallait pas. Dans ses bras, le bébé enveloppé dans un linge devait peser moins lourd qu'un chat.

— Et toi, déclara le médecin en s'approchant d'elle, prépare une camomille et donne-lui quelques cuillères à café additionnées d'un peu de sucre pour qu'elle fasse ses selles.

— À madame ?

— Non, ma fille, au bébé ! Quelle écervelée, grands dieux !

Le médecin ramassa tous les instruments éparpillés sur le sol et les rangea dans sa mallette. D'une poche, il tira un flacon entamé de fortifiant Koch pour enrichir le sang.

— Qu'elle en prenne au réveil, lança-t-il à la cantonade. C'est pour la mère ! précisa-t-il. Puisqu'il faut vraiment tout vous dire.

Le sommeil alourdissait ses paupières.

Avant de partir, il promit de revenir dans la soirée.

— Quand j'aurai repris du poil de la bête, ajouta-t-il.

Il ne se souvenait pas d'avoir passé une telle nuit depuis ses jeunes années. Il pouvait alors tenir jusqu'à trois jours sans fermer l'œil, accourant au chevet des vieillards, soignant des enfants ou quiconque tombait malade, jeune ou vieux, homme ou femme. Toujours sur le pont, plus dévoué qu'un curé.

Gustavo le raccompagna à la porte du manoir.

— Monsieur Valdés, vous avez une magnifique petite fille. Soyez rassuré. Et rappelez-vous : Dieu ne châtie pas les honnêtes gens. Il les met à l'épreuve pour les rendre meilleurs.

Le médecin faisait référence à la bonne réputation des Valdés. Tout Punta do Bico les tenait en haute estime : ils étaient les meilleurs patrons, les plus généreux et les seuls à ne pas faire étalage de leur immense fortune passée et présente. Mais surtout, et depuis longtemps, les Valdés se montraient justes. Cela seul expliquait que, des décennies durant, les villageois avaient exploité leurs terres sans rien leur voler, ou alors trois fois rien – ce qui est aussi une forme d'honnêteté.

— Je ne sais pas de quoi vous parlez, répondit le maître de maison.

Encore perturbé par l'accouchement de Renata, Gustavo avait vu dans les propos de Cubedo une allusion à son péché et craignait que Dieu ne mette ainsi sa famille à l'épreuve. Un avertissement. Ou que, ayant appris quelque chose, le médecin n'en ait parlé au curé don Castor et que ce dernier, qui avait la langue bien pendue, ne l'ait répété l'air de rien aux dames de la paroisse ou aux seigneurs de la Sardina. Ceux-ci pourraient alors s'en servir tôt ou tard pour briser son couple ou salir sa réputation.

— Allez, tâchez de dormir. Vous êtes resté debout toute la nuit.

Gustavo le suivit des yeux jusqu'à ce que le Dr Cubedo disparaisse dans l'obscurité, sa mallette à la main, ses vêtements encore humides sur le dos. Les chiens du domaine accoururent, désorientés de voir leur maître à cette heure indue, et lui reniflèrent les chevilles. Il referma la porte et, en se retournant, trouva Mariña au pied de l'escalier. À côté d'elle, Isabela tenait sa fille dans les bras.

— Monsieur Valdés, la petite a tété et s'est endormie, mais elle aura faim dans quelques heures. Il vaudrait mieux que la nourrice reste ici pour la nuit. Si ça ne pose pas de problème…

— Oui, c'est mieux, concéda-t-il. Mais d'abord laissez-moi la regarder…

Il s'approcha de sa fille et l'embrassa sur le front. Elle sentait le fer et l'amande. Une odeur amère de sang séché.

— Isabela, préparez les chambres du fond et allez vous coucher. Mais ouvrez d'abord les fenêtres pour faire entrer le parfum du buis. Ce bébé sent la foudre.

Isabela l'approcha de son nez. Elle ne sentit rien de particulier.

— Entendu, monsieur.

— Et laissons Madame se reposer. Je suis sûr qu'elle pourra très bientôt s'occuper de sa fille.

— Bien, monsieur. Avez-vous besoin de quelque chose ?

Gustavo partit sans répondre.

Avant d'entrer dans la chambre conjugale, il se déchaussa. Il ouvrit la porte avec précaution, en prenant soin de ne pas faire de bruit, même si cela n'avait guère d'importance : son épouse était telle qu'il l'avait laissée. Debout à son chevet, il laissa couler ses larmes sur son visage sans prendre la peine de les sécher. Inés avait une expression de douleur gravée sur les lèvres, les cheveux en bataille encore trempés de sueur, les bras enfouis sous le drap. Il la découvrit et éprouva de la gêne à la voir nue et vide. Au moins le sang avait-il disparu.

Dans la galerie vitrée, il alluma une cigarette qu'il trouva sur la petite table ronde, près de la pile de journaux qu'il avait coutume de feuilleter avant de se coucher.

S'il fermait les yeux, il entendait encore son grand-père, don Jerónimo, dicter ses dernières volontés de sa voix rauque d'amateur de rhum et de cigare.

« Je retournerai en Espagne, dans ma province, voir le soleil se coucher sur les Cíes et mourir avec lui. »

Son souhait n'avait pas été exaucé : le vieil homme n'était pas revenu de Cuba, où il avait émigré après la trahison des premiers Vidal Quiroga, connus sous le nom des seigneurs de la Sardina. C'est avec le grand-père de Gustavo que tout avait commencé.

Don Jerónimo avait été le premier Valdés à s'enrichir grâce aux navires de sel qui faisaient la traversée des salines de la baie de Cadix aux greniers de Galice. Au début du XIXe siècle, la mise en conserve des sardines avait commencé à requérir d'immenses quantités de sel et don Jerónimo avait flairé la bonne affaire avant tout le monde. Les seigneurs de la Sardina, des Catalans qui s'étaient établis sur la côte atlantique, étaient devenus ses meilleurs clients. Il fournissait du sel à d'autres établissements, mais il fallait reconnaître que c'étaient les Vidal Quiroga qui tiraient le mieux leur épingle du jeu. Ils avaient adopté de nouvelles techniques de pêche, et perfectionné les méthodes de salage et de pressage. Cela leur permettait de conserver le poisson plus longtemps et de le vendre tous azimuts, du sud de la France au

Levant en passant par Barcelone et l'autre côté de la Méditerranée, jusque sur les côtes italiennes.

Les seigneurs de la Sardina avaient besoin d'une demi-fanègue[3] de sel pour la salaison d'un millier de sardines. Grâce à ce commerce, don Jerónimo Valdés avait pu se développer et prospérer, et investir dans des navires pour couvrir de nouvelles routes. Il en était venu à transporter plus de trente mille mètres cubes de sel par an, ce qui représentait une centaine de voyages annuels. Dans la famille, tout se démultipliait. Les vêtements. Les caprices. Les livres acheminés dans la région. Les œuvres d'art. Les bijoux pour la grand-mère de Gustavo, doña Sole Guzmán. Les lampes qui ornaient leur première demeure avant d'éclairer les salons du manoir. C'est en effet à cette époque et grâce au sel que les Valdés avaient racheté le domaine de Punta do Bico à des nobles ruinés, sans marchander d'un réal afin de ne pas les léser davantage.

Tout le monde connaissait la propriété sous le nom de Pazo d'Espíritu Santo, car elle s'élevait sur la colline du même nom. On y accédait par un chemin sableux bordé de châtaigniers qui avait une lumineuse majesté. Don Jerónimo était fasciné par les imposants murs de granit taillé dans les carrières de Vincios. Au fil des hivers, la mousse avait recouvert les zones ombragées que le soleil venait rarement caresser.

Tout semblait aller pour le mieux, du moins en apparence, mais les choses s'étaient gâtées en raison de guerres successives et d'attaques de corsaires français qui avaient transformé la mer en un territoire dangereux, jusqu'à provoquer le retrait de la flotte portugaise et

3. Cette ancienne mesure espagnole équivaut à 60 litres environ de substances sèches.

menacer sérieusement les navires marchands espagnols. Alors que don Jerónimo affrontait les derniers soubresauts de la piraterie, un commerçant de la région dont il ne faut pas prononcer le nom parce qu'il porte malheur, était soudain devenu le plus grand négociant de sel du royaume d'Espagne. Il avait conclu des contrats léonins avec les salines de Puerto de Santamaría, interdisant à quiconque de prendre part à cette activité. Don Jerónimo s'était donc empressé de vendre sa flotte à bon prix, découvrant que ledit commerçant partageait ses bénéfices avec les seigneurs de la Sardina, ce qui l'avait fait bouillir de rage. Sans véritable raison – don Jerónimo était déjà riche –, sinon qu'il voyait clair dans leur jeu : les seigneurs de la Sardina voulaient tout contrôler, sardines comme sel.

Don Jerónimo s'était retiré dans son belvédère donnant sur les îles Cíes et, pendant quelques années, consacré exclusivement à recevoir ses anciens employés. Qu'ils soient au chômage ou embauchés par la nouvelle entreprise, ils trouvaient toujours une raison de se plaindre. Les épouses lui rapportaient des histoires et des commérages au sujet de la maîtresse du Pazo de la Sardina mais il se bouchait les oreilles, les yeux rivés sur l'horizon, observant les bateaux qui arrivaient au port les cales pleines de ce qui aurait dû être son sel. Il voyait aussi quels épaves et désastres dévoilait la marée basse sur la grève. Il en était allé ainsi jusqu'à ce que, un beau jour, il en ait assez. Il avait alors quitté sa Galice natale et embarqué pour Cuba avec son épouse doña Sole Guzmán et leurs deux fils, Pedro et Venancio, déjà grands. Il n'avait dit à personne à quel endroit il partait. Il avait confié ses terres à des paysans et promis de ne pas augmenter les loyers pendant son absence. Si le sel avait fait sa fortune, le sucre allait le rendre plus riche encore.

L'aube surprit Gustavo en train de somnoler dans son fauteuil. Il s'était assoupi sa cigarette entre les doigts.

— Don Gustavo, don Gustavo, murmura la voix d'Isabela.

Il ouvrit les yeux dans un sursaut.

— Don Gustavo, dois-je vous apporter votre petit déjeuner ? Il est bientôt huit heures.

— Ma femme !

— Votre femme dort encore.

— Et ma fille ?

— Votre fille dort aussi. La nourrice lui a donné son lait.

— Et Jaime ?

— Ils dorment tous, monsieur !

— Il faut que j'aille à l'usine. C'est lundi, dit-il en s'étirant.

La domestique sortit de la chambre, et Gustavo allait s'habiller lorsqu'à travers les vitres il vit arriver Domingo, le mari de Renata. Complètement ivre. Il s'écarta de la baie afin que le gardien ne le voie pas, tout en le suivant du regard. Avant même d'être parvenu à rentrer chez lui, l'homme s'écroula.

Bon sang, j'aurais dû de me débarrasser d'eux, pensa-t-il avec contrariété.

Renata, son nouveau-né en écharpe dans le dos et dépoitraillée, se pencha pour gifler son époux jusqu'à ce qu'il reprenne conscience. Interloqué par ce spectacle, Gustavo entrouvrit un vantail et entendit la femme traiter Domingo de bon à rien, de misérable et d'autres noms d'oiseau.

— Si monsieur te voit, on n'aura plus qu'à fiche le camp d'ici ! lui assena-t-elle avant de claquer la porte.

Gustavo sentit à nouveau son sang se glacer. Il vit ensuite Renata accourir vers l'entrée de la demeure.

Puis il entendit s'ouvrir la porte principale. Et la voix des deux servantes. Il tendit l'oreille en vain, ne percevant qu'un murmure lointain, un échange qu'il ne parvenait pas à saisir. Lorsque Isabela élevait la voix, Renata la suppliait de parler moins fort, si jamais Monsieur les entendait.

Puis la porte se referma soudainement.

Silence.

Bientôt, les pas d'Isabela annoncèrent l'arrivée du petit déjeuner.

— Monsieur, Renata est passée.

— Qu'a-t-elle dit ?

— Qu'elle avait accouché d'une petite fille.

— Rien d'autre ?

— Rien d'autre.

— Qu'elle se repose tout le temps qu'il lui faudra, éluda-t-il en évitant de croiser le regard de sa domestique.

— Elle a dit non. Qu'elle n'en avait pas besoin.

Gustavo posa la tasse sur la table de la galerie.

— Alors qu'elle ne mette pas les pieds dans cette maison.

— Je ne comprends pas...

— Il n'y a rien à comprendre. Qu'elle ne mette pas les pieds dans cette maison, c'est tout, déclara-t-il.

Ces mots effrayèrent tant Isabela qu'elle n'osa pas demander si elle devait les dire à Renata, et quand, et surtout pourquoi. Elle ravala ses interrogations et s'éclipsa dans la cuisine pour préparer le bouillon de poule de doña Inés et attendre que le petit Jaime se réveille. Ensuite elle s'amuserait avec lui et ne penserait plus au reste.

Elle n'aimait pas Renata. Peut-être la jalousait-elle parce qu'elle était belle et qu'il n'y avait pas un homme qui ne désire son corps. Monsieur s'était toujours montré aimable et généreux avec ses employés, mais particulièrement avec cette domestique-là, à qui il donnait des étrennes substantielles et d'autres petits cadeaux. Isabela les avait même vus bavarder avec animation les soirs d'été dans le crépuscule tardif de Punta do Bico, profitant que Madame s'occupait de son fils ou se plongeait dans les derniers livres arrivés de la capitale. Elle pouvait comprendre le dégoût de Renata à l'égard de son mari, et qu'elle en soit venue à le rejeter, mais l'ivrognerie de Domingo n'avait rien de nouveau et, à sa décharge, il ne s'enivrait que le dimanche, jour dont il tenait son prénom, comme pour trinquer à sa propre santé avec le vin rouge des pauvres.

— Chacun sa croix.

Monsieur quitta le domaine sans préciser s'il rentrerait déjeuner, s'il serait présent pour la visite vespérale du Dr Cubedo, s'il voulait qu'Isabela demande à don Castor de dire une messe pour doña Inés à la chapelle...

La bonne n'eut pas le loisir de lui poser la question car il disparut tel un fantôme pour se rendre à l'usine. Ainsi qu'il l'avait dit, on était lundi.

Cependant, un incident survint avant qu'il ne franchisse la grille qui grinçait constamment. Renata l'attendait adossée au mur de pierre. Elle posa la main sur son épaule, se pencha vers lui et, les larmes aux yeux, lui dit quelque chose. Isabela ne saurait jamais quoi, mais au cas où elle se signa plusieurs fois, pour faire fuir les démons qui avaient élu domicile dans cette maison.

3

LE SOLEIL APPARUT dans un ciel couvert de nuages noirs au-dessus de Monteferro, la péninsule qui s'avançait dans la mer face à Punta do Bico et à l'anse de Carreira. L'orage s'éloigna et le petit Jaime put jouer dans le jardin avec les chiens et se promener en tenant la main d'Isabela, qui lui répétait le prénom de sa sœur pour s'assurer qu'il le retienne.

Les ayant aperçus, Renata attendit de les perdre de vue sur le chemin qui menait au port pour sortir de chez elle, son bébé dans les bras. Elle courut au manoir, regarda par la fenêtre de la cuisine et frappa à la vitre. Mariña était assise sur le banc où les domestiques se racontaient leurs peines et espoirs, leurs maux de dos, engelures et brûlures. L'écoute était le meilleur des remèdes.

— Qui est-ce ? demanda Mariña.

— Renata.

— Entre, entre donc, répondit la nourrice.

Renata ouvrit la porte principale, essuya ses bottes crottées et demanda :

— Je peux rester ?

Mariña acquiesça – Isabela était sortie avec Jaime et ils ne reviendraient pas avant un bon moment.

— Elle t'a laissée seule avec le bébé ?

— Oui, mais c'est un amour. Elle est toute calme, assura Mariña.

En voyant la fille des maîtres accrochée au sein de la nourrice, Renata ressentit un pincement au ventre.

— Je ne savais pas qu'ils t'avaient fait venir.

— Doña Inés était au plus mal. Cubedo n'y connaît rien en accouchement.

— Je l'ai vu arriver. Mais pas toi, insista Renata.

— Eh bien heureusement que je suis venue, parce que le bébé était coincé. C'était très mal engagé.

— Madame va bien ?

— Elle dort, répondit Mariña.

— Comment elle s'appelle ?

Renata s'approcha pour voir le visage du nouveau-né.

— Catalina.

— C'est un joli nom, fit-elle observer avec un regard empreint de tristesse.

Une tristesse infinie.

— Et la tienne ? demanda Mariña. J'ai entendu dire que c'était également une fille.

— Elle s'appelle Clara.

— C'est joli aussi.

Renata s'assit auprès d'elle et mit sa fille au sein.

— L'accouchement a été difficile ?

— Non. Elle est arrivée vite.

— Tu as des douleurs ?

— Juste de petites gênes.

Mariña se pencha vers la fille de Madame. Les yeux fermés, elle tétait paisiblement, sereine. Celle de Renata, en revanche, regardait sa mère avec inquiétude comme si elle manquait de nourriture.

— Je crois que je n'ai pas de lait. Ma petite a faim, se plaignit-elle. Est-ce que tu pourrais...

Renata s'interrompit. Elle ne pouvait pas demander cela à Mariña, mais la nourrice comprit.

— Je ne sais pas si j'en ai assez pour les deux.

Renata cacha le visage de sa fille sous sa chevelure noire, s'approcha d'elle et lui chuchota quelque chose à l'oreille. Puis, agitée et en nage, elle se mit à arpenter la cuisine. On aurait dit une possédée.

— Quel malheur, Mariña ! Quel triste sort !

— Renata, parle moins fort, on pourrait nous entendre...

— Monsieur n'est pas là. Je l'ai vu partir.

— Oui, mais il pourrait revenir à tout moment.

Les deux jeunes femmes gardèrent le silence quelques minutes, puis la gardienne reprit :

— Si je pouvais...

— Si tu pouvais quoi ? demanda la nourrice.

— Rien, rien. Je pensais tout haut. Ne fais pas attention à ce que je dis...

Renata observa avec quelle dextérité Mariña stimulait son sein pour que le lait chemine et s'écoule dans la bouche du bébé. Elle détourna le regard et fit mine de se servir un bol du bouillon qu'Isabela venait de préparer.

— Je peux... ?

— Tu dois, répondit la nourrice. Si tu manges bien, tu auras assez de lait.

— Que Dieu t'entende !

Mariña se leva du banc. Elle devait donner le bain à Catalina mais Renata pouvait rester si elle se montrait prudente, au cas où Isabela, Monsieur ou qui que ce soit reviendrait.

— Tu peux lui donner le bain toute seule ?

— Un peu, oui ! Tu crois que je n'ai jamais fait ça ?

Renata ne répondit rien et, toute à ses lamentations, regarda Clara dans les yeux et maudit son sort et l'erreur d'être tombée amoureuse d'un homme qui ne l'aimerait jamais. La beauté ne garantissait rien. Au contraire, elle était si dangereuse que même sa mère – paix à son âme – l'avait mise en garde contre les messieurs et les riches qui ont la « main longue », comme elle disait. Ces mots revenus de très loin résonnèrent avec force dans sa tête.

Je n'aurais jamais dû le laisser faire, jamais... répéta son esprit.

Qu'est-ce que tu croyais ? demanda sa conscience.

Que Monsieur n'était pas de ces coquins aux mains errantes qui abusent de leur position, se répondit-elle.

Mais à présent...

Avec ce bébé dans les bras et ces seins secs, toutes les chimères se heurtaient à la réalité têtue.

Soudain, Mariña passa une tête à la porte. Renata sursauta en voyant ces yeux vitreux aux pupilles dilatées, ces iris vides. Elle portait Catalina emmaillotée dans une couverture de laine blanche.

— Tu as oublié quelque chose ? demanda Renata.

— Je ne sais pas où Isabela a mis les langes... Viens avec moi, tu veux ?

— Donne-moi la petite.

Renata prit Catalina sur son bras libre et Mariña la prit par l'épaule pour la suivre jusqu'à la chambre.

— Elles se ressemblent comme deux gouttes d'eau, murmura Renata en observant de près les deux enfants.

Elle sentit son sang accélérer dans ses veines.

— Tu t'en sors avec les deux ? demanda la nourrice.

Renata acquiesça d'un geste que la jeune femme ne put voir.

— Ça ira, ne t'en fais pas... chuchota-t-elle en déposant les bébés sur le lit.

Puis elle déplia la couverture qui enveloppait Catalina et découvrit que l'enfant était nue dessous.

Renata s'éloigna de Mariña, la laissant seule au milieu de la pièce. Elle sut alors qu'elle devait le faire, que la vie ne lui donnerait pas de seconde chance, que sa fille ne méritait pas de mourir de faim sur son sein, que l'amour qu'elle éprouvait pour cette créature sans défense justifiait la folie qu'elle était sur le point de commettre.

La vie ne donne qu'une seule chance, se répéta-t-elle.

Elle entendit Mariña avancer de quelques pas et retint son souffle. D'un mouvement rapide, elle défit le lange de Clara, lui ôta ses vieux vêtements et les dissimula sous les siens, et déposa sa fille nue dans la couverture en laine de Catalina. Tout se fit à la vitesse du sortilège.

— Tu rendras grâce à cette vie, souffla-t-elle entre ses larmes. Moi, je ne la mérite pas, mais toi si. Toi tu la mérites ! Même si je dois vivre sans toi... Même si je ne m'en remettrai pas. Même si demain je ne saurai plus qui je suis quand le jour se lèvera et que tu ne seras plus là.

Ses mains et ses genoux tremblaient.

— Quelque chose ne va pas, Renata ?

— Je ne trouve pas les langes, répondit-elle d'une voix étranglée.

Alors Mariña s'approcha à l'instinct de Renata.

— Tu pleures ? Pourquoi tu pleures ? lui demanda-t-elle avec tendresse.

Renata regarda les nouveau-nés et sentit la brûlure du remords.

Qu'as-tu fait, Renata ? Comment as-tu pu... ?

L'empreinte de la folie envahit son regard. Un instant, elle regretta son geste et faillit faire machine arrière.

Qu'as-tu fait, mon Dieu ?

— Mariña… appela-t-elle à voix basse.

— Renata, dis-moi. Quelque chose ne va pas ?

Cette dernière avait l'esprit vide. Les mots s'étaient évanouis avec l'échange des bébés.

Le cœur de la gardienne s'arrêta lorsqu'elle tendit sa fille à la nourrice comme s'il s'agissait de celle des Valdés.

— Je ne sais pas où sont les langes, Mariña. Prends ton bébé.

Doña Inés s'éveilla au milieu de l'après-midi ce lundi-là. En apparence, son état s'était amélioré. Ses cernes s'étaient estompés, mais elle pouvait à peine mettre un pied devant l'autre. Elle était faible et, à l'arrivée du Dr Cubedo, elle se mit à pleurer. Le médecin affirma que c'était là le contrecoup de l'accouchement, que cela passerait avec des tisanes. Quant à retirer le bébé à Mariña, il n'en était pas question.

— Qu'elle la garde encore une journée.

Dans le jardin, alors que le médecin prenait congé d'Isabela, Renata apparut avec sa fille en écharpe dans son dos. Comme la bonne n'avait pas eu le courage de la chasser du manoir et de lui répéter les paroles de M. Valdés, elle ne dit rien. En réalité, elle n'avait pas désobéi aux ordres. Monsieur n'avait pas interdit que Renata se promène dehors.

Isabela remarqua que son regard avait changé, comme si la fatigue de l'accouchement avait éteint l'éclat naturel de ses yeux.

— Ça va, Renata ?

— Oui, ça va, répondit-elle en retenant ses larmes.

— Viens par ici, ma fille, dit le Dr Cubedo. Laisse-moi voir ta bouche. Ces ulcères n'ont pas belle allure.

En s'approchant, il observa au coin de sa lèvre inférieure de petites plaies vives. Renata savait qu'elles étaient le fruit de l'amertume et de la peur, mais elle n'en dit rien car jamais elle n'aurait pu justifier ces sentiments.

— Je me suis mordue, docteur. Ce n'est rien.

— Nettoie-les bien. Comment s'est passé l'accouchement ?

Renata répéta ce qu'elle avait dit à Mariña : que ç'avait été rapide, qu'elle n'avait pas souffert et ne ressentait que de petites gênes.

— Et le placenta ?

— J'ai tout fait moi-même.

— Et ton mari ?

— Il n'était pas là. J'ai accouché seule pendant la nuit.

— Mais enfin, pourquoi ne m'as-tu pas prévenu ?

— Parce que doña Inés avait plus besoin de vous que moi.

Il lui demanda de lui montrer le bébé, mais Renata objecta qu'elle n'avait nulle part où le poser. Isabela lui apprit que doña Inés lui avait fait préparer un berceau identique à celui de sa propre fille, avec le même matelas et tout le nécessaire.

— Pourquoi ne me l'as-tu pas donné ?

— Parce que tu ne me l'as pas demandé.

La discussion s'arrêta là. Renata remercia et doña Inés fut informée de la naissance de Clara dès qu'elle eut cessé de pleurer. Heureusement, elle ne se formalisa pas de la coïncidence.

— Il fallait bien qu'elle naisse un jour, dit-elle simplement.

Cette nuit-là, la fille de la servante dormit dans du coton et de la laine.

Celle de la maîtresse aussi.

Il n'y avait rien d'étrange à ce que Gustavo rentre tard de la scierie. Ses journées de travail se prolongeaient souvent au-delà de l'heure du dîner. Cependant, ceux qui le croisèrent ce jour-là le trouvèrent taciturne et un peu absent. Il ne se réjouit pas d'être lundi, contrairement à son habitude, avec cette foi aveugle en la vertu rédemptrice du travail. Il n'évoqua pas non plus la naissance de sa fille. Il ne parla à personne d'autre qu'à Fermín, le contremaître et administrateur de ses domaines.

Enfermé dans son bureau avec vue sur ses propriétés, M. Valdés se replongea dans son existence pour chercher une explication à ce qui s'était passé avec Renata.

D'un point de vue purement factuel, Gustavo n'avait jamais rien fait de mal. Bien au contraire : après avoir quitté Cuba, il s'était consacré à l'usine de découpe de bois de Punta do Bico. Il avait été le premier à intégrer des scies à ruban et à apporter la prospérité à la région. Il était entièrement dévoué à Inés et à leur fils Jaime et, désormais, la naissance de sa fille donnait tout son sens à sa vie.

— Catalina.

Il fit tourner le prénom dans sa bouche, sans déplaisir. *Il doit bien y avoir une raison pour que nous l'ayons finalement appelée Catalina plutôt que Carolina,* songea-t-il.

Il n'était pas superstitieux, il ne croyait pas aux sorcières, mais il ne plaisantait pas avec les malédictions, surtout à Punta do Bico où les menaces étaient mises à exécution. Le sentiment de malaise revint : et si quelqu'un savait quelque chose et tentait de le faire chanter ?

Mais alors qui, puisque le Borgne est mort ? s'interrogea-t-il.

Le Borgne avait toujours jalousé les Valdés. C'était un affreux bonhomme au teint jaunâtre, avec un visage en lame de couteau pourvu d'un long nez et d'une petite bouche aux lèvres pincées. Il n'avait jamais supporté la bonne fortune de Gustavo et, depuis que ce dernier était revenu de Cuba marié à la belle Inés, il n'avait cessé de revendiquer des terres qui selon lui appartenaient à sa famille. Tel pré était à lui, prétendait-il ; tel autre lui avait été volé ; il n'était pas question de cultiver telle parcelle. Il ne se passait pas une saison sans que le Borgne traîne Gustavo en justice. Pourtant il perdait chaque fois. Alors il avait fait justice lui-même et empoisonné une centaine d'arbres de Gustavo. Il n'avait même pas pris la peine de se baisser pour injecter le poison à la racine. Il l'avait fait à hauteur d'homme et de son œil vide. Une mort lente mais certaine : les arbres n'avaient plus donné de bois. Don Gustavo s'était juré de ne pas offrir au meurtrier la satisfaction de voir ses victimes abattues. Et, bien que cela représente autant d'espace en moins pour des arbres vivants, il avait planté des piquets dans la terre et les avait maintenus droits comme des croix autant de temps qu'il en avait fallu à la Faucheuse pour emporter le Borgne. Hélas, peu de temps après, un méchant coup de vent venu de l'Atlantique avait accru le risque de chute, mettant en danger la vie des bûcherons. Gustavo avait donc ordonné que l'on déracine les arbres. Après tout, le Borgne n'était plus là pour le voir. Cependant, M. Valdés n'était pas parvenu à se débarrasser de la peur. Chaque fois qu'un de ses arbres mourait, il cherchait la plaie causée par l'aiguille.

Combien de borgnes reste-t-il à Punta do Bico ? se demanda-t-il encore.

C'était la seule chose contre laquelle son grand-père Jerónimo ne l'avait pas mis en garde.

La perversité humaine.

Avant qu'il ne s'en rende compte, la nuit était déjà tombée. Les ouvriers étaient partis.

Fermín n'était plus là.

Le silence régnait dans la scierie.

Il pensa à Inés et au bébé. L'absence de nouvelles pendant la journée signifiait que les choses n'avaient pas empiré. Il quitta son bureau, parcourut les entrepôts, huma l'odeur du bois encore humide. Il ferma la porte de l'usine et entreprit le trajet du retour.

La route qui menait au domaine était sinueuse et bordée de châtaigniers qui devaient déjà être là du temps de son grand-père. Ils étaient robustes, solides, honnêtes. Miséricordieux envers le marcheur fatigué. Prodigues en ombre l'été. Complices de presque tout.

Ce soir-là, le trajet lui parut interminable. À chaque pas sur le sol il pensait une chose et son contraire. Il envisagea de tout avouer à Inés, de lui expliquer ce qui s'était passé avec Renata, de lui jurer que cela n'arriverait plus jamais. Mais, alors que la conversation prenait forme dans sa tête et que les mots jaillissaient avec assurance et conviction, il changeait d'avis, puis apparaissait entre les arbres l'image de la servante de San Lázaro, la créole María Victoria.

Il se mit à trembler.

— Oublie-la, Gustavo ! Sors-toi cette femme de la tête ! cria-t-il, fou de peur et de rage de ne pouvoir contrôler ses pensées.

Il y était parvenu à son retour de Cuba, mais voilà qu'elle revenait avec fougue et arrogance.

— María Victoria, sale…

Il se retint de cracher un venin qui se retournerait contre lui.

María Victoria, sale…

— Sale garce ! rugit-il finalement à travers ses larmes comme si prononcer ces mots à voix haute allait le guérir sa blessure.

Son éducation, ce qu'il avait vu et vécu l'empêchaient d'assumer la moindre responsabilité dans les péchés de la chair. Pour lui et ses semblables, c'eût été inconvenant ; les coupables étaient les femmes qui rôdaient autour des hommes de sa famille comme s'ils étaient ensorcelés.

Des années qu'il avait passées à Cuba, Gustavo se rappelait à peu près tout. Mais il y avait une chose qu'il ne pourrait jamais oublier : les trois décès consécutifs qui, l'un après l'autre, avaient ensanglanté la principale raffinerie sucrière de ses grands-parents, construite à partir de rien dans la province cubaine de San Lázaro, au milieu du XIXe siècle.

Elle était connue sous le nom de raffinerie Diana. L'exploitation comprenait deux cents hectares de culture et autant de pâturage pour le bétail. La canne à sucre poussait en abondance dans les plantations qu'il faisait bon admirer à la tombée du jour, lorsqu'elles étaient dorées par le soleil. Et, comme tout lui souriait, don Jerónimo avait investi la totalité de sa fortune dans des machines à vapeur pour remplacer les bœufs qui actionnaient les moulins, démultipliant l'énergie produite. Il avait largement rentabilisé son investissement et, avec les bénéfices, fait construire des maisons pour ses fils Pedro et Venancio. Ce dernier avait l'esprit si lent qu'on l'avait tenu à l'écart de l'entreprise familiale. Malgré tout, il avait vécu comme un roi sur la plantation, sans faire de vagues. On l'avait laissé épouser une créole avec qui il avait l'habitude de coucher dans les fourrés, et qu'il avait fini par engrosser. Un métis était né, que son grand-père avait toujours considéré avec méfiance sans toutefois le renier. À la fin, il l'avait même pleuré lorsque des diarrhées virulentes attribuées à l'eau contaminée d'une rivière avaient emporté la famille. C'est Venancio Valdés qui avait inauguré le caveau du cimetière de San Lázaro portant son patronyme.

Des deux frères, Pedro, le père de Gustavo, était le plus malin. À son arrivée à La Havane il lisait déjà avec avidité et écrivait sans fautes d'orthographe. Don Jerónimo lui apprit à additionner, soustraire, et surtout multiplier. Jusque-là, tout allait bien. Dès qu'il atteignit la majorité, il épousa Marta, une Espagnole de la colonie, fille d'un militaire du contingent envoyé à Cuba pour maintenir la discipline parmi les immigrants condamnés pour délit contre la patrie.

Gustavo peinait à l'admettre, mais sa mère était laide à faire peur. Il la revoyait se décolorer les favoris et la moustache avec toute sorte d'onguents. Son père valait beaucoup mieux, mais l'amour est parfois aveugle. Le mariage eut lieu en grande pompe, avec une abondance de bétail abattu pour l'occasion, et l'alcool coula à flots jusqu'au petit matin. L'ivresse était telle que les époux n'entendirent pas les commentaires sur la laideur de l'une et la beauté de l'autre. De toute façon, Pedro se moquait du qu'en-dira-t-on, Marta étant intelligente et drôle. Elle avait de l'esprit et du cœur. Elle jouait du piano et, outre l'espagnol, parlait l'anglais et le français, ce qui était très utile aux affaires des Valdés.

Jusque-là, donc, tout allait pour le mieux.

Le couple s'installa dans l'une des habitations de la plantation. Gustavo et Juan vinrent au monde.

Avec la victoire des abolitionnistes, en 1880, les méthodes et comportements changèrent, mais leur fortune continua de croître. Ils employèrent jusqu'à cent cinquante journaliers sous les ordres de doña Marta. Elle était chargée de les recruter et d'évaluer leurs qualités. Elle choisissait des hommes robustes et agiles à la fois, pas trop malins afin qu'ils n'aillent pas devenir insolents. La plupart étaient noirs ou mulâtres. Sa préférence allait aux Jamaïcains, meilleurs coupeurs de canne que les Africains et les Cubains eux-mêmes. Elle réunit une véritable petite armée au service de la raffinerie Diana, mais sous son commandement à elle. Don Jerónimo se félicitait de la bonne affaire que représentait le mariage de son fils à Marta. Elle était peut-être plus laide qu'un démon, mais on pouvait lui déléguer les tracasseries de la main-d'œuvre pour se concentrer sur l'essentiel.

De plus, doña Marta ne négligeait ni sa maison ni ses fils. Gustavo et Juan eurent les meilleurs professeurs de mathématiques, de lettres et de langues. Ils côtoyaient les enfants des Peñalver ou des López, futurs marquis de Comillas. Son objectif était de les préparer à hériter et à conclure de beaux mariages.

Rien ne semblait pouvoir mal tourner, jusqu'à ce que tout bascule en raison d'une erreur de calcul de doña Marta, qui causa sa perte.

Cette erreur, ce fut María Victoria.

Doña Marta avait pour principe de ne pas embaucher de femmes : elles finissaient toujours par tomber enceintes et cessaient de travailler – mais pas de manger. Allez donc savoir quelle mouche la piqua donc d'engager cette jeune fille. Peut-être se laissa-t-elle embobiner inconsciemment par une idée stupide. Le jour où elles se rencontrèrent, María Victoria voulut savoir pourquoi ils n'avaient pas de poteaux dans la cour.

— Des poteaux ? s'étonna doña Marta. Pourquoi aurais-je besoin de poteaux ?

— Pour fouetter les esclaves.

— Sainte Vierge ! répliqua doña Marta en se signant. Je n'ai jamais eu besoin de faire cela ! Pourquoi devrais-je les fouetter ?

— Parce qu'ils volent du sucre.

— Je n'emploie que des gens honnêtes.

María Victoria haussa les sourcils et secoua la tête.

— Il n'y a plus d'honnêtes gens sur cette île, croyez-moi. Je sais de quoi je parle.

Un silence s'installa entre les deux femmes. Doña Marta n'était pas encline à se méfier de ses employés, et jusque-là son jugement ne l'avait jamais trompée.

— Si vous pensez que je peux vous être utile, je vous serai dévouée corps et âme. Et puis je connais un système qui vous permettra de savoir qui vole. Mais ne vous en faites pas si vous n'avez pas de travail pour moi. Je continuerai à chercher.

Elle s'apprêtait à partir quand la curiosité piqua Marta.

— En quoi consiste ce système ?

— C'est très simple : il suffit d'attacher à la porte des entrepôts une ficelle reliée à une cloche. Si quelqu'un ouvre une porte après les heures de travail, la cloche sonnera et vous saurez qu'on vous vole. Et, comme je sais que ça arrivera, il vous faudra des poteaux pour fouetter les coupables à coups de cravache. Même moi j'en suis capable, dit-elle en lui montrant ses paumes crevassées. C'est la seule solution pour qu'ils apprennent. Personne n'a le droit de voler ce qui vous appartient.

Doña Marta n'en crut pas ses oreilles, mais le lendemain María Vitoria travaillait à la raffinerie. Et la première chose qu'elle fit fut de tailler du bois pour les poteaux et d'attacher des ficelles aux portes des entrepôts.

Voyant cela, don Pedro demanda des explications à doña Marta, qui ne tarit alors pas d'éloges sur la domestique.

— C'est une aubaine, mon amour, dit-elle. Cette femme sait de quoi elle parle, et j'ai peut-être fait trop confiance aux ouvriers. Elle est mauvaise comme la gale, mais ses mots sont une douce musique. Elle a du miel dans la voix et du poison dans les yeux.

Et un corps de jeune fille, que doña Marta n'avait su percevoir comme un danger pire que le vol de quelques grammes de sucre.

C'est ainsi que don Pedro Valdés commença à s'intéresser à la petite créole. Il discutait avec elle, échangeant davantage que des bonjour-bonsoir. María Victoria, qui était aussi une moucharde, colportait à propos d'autres plantations des ragots qui s'avéraient toujours. De plus, elle jouait avec Gustavo et Juan. Elle leur bricolait des balançoires, faisait griller des épis de maïs au soleil et leur donnait du miel pour tremper leur pain. Doña Marta la laissait faire, parce que María Victoria était plus efficace que les hommes qui travaillaient ces mêmes terres. Ce qu'elle ne sut jamais, cependant, c'est qu'en échange elle réclamait à ses enfants des savons et serviettes, qu'ils récupéraient en douce dans la maison de leurs grands-parents. Ainsi que des sous-vêtements et des chemises de nuit de doña Marta.

Jamais on ne vit María Victoria frayer avec un Noir. Quoique en vérité personne ne sache rien de l'intimité de la jeune fille, que doña Marta avait questionnée à ce sujet : il n'y avait rien à en tirer. Un jour, elle laissa entendre que son père était tombé dans le puits d'une mine de cuivre de la Consolidated Copper et qu'on n'avait plus entendu parler de lui. De sa mère, elle ne dit jamais un mot. Comme si le diable en personne l'avait engendrée.

Les années passèrent.

Les trains financés par des capitaux privés firent leur apparition. On commença à parler de liberté.

Et du révolutionnaire José Martí.

Et de la situation politique de l'Espagne, dont les nouvelles arrivaient toujours avec un temps de retard.

Les Espagnols des colonies avaient été témoins du renversement d'Isabelle II de Bourbon et du couronnement d'Amédée de Savoie. Il leur resterait à assister à l'avènement de la Première République et au retour des Bourbon.

Don Jerónimo vivait très mal les débats houleux et les tensions révolutionnaires qui alourdissaient l'atmosphère de l'île et de la métropole. Il appartenait à la génération des grands propriétaires de canne à sucre, de tabac ou de coton qui se lançaient dans d'interminables considérations politiques pour conclure qu'eux, les Espagnols, n'avaient aucunement besoin de réformes.

Comparé aux Güell, don Jerónimo n'était qu'un modeste propriétaire terrien heureux en affaires, mais il aimait jouer de son influence et inviter à sa table des hommes possédant des centaines de milliers d'hectares de terres fertiles dans l'Oriente cubain. Il n'était pas rare de les voir converser jusqu'à l'aube un cigare à la bouche.

À eux tous, ils contribuèrent à la fondation du Casino espagnol[4]. Ils soutinrent les thèses du conservateur Cánovas del Castillo, très remonté au Parlement de Madrid contre les débats abolitionnistes, et les plus âgés gardaient même une nostalgie de la reine Marie-Christine.

Mais, au bout du compte, quel que puisse être leur pouvoir, quelle que puisse être leur influence sur le prix du sucre dans le monde entier, ils ne représentaient qu'une poignée de nantis.

Personne ne les écouta.

---

4. Institution politico-culturelle regroupant notamment de grands propriétaires sucriers favorables à l'esclavage.

Et l'histoire les jugea. Parfois injustement. Parce qu'une chose est sûre : don Jerónimo était un bon patron. Il avait construit un dispensaire pour ses ouvriers et une petite école pour leurs enfants. Il les appelait tous par leur prénom.

Une nuit d'août 1888, pour la première fois, la cloche de l'entrepôt sonna. Doña Marta se réveilla de mauvais poil après avoir passé des heures à se tourner et se retourner dans son lit, trempée de sueur dans la chaleur étouffante. Elle avait eu le plus grand mal à trouver le sommeil. Elle tendit le bras vers don Pedro et palpa le matelas : il n'était pas là. Elle bondit hors du lit et descendit l'escalier sans se soucier du bruit de ses pas. Elle se dit qu'il devait être encore en pleine conversation après l'un de ses habituels dîners pantagruéliques. Mais, en atteignant le vestibule, elle constata qu'il n'y avait personne dans la salle à manger. Elle prit plusieurs cravaches dans le porte-parapluies et un pistolet que son beau-père don Jerónimo leur avait offert et dont, jusqu'à cette nuit, ils n'avaient jamais eu à se servir. Puis elle sortit dans la cour.

— Qui va là ? cria-t-elle dans l'obscurité.

Deux ombres s'élancèrent en direction des plantations de canne, affolées. Elles couraient à perdre haleine, mais doña Marta les talonnait pieds nus dans sa nuisette en soie. Soudain les ombres disparurent.

— Misérables !

Elle ralentit l'allure et garda le silence quelques minutes. Un rayon de lune éclaira alors des silhouettes indistinctes qui s'avérèrent être les corps presque nus de son époux don Pedro et de la servante María Victoria. Doña Marta ne put contenir sa colère.

Elle saisit la jeune fille par les cheveux et la traîna dans la cour.

— Et toi, lança-t-elle à son mari en pointant sur lui le pistolet de son père, ne bouge pas ou je te tue dans ta propre maison !

Don Pedro ne put rien faire pour empêcher ce qui advint. Sous ses yeux, doña Marta attacha María Victoria à un poteau et la fouetta jusqu'à ce que mort s'ensuive. Leurs deux fils, Gustavo et Juan, âgés de quatorze et douze ans, assistèrent à la scène du balcon de leur chambre.

Une semaine plus tard, le procès eut lieu à La Havane. Doña Marta refusa d'être assistée par un avocat et, lorsqu'elle fut appelée à la barre, elle ne nia rien.

— Oui, monsieur le Juge. Je l'ai tuée en suivant ses propres instructions. Personne n'a le droit de me voler ce qui m'appartient. S'ils veulent la liberté, ils devront en accepter les limites.

Le magistrat la regarda comme s'il jugeait Satan en personne.

— Mais je sais, monsieur le Juge, que je ne pourrai plus regarder mes enfants en face, ni vivre avec le poids de la peine que vous m'infligerez. Alors...

Doña Marta sortit de son jupon le pistolet de don Jerónimo et se tira une balle au milieu du front. Elle s'effondra sur le sol.

Quelques semaines plus tard, don Pedro mourut à son tour, foudroyé par une crise cardiaque. Gustavo et son frère Juan étaient désormais orphelins.

Gustavo Valdés essuya ses larmes. Son histoire lui pesait. Le plus douloureux pour lui avait été de reconnaître, quelque temps plus tard, que cette María Victoria avait été la première femme qu'il ait regardée avec désir tant sa beauté et son intelligence camouflaient bien sa cruauté.

Malgré tout, il n'avait jamais pu pardonner à son père d'avoir trahi sa mère.

Au loin, il vit la galerie vitrée éclairée dans la façade du Pazo d'Espíritu Santo et, levant les yeux vers le ciel, peut-être en quête de rédemption, il jura que plus aucun sang ne serait jamais versé en son nom ou sur ses terres.

4

INÉS ÉTAIT ENDORMIE lorsque Gustavo entra dans la chambre, fébrile et inquiet. Il aurait aimé la voir éveillée, vivante. Il avait besoin d'entendre le son de sa voix et d'échanger quelques mots, si parcimonieux et banals soient-ils. Il s'approcha du lit et l'observa attentivement. Elle ressemblait à une vierge descendue d'un retable. Éthérée et immobile. Le coin de ses lèvres tremblait à chaque respiration. Il lui toucha le front. Elle n'avait plus de fièvre.

— Elle est la bonté même, Seigneur. La bonté même, balbutia-t-il. Elle mérite de vivre.

Jamais elle ne l'avait déçu. Inés avait toujours rempli ses obligations d'épouse, et son amour pour Gustavo se lisait dans ses yeux. En outre, elle était très appréciée à Punta do Bico pour son dévouement, à l'égard des pauvres comme des femmes de la bonne société. À toutes elle prêtait une oreille attentive lorsqu'elles avaient besoin d'épancher leurs peines de cœur, les chamailleries et commérages de ces dames si mauvaises langues et indélicates, ou les querelles avec leurs belles-sœurs et belle-mère. Elle était une conseillère avisée, compréhensive, et si rompue aux mondanités qu'elle suscitait l'admiration, pas toujours sincère, de ceux qui l'approchaient.

À Punta do Bico, rares étaient ceux qui avaient entendu parler de New York ou de Philadelphie, et même de La Havane. Aussi, quand Inés se lançait, elle y mettait tout son cœur, dépeignant avec passion l'animation de la Cinquième Avenue et les rives de l'Hudson, la gouvernante Mamá Pinta ou Cuba et les servantes noires qui essuyaient la vaisselle de Murano avec du coton dans la plantation familiale. Tout ce qu'elle racontait était vrai, même si elle enjolivait parfois la réalité pour faire oublier leurs soucis à ces femmes. Elles crevaient de jalousie mais n'en disaient rien, Inés s'appliquant de surcroît à leur inculquer les vertus de la morale.

— Mesdames, point de jalousie ni de cupidité. Celle qui abrite de tels sentiments finit consumée par sa bile. Ils vous rongent petit à petit comme des mites. Vous ne jalousez pas les hommes, n'est-ce pas ? leur demandait-elle. Eh bien n'enviez pas non plus les femmes.

Soudain, Gustavo entendit la voix de sa mère doña Marta. Elle résonna dans sa mémoire comme jaillie d'outre-tombe.

— Vous n'êtes plus des enfants. Il est temps de trouver des épouses dignes de votre rang.

— Oui, maman.

C'est ce que répondait Gustavo afin de ne pas la fâcher.

Un jour, de but en blanc, sa mère avait décrété qu'Inés, la fille des Lazariego, ferait une bonne épouse et une parfaite belle-fille. Encore jeune et peu enclin aux choses de l'amour, Gustavo avait éludé la question comme si elle ne le concernait pas.

— Elle ne voudra sûrement pas venir vivre à Punta do Bico, avait-il dit.

En réalité, c'était une excuse : il avait peur d'avouer à sa mère qu'il ne savait pas comment la séduire, Inés étant la plus belle jeune fille de San Lázaro, et celle que se disputaient les rejetons des riches Espagnols désireux d'augmenter leur fortune par de fructueux mariages.

Doña Marta n'était pas femme à renoncer et elle lui demanda à hauts cris ce que Punta do Bico pouvait bien venir faire là. Don Jerónimo, qui écoutait la conversation avec amusement, la réprimanda alors posément.

— Ma chère belle-fille, que l'un de tes enfants doive rentrer chez nous en Galice, la chose est déjà entendue avec mon fils Pedro. Tu dois donc te faire à l'idée que l'un des deux, que ce soit Gustavo ou Juan, devra repartir. Et à ce qu'il semble notre petit Gustavo a très envie de reconquérir les terres espagnoles.

Doña Marta grimaça et coupa court à l'échange, mais au moins Gustavo savait à présent que, parmi toutes les jeunes filles à marier, Inés Lazariego avait la préférence de sa mère. Seul l'avenir dirait s'ils vivraient dans la plantation ou à Punta do Bico, et ce que le destin leur réserverait.

Mais on racontait tout et n'importe quoi au sujet des filles des Lazariego. Que la moindre mèche de leurs cheveux était un doublon d'or. Que leurs yeux avaient la couleur de la mer des Caraïbes. Que leur corps était une œuvre d'art.

Ce genre de chose.

Doña Marta et doña Lora, la mère d'Inés, s'étaient toujours bien entendues, mais l'incident avec María Vitoria gâcha tout. Le lien entre les deux familles fut rompu et il fallut plusieurs années pour que le patronyme Valdés soit réhabilité aux yeux de la société. On racontait que même les perroquets des Lazariego – ils en possédaient une vingtaine – répétaient que doña Marta était une meurtrière et fouettait les serviteurs à mort.

Voilà ce que disaient ces pipelettes.

Ce fut une période d'impitoyables commérages. Elle prit fin lorsque les pipelettes se turent. Alors les Valdès regagnèrent leur réputation et Gustavo, orphelin de père et de mère, assista à nouveau aux bals que fréquentaient Inés et ses sœurs.

Ils s'observèrent. Ils se regardèrent dans les yeux. Ils échangèrent quelques mots, puis vint le temps des rendez-vous. Ce fut à San Lázaro qu'avec la pudeur de mise ils traduisirent leurs sentiments en promesses d'avenir. Si don Jerónimo n'avait pas déjà décidé que Gustavo devait faire ses études en Europe, ils se seraient mariés sur-le-champ. Son grand-père, francophile et fervent admirateur de l'Empire, envisagea d'abord Paris comme destination pour son petit-fils. Mais la nécessité que Gustavo s'imprègne de ses racines l'emporta, et en guise d'Europe il dut se contenter de l'université de Compostelle. Il ne s'agissait pas seulement de partir à l'étranger. Encore fallait-il le faire pour une bonne raison.

Au même moment, les Lazariego envoyèrent Inés étudier à New York. Nous ne saurons jamais pourquoi ses parents choisirent cette ville, bien qu'on puisse penser qu'ils le firent parce qu'ils possédaient une bonne partie de la Cinquième Avenue. Plus tôt, ils avaient possédé la moitié de Broadway, et avant cela encore quelques petites propriétés à l'emplacement du futur quartier de Wall Street. Ils n'avaient cessé de vendre et d'acheter, d'acheter et de vendre jusqu'à amasser une fortune immobilière.

Inés s'installa sur Riverside Drive, tout près de l'Hudson, chez un oncle et une tante dont la fille, célibataire revêche, se chargea de parfaire son éducation cubaine. Au fil du temps, Inés Lazariego comprit pourquoi sa cousine, surnommée Tildita, était restée vieille fille : elle passait ses journées à chiquer du tabac et à le recracher dans un pot qui dégageait une odeur nauséabonde. Elle ne parlait qu'à Inés et à la gouvernante Mamá Pinta, tenant tous les autres à l'écart avec son haleine fétide. Ce dont personne ne se plaignait.

L'année suivante, Inés déménagea à Eden Hall, Philadelphie, où elle commença à étudier dans une école de l'ordre du Sacré-Cœur.

C'est là qu'elle reprit contact avec Gustavo, qui avait retrouvé, non sans mal, la trace de la jeune fille avec qui sa mère avait voulu le marier et qu'il finirait par épouser.

Il lui fit sa demande par écrit, et elle répondit oui, bien sûr. Dès le lendemain s'il le fallait. Elle avait toujours été amoureuse de lui. Si elle n'en avait jamais rien dit, c'était à cause du tapage qu'avaient fait les pipelettes autour de doña Marta.

Les jeunes gens convinrent que, dès que Gustavo aurait terminé ses études, il se rendrait à La Havane pour demander sa main à doña Lora, la véritable décisionnaire.

Et c'est ce qu'ils firent.

À l'été 1896, Gustavo rentra à Cuba sur le vapeur *La Bandera Española*, qui appareillait tous les quinze jours du port de La Corogne et accostait à San Lázaro.

Le monde était sur le point de se briser. La guerre avait plongé l'île dans la misère. Les guérillas locales ne faisaient pas de quartier, et il ne se passait pas un jour sans que la presse fasse état d'assassinats à la machette. Mais le désastre n'empêcha pas le mariage, qui fut célébré dans la plantation des Lazariego. Don Jerónimo portait une redingote avec un gilet, des bas de soie blancs et des souliers vernis. Sans se départir de ses origines galiciennes, il avait l'air d'un lord anglais. La grand-mère du marié, doña Sole, conduisit son petit-fils à l'autel, mais on raconte que ce matin-là, avant l'aube, Gustavo se rendit au cimetière de San Lázaro, où sa mère purgeait sa peine éternelle. Il prononça les mots qu'avait besoin d'entendre doña Marta : « Tu peux dormir en paix. Je perpétuerai notre mémoire, et j'irai jusqu'en enfer pour sauver la tienne s'il le faut. Aucune maudite domestique ne m'approchera jamais. »

Bien sûr, il se trompait, mais il l'ignorait.

Gustavo et Inés ne se quittèrent plus. Quand l'un n'était pas là, l'autre ressentait toujours un vide.

Et c'est ainsi que les Valdés retournèrent à Punta do Bico. Tout le monde attendait le fils de don Jerónimo, mais en voyant arriver son petit-fils les gens pensèrent qu'il y avait une raison à cela : les Valdés avaient toujours été très discrets et, s'ils ne disaient rien, c'est qu'ils cachaient un secret inavouable. Avec le temps, les gens finirent par découvrir l'histoire de doña Marta. Ils ne l'avaient pas rencontrée et ignoraient tout d'elle, mais leur curiosité était satisfaite.

Don Gustavo ne se soucia jamais du qu'en-dira-t-on. Il souhaitait simplement accomplir sa mission de préserver le prestige de sa famille. Il n'avait prêté aucun serment : ce n'était pas nécessaire. L'accord avec son grand-père stipulait qu'il s'engageait à récupérer le manoir et à s'y installer. Le couple se devait d'avoir beaucoup d'enfants, des garçons de préférence, et de les éduquer pour en faire des adultes honnêtes et travailleurs, et non des paresseux et des voyous. Ils ne devaient pas devenir marins, afin d'éviter la malédiction de la mer, ni des êtres contemplatifs, c'est-à-dire des hommes voués à l'étude et guère plus. Sur ce point, don Jerónimo s'était montré inflexible. Certes, comme on dit, le savoir ne prend pas de place, mais il ne faut pas pour autant y consacrer tout son temps.

Gustavo s'acquitta de toutes ses obligations. Il commença par restaurer le manoir, qu'il trouva en si piteux état qu'il n'osa même pas en parler à son grand-père. La seule chose dont la nature avait pris soin au cours de toutes ces années était les magnifiques arbres qui peuplaient le domaine. Le cèdre de l'Atlas, le cyprès de Lambert majestueux et exubérant, le paulownia, le catalpa, les pommiers tapissés de fruits picorés par les oiseaux, le bougainvillier qui grimpait sur la façade à côté de la potentille qui se teintait de rouge en automne. À la vue de ce foisonnement, il se prit à rêver au miracle de rebâtir Espíritu Santo.

Il embaucha du personnel, inspecta les terres, les exploita à plein rendement et entreprit d'investir dans le commerce du bois, ce qui, en ce temps-là, était mal vu à Punta do Bico. Même le curé don Castor voyait dans les scies une incarnation du diable. Don Gustavo demeurait indifférent aux cris d'orfraie des uns et des autres. Et, s'il doutait parfois, doña Inés le poussait à suivre son instinct. Elle avait toujours considéré les médisances comme un désagrément inévitable mais surmontable. Dans ce monde de vivants et de morts, rien n'était écrit à l'avance.

Gustavo se servit un verre d'eau de la cruche en argent qu'Isabela avait laissée sur la table de nuit, à côté des compresses, des cotons, de l'huile et du chapelet.

La fraîcheur de l'eau l'apaisa.

Il se déshabilla et posa ses vêtements sur la banquette, au pied du lit. Il enfila son pyjama et s'allongea auprès de son épouse. Bientôt, il s'assoupit, sans parvenir à trouver un sommeil profond. De temps en temps il se réveillait, fébrile, et se tournait vers Inés pour vérifier qu'elle respirait. Puis la nuit finit par l'engloutir après qu'il se fut relevé, à moitié endormi, pour aller éteindre la lanterne qui éclairait la galerie.

L'obscurité recouvrit le manoir des Valdés et Punta do Bico devint un monde inhabité, sans ombres dans les rues ni sur les grèves, sans autre reflet que celui de la lune croissante sur la sourde marée de la nuit.

5

L'AUBE SE LEVA SUR PUNTA DO BICO comme chaque jour, sans que personne se soit rendu compte de ce qui s'était passé dans le Pazo d'Espíritu Santo.

Ni la servante aveugle, qui n'avait jamais vu les nourrissons.

Ni Isabela, qui n'avait pas repris la fillette dans ses bras, trop occupée à veiller sur le petit Jaime et sur Mme Valdés.

Ni Gustavo, qui ne s'était approché que quelques secondes de sa fille.

Et encore moins Inés, qui ne l'avait même pas vue.

Catalina – qui n'était pas Catalina – se réveilla dans son berceau douillet et Mariña la mit au sein. La petite fille téta à satiété puis, le lait coulant encore dans sa bouche, expulsa l'air accumulé dans son estomac. Elle y mit tout son cœur. Puis Mariña la baigna, l'aspergea d'huiles naturelles, la vêtit d'une robe.

De la cuisine parvenait l'odeur d'un *cocido*[5] galicien et la voix étouffée d'Isabela, qui donnait des instructions à Domingo, gardien et mari de Renata.

5. Sorte de pot-au-feu à base de viandes, de légumes et de pois chiches.

— Nous avons besoin de bois, Domingo. Tu ne vois pas qu'il n'y en a plus ? Et il faut aller acheter du poisson. Tu ne vas quand même pas laisser Renata s'en charger ? Elle vient d'accoucher ! Tu ferais mieux de prendre un peu plus soin d'elle.

— Quel poisson veux-tu ? demanda-t-il avec indifférence.

— Ce que tu trouveras. Ma parole, mais tu dors ou quoi ?

— Je commence par quoi ? Le bois ou le poisson ?

Isabela le regarda avec mépris, s'essuya les mains dans un torchon et lui dit de se débrouiller, elle n'avait pas que ça à faire ; qu'il se mette en route et plus vite que ça.

— J'entends don Gustavo dans l'escalier. Allez ouste, du balai !

— Isabela ! s'écria M. Valdés depuis le vestibule menant à la bibliothèque. Comment va ma fille ?

— Elle se repose avec la nourrice.

— Est-ce que cette femme est en mesure de… ?

Il laissa sa question en suspens, sans entrer dans des détails qui n'auraient fait que l'angoisser davantage.

— Oui, monsieur. Ne vous inquiétez pas pour la petite. Vous devriez voir ça, elle s'en sort très bien.

— C'est la meilleure des nouvelles. Apportez-moi un café, s'il vous plaît, demanda-t-il avant de s'éloigner.

La bibliothèque était la pièce préférée de don Gustavo. Un temple de livres, classés selon ses critères. Les meubles n'avaient pas bougé depuis l'époque de son grand-père, qui n'avait emporté qu'une collection d'ouvrages du XVIIIe siècle qui faisaient sa fierté. « Ces livres viennent de notre mère patrie », disait-il à ses invités, compatriotes pour la plupart, qui touchaient leur couverture comme s'ils foulaient le sol espagnol.

Isabela déposa le plateau avec le café et la blague à tabac, et monta voir doña Inés. La maîtresse de maison avait repris des couleurs. Elle était revenue à la vie.

— Amenez-moi ma fille, exigea-t-elle en apercevant la bonne. Qui s'en occupe ?

— La servante du Pazo de la Sardina. C'est une très brave fille, madame.

— Mariña ? L'aveugle ? demanda doña Inés en effleurant ses seins.

Elle sentit ses mamelons dressés et durs, les pressa, et le lait jaillit comme d'un volcan en éruption.

Isabela opina, ajoutant que Mariña était calme et douce, que c'était un plaisir de la voir avec la petite. Sa patronne n'exprima aucun étonnement, au grand soulagement de la bonne. Elle avait assez de soucis comme cela.

— Je veux lui donner le sein, Isabela. Soyez gentille, amenez-la-moi pour que la nourrice puisse rentrer chez elle.

— Tout de suite, madame.

Quelques minutes plus tard, Mariña entra dans la chambre avec Catalina dans les bras. Doña Inés eut un hoquet d'émotion.

— La tisane ! J'ai oublié la tisane. Je vais la chercher ! s'écria Isabela.

D'abord, elle guida Mariña jusqu'au lit, l'aida à placer Catalina sur la poitrine de sa patronne et partit en courant.

— Qu'elle est belle, mon Dieu ! s'exclama doña Inés en la baignant de larmes.

C'était la première fois qu'elle tenait sa fille dans ses bras. Du moins le croyait-elle.

Catalina s'agita comme si elle se frottait à une peau étrangère. Tendue, elle clignait des yeux telle une chouette, sans savoir où regarder. Elle se mit à pleurer furieusement.

— Qu'est-ce qu'il y a, mon petit ? Qu'est-ce qui ne va pas, mon amour ? murmura Inés.

— C'est normal, madame. Elle réclame mon odeur, expliqua Mariña. Mais elle va très vite s'habituer à la vôtre.

Catalina continuait de pleurer et de se débattre pour se libérer de ces bras inconnus.

— Bercez-la, madame. Faites-la un peu bouger, insista la nourrice.

Quand Isabela revint avec la tisane, Inés paraissait bouleversée. Elle voulut savoir si son époux était encore là et la bonne acquiesça.

— Il est dans la bibliothèque.

— Dites-lui de monter.

— C'est normal qu'elle soit bouleversée, insista Mariña. Qu'elle soit désorientée.

Le commentaire de la nourrice, glissé sans méchanceté, éveilla chez Mme Valdés un instinct de protection qu'elle n'avait pas éprouvé avec son premier enfant.

— Tout de même, je ne comprends pas...

Elle hésita avant de poursuivre.

— Vous ne l'avez allaitée qu'un jour ou deux. C'est moi qu'elle doit réclamer, je suis sa mère !

Mariña ne sut que répondre. Elle avait toujours le sentiment que les bébés qu'elle allaitait étaient un peu les siens et, même si elle regrettait de ne pas les voir, elle ne cessait jamais de s'en préoccuper.

— Mariña, je vous remercie pour votre aide, mais j'aimerais rester seule.

— Pardonnez-moi si je vous ai froissée, dit la nourrice. Ce n'était pas mon intention.

— Pas du tout.

Inés se tut. Elle ne pouvait quitter Catalina des yeux. La peau mate, les cheveux bouclés sur le dessus du crâne, un duvet sur les joues qu'elle lui couperait quand elle en aurait la force. Née en février, avec la bénédiction des vents hivernaux du sud-ouest. Comme Inés, venue au monde un jour de janvier 1877.

— Catalina, c'est très joli, tu sais ? Dieu seul sait pourquoi la Sainte Vierge t'a donné ce prénom. Comme tu es petite ! chuchota-t-elle. Ne pleure plus…

Gustavo entra dans la chambre au moment où Mariña prenait congé.

— Je m'en vais.

Le jeune père se confondit en remerciements. C'était le moins qu'il devait à cette femme qui avait sauvé la vie de sa fille.

— Je ne sais comment vous remercier. Nous vous serons éternellement redevables. Transmettez tous mes respects à vos maîtres. Je vous raccompagne.

M. Valdés n'aurait jamais imaginé prononcer un jour ces mots-là, ni être redevable à la famille qui avait trahi son grand-père. Il prit Mariña par le coude et la guida jusqu'au portail. La canne de la jeune fille reposait contre le mur de pierre.

— Dieu vous garde, dit-il en la lui mettant entre les mains.

De retour dans la chambre, Gustavo se pencha vers Inés et l'embrassa sur le front.

— Tu vas encore prouver que tu es la meilleure mère du monde.

Elle se redressa sur les oreillers, luttant contre l'épuisement de son corps. Elle se sentait si faible que même les mots tremblaient sur ses lèvres.

— La petite ne voulait pas rester avec moi.

— Non, mon amour. Ce n'est pas ça…

— Si, elle voulait rester avec Mariña… répondit-elle avec tristesse.

— Qu'est-ce que ça signifie ?

— Je ne sais pas, Gustavo. Je ne sais pas ce que j'ai…

— Il s'est passé quelque chose ?

— Non, il ne s'est rien passé, mais la petite… répéta doña Inés. Elle voulait retourner avec elle…

— Ne dis pas de sottises.

— Ce ne sont pas des sottises, Gustavo.

— Elle est avec toi maintenant ! C'est tout ce qui compte.

— Seule une mère peut savoir cela : la petite ne voulait pas rester avec moi.

Gustavo ne la contredit pas afin de ne pas faire remonter la fièvre. Il caressa ses cheveux négligés après deux jours de lit.

— Tu es belle, murmura-t-il.

— Mon Dieu, quelle peine immense je porte ici ! s'écria-t-elle en désignant son cœur, où reposait la tête de Catalina.

— Mais l'important c'est que tu es belle, mon amour, répéta-t-il pour la sortir de ses ruminations.

— Tu as remarqué ? Une petite fille est enfin arrivée dans cette famille. C'est ta mère qui l'envoie.

Gustavo posa les yeux sur sa fille. La seule évocation de doña Marta lui retournait les entrailles et lui vrillait l'estomac.

— Ne prononce pas son nom.

— Pourquoi ne le ferais-je pas, mon amour ?

— Parce qu'elle est morte.

Catalina ne cessait de gémir.

— Inés, je dois aller à la scierie. J'essaierai de revenir avant la nuit. Repose-toi. J'écrirai à San Lázaro, et dans toutes les plantations on saura que la première fille Valdés est venue au monde.

Inés se moquait bien de savoir qui serait au courant. Elle avait été heureuse là-bas, mais un an après le départ du couple pour Cuba, le malheur s'était abattu sur sa famille. Ses parents étaient morts et ses sœurs avaient émigré. Plus rien ne l'attachait à cette terre.

— Vas-y, et ne t'inquiète pas. Nous t'attendrons ici.

Ils se dirent au revoir d'un baiser sur la joue, et Inés persista dans son idée.

— C'est ta mère qui nous a envoyé cette petite fille, mon amour, souffla-t-elle.

Gustavo inspira profondément avant de refermer la chambre où son épouse continuait de bercer le bébé.

— Je t'aimerai toujours, dit-elle en abaissant le drap pour placer l'enfant en position de tétée.

Catalina eut du mal à ouvrir la bouche pour s'accrocher au sein brûlant. Inés ignorait combien de tourments cette enfant qu'elle n'avait pas mise au monde allait lui infliger, et combien elle souffrirait de trop l'aimer.

6

L'HISTOIRE DE L'HOMME est celle de ses amours. Gustavo Valdés avait rapporté cet enseignement de Cuba. Mais il n'avait pas appris que les feux de la chair consument l'homme comme la femme.

Ce matin-là, lorsqu'il quitta le manoir, non sans s'être assuré que Renata ne rôdait pas dans les jardins, il décida de ne pas se rendre à la scierie. Il avait besoin de sentir le pouls de ses plantations de chênes et de châtaigniers. C'était un bois de quatre kilomètres de long sur trois de large, clôturé sur tout le périmètre depuis l'épisode du Borgne. Personne n'avait jamais réussi à assembler tant de terres en si peu de temps, en achetant des parcelles aux uns et aux autres, en déplaçant les paysans, en négociant avec les étrangers. C'était là son chef-d'œuvre débordant de vie. La terre ne possédait pas la magie de la mer, mais elle imposait aussi ses règles. Elle ne rugissait pas comme les flots déchaînés, pourtant son silence n'était pas moins éloquent.

Il marchait d'un bon pas, son parapluie fermé à la main, heurtant le sol de sa pointe à chaque enjambée. Depuis des jours, il était en proie au plus grand désarroi, à se demander s'il perdait la raison ou si c'était la peur que Renata avait instillée dans son cœur. Comme les marées de Punta do Bico qui ramenaient sur le rivage les corps des naufragés, les mots de son épouse faisaient à présent remonter à la surface le souvenir de doña Marta. Il craignait que cette petite fille ne contamine à nouveau sa famille comme le typhus, la peste.

Il déambula entre ses arbres, regarda ses ouvriers travailler à l'élagage, savoura sa bonne fortune. Chemin faisant, il donna quelques ordres avec l'autorité d'un seigneur féodal. Il souhaita une bonne journée à chacun et prit la direction de la scierie en s'efforçant de marcher lentement pour contrôler ses pensées, où serpentaient les courbes de Renata.

Dieu sait que ça n'a été qu'une passade.

Un frisson le secoua de la tête aux pieds.

Une passade ?

Une passade, se répondit-il.

Un fantôme aux jambes nues, découvertes, impudiques. Un mirage de femme auquel il s'était abandonné sans savoir pourquoi.

Pourquoi ?

Il n'avait pas de mots pour se l'expliquer. Pour la première fois de sa vie, au bord du gouffre, Gustavo put comprendre la trahison de son père.

J'ai péché pour la même raison que mon père. Voilà pourquoi je l'ai fait, se répondit-il comme si cet alibi l'exonérait de toute responsabilité.

Et pourquoi ton père l'a-t-il fait ?

Parce que la chair est faible, hélas, et la volonté fragile. Parce qu'il est humain de pécher. Parce que l'homme n'est pas un saint.

S'il n'avait pas eu le temps de lui poser la question – l'infarctus était survenu trop tôt –, il n'aurait de toute façon pas cherché à le faire. Il est des questions qu'un fils ne pose pas à un père.

La réponse résidait peut-être dans le manque de volonté de son père, l'incapacité à réprimer ses instincts, une propriété que ce dernier lui avait laissée en héritage. Les femmes éveillaient son désir.

Si María Victoria savait marcher dans les champs de canne à sucre en roulant des hanches, Renata avait dans le regard le magnétisme des chats noirs – doré le jour, vert la nuit –, des lèvres charnues et des seins qui transparaissaient sous ses vêtements. Elle avait l'art d'apparaître et de disparaître au moment où on s'y attendait le moins, comme si elle savait à quel moment le maître était vulnérable. Elle semblait sentir son désir, les appétits diaboliques qui le rapprochaient de l'abîme.

Ainsi pécha-t-il.

Par une nuit parfumée de printemps, il avait cédé. Jamais par la suite il ne put la chasser de sa mémoire, car certains souvenirs ne se noient jamais dans l'oubli.

Les indomptables désirs qui gouvernent les hommes l'avaient poussé à commettre une erreur qu'il allait payer toute sa vie.

Il l'avait pénétrée avec cette ardeur qui avait déserté son mariage, et retrouvé en elle la passion ternie par les ans. Il avait savouré le danger dans chaque baiser, chaque assaut, chaque gémissement étouffé par ses mains afin de ne pas être découvert. Il n'avait jamais aimé Renata mais il aurait pu : sa sensualité le foudroyait chaque fois qu'il l'apercevait.

Il l'aurait pénétrée mille fois. Lorsqu'il avait appris qu'elle était enceinte, M. Valdés n'avait pas hésité un instant : l'enfant était de lui, puisque Renata se plaignait que Domingo n'était bon à rien, pas même à accomplir son devoir conjugal. S'il n'avait nul besoin que la gardienne le lui confirme, Gustavo avait frémi en l'entendant déclarer :

— Cet enfant est le nôtre.

En le regardant droit dans les yeux, comme pour obtenir sa clémence ou un geste de compassion.

— Non ! Vous et moi ne partagerons jamais rien. Rien !

Du jour au lendemain, don Gustavo était redevenu le patron distant, le maître aux mains errantes dont Renata aurait dû se méfier.

— Faites le nécessaire pour empêcher que cet enfant vienne au monde. Vous mangerez toujours à votre faim et votre mari pourra boire tout son soûl. Je me montrerai généreux, mais jamais aucun bâtard n'entachera cette famille.

— Comment peux-tu me dire ça, Gustavo ? Pourquoi ce soudain... ?

Il ne l'avait pas laissée finir, ne pouvant tolérer ce tutoiement qu'ils utilisaient dans leur seule intimité.

— Un peu de tenue, je vous prie. Ce qui s'est passé a été une terrible erreur. Je ne la répéterai pas. Cet enfant ne peut pas venir au monde.

Ces quelques phrases avaient blessé la domestique plus sûrement que cent coups de fouet de San Lázaro. Furieuse, Renata avait ressassé des mots qu'elle s'était abstenue de prononcer, par crainte des conséquences.

Non seulement elle n'avait pas interrompu sa grossesse, mais elle avait veillé à ne pas porter de charges lourdes, de petit bois, d'outils agricoles ou de bidons de lait. Personne n'avait remarqué avec quel soin elle s'agenouillait pour nettoyer les sols, ni qu'elle s'était mise à respecter strictement ses horaires de travail. On ne la voyait plus ni à la taverne, ni au port, ni aux fêtes communales. Pourtant personne ne s'apercevait de rien, pas même son mari Domingo. Seul M. Valdés remarquait que son ventre s'arrondissait.

Si, à l'époque, Renata s'imaginait déjà ce qu'elle serait capable de faire pour sa fille, nul ne l'avait jamais su.

Nul n'avait jamais su non plus si elle avait tout planifié et mûri en attendant patiemment le jour *j* pour mettre à exécution son projet.

À sa décharge, la gardienne avait averti Gustavo à la porte du manoir lorsqu'ils s'y étaient rencontrés le lendemain de la naissance de ses deux filles.

— Tu vas me le payer, *filliño.* Et dans cette vie-là. Moi je n'en ai pas d'autre.

Le sol avait gelé sous les pieds de Gustavo. S'il fallait reconnaître une qualité à Renata, c'était sa persévérance. Pour le meilleur et pour le pire. Elle était capable de tout, mais à cet instant elle-même n'imaginait pas encore jusqu'où elle irait.

Lorsqu'il entra dans la scierie, le cri de Fermín le tira de ses pensées.

— Dieu merci vous voilà, don Gustavo !

Il semblait bouleversé.

— Que se passe-t-il, Fermín ?

— Un télégramme est arrivé de Cuba.

— Un télégramme ?

Gustavo fut aussi surpris que son contremaître par la nouvelle. Ils savaient tous deux que son frère Juan, le seul Valdés encore en vie sur l'île, n'écrivait qu'à Noël et pour les anniversaires. Il allait découvrir que son nom figurait sur le télégramme, mais pas à l'emplacement de la signature.

7

— NOUS EMBARQUERONS DÈS QUE POSSIBLE.

— Gustavo, pour l'amour de Dieu, nous ne pouvons pas faire cela. Je ne suis pas encore rétablie et nous ne savons pas ce que nous allons trouver là-bas. Cuba n'est plus notre patrie.

— La discussion est close. Isabela aura tout le temps de faire nos bagages.

— Gustavo, je t'en prie, supplia à nouveau Inés. Et le manoir ?

— Renata et Domingo s'en occuperont.

— Et la scierie ?

— Fermín s'en chargera.

— Oh, grands dieux !

— Inés, s'il te plaît, ne me rends pas la tâche plus difficile. Mon frère est mort ! Il était célibataire, il ne s'est jamais marié. Il s'est consacré à la plantation de mon grand-père. Le moment est venu que je prenne la suite. Nous ne pouvons pas abandonner l'exploitation !

La nouvelle du décès de Juan Valdés se répandit dans la scierie comme une traînée de poudre. « Est-ce que le patron s'en va ? » « Est-ce que les Valdés quittent le pays ? » Les ouvrières reniflaient entre les scies et les hommes se prenaient la tête dans les mains comme si on venait de leur annoncer la fin du monde.

Ils espéraient tous entendre le patron leur garantir la pitance du lendemain, mais M. Valdés quitta l'usine sans avoir ouvert la bouche. À ce moment-là, il ne savait pas comment faire face à ses employés, comment les regarder dans les yeux pour leur dire la vérité qu'il avait également cachée à Inés : il n'avait aucune idée de la date de leur retour, ni de ce qu'ils trouveraient à la raffinerie Diana – la ruine ou la prospérité.

Après avoir parlé à sa femme, il s'enferma dans la bibliothèque. De temps en temps on l'entendait toussoter. Il ne donnait nul autre signe de vie.

Doña Inés pleurait sans discontinuer : le bébé était encore très faible et elle doutait que ses seins produisent assez de lait pour le rassasier. Quant à Isabela, elle ne s'en sortait pas avec les bagages et ne faisait que se lamenter.

— Madame, qu'est-ce que je fais des robes longues ? Est-ce qu'elles vont dans des housses ou dans la malle ? Et les complets de Monsieur ? Est-ce qu'il en aura besoin, là-bas ?

— Je ne sais pas quoi vous dire, Isabela. Tout s'est passé si vite... si vite ! Et mes enfants ? Que vont-ils devenir ?

Le petit Jaime, âgé d'un an, cajolait sa sœur, indifférent à l'agitation ambiante.

— Ne vous inquiétez pas pour les enfants. Ils seront heureux n'importe où.

— Je dois dire au revoir aux dames de Punta do Bico. Nous ne pouvons pas partir ainsi, en aucun cas, comme si nous étions des fugitifs contraints d'abandonner leurs terres.

— Madame, pour le moment, concentrez-vous sur les bagages. Pour l'amour de Dieu, dites-moi ce que je dois faire de tout ça.

La bonne désigna les armoires remplies de vêtements provenant des meilleures maisons de couture. Chapeaux, gants, chaussures, sacs.

Sa patronne les contempla avec consternation, désemparée de ne pouvoir répondre à une question aussi simple.

— Isabela, vous m'avez habillée ces dernières années. Vous savez ce que je porte et ce que je ne porte pas. Tout ce que vous choisirez me conviendra. Je vous promets de ne pas faire d'histoires quand nous arriverons à Cuba.

Inés gardait de bons souvenirs de là-bas, mais elle s'était habituée à la vie à Punta do Bico. Oubliés le chagrin de la distance, la nostalgie des caresses du soleil ou les promenades sur les quais et d'où elle regardait les navires partir vers d'autres horizons. Elle avait parfois eu la tentation de monter à bord et de s'enfuir avec ses parents, mais ses parents étaient morts et sa famille était à présent au Pazo d'Espíritu Santo. Elle était une Valdés.

À présent, avec ses malles en désordre dans sa chambre, elle n'avait d'autre choix qu'accepter les événements avec une résignation toute féminine. Inés avait déjà versé son lot de larmes en lisant les nouvelles qui parvenaient aux journaux par le télégraphe. Après la débâcle de 1898, la renonciation à la souveraineté sur Cuba et la cession de Puerto Rico et des Philippines, l'Espagne avait cessé d'être un empire, et Inés redoutait de retrouver un pays hostile où ils ne seraient plus les seigneurs du sucre mais les perdants de l'histoire. Pourtant, elle n'osait pas s'ouvrir de ses craintes à son époux, car son opinion n'avait jamais intéressé personne. À vrai dire, l'opinion des femmes comptait peu pour les hommes, mais beaucoup pour le reste de la gent féminine. C'est pourquoi Inés étanchait sa curiosité dans les pages des journaux qui arrivaient au manoir, ou dans les livres qui l'occupaient lorsque Gustavo était à la scierie.

Assise sur le tapis de la bibliothèque, elle pouvait passer des heures à lire Emilia Pardo Bazán ou les poèmes de Rosalía de Castro[6]. Ce qu'elle apprenait, elle le répétait lors des thés avec les dames de la bonne société, et elle leur indiquait ce qu'elles devaient réclamer à leur mari. « Demandez-leur des livres, ils durent aussi longtemps que les bijoux », leur disait-elle. Si elle parvenait à en convaincre ne serait-ce qu'une, c'était une victoire pour l'humanité entière. Elle faisait de même avec les ouvrières de la scierie, quoique son discours soit différent. Elle leur disait de ne pas se laisser tripoter par leur mari si elles ne le souhaitaient pas. Qu'aucun homme n'avait le droit de lever la main sur elles. Que les insultes étaient proscrites, et de couper leur vin avec de l'eau pour éviter l'ivresse. Tout cela contredisait les homélies dominicales de don Castor, mais Inés n'en avait cure. Quand le curé déclarait que la femme était au service de l'homme, Mme Valdés se retournait sur son banc et regardait Jésus-Christ en exigeant des explications.

Mais personne ne lui répondait jamais.

La voix dominante était celle de don Castor, point final.

Aussi après la messe doña Inés se hâtait-elle de rentrer au manoir pour noter les mots du curé afin de ne pas en oublier un seul, et de profiter des réunions pour les réfuter ensuite.

À la mi-journée, le ventre vide et d'humeur massacrante, Gustavo sortit de la bibliothèque et demanda où en étaient les préparatifs. Inés répondit qu'ils avançaient bien, et faillit l'interroger sur l'avenir, quand

6. Emilia Padro Bazán (1851-1921) et Rosalía de Castro (1837-1885) sont deux écrivaines originaires de Galice, figures emblématiques des lettres espagnoles, mais aussi pionnières de la cause féminine.

ils partiraient, par quel bateau, s'ils avaient déjà leurs billets. Mais elle n'osa pas et le laissa repartir avec ses démons. La porte claqua et un tourbillon de vent entra par les fenêtres restées ouvertes pour aérer.

— Où va-t-il ? demanda Isabela non sans indiscrétion.

— À l'usine, je suppose. Cet homme m'inquiète. Il ne nous dit rien, nous ne savons toujours pas quand nous partons.

Inés regarda la fenêtre, puis la bonne.

— Il avait mauvaise mine ou c'est une idée ?

— Il avait mauvaise mine, madame.

Doña Inés se tut. Si elle comprenait ce que vivait son mari, elle se sentait plus seule que jamais.

Ce faisant, elle décida d'écrire un petit mot d'adieu à toutes les dames de Punta do Bico. Quelques lignes seulement, que Renata irait porter en main propre dans les demeures alentour.

Elle s'assit à la table ronde de la galerie, sortit sa plume et une feuille de papier. Elle ne savait pas quoi leur dire. Les idées, les sentiments, les pensées se bousculaient dans son esprit comme un courant électrique qui l'empêchait de réfléchir. Elle se parlait à elle-même.

Dis-leur que tu penseras toujours à elles, que ton cœur restera ici, à Punta do Bico, que tu retournes au pays de ton enfance mais que tes enfants sont d'ici, que tu emmènes Jaime et ta petite fille chérie, la jolie Catalina, qui grandira au son d'un autre océan. Que tu laisses ici le manoir, preuve indubitable que vous reviendrez. Quoi qu'il arrive.

Doña Inés écrivait au fil de ses pensées et, en couchant les mots sur le papier, elle ressentit le poison de l'incertitude et de la nostalgie.

« Quoi qu'il arrive, nous reviendrons. »

Elle conclut ainsi chacune de ses lettres, apposa sa signature et ajouta une dernière phrase : « En mon absence, n'oubliez pas de lire. »

Elle glissa les feuilles dans des enveloppes, les cacheta et descendit en courant chercher Renata, qui s'affairait dans la cuisine.

— Ah, madame ! s'écria la domestique en la voyant. Vous avez bien bonne mine !

— Comment va votre petite fille, Renata ? Je n'ai même pas eu le temps de vous le demander, répondit Inés avec un sourire sincère. Vous a-t-on donné le berceau ?

— Oui, madame. Elle dort comme un ange.

— Comment s'appelle-t-elle ?

— Clara. Elle s'appelle Clara, répéta Renata.

— J'aimerais la voir avant notre départ.

— Ah ? Et où allez-vous donc ?

— Monsieur ne vous en a pas parlé ?

— À moi ? Bien sûr que non. Je ne sais pas s'il en a parlé à Domingo.

Renata se sécha les mains dans un torchon et, avec un regard inquiet, demanda à nouveau :

— Où allez-vous ?

— Ne dites pas que je vous l'ai dit, mais nous partons à Cuba. Le frère de Monsieur est décédé et nous devons y aller pour reprendre l'exploitation sucrière.

— Oh, madame, c'est terrible !

Soudain, l'image des deux petites filles lui revint, et aussi son geste furtif, sa fille Clara sous la couverture de Catalina.

Pourquoi ai-je fait ça, mon Dieu ? gémit-elle intérieurement.

Le regret se mua en souffrance lorsqu'elle prit conscience qu'elle allait perdre son enfant. Sinon à jamais, du moins le temps que durerait l'absence de ses maîtres.

— Êtes-vous sûre de votre décision ? demanda Renata en retenant ses larmes.

— Ce que je veux importe peu… Ne pleurez pas, Renata. Nous reviendrons.

Inés s'approcha d'elle, la prit dans ses bras et caressa ses longs cheveux noirs et raides.

— Vous restez ici. Votre fille ne manquera de rien, l'assura-t-elle.

— Ici, au manoir ?

— Naturellement, Renata.

La domestique posa le chiffon sur la pierre de l'évier, mais ne put lui rendre son étreinte.

— Je comprends que vous soyez surprise, mais tout ira bien, murmura sa maîtresse. Prenez soin de votre petite fille pour qu'elle grandisse en pleine santé. Et faites-moi une faveur : gardez ces enveloppes et, quand nous serons partis, faites le tour des pazos des alentours et remettez-les en main propre aux dames, vous voulez bien ?

— Oui, madame. Entendu.

— Et maintenant aidez-moi à recouvrir les meubles de draps. Isabela est occupée avec les bagages. Nous n'avons pas de temps à perdre.

Les adieux à la scierie se déroulèrent sans cérémonie. Gustavo convoqua Fermín et lui fit part de ses projets. Il lui dit qu'il resterait à la tête de l'usine, qu'il avait plus que jamais besoin de lui et que l'essentiel était qu'il se fasse respecter. Le contremaître était plongé dans un état d'angoisse indicible.

— Et maintenant, conclut Gustavo, je vais rassembler les hommes.

Fermín ne put retenir ses larmes : elles inondèrent ses joues et les mains dont il les couvrit afin que les ouvriers ne le voient pas pleurer.

Ils avaient tous un froid au fond des yeux, et la fatigue creusait les rides de leur visage, chez les plus âgés comme chez les plus jeunes. Les callosités au creux des mains étaient les symptômes habituels de ceux qui manipulaient le bois, gelé en hiver, sec en été. Le labeur imprimait chez chacun d'eux le même stigmate.

Il en allait de même pour la tenue des femmes. Le foulard dont elles couvraient leurs cheveux était noir, tout comme leur uniforme de travail, porté sur d'épais bas de laine tricotés à la main. Leurs sabots résonnaient à chaque pas.

— Et Mme Valdés, elle s'en va aussi à Cuba ? demanda l'une d'elles.

La question parut si incongrue posée de la sorte, sans préambule, dans un moment d'une telle gravité, que Gustavo balaya l'atelier du regard pour identifier l'ouvrière qui avait parlé, puis répondit sans hésitation.

— En effet. Madame viendra avec son époux et leurs deux enfants.

Fin de la discussion, faillit-il ajouter.

En réalité, il était absurde d'imaginer que doña Inés puisse rester au manoir, mais l'estime qu'elles lui portaient était telle que l'intervention de l'ouvrière était plus un vœu pieux qu'une question. Celles qui appelaient de vraies réponses restèrent en suspens, puisque personne d'autre n'osa ouvrir la bouche. Ensuite, les femmes de la scierie se réunirent dans les baraquements de la cantine et se livrèrent aux hypothèses les plus fantaisistes : et si la famille était ruinée, et si un fléau avait frappé Cuba, et si le frère célibataire de don Gustavo avait été assassiné dans d'étranges circonstances… ?

Et si…

Ainsi se déroulèrent les choses à la veille du départ des Valdés pour Cuba ; tout le reste n'est que commérages.

Les adieux au personnel de maison furent beaucoup plus difficiles. Sur le chemin du retour, Gustavo réfléchit à ce qu'il allait leur dire, mais chaque fois qu'il pensait à Renata la nausée le prenait.

Saisi d'un haut-le-cœur, il vomit.

Il vomit derrière la propriété, le front appuyé contre le mur, dissimulé par les buissons afin de ne pas être vu. De sa bouche sortirent une bile jaunâtre et des sucs chargés de douleur, de colère et de peur.

Lorsqu'il se fut repris, il fit venir les domestiques un à un dans le salon et leur parla avec un certain détachement, comme s'il s'adressait à des étrangers. Il éprouva un choc à voir les meubles recouverts de draps, les tableaux décrochés, le portait de don Jerónimo tourné face au mur. Mais sa voix ne trembla pas.

Le discours qu'il leur tint ne différait guère des explications qu'il avait données aux ouvriers de la scierie. Il ne s'adressa qu'à Domingo, sans accorder le moindre regard à Renata.

Il envoya le gardien prévenir le curé et le Dr Cubedo. Il le pria aussi de passer voir les seigneurs de la Sardina pour les informer de sa décision, mais se rétracta aussitôt.

— Non, il vaut mieux nous en abstenir. Je ne leur ferai pas ce plaisir.

Renata s'en alla en traînant des pieds.

— Isabela, déclara-t-il. Après réflexion, il me paraît souhaitable que vous partiez avec nous. Madame a besoin de vous.

— Mais, monsieur… balbutia-t-elle.

— Vous préférez rester ici, à mourir de froid ?

— Non, monsieur.

— Eh bien n'en parlons plus. Allez finir les bagages. Nous partirons demain matin à la première heure.

Ainsi les Valdés – don Gustavo et doña Inés, leur fils Jaime, la petite Catalina et Isabela – partirent-ils pour le port un mercredi de février répartis dans plusieurs voitures chargées de bagages. Au total, sept malles contenant leurs vêtements ; la vaisselle de Madame qui avait fait le voyage aller et retournait à présent à Cuba ; les draps de leur nuit de noces et les linges de coton qui enveloppaient les bijoux ainsi que les chapeaux de doña Inés, et une sculpture en bois de l'apôtre saint Jacques.

Les chiens hurlèrent à la mort et Domingo dut les attacher à la grille pour qu'ils ne courent pas derrière leurs maîtres.

Aux portes de la propriété se tenait Renata avec Clara dans les bras ; elle tétait son sein avec la voracité des miséreux. C'est la première fois qu'Inés vit sa fille et, sans savoir pourquoi, elle n'oublierait jamais cette image.

À nouveau, la gardienne murmura les mots destinés à don Gustavo :

— *Xa empezaches a pagar, filliño*[7].

Piétinant les feuilles couvertes de givre, elle regagna la maison où elle avait donné naissance à une petite fille dont elle ignorait si elle la reverrait.

À ce moment-là, Clara se mit à pleurer. Renata la regarda dans les yeux et sécha ses larmes, ignorant si elle pourrait l'aimer comme son propre enfant.

---

7. « Tu as déjà commencé à payer, mon garçon. »

8

Quelques heures s'étaient écoulées depuis que le paquebot de la compagnie maritime Arrotegui avait levé l'ancre à destination de Cuba. Inés n'avait pas bougé de la cabine de première classe attribuée à la famille Valdés. Le froid s'était immiscé jusque dans ses os.

Elle n'avait même pas eu envie de regarder s'éloigner la terre et le manoir dressé sur la colline d'Espíritu Santo, sa façade de pierre éclairée par un soleil pâle. Elle était accablée de ne pas savoir quand ils reviendraient, mais n'osait pas interroger Gustavo à ce sujet.

Les adieux à Renata et Domingo et la visite matinale de don Castor et du Dr Cubedo, passé examiner une dernière fois le bébé, lui avaient laissé un goût amer dans la bouche. La domestique avec sa petite fille dans les bras avait éveillé en elle un sentiment d'envie. Elle qui n'avait rien à envier à personne, qui avait tout, qui était consciente de sa chance et de ses privilèges.

Et pourtant…

Elle l'enviait parce qu'elle restait en Espagne, tandis qu'elle-même voguait vers l'inconnu avec ce bébé craintif et méfiant envers sa propre mère.

Pendant qu'elle mettait Jaime au lit et s'évertuait à endormir Catalina, son époux conversait avec ces messieurs et le capitaine. Ils parlaient de la perte des colonies, de la débâcle espagnole, du sauvetage de la monarchie. Inés s'intéressait également à ces sujets mais n'avait jamais voix au chapitre dans les discussions.

Inclinée contre le dossier de son siège, Isabela semblait inquiète. Elle contemplait ses mains comme si elle avait déjà commencé à compter les jours avant l'arrivée au fort de La Havane. Elle n'avait pas assez de ses dix doigts pour les dénombrer.

Des semaines difficiles les attendaient, Inés le savait. Elle gardait les pires souvenirs du voyage aller. Peut-être parce qu'ils avaient traversé l'Atlantique dans des cabines sentant la poule et le poireau.

Elle aurait aimé que le soleil soit assez haut pour aller se promener sur le pont, où les hommes soufflaient dans des gaïtas et où les femmes dansaient des *muñeiras*[8] et égrenaient leur chapelet. L'idée de retourner à Cuba n'avait jamais figuré dans ses projets. Non plus que celle de s'installer en Espagne. Mais son amour pour Gustavo lui avait permis de vaincre ses réticences à quitter l'île, à abandonner sa famille et le confort de cette fabuleuse plantation où elle vivait avec ses sœurs, ces Lazariennes tant convoitées. Toutes trois étaient parties pour des destinations marquées du sceau de la diaspora amoureuse. La benjamine avait épousé un producteur de café dominicain et l'aînée un capitaine de la marine britannique qui l'avait emmenée à Liverpool. Elle, la cadette, avait été la seule à convoler avec un compatriote, mais

8. La gaïta est une cornemuse traditionnelle galicienne ; la *muñeira* (ou « danse de la meunière »), une danse populaire de Galice et des Asturies.

cela n'avait plus d'importance à présent. Elle rentrait à Cuba pour une durée indéterminée, transpercée par une bruine de nostalgie.

Une rage froide courait dans ses veines, et l'amour échouait à la chasser. Elle regarda Catalina et eut pitié d'elle. Elle regarda Jaime et éprouva le même sentiment. Laissant ses yeux s'égarer sur l'immensité de l'océan, elle finit par s'endormir sans se soucier du reste. Isabela céda au sommeil à son tour et les enfants s'assoupirent avant que leurs pleurs aient cessé.

Après quelques heures, Inés se réveilla fébrile, la mâchoire crispée à cause d'un cauchemar. Sa respiration était haletante. Elle avait enfoncé ses ongles dans sa paume et se sentait exténuée. Elle se ressaisit du mieux qu'elle put, se coiffa, lissa sa robe et poudra ses joues. Après avoir réveillé les enfants, elle pria Isabela de l'accompagner sur le pont. Elle avait besoin d'air.

Elles déjeunèrent dans un salon, même si leur appétit s'était évanoui. Elles n'avaient pas non plus soif, mais Isabela déclara qu'elles devaient faire des réserves pour parer à toute éventualité.

— Vous avez raison, concéda Inés. Allez chercher mon mari, s'il vous plaît.

Gustavo les rejoignit, et ils mangèrent et burent sous le regard des passagers qui s'arrêtaient pour admirer le nouveau-né et le petit Jaime.

À bord, c'était un défilé ininterrompu de matelots. L'effervescence offrait une distraction aux passagers, surtout aux heures des contrôles auxquels étaient soumis les émigrants qui partaient pour Cuba en quête d'un avenir. Comme si l'avenir était de l'or. Du sucre. Ou du café.

Au cours de la première traversée vers l'Espagne, elle avait entendu dire que, dans les cabines de troisième classe, il était courant de boire de l'eau-de-vie pour lutter contre le mal de mer, et qu'il n'était pas rare que, l'alcool aidant, les esprits s'échauffent et que la révolte gronde. Parfois contre la faim. D'autres fois contre la soif ou le froid. Mais le plus souvent les gens se révoltaient contre l'humidité qui les rongeait des pieds à la tête.

Les jours passèrent sans que personne sache dire combien s'étaient écoulés.

Il y en avait de bons.

Il y en avait de mauvais.

Certains étaient animés.

La plupart d'un ennui mortel.

La mer dictait sa loi et soulevait les estomacs.

Soudainement, Isabela, qui s'était tant désolée que sa maîtresse ne mange pas, perdit l'appétit et la parole. Appuyée contre le hublot donnant sur l'immensité d'un océan dénué de terre pour rompre la monotonie, elle sombra dans une sorte de léthargie. Puis la léthargie laissa place à une activité frénétique. Elle pliait et dépliait les vêtements, entrait et sortait de la cabine, bavardait avec les marins.

Le meilleur divertissement était la promenade du soir. Les Valdés et leurs enfants revêtaient leurs habits du dimanche. Inés agrémentait ses cheveux d'un ornement improvisé et, sous son manteau de laine, portait toujours des robes amples qui couvraient ses chevilles. On devinait à peine qu'elle avait été enceinte. La maladie, après l'accouchement, lui avait rendu sa taille de jeune fille.

Contrairement à ses craintes, ses seins produisaient encore assez de lait pour nourrir Catalina. Le roulis berçait la fillette et son frère, qui s'endormaient paisiblement jusqu'au lendemain. Vers trois heures du matin, Inés se levait pour allaiter Catalina.

Et ainsi de suite, jour après jour.

Chacun à l'image du ressac, avec ses hauts et ses bas.

Avec le silence pesant qui tombait sur la famille lorsqu'elle revenait de sa promenade ou des salons, où les enfants Valdés étaient l'attraction de ces dames. Toujours si bien vêtus. D'une pâleur exquise. Si douce, la peau de ce nouveau-né qui pourrait un jour raconter qu'elle avait fêté son premier mois à bord d'un bateau en route vers l'île perdue.

En public, Gustavo s'efforçait de dissimuler l'insurmontable angoisse de son âme. Le reste du temps, il était une ombre sans voix absorbée par la houle. Il semblait chercher des réponses à l'horizon, en un lieu imprécis que lui seul pouvait appréhender du regard ou de son esprit agité de turbulences.

Xa empezaches a pagar, filliño.

Mais qu'est-ce que Renata a voulu dire, mon Dieu ? Que dois-je encore payer alors que je souffre déjà de savoir que ce bébé demeuré en Galice est le mien, qu'il est de mon sang et vivra dans le même monde que moi ?

Le pire était que les tourments, les questionnements intimes qu'il ne pourrait jamais confier à personne finiraient par le transformer en loup des steppes, en être solitaire aux pensées suicidaires, rongé par un exil intérieur qui allait l'éloigner de son destin.

Filliño…

La façon dont cette femme s'était adressée à lui, à la fois moqueuse et perverse, une demi-insulte enveloppée de tendresse, le mettait au supplice.

Il passa en revue tout ce qui restait au manoir et que la gardienne pouvait utiliser à mauvais escient. Les factures, la correspondance, les lettres des ouvriers qui savaient écrire. Les comptes de la scierie, les baux des terres. Les comptes rendus des litiges avec le Borgne. Rien qui pourrait l'intéresser.

Si elle s'avisait de fouiller dans la bibliothèque, elle trouverait des photos de Gustavo enfant. Elle pourrait les voler, guère plus. Elle pourrait les voler, oui, se répéta-t-il, pour vérifier la ressemblance avec sa fille. Pour voir si elle tenait plus de son père. Ou d'elle-même.

Les derniers jours de la traversée, ils subirent des tempêtes qui leur semblèrent sans fin. L'océan déchaîné frappait la coque du navire, les vagues balayaient les ponts, et à chaque nouvel assaut les Valdés retenaient leur souffle.

La fureur dura cinq jours.

Cinq jours sans répit, au cours desquels les passagers s'en remirent à l'expérience du capitaine qui ordonna que personne ne quitte sa cabine en dehors des horaires autorisés. Il suggéra de limiter les repas, ce que les passagers de première classe n'envisagèrent pas, et les promenades furent interdites. Face à l'insistance de ces dames, le capitaine se vit contraint de maintenir ouvert le salon de thé.

Les éclairs illuminaient la cabine. Terrorisée, Isabela se recroquevillait les genoux contre la poitrine.

Et elle comptait.

Dix.

Neuf.

Huit.

Sept.

Et ainsi de suite jusqu'à zéro.

Puis elle recommençait.

— Tout va bien, ma Catalina. Tout va bien, ma belle. L'orage est passé, murmurait Inés.

Quand le bébé arrêtait de pleurer contre la poitrine de sa mère, c'est Jaime qui gémissait, terrorisé. Alors Inés l'entourait de son bras libre.

— Tout va bien, mon garçon. C'est fini. Ce n'est qu'un orage. Bientôt, très bientôt, nous arriverons à Cuba.

Les heures se suspendirent.

Inés observait Gustavo sans lui réclamer un mot de réconfort, une caresse, un regard protecteur. Depuis qu'ils avaient embarqué, elle avait remarqué ses absences. Le voyage l'éloignait de lui-même et elle sentait que quelque chose avait changé en lui à jamais. Gustavo était spirituel et bavard même dans les pires circonstances. Il voyait toujours le bon côté des choses même dans les pires situations. En fait, elle ne se rappelait l'avoir vu en colère que lors de l'affaire du Borgne. À présent, même s'il semblait n'être plus que l'ombre de lui-même, elle restait aussi amoureuse qu'au premier jour.

Elle s'en souvenait parfaitement. Comment aurait-elle pu oublier le plus beau jour de sa vie ?

Il avait vingt-deux ans, elle dix-neuf.

Il portait un costume de lin parfaitement ajusté à ses épaules.

À l'époque, elle pensait ne jamais le revoir, en raison de la haine viscérale que doña Lora vouait aux Valdés après l'assassinat de la servante María Victoria. Elle avait transmis son animosité y compris à ses perroquets, que la jeune Inés avait envisagé un temps d'empoisonner au désherbant.

Finalement, elle avait eu pitié d'eux.

Elle sourit en se rappelant combien les réunions familiales étaient ridicules avec le criaillement des oiseaux en bruit de fond. Jamais elle ne l'avait avoué à son mari, de peur de remuer le souvenir de ces sombres années. Elle ne lui avait pas dit non plus que sa famille avait repris contact avec les Valdés pour des raisons purement commerciales. La raffinerie Diana était si rentable que personne ne pouvait prendre à la légère les affaires de don Jerónimo. Mais pour ce qui était de pardonner au sens strict, les Lazariego ne le firent jamais. Doña Lora avait très mal pris l'épisode du fouet et demeurait persuadée que cette famille était possédée, que quiconque fouettait une servante, l'eût-elle mérité, devait être habité par un esprit malin. Le diable.

Inés songea avec pitié à tous les morts qu'elle avait laissés à Cuba, et à tous ceux qu'elle allait retrouver à présent. Surtout à don Jerónimo, qui n'avait jamais rien fait de mal.

Au contraire.

Le vieil homme avait quitté ce monde sans bruit.

Elle leva les yeux et vit son reflet dans le miroir au cadre de laiton qui se trouvait devant elle. Sa beauté demeurait intacte. Elle n'était plus la toute jeune fille d'autrefois, mais après deux grossesses elle avait toujours la peau lisse, le regard brillant et les cheveux abondants. Elle tourna les yeux vers sa poitrine épuisée par l'allaitement et, murmurant presque, s'adressa à son bébé :

— Je te donnerai ce que je n'ai pas eu : des ailes pour voler.

Elle embrassa ses joues humides de lait.

— Et un jour tu hériteras de la terre.

Elle se sentit frémir en prononçant ces mots en présence de son fils aîné, mais si elle avait bien souhaité une chose dans sa vie, c'était de donner naissance à une fille pour pouvoir s'opposer à la condition faite aux femmes. Une fille qui s'assiérait à la même table que les hommes. Qui lirait pour être libre.

Qui…

Imaginer l'avenir de Catalina l'occupa toute la nuit, tandis que le sommeil emportait le reste de la famille.

Les éclairs finirent par s'éloigner.

La traversée avait son immuable liturgie.

Passaient les jours.

Les nuits.

Les tempêtes.

Les malheurs partagés.

Les derniers signes d'épuisement sur le visage des passagers.

9

Dorita, la créole qui avait travaillé sous les ordres de doña Lora Lazariego, attendait patiemment au débarcadère du port de La Havane l'arrivée d'un navire de ligne en provenance de la Jamaïque pour le compte de ses nouveaux employeurs, les Brighton. Elle ne s'attendait pas à tomber sur Inés, mais en la voyant elle sauta de joie comme devant une apparition de la Vierge Marie. Elles s'étreignirent et s'embrassèrent.

— Que fais-tu ici, Dorita ? s'écria Inés. Tu étais au courant de notre arrivée ?

Dorita fit non de la tête et lui expliqua que les choses s'étaient gâtées depuis leur départ, que ses parents étaient morts de la maladie qui avait décimé des familles et des récoltes entières. Elle lui apprit aussi que les Britanniques et les Américains étaient les nouveaux maîtres du pays, qu'ils se montraient respectueux avec les domestiques, mais que les Espagnols lui manquaient.

Elle salua Gustavo et lui présenta ses condoléances. Elle avait appris le décès de son frère Juan. En réalité, il n'y avait personne à San Lázaro qui ne soit au courant.

— Êtes-vous venus pour remettre la raffinerie à flot ? demanda-t-elle avec curiosité.

Nul ne sut que répondre. Gustavo inspira profondément, et ses poumons s'emplirent d'angoisse. Ce n'était pas le moment de donner des explications au milieu de l'agitation du port, sous le regard des marins faisant leurs adieux depuis le bastingage, des émigrants exténués qui s'effondraient, à bout de forces, dans la poussière de la terre enfin atteinte. Ceux qui avaient de la famille à Cuba ou de l'argent n'avaient pas de problèmes. Mais les pauvres étaient mis dans des bateaux pilotés par des Noirs et conduits au camp de Triscornia, au sommet d'une colline, où ils étaient placés en quarantaine.

Dorita pinça la joue de Jaime et caressa la tête du bébé avant de leur dire au revoir. Et, avec la soudaineté d'une averse, l'image des Lazariego lui revint : ils avaient rendu leur dernier souffle dans ses bras. D'abord doña Lora, puis don Daniel, mort non de maladie mais de chagrin. Pour cela il n'existait pas de remède : nul ne guérit du chagrin.

Elle les avait enterrés elle-même à San Lázaro et avait envoyé un télégramme à l'adresse de chacune de leurs filles qui, naturellement, n'avaient pu arriver à temps pour déposer des fleurs sur leur tombe.

Ainsi avait été la vie en ce temps-là.

Ainsi commença la nouvelle vie des Valdés.

Ils laissèrent derrière eux le contrôle de la Commission de l'immigration et s'éloignèrent du port. Bientôt, le bruit des cheminées des bateaux ne fut plus qu'un murmure. Ils connaissaient parfaitement La Havane, mais ni Gustavo ni Inés ne reconnurent les rues, la plaza de los Mercaderes, les vendeurs de graines.

Rien.

Non plus que le drapeau qui flottait sur le fort du Morro depuis le 1er janvier 1899, jour où le général espagnol Adolfo Jiménez Castellanos avait livré Cuba au major de l'armée américaine John R. Brooke.

Désormais ils étaient des émigrants, et ils eurent soudain le sentiment que leur naissance et les années passées dans la colonie n'y changeraient rien. Ils posèrent leurs bagages par terre et essuyèrent la sueur de leur front. Catalina se mit à pleurer et Gustavo s'adressa à un groupe d'hommes élégamment vêtus pour leur demander comment ils pourraient se rendre à San Lázaro.

— San Lázaro, répéta-t-il. *We need to go to San Lázaro.*

L'un d'eux lui fit signe d'attendre.

— *Wait, sir.*

Quelques minutes plus tard, un mulâtre apparut avec une carriole tirée par un bœuf, sur laquelle ils chargèrent les malles puis ils prirent la direction voulue.

— À la raffinerie Diana, précisa Gustavo.

Le mulâtre n'avait pas la moindre idée de ce qu'était la raffinerie Diana, mais il savait où se trouvait San Lázaro.

— Il nous faudra toute une journée pour y arriver, monsieur.

— Je vous paierai ce que vous voudrez.

Gustavo s'assit à côté de l'homme dans le véhicule qui lui rappelait son enfance : son grand-père transportait ses esclaves d'un bout à l'autre de la propriété dans une carriole identique, la même qu'utilisaient les vendeurs d'eau pour apporter leurs tonneaux à la porte de la résidence familiale.

Ils longèrent le front de mer et traversèrent le quartier du Vedado avec ses imposantes demeures. Le drapeau américain qui flottait déjà sur la baie saluait les voyageurs depuis les balcons et les fenêtres. Ils quittèrent la ville, et le paysage devint une morne aquarelle de chemins poussiéreux bordés d'arbustes sans la moindre terre fertile à l'horizon. Gustavo en gardait un tout autre souvenir. Son regard d'enfant regorgeait de vergers et de plantations luxuriantes.

Bientôt, la route laissa place à une piste à bestiaux où ils parcoururent des kilomètres et des kilomètres en une interminable ligne droite.

Le mulâtre leur demanda qui ils étaient et d'où ils venaient. Gustavo n'était pas d'humeur à discuter, mais il savait qu'ils dépendaient de lui, aussi décida-t-il de se montrer poli.

Il lui raconta qu'ils étaient petits-enfants de Galiciens. Qu'ils étaient revenus parce que son frère était décédé et qu'ils ne pouvaient abandonner l'entreprise fondée par le premier des Valdés arrivé à Cuba. Qu'il gardait de beaux souvenirs de l'île mais ne la reconnaissait plus. Qu'il s'y sentait si étranger que cela lui donnait envie de pleurer. Le mulâtre le regarda du coin de l'œil pour voir s'il pleurait pour de bon.

— Nous avons été heureux dans ce pays, intervint Inés pour détendre l'atmosphère.

Elle faillit ajouter : « Si vous saviez à quel point… Nous sommes tombés amoureux avant la catastrophe et nous sommes mariés ici. Aujourd'hui nous revenons avec deux enfants qui apprendront à lire et écrire avec l'accent cubain. »

— Combien de temps resterez-vous, madame ? s'enquit l'homme.

— Oh, il est encore trop tôt pour le savoir !

Il leur fallut moins de temps pour atteindre San Lázaro que ne l'avait prévu le mulâtre, même si au milieu de la nuit ils durent s'arrêter dans un abri en pisé qu'ils trouvèrent à mi-chemin. Les enfants s'impatientaient ; il fallait faire une pause. Jaime avait faim et Inés avait besoin de se dégourdir les jambes afin de ne pas manquer de lait. Isabela avait du pain et des biscuits à l'anis enveloppés dans des chiffons ; le petit garçon les dévora en quelques secondes. Ils en offrirent également au mulâtre, qui mangea avec tout autant d'appétit.

Lorsque le soleil apparut à l'horizon, ils arrivèrent à San Lázaro. Le claquement des sabots du bœuf était le seul bruit qui rompait le silence. Il n'y avait personne dans les rues, mais Gustavo reconnut l'entrée du village où les maisons en bois avaient remplacé les masures au toit de chaume. Le mulâtre déclara que c'était une invention des Américains.

Lorsqu'ils aperçurent le portail de la plantation, une sorte d'euphorie s'empara des Valdés.

— Tout droit, là-bas ! Vous voyez cette porte en fer au virage, à gauche ?

Le mulâtre aiguillonna le bœuf avec un roseau en faisant claquer sa langue pour qu'il accélère. Trois chats noirs avec des taches blanches sur le dos se croisèrent en feulant. L'un d'eux boitait, salement blessé.

— Mes parents sont morts ici. Et nous voici de retour, murmura Gustavo d'une voix étranglée par l'émotion.

En arrivant devant le portail, il sauta à bas du chariot. Jamais il n'aurait imaginé l'ouvrir à nouveau pour dresser un inventaire de malheurs.

L'habitation principale était encore loin.

— Je vous emmène, monsieur. Les enfants et les dames ne vont pas faire tout ce chemin à pied. Maintenant que nous sommes là…

Une bande de chiens errants vint à leur rencontre. Efflanqués, affamés, ils montrèrent les crocs, effrayant Jaime qui se mit à pleurer. Le mulâtre les chassa avec un bâton et les bêtes s'enfuirent après un lapin, un serpent ou Dieu sait quoi.

L'image était déchirante pour Gustavo et Inés, qui avaient connu la raffinerie Diana à son apogée, bouillonnant de vie et d'animation, de soirées où se pressaient les invités, hommes d'affaires et politiciens de l'époque espérant décrocher quelque commission.

Gustavo paya le mulâtre avec plusieurs billets qui le firent presque rougir, et lui dit de repartir les poches pleines et la conscience tranquille.

La maison des maîtres ressemblait à une bouche édentée avec ses vitres brisées et sa toiture effondrée. L'eau de pluie avait stagné dans l'une des chambres de l'étage, formant une petite mare qui menaçait le plafond du rez-de-chaussée. La poussière recouvrait les meubles, les tableaux, les lampes, les bibelots et la cuisinière.

Ainsi que la grande table de la salle à manger.

Le dossier rembourré des chaises.

Les canapés et les fauteuils.

Les tapis.

La poussière recouvrait tout.

Le pire fut de découvrir un lapin mort dans le foyer de la cheminée, sur une montagne de cendres. Il avait les yeux ouverts et le ventre déchiqueté.

Inés n'osa pas entrer et s'attarda avec Jaime dans la cour où doña Marta avait fouetté à mort sa servante. Le poteau en bois était toujours là.

Isabela demanda si c'était la maison où ils allaient vivre, si ç'avait été la résidence de don Juan, et ajouta qu'elle se l'était imaginée autrement, connaissant la réputation du grand-père Valdés. Quelle déception ! répétait la bonne. Si elle avait su, personne n'aurait pu l'arracher à Punta do Bico, et quelle chance avait Renata d'être restée au manoir !

Inés ressentit une nouvelle pointe d'envie mais, toujours sage conseillère pour les autres, elle pria la bonne de faire preuve d'un peu plus de patience et de respect.

Elle reporta son attention sur Catalina et, après lui avoir donné le sein, la mit dans les bras de la bonne et s'en alla pleurer.

Elle longea les étables, les poulaillers et les baraquements des employés. Les traces des pillages restaient visibles dans le moulin, et les nuisibles avaient ravagé les plantations. Elles étaient sèches comme la bouche d'un mourant, comme ses propres lèvres, gercées. En passant la langue dessus, elle sentit comme du papier de verre. Elle s'assit sur un rocher et, pressant ses tempes, se souvint de la *santera*[9] qui lui avait lu les lignes de la main alors qu'elle était une enfant de quatorze ou quinze ans. Sa mère, doña Lora, l'avait emmenée la voir pour savoir si sa fille se marierait bientôt et si elle donnerait naissance à un enfant sur l'île. La voyante avait répondu oui à tout, que sa fille se marierait et tomberait enceinte.

Mais elle n'en avait pas dit plus.

Elle s'appelait Antonina Vargas.

Elle était jeune, elle doit être encore en vie, pensa-t-elle.

Et elle était bien en vie, mais lorsque Inés lui rendrait visite, elle ne lirait pas les lignes qui striaient ses paumes. Elle lui dirait quelle vérité elle avait tue à l'époque.

---

9. Prêtresse du culte caribéen de la Santería.

10

LES VALDÉS PASSÈRENT LEUR PREMIÈRE NUIT à la plantation sur des paillasses crasseuses récupérées dans les chambres. Ils ouvrirent les fenêtres pour laisser entrer la brise fraîche, chassèrent les insectes et cédèrent au sommeil les uns après les autres. Tous sauf Gustavo, qui profita du clair de lune pour allumer un feu au milieu de la cour et conjurer les mauvais esprits. Il sortit un fauteuil en rotin branlant et, assis devant les flammes, demanda pardon pour ses péchés et ceux des autres. Il recherchait l'expiation divine et offrait le malheur en guise de monnaie d'échange, comme s'il avait soldé sa dette. Ses terres dévastées ne pouvaient être que le résultat de sa pénitence.

Quoi d'autre, mon Dieu ? Que dois-je encore payer ?

Avant le lever du jour, il emprunta le chemin en ligne droite qui menait au cimetière de San Lázaro. Ses pieds étaient lourds et son esprit bouillonnait. Il marchait fou de rage. Ses veines palpitaient dans ses bras, dans son cou, la peur croissait à chacun de ses pas.

Où vas-tu, Gustavo ? demanda sa conscience.

Où vas-tu, mon garçon ? s'inquiéta le vieux Jerónimo. *Ne t'aventure pas dans ce cimetière : il porte malheur.*

Son grand-père détestait cet endroit. Et pourtant l'architecte chargé de sa construction, le bon Francisco Aguado, était un ami de la famille. Il avait conçu un système de carillon pour annoncer l'arrivée d'un mort. Quatre coups de la grande cloche si le défunt était un adulte, et s'il s'agissait d'un enfant le même glas plus un coup de la petite cloche.

Ainsi en allait-il de la mort à San Lázaro.

Gustavo se remémora ses disparus.

Venancio, l'oncle simple d'esprit, qui était mort le premier.

Son père don Pedro et sa mère doña Marta, décédés en 1888, l'année qui avait changé sa vie avec cent coups de fouet et une balle de pistolet.

Son grand-père don Jerónimo et sa grand-mère doña Sole, disparus en 1897, un an après son mariage et son départ pour l'Espagne.

Enfin son frère Juan, le dernier Valdés d'outre-mer, celui qui semblait immortel et avait fini par mourir à vingt-quatre ans seulement.

L'île était le cimetière de sa famille.

— Qu'arrivera-t-il quand je ne serai plus là ? s'interrogea-t-il à mi-voix.

Seul comme une âme errante sans autre point d'ancrage que son présent, il se dirigea vers la pierre tombale en marbre où il lut, un à un, la liste des Valdés tombés à San Lázaro.

Il manquait la créole qu'avait épousée Venancio et leur petit garçon, mais il se souvint que sa famille les avait réclamés et que son grand-père avait accepté de lui remettre les corps. Il remarqua aussi que le nom de son frère n'était inscrit nulle part.

Il parla à chacun de ses morts. Il n'avait rien à reprocher à don Jerónimo ni à sa grand-mère doña Sole, qui avait été la plus sainte femme de la famille. À son père, en revanche, il dit ses quatre vérités. Il cracha tout ce qu'il avait sur le cœur. Il lui avoua qu'il avait en Espagne une fille née du ventre d'une servante, et lui en imputa la faute.

— C'est la malédiction de ton sang qui me guide, lui dit-il comme si cela pouvait le soulager.

Il l'accusa également d'être responsable de son orphelinage précoce et d'avoir souillé la mémoire de sa mère.

— Tout cela, c'est à cause de toi ! cria-t-il.

Les défunts se retournèrent dans leur tombe.

Il ne dit rien à Venancio, et réserva ses dernières larmes à sa mère. Il lui raconta être père de deux enfants.

— Et je suppose que tu sais que j'ai une autre fille en Espagne, dit-il dans un long soupir.

Il s'effondra et sa tête heurta le marbre sans qu'il ait obtenu le moindre signe qui puisse lui redonner foi.

Au petit matin, les gardiens du cimetière le trouvèrent gisant sur la tombe de ses ancêtres. Ils tentèrent de le réveiller, le giflèrent, lui versèrent de l'eau sur le visage.

Rien n'y fit.

Don Gustavo était une masse de chair inerte.

Finalement, ils décidèrent de le charger sur un chariot et firent des conjectures. Puisque personne ne se couche sur la tombe de parfaits inconnus, ils supposèrent qu'il s'agissait d'un Valdés de la raffinerie Diana et l'y conduisirent à une heure si matinale que personne excepté Isabela n'était encore levé.

— C'est mon maître ! s'écria-t-elle en le voyant.

À eux trois, ils le firent descendre du chariot et l'installèrent sur un canapé du salon.

— Je m'en occupe, dit la bonne d'une voix tremblante.

— Son cœur bat, confirma l'un des hommes avant de repartir.

Isabela nettoya les blessures de don Gustavo et lui tapota les joues pour le réveiller. Jamais elle n'avait vu un vivant ressembler tant à un mort.

Elle ouvrit le col de sa chemise et la déboutonna jusqu'à mi-hauteur. Des mouches bourdonnaient autour d'eux. Isabela claqua des mains et elles abandonnèrent, effrayées, ce festin à l'odeur de sang et de sueur.

Inés ouvrit les yeux lorsque le soleil caressa ses paupières. Elle fut horrifiée de voir ses enfants couverts d'urine sur le matelas, silencieux malgré les longues heures passées sans manger. Elle était nue mais ne se rappelait pas s'être déshabillée. Déboussolée, elle enfila sa chemise et sa jupe et descendit l'escalier effrayée par ce qui l'attendait.

— Isabela ! cria-t-elle. Il y a quelqu'un ?

Par les fenêtres ouvertes entrait le chant matinal des oiseaux. Elle traversa la cuisine et le vestibule jusqu'au salon, où elle manqua défaillir en voyant son mari, le visage tuméfié tel un vulgaire voyou. Isabela la rattrapa au vol, la fit asseoir, ôta son tablier et l'éventa jusqu'à ce qu'elle recouvre ses esprits.

— Des messieurs l'ont ramené ici mais je n'en sais pas plus, madame.

— Que lui est-il arrivé ? Avec qui s'est-il battu ? Quelle folie l'a saisi, grands dieux ! s'écria-t-elle en larmes.

Les deux femmes poussaient des gémissements qui faisaient peine à entendre.

— Ne vous inquiétez pas, madame, les messieurs ont dit que son cœur battait encore.

Inés contempla sa tenue, se moquant comme d'une guigne d'avoir l'air d'une mendiante.

— Ça suffit ! s'exclama-t-elle.

Et, sans donner d'explications, elle quitta la maison en courant, dans ses vêtements de la veille, les cheveux en bataille, à la recherche de la *santera* Vargas.

— Occupez-vous des enfants ! lança-t-elle sans se retourner.

Ses seins étaient gonflés de lait, mais elle ne se souciait pas qu'ils s'écoulent et que sa fille se réveille affamée.

La voyante n'habitait plus cette masure qu'Inés se rappelait avec une fascination d'enfant. Le temps a tendance à embellir les souvenirs les plus sordides. Antonina Vargas avait épousé un vieil homme riche, propriétaire d'une fabrique de tabac à priser. Il était aussi laid qu'un buffle, obèse, avait la peau noircie à force de fumer. Autrefois paria, elle était devenue la femme la plus influente de San Lázaro. Elle possédait la fabrique ainsi qu'une immense maison avec trois balcons au dernier étage.

À l'époque, seule doña Lora la respectait et la défendait lorsqu'on la critiquait pour ses pratiques d'exorcisme. On l'affublait de toutes sortes de noms : fille du démon, diablesse, possédée, sorcière.

Inés n'eut aucun mal à découvrir où elle vivait. Le premier voisin qu'elle croisa pointa du doigt la demeure coloniale.

L'épaisse porte en bois était pourvue d'un heurtoir en fer forgé. Elle s'en saisit et frappa jusqu'à ce qu'un domestique entrouvre le battant, surpris par l'heure matinale de cette visite.

— Je souhaiterais voir Mme Vargas, répondit doña Inés quand on lui demanda ce qu'elle désirait.

— Qui vous envoie ?

— Moi seule.

Le domestique, vêtu de blanc de la chemise aux souliers, la fit entrer dans un patio orné de superbes plantes à fleurs rouges et violettes. Inés leva les yeux vers la galerie supérieure, où gambadaient des enfants blancs comme le lait. Une gouvernante, également vêtue de blanc avec un tablier brodé, les réprimandait pour leurs mauvaises manières. Et un perroquet jaune et vert chantonnait dans une volière qu'Inés aperçut tout au fond, entre les plantes qui grimpaient le long des murs. Elle s'approcha et sut qu'il s'agissait d'une femelle comme celles que possédait sa mère. Elle se retourna, lissa ses vêtements et attendit Antonina Vargas.

Les minutes s'écoulèrent, interminables, jusqu'à ce que la *santera* fasse son entrée, précédée par le domestique. Elle ne ressemblait plus à la femme qu'Inés avait connue. Elle boitait du pied droit et un bandeau recouvrait l'un de ses yeux.

Agacée par les cris des enfants, Antonina Vargas s'arrêta au milieu du patio et cria à la gouvernante que ce n'était pas une heure pour faire un tel vacarme, que le maître dormait encore et qu'elle avait de la visite.

Elle tendit la main à Inés et la pria d'excuser les mauvaises manières de ses petits-enfants.

— Que vous est-il arrivé là ? demanda par simple politesse cette dernière en désignant le bandeau.

— Le mauvais œil.

Inés prit peur, mais la *santera* ajouta sans cérémonie :

— Ne vous inquiétez pas et croyez-moi : il ne l'a pas emporté au paradis !

Elle portait au cou un pendentif de la taille d'une grosse châtaigne représentant Yemanyá, la déesse orisha de la mer et de la maternité. Doña Inés le reconnut aussitôt et aurait pu jurer sur la Bible qu'Antonina Vargas le portait déjà la première fois qu'elle l'avait vue.

— Eh bien ? s'enquit la *santera*. Qu'est-ce qui vous amène ici ?

— J'ai besoin que vous me lisiez les lignes de la main, madame Vargas.

— Je ne fais plus ce genre de chose.

— Oh, ce n'est pas possible ! se lamenta Inés. Je vous en prie, faites-le pour moi. Il le faut. Vous me les avez lues lorsque j'étais enfant.

Elle tendit ses paumes.

— Regardez !

Antonina Vargas lui fit signe de la suivre dans une pièce où il faisait noir comme dans un four. Les grandes fenêtres étaient obturées par d'épais rideaux descendant jusqu'au sol. Il flottait une odeur d'encens. La *santera* alluma une bougie et s'assit à une table recouverte d'une nappe du même tissu que les rideaux. Elle invita Inés à prendre une chaise face à elle et, la regardant dans les yeux, la prévint :

— Je n'ai pas de temps à perdre, *mijita*. Je dois m'occuper de mon mari dès son réveil.

Inés sentit sa bouche sèche et demanda si elle pouvait se servir un peu d'eau d'une carafe où flottaient des rondelles de citron.

— Je ne vous prendrai pas beaucoup de temps... promit-elle.

Elle commença par le début, tentant de raviver les souvenirs de la *santera* qui, sans bouger un cil de son œil visible, l'écoutait avec attention. Inés lui rappela qui elle était et qui avaient été ses parents. Elle répéta avec insistance le nom de doña Lora, épouse Lazariego.

— Vous ne vous souvenez pas de nous ? demanda-t-elle.

Antonina Vargas demeurait impassible.

— Continuez, continuez, *mijita*, ordonna-t-elle.

Inés s'exécuta sans ordre ni logique, mélangeant dates, familles et malheurs. Elle évoqua le destin de ses sœurs, toutes deux mariées à des étrangers. Elle lui parla de son père, Dieu ait son âme, et en vint même aux perroquets porteurs de mauvaises nouvelles. Elle lui parla également de doña Marta, et de tant d'autres choses.

— Avez-vous évoqué doña Marta ?

— Oui, madame.

— La meurtrière de domestique ?

— Eh bien, en fait…

— Vous avez prononcé un nom proscrit dans cette maison. Je commence à deviner qui vous êtes.

— Que voulez-vous dire, Antonina ? Ai-je dit quelque chose de mal ?

— Continue ! ordonna-t-elle, la tutoyant pour la première fois.

Inés lui parla de son mariage avec Gustavo, de son voyage en Espagne, de sa vie à Punta do Bico, de la scierie, des rénovations du manoir, de la beauté de ce pays qu'elle l'engageait à découvrir. Elle lui parla de son fils Jaime et de la naissance de sa fille.

— Gustavo, mais encore ?

— Que voulez-vous savoir ? demanda Inés.

— Son nom de famille, répondit sèchement Antonia.

— Valdés. Gustavo Valdés. Comment ai-je pu oublier de vous le dire alors que je vous ai raconté toute ma vie ?

À ces mots, la *santera* eut un sursaut qui fit vaciller la bougie.

— Va-t'en ! Hors d'ici !

— Antonina, pour l'amour de Dieu !

Inés se leva, effrayée.

— Je ne veux pas de toi chez moi ! s'écria la *santera* hors d'elle.

Elle se leva, hurlant comme une possédée.

— Va-t'en ! Et dis à ton mari de se garder du malheur dans les années à venir.

— Mais enfin que dites-vous ?

Inés se mit à trembler.

— Gustavo Valdés va payer pour ce que sa famille a fait à ma fille. L'heure est enfin venue de me débarrasser de cette épine plantée dans ma chair.

Inés n'en croyait pas ses oreilles.

— María Victoria avait honte de moi à cause de vous autres, les riches des plantations, qui me traitiez de sorcière et de possédée.

— Ma mère n'a jamais tenu de tels propos, madame Vargas. Elle vous estimait beaucoup.

— Ta mère était la seule à me respecter. C'était une femme bien. Je n'ai rien contre elle ! C'est pourquoi je ne lui ai pas dit ce qui était écrit dans les lignes de tes mains. Mais à toi je vais le dire.

— Non, je vous en supplie. Je ne veux pas savoir ! répondit Inés en larmes.

— Tu as une fille, mais tu ne la connaîtras pas avant longtemps.

— Tais-toi, bon Dieu ! rugit Inés.

— Tu l'as déjà mise au monde, mais tu ne sais pas encore qui elle est.

Inés s'enfuit terrifiée, sans demander son reste, pleurant et tremblant de tout son corps. Elle courut à la raffinerie Diana avec une douleur à la poitrine qui manqua arrêter son cœur. Elle courut en soulevant la poussière du chemin, se salissant jusqu'aux genoux, esquivant les arbustes.

Lorsqu'elle arriva à la plantation, en sueur et échevelée, Gustavo l'attendait avec un regard lugubre.

En son absence, un serviteur noir s'était présenté à l'habitation principale, de son propre chef, pour expliquer à M. Valdés pourquoi la pierre tombale du cimetière ne portait pas le nom de son frère. L'homme lui avait tout raconté d'une traite, sans reprendre son souffle.

Il parlait avec précipitation, sans s'arrêter.

Et il avait dit :

Que don Juan avait voulu mourir en voyant l'état de la plantation après le passage de l'ouragan Malpico qui avait frappé la région trois jours durant.

Que les vents l'avaient achevé mais qu'il était plongé dans la tristesse depuis des mois à cause d'un nuisible qui avait dévasté le domaine entier.

Que l'insecte était parti du mur du cimetière, avait longé la limite ouest de la plantation, pris en diagonale et tout ravagé.

Et qu'il ne savait pas comment le lui dire, mais que don Juan s'était pendu là-bas.

— À ce poteau, où il reste un bout de corde effilochée, lui avait-il révélé en désignant l'endroit. Il a fallu trois mulâtres pour le décrocher. Et n'allez pas croire ce qu'on raconte à San Lázaro, que ses employés l'ont laissé tomber et patati patata. Tout ça, ce sont des mensonges, monsieur Valdés. Les seules qui l'ont abandonné ce sont ses bêtes : elles sont parties à la queue leu leu, l'une derrière l'autre vers la rivière, et on ne les a jamais revues.

Et, comme si les mots ne suffisaient pas pour expliquer ce qui s'était passé, le Noir lui avait remis deux lettres.

— Celle-ci, avait-il dit en tendant à Gustavo l'une des enveloppes, nous était adressée. Don Juan l'a écrite de sa main, avec toutes les indications pour son enterrement : dans un cercueil en bois, vêtu de sa tenue des champs, avec une photo de feu son grand-père et le chapelet en bois d'olivier qu'il tenait entre les mains quand il s'est donné la mort.

Il avait marqué une pause.

— Il nous a aussi laissé cette autre lettre, à votre nom. Nous ne l'avons pas ouverte. Votre frère savait que vous reviendriez à Diana et que vous la liriez.

Le serviteur l'avait remise à Gustavo sans un mot, sous le regard d'Isabela qui n'avait pas cessé de pleurer un instant quoiqu'elle n'ait pas connu don Juan, ne l'ait jamais rencontré et désapprouve l'horreur de son geste ultime.

— Où mon frère est-il enterré ? avait finalement demandé Gustavo.

— Venez, je vais vous montrer.

Ils avaient marché vers le nord jusqu'à un promontoire sablonneux où quelqu'un avait planté une croix de bois faite de deux piquets cloués. Dessus était gravé le nom de Juan Valdés.

— Il a choisi sa terre et c'est là qu'il repose.

11

INÉS PASSA DES SEMAINES ENTIÈRES dans le délire d'une forte fièvre qui ne voulait pas baisser. Elle ne raconta à personne ce qui s'était passé avec la *santera* Vargas et personne ne lui parla de la conversation avec le serviteur noir. Du moins jusqu'à ce qu'elle reprenne le cours de sa vie. Et, lorsque tel fut le cas, elle avait si mal à la tête qu'elle ne crut pas un mot du récit.

Au cours de cette période, son mari se chargea d'exhumer le corps de son frère et de le transférer dans le caveau familial. Il y fit graver son nom et pria pour son âme dans la plus absolue solitude. Même Isabela se tint à l'écart. Elle avait déjà assez à faire avec l'enfant et le nouveau-né. Les gardiens du cimetière qui l'avaient secouru alors qu'il était à moitié mort le ramenèrent à la raffinerie Diana moins mal en point cette fois et moyennant un généreux pourboire.

L'enveloppe que lui avait remise le serviteur contenait différents documents de la main de Juan. Ils expliquaient en détail où se trouvait l'argent, dans quoi il l'avait investi et ce que son frère devait faire pour le récupérer. Le défunt indiquait également où étaient rangés les bijoux de doña Marta et de leur grand-mère doña Sole. En outre, il lui avait laissé le nom de plusieurs propriétaires terriens qui, à un moment donné, s'étaient intéressés à la plantation, au cas où il souhaiterait vendre. Très brièvement, il évoquait l'ouragan et l'invasion de parasites. Il n'avait pas voulu leur accorder trop d'importance afin de ne pas inquiéter Gustavo. En revanche, il lui adressait ces quelques lignes comme si un esprit lui avait murmuré que son frère reviendrait sur l'île pour liquider l'empire.

Les mots de son cadet étaient empreints de tant d'amour qu'ils l'émurent au plus haut point. Juan ne s'était jamais marié, n'avait pas connu de femme. Il n'avait trouvé l'inspiration ailleurs que dans la terre et les livres, qu'il collectionnait avec dévotion et que les vents et la pluie avaient emportés comme s'ils n'avaient jamais existé.

Dès lors, Gustavo fit ce qu'il avait à faire sans se soucier du reste. Il passa en revue ses avoirs cubains et espagnols et se consacra corps et âme à la raffinerie Diana. Inés doutait qu'investir tout l'argent qui leur parvenait d'Espagne soit la meilleure solution, mais son mari ne lui demanda jamais son avis. Il ne vint plus s'asseoir à table avec elle et les enfants. Il déjeunait et dînait seul, dans la cuisine, les fenêtres grandes ouvertes afin, disait-il, de ne pas échauffer les mauvais esprits.

Il s'attela à tout remettre en état jusqu'à la dernière canalisation. Il embaucha des ouvriers de San Lázaro à pied d'œuvre avant le lever du jour, et le bruit courut que le dernier des Valdés payait bien. Il travaillait d'égal à égal avec son équipe, ne s'interrompant que pour se désaltérer. Sa barbe poussa et des rides sillonnèrent son visage. Il arracha les mauvaises herbes de ses propres mains et laissa les terres en jachère dans l'espoir qu'un jour elles redeviennent fertiles.

À un océan de là, comme chaque soir, la nuit commençait à tomber sur Punta do Bico. Renata ramena les bêtes aux écuries, ferma la remise et attacha les chiens. Domingo n'avait pas donné signe de vie depuis plusieurs jours. Il était parti à la taverne et n'en était pas revenu. Qui sait s'il avait fini ivre mort sur une plage ou dans le lit d'une femme ? Renata ne se souciait guère de ce qui pouvait arriver à son mari. Elle s'en moquait même éperdument. En réalité, elle priait les saints en qui elle croyait pour qu'on lui ramène son cadavre à la porte du manoir. Elle pleurerait et manifesterait bruyamment son chagrin. Puis elle l'enterrerait et c'en serait fini.

Une fois par semaine, Fermín, le contremaître de la scierie, passait la saluer. Elle savait qu'il venait espionner, alors elle le laissait voir la petite Clara qui grandissait dans la saleté, la pisse de chien et la pluie galicienne. *Dieu donne des enfants à ceux qui ne le méritent pas,* pensait l'homme en prenant pitié de la fillette et en priant pour qu'elle ne tombe pas malade.

Outre Fermín, Mariña venait au manoir avec des os pour les chiens, et le Dr Cubedo pointait aussi parfois le bout de son nez. Il s'était pris d'affection pour le bébé.

Les nuits de pleine lune, Renata sortait Clara dans un panier d'osier et la laissait au milieu de la propriété, face au blason de la famille, afin qu'elle s'habitue au vent du nord et au temps qui passe.

— À ton tour d'avoir froid, *filla.* Tu dois t'y faire. C'est pour ton bien.

La petite fille pleurait, mais il n'y avait personne pour l'entendre.

Renata sortait peu, mais se rendait quelquefois dans les foires aux bestiaux et achetait des pommes de terre et des châtaignes à griller. Elle faisait des saluts de la tête aux villageois pour qu'ils sachent qu'elle était en vie et qu'on lui fiche la paix.

Elle s'abandonna aux hasards de l'avenir. L'éclat de ses yeux disparut et son regard se fit sombre comme si elle aussi avait commencé à payer pour ce qu'elle avait fait dans cette vie-là car elle n'en avait pas d'autre. De temps en temps, elle descendait à la plage et attendait qu'un bateau revenant du bout du monde lui rende sa fille. Elle fermait les paupières et, en les rouvrant, elle croyait la voir sur le pont, grandie par les années mais identique à son souvenir.

Cela n'arriva pas.

Alors, peu à peu, sa raison commença à décliner. Ce mal portait le nom de son méfait, sans remède ni recours.

Un beau jour, elle reçut une lettre au dos de laquelle la servante qui déchiffrait avec peine reconnut le nom de doña Inés. Les mains tremblantes et les paumes moites, elle se sentit rétrécir intérieurement.

Elle déchira l'enveloppe, sortit la feuille manuscrite et chercha le nom de Catalina. Elle parcourut les lignes et le trouva au milieu de la page. Elle lut aussi celui de Clara.

« Clarita », avait écrit Mme Valdés.

La servante sortit de la maison. Il pleuvait, comme d'habitude. Le soleil perçait à peine dans le ciel gris et couvert. Elle courut à l'église de la paroisse. Seul don Castor pourrait déchiffrer l'énigme de ces lettres. Elle galopait telle une jument sur les chemins boueux, le souffle court, le cœur battant à se rompre dans sa poitrine. La voyant arriver dans cet état, le curé pensa qu'elle était en retard à la messe et s'empressa de la rassurer avec des mots dont Renata n'avait cure.

— Non, don Castor, je suis venue pour que vous me lisiez cette lettre de doña Inés.

Le curé chaussa ses lunettes, s'assit sur le banc de pierre au fond de la nef et commença à lire de la voix qu'il employait pour prononcer ses sermons :

M. et Mme Valdés
San Lázaro
province d'Oriente
Cuba.

Chère Renata, cher Domingo,

Nous sommes arrivés sur l'île sains et saufs, après une traversée semée d'orages sur une mer agitée. Par bonheur, le voyage s'est bien terminé et nous sommes maintenant installés à la raffinerie Diana.

La petite Catalina grandit bien. Jaime est toujours l'adorable bambin que vous avez connu, et Isabela s'est adaptée au climat chaud et humide.

Nous souhaitons correspondre régulièrement avec vous afin que vous nous donniez des nouvelles du domaine. Et, surtout, Renata, donnez-moi des nouvelles de votre jolie Clarita.

N'oubliez pas que Fermín, le contremaître de la scierie, est là pour vous aider en cas de besoin.

Meilleures salutations,

Doña Inés

Le curé acheva de lire la lettre, plia la feuille en deux, la glissa dans l'enveloppe et la rendit à la jeune femme.

— Quelle chance vous avez d'avoir des maîtres qui se soucient de vous ! Ton mari ferait bien de s'en souvenir.

— Oui, reconnut la domestique.

— Veux-tu que je t'écrive la réponse ?

— Oui, répéta-t-elle. Plus tard.

12

Les deux premières années s'écoulèrent au rythme des saisons. L'été, le printemps.

Les automnes et les hivers passèrent.

Et rien ne changea.

La terre de la plantation demeurait stérile. Gustavo fut confronté à des géants américains qui, la guerre de 1898 gagnée et le désastre espagnol qui avait tant traumatisé ses illustres compatriotes consommé, s'étaient mis à bâtir d'énormes usines sucrières avec lesquelles Diana n'aurait jamais pu rivaliser. Inés avait raison. Les Espagnols n'avaient plus leur place dans le Cuba de la United Fruit Company.

Un jour de mai 1902, l'indépendance formelle fut signée. Les salves retentirent sur toute l'île, les célébrations populaires paralysèrent le pays des jours durant et, excepté pour les Espagnols et les mécréants, ce fut une grande fête.

La République de Cuba était inaugurée.

— Il n'y a plus rien à faire ici, dit Inés.

— Que veux-tu que nous fassions ? demanda son mari.

— Rentrons en Espagne.

— Pas encore.

— Nous finirons vieux et pauvres.
— Nos morts sont ici, Inés.
— Mais aucun vivant.
Le sujet ne fut plus abordé.

Chaque soir, Inés s'installait sur la terrasse pour regarder le soleil se coucher, ses enfants sur les genoux. D'une main, elle câlinait le petit garçon, de l'autre, elle caressait les cheveux de la fillette, noirs comme le charbon. Catalina avait déjà deux ans. Elle marchait seule et courait à toutes jambes dans la poussière et les feuilles mortes du domaine. Peu encline aux câlins, elle s'essuyait la joue de la main lorsqu'on l'embrassait, et Inés ne pouvait oublier les moments pénibles qu'elle lui avait fait vivre. L'esprit d'Antonina Vargas lui apparaissait alors et commençait à parler. Mme Valdés se bouchait les oreilles afin de ne pas l'entendre, mais la *santera* élevait la voix pour répéter les paroles maudites.

Tu as une fille, mais tu ne la connaîtras pas avant longtemps.

Elle lui rappelait aussi que Gustavo devrait payer pour ce que doña Marta avait fait à María Victoria, et Inés tremblait de peur à cette idée. Elle suivait son mari en cachette, écoutait aux portes, fouillait dans les poches de ses vestes à la recherche d'un signe du mauvais œil. Elle trouvait parfois des cartes de visite de gentlemen américains. Des notes qui ne donnaient aucun indice fiable. Des pièces de monnaie oubliées. Elle posait aux ouvriers des questions sibyllines, mais les hommes répondaient par monosyllabes. Oui, non, bien, mal. Lorsque don Gustavo approchait, tous se taisaient.

Pourquoi diable a-t-il fallu que nous fassions ce voyage ? s'interrogeait-elle. *Il aurait été plus simple d'entrer en contact avec Cuba pour prendre acte de la catastrophe et jeter l'éponge sans accorder trop d'importance au passé.*

Elle regardait le ciel avec incrédulité et priait le saint de service d'exaucer son souhait de rentrer en Espagne le plus tôt possible, avec un mari sain d'esprit et deux enfants en bonne santé.

Jour et nuit, elle attendait une lettre de Renata qui lui parlerait de la Galice, de Punta do Bico, du Pazo d'Espíritu Santo. Elle voulait aussi des nouvelles de Clarita, elle voulait tout savoir sur elle, comme si cela allait apaiser le pincement de jalousie qui n'avait jamais cessé de la tarauder.

La première réponse de la gardienne mit si longtemps à arriver qu'Inés n'y comptait même plus. À dire vrai, c'étaient quelques lignes où Renata ne s'intéressait qu'à Catalina et disait quelques mots sur Clara sans entrer dans les détails.

Clara mange comme quatre et le Dr Cubedo vient la voir de temps en temps. Comment va Catalina ? Je pense beaucoup à elle et j'aimerais la revoir un jour quand Monsieur et Madame reviendront chez eux à Punta do Bico.

Prenez bien soin de votre famille.

Le courrier s'arrêtait là. Il ne mentionnait pas non plus les dames de Punta do Bico, qui oubliaient peu à peu Inés. Certaines la jalousaient, d'autres avaient cessé de lire.

Malgré tout, cette lettre fut la première d'une correspondance qui se poursuivrait des années durant à l'insu de Gustavo.

Inés se concentra sur l'éducation de ses enfants et décida de chercher une préceptrice qui pourrait leur faire classe à la plantation même. Elle trouva non pas une, mais deux institutrices originaires de Louisiane qui s'étaient installées à La Havane en suivant un mari également enseignant. Elles s'appelaient Kate et Sarah et avaient étudié l'histoire à l'université. Jaime et Catalina maîtrisèrent rapidement l'anglais.

Outre les préceptrices, ils engagèrent une autre bonne à tout faire prénommée María Elena. Elle arriva en compagnie de Dorita alors qu'Inés n'espérait plus revoir son ancienne domestique. Elle pensait pourtant à elle chaque jour et regrettait qu'elle travaille dans une autre maison dont elle ne savait guère que ce que cette dernière lui en avait dit lors de leur rencontre par hasard au port de La Havane.

Dorita se présenta donc un beau jour à l'heure de la sieste, alors qu'Inés finissait de déjeuner. Mme Valdés la vit arriver au loin et crut à une hallucination. Pourtant la servante, de petite taille et d'un âge avancé, était bel et bien venue à pied jusqu'à la plantation en compagnie de María Elena. La jeune fille cherchait une bonne maison où travailler et de bons patrons, de préférence une famille espagnole. Elle savait cuisiner, repasser et astiquer le carrelage, mais pour Inés l'essentiel était qu'elle ait l'approbation de Dorita.

Les trois femmes passèrent quelques heures délicieuses à discuter des changements survenus sur l'île, des nouveaux accents, des Américains qui avaient amadoué les Cubains avec leurs promesses de modernité. Elles burent de la citronnade sucrée et mangèrent des biscuits aux céréales jusqu'à ce que Jaime et Catalina se réveillent de leur sieste. Au grand dam d'Isabela, qui l'observait depuis le seuil d'un air renfrogné, la petite fille s'enticha de María Elena dès qu'elle la vit. Inés en fut touchée : la fillette témoignait enfin de signes d'affection.

— Mais qu'elle est brune ! Elle ressemble à son papa. Et comme elle est grande ! Elle rattrape déjà son frère ! Ah, elle a bien grandi, ça oui ! dit Dorita sans savoir qu'ajouter.

Elle tenait si peu d'Inés qu'elle préféra se taire.

— C'est une pure Valdés, déclara cette dernière pour dissiper la gêne. J'ai toujours pensé que cette enfant était envoyée par ma belle-mère pour soulager le cœur de mon époux. C'est la première fille qui portera son nom.

Isabela regretta de ne pas avoir connu d'autres Valdés pour confirmer que Catalina leur ressemblait.

La discussion en resta là.

María Elena se chargeait des tâches ménagères dont Isabela ne pouvait s'acquitter parce que les enfants lui prenaient tout son temps. C'était une mulâtresse fille et petite-fille d'esclaves.

Inés remarqua ses énormes poignets, ses hanches rondes, ses cuisses ballantes et ses genoux rebondis. En revanche, ses chevilles et ses doigts étaient fins. María Elena avait de longs cheveux qu'elle brossait au petit matin et rassemblait en un chignon qui découvrait sa nuque, toujours parfumée à l'eau de pétales de rose additionnée d'un quartier de citron et de quelques gouttes d'alcool qu'elle préparait elle-même. Elle prévenait de sa présence et s'excusait de ses absences. Toujours vêtue d'un impeccable uniforme, elle ne s'immisçait jamais dans les conversations. Elle était si méticuleuse que, quand les oiseaux nichaient dans la toiture du porche, elle retirait les nids sans en faire tomber une seule feuille. Elle connaissait des remèdes contre tous les maux : l'herpès, les scrofules qui précédaient la tuberculose, la toux dont rien ne pouvait venir à bout hormis les potions miraculeuses qu'elle concoctait dans de petits flacons et qu'elle administrait en gouttes trois fois par jour. Ils purent vérifier très vite ses talents de cuisinière. Elle rôtissait des pièces de bœuf, mijotait des soupes, faisait frire des haricots noirs à la banane plantain et préparait de délicieuses compotes pour le petit déjeuner. Très à cheval sur les arômes, dès qu'elle prit de l'assurance elle jeta aux ordures les épices d'Isabela. Pour la bonne espagnole, c'en fut trop : son visage s'assombrit et elle devint amère, jalouse – comme autrefois de Renata –, trouvant à redire à tout ce que faisait María Elena.

Elle ne manqua donc pas l'occasion de la dénigrer lorsque l'on découvrit son unique défaut : María Elena buvait en moyenne douze tasses de café quotidiennes afin de ne pas s'endormir pendant la journée. Le sommeil pouvait la surprendre n'importe où : sur le plan de travail de la cuisine, aux toilettes pendant qu'elle faisait ses besoins, et même debout, le chiffon dans une main et le savon dans l'autre. Un jour qu'elle était seule avec sa patronne et les enfants, Isabela en profita pour l'étriller sans pitié : María Elena s'était endormie sur une chaise dans la salle à manger ; elle avait fait un somme dans le fauteuil à bascule en osier ; un jour ou l'autre elle mettrait le feu à la maison en s'endormant avec la cuisinière allumée.

Inés fit la sourde oreille, mais Jaime n'en perdit pas une miette. Le soir venu, il demanda à la pauvre femme pourquoi elle s'endormait tout le temps. Rouge de honte, María Elena se cacha sous la table de la cuisine, craignant de se retrouver à la rue pour cause de narcolepsie. La fin de l'esclavage n'avait pas aboli la peur, qui ne connaissait ni loi ni raison. María Elena l'avait dans le sang. Lorsqu'elle voyait Gustavo réprimander les journaliers, elle se précipitait dans sa chambre et s'enfermait à clé, le dos contre la porte. Parfois, on l'entendait pleurer et elle ne s'arrêtait que lorsque Inés lui parlait sur le même ton qu'à ses enfants quand ils faisaient une colère.

Avec le temps, María Elena cessa d'avoir peur de Gustavo, mais il était trop tard. La décision de vendre la raffinerie Diana était actée, et il ne restait plus qu'à signer les papiers.

13

— Ce n'est pas une capitulation, Inés, se justifia Gustavo lorsqu'il lui annonça que la raffinerie était vendue. Les terres ne donnent toujours pas un brin d'herbe et l'accord est satisfaisant.

— Avec qui as-tu conclu la vente ?

— Diana va rejoindre La Matojilla. Abadia Biscay a besoin de s'étendre vers la rivière. Nous avons le meilleur accès à l'eau pour son bétail et son exploitation.

Gustavo expliqua à son épouse quels investissements avait réalisés son frère Juan en misant sur ses relations dans la bourgeoisie de La Havane.

— De nouvelles possibilités commerciales vont se présenter, souligna-t-il.

— Tu ne ressembles pas à un Valdés, dit Inés à voix basse en le regardant dans le miroir de la coiffeuse.

La nuit était tombée sur le domaine. Elle défit son chignon noué sur la nuque et ses cheveux retombèrent sur ses épaules.

— Qu'est-ce que tu as dit ?

— Rien, des bêtises, répondit-elle. Où vivrons-nous ?

— Juan avait acheté un appartement dans un bel immeuble du centre de La Havane. Il est inoccupé depuis plusieurs années. Je suis allé le visiter. Il y a quatre chambres à coucher plus la chambre de bonne, deux salons, deux salles de bains, et une cuisine spacieuse. Ça te plaira. Tu crois toujours que ma décision est irréfléchie, que je me précipite ? C'est toi qui as insisté jusqu'à plus soif pour que nous partions d'ici ! ajouta-t-il.

Sur ce point, son mari avait raison. Inés hocha la tête, se déshabilla et enfila sa chemise de nuit.

— Mais je veux rentrer en Espagne, murmura-t-elle en retenant ses larmes. Je veux quitter ce pays. Je ne veux pas m'installer en ville, je ne veux pas repartir de zéro. Je ne veux pas que tu te laisses absorber par une nouvelle activité, que tu nous oublies, que tes enfants grandissent sans père. Tu les connais à peine, et depuis que nous sommes arrivés à Cuba je ne te reconnais plus non plus.

— En quoi t'ai-je déçue ? demanda-t-il.

Inés ne répondit pas. Elle se glissa entre les draps de ce lit conjugal où elle avait passé tant de nuits sans sentir le corps de son mari qu'elle en avait perdu le compte. Elle se demanda en silence à quand remontait la dernière fois. Était-ce quand elle était tombée enceinte de Catalina ?

Gustavo semblait accablé par sa défaite.

— Inés, dit-il, le temps qui passe joue en notre défaveur. Il nous chasse d'ici. Tu ne le vois donc pas ? Quand ce n'est pas l'eau qui manque, c'est la qualité des graines qui diminue, et quand ce n'est pas ça c'est le canal d'irrigation qui se rompt ou le conduit venant de la rivière qui éclate. Mais il y a quelque chose de pire contre quoi je ne peux rien.

— Quoi, Gustavo ?

— Quelqu'un m'a jeté le mauvais œil.

— Que dis-tu ? demanda Inés en se rappelant les propos d'Antonina Vargas.

— Le mauvais œil d'une femme.

— Et tu crois à ces sornettes ? s'écria-t-elle.

— Ce ne sont pas des sornettes, insista-t-il sans oser prononcer le nom de Renata.

Inés conclut que le destin lui donnait là l'occasion de mettre de la distance entre elle et la *santera*. Elle avait sué sang et eau sur ces terres, obtenu que la poussière ne s'insinue pas même dans les ourlets de ses robes, créé un foyer pour ses enfants, mais la *santera* vivait trop près de sa famille pour qu'elle puisse dormir tranquille.

— Très bien, Gustavo. Nous allons partir d'ici.

Ils ne tardèrent pas à déménager vers la capitale. Les journaliers reçurent leur paie et une accolade en guise d'au revoir. Gustavo tenait à ce qu'ils prennent leur dernier déjeuner, aussi demanda-t-il à María Elena de leur servir de l'eau fraîche et de préparer du gâteau à la farine de riz et des haricots aux œufs brouillés. Ils furent les derniers ouvriers de la raffinerie Diana et, inconsolables, ils s'en allèrent par la route de San Lázaro en quête d'un nouveau patron, planteur de sucre ou de café, espérant gagner leur pain quotidien.

Les femmes de la maison firent les bagages, emballèrent les vêtements, les meubles qu'Inés voulait emporter en ville et les quelques souvenirs qu'elle souhaitait garder de la plantation.

14

Les Valdés et leurs deux enfants ainsi qu'Isabela et María Elena s'installèrent dans l'appartement de don Juan tard dans la nuit, un mercredi de mars 1904.

Ils arrivèrent sales, assoiffés et affamés. Pourtant ils avaient fait la seconde partie du voyage à bord de l'un des nouveaux trains qui reliaient l'est de Cuba à la capitale. La petite Catalina avait passé le voyage à brailler, à se bagarrer avec son frère et à embêter Isabela, qui n'avait cessé de se signer pendant les six heures qu'avait duré le trajet.

L'appartement de La Havane était situé dans la rue Aguiar, à un pâté de maisons du parc Cervantes. En arrivant, ils ouvrirent les fenêtres et l'air doux de la nuit les enveloppa.

Inés se mit à donner des ordres à droite et à gauche. Isabela fut chargée de récurer les sols et María Elena de faire les lits. Elle sortit les restes du panier-repas qu'ils avaient prévu pour le voyage, fit manger ses enfants et, comme une intendante, se mit à organiser les pièces.

— Ma fille dormira ici. Mon fils là. Aérez la chambre principale et rangez les vêtements dans les armoires, dit-elle aux deux femmes affairées à satisfaire leur patronne sous le regard hébété de Gustavo qui, tel un sac de grain, s'était laissé tomber dans un coin du salon, perdu dans les tourments de son âme.

Mme Valdés ne voulait pas perdre une seconde. Elle avait l'amère sensation que, depuis qu'elle avait quitté la plantation de ses parents pour épouser Gustavo Valdés, elle courait contre le temps, contre elle-même et contre son bonheur. À vrai dire, elle n'avait jamais été pleinement heureuse. Pas même à la naissance de Jaime, car elle était aussitôt retombée enceinte.

Et cette petite fille était arrivée.

— Cette petite fille, répéta-t-elle en se rappelant l'accouchement et l'expression farouche de l'enfant la première fois qu'elle l'avait mise au sein.

Ses pleurs déchirants, son regard méfiant et sa réaction de rejet lui revenaient à l'esprit chaque fois que la fillette répondait avec dédain à ses baisers. Ces scènes resteraient à jamais gravées dans sa mémoire.

N'ayant confiance en rien ni personne, Inés ordonna de placer des crucifix partout dans la maison, ainsi que des vierges noires, blanches, avec l'Enfant Jésus dans les bras ou les mains jointes.

Et de l'ail. Des tresses entières qu'Isabela, la seule que cela ne dégoûtait pas, cloua au-dessus des portes et sous les lits. L'odeur devint bientôt insupportable.

Inés ouvrit le robinet de la cuisine et, avant d'en boire une longue gorgée pour humecter sa bouche sèche, fit couler un peu d'eau dans sa paume et la goûta du bout de la langue, au cas où elle contiendrait du poison.

L'aube pointait à l'horizon de La Havane. La maison était enfin en ordre.

Les rues commençaient à s'éveiller.

Les chats fouillaient dans les poubelles.

Les chiens errants battaient le pavé, marquant de leurs griffes la cadence.

La Havane était une ride à l'âme.

Une pluie de nostalgie.

Des drapeaux qui flottaient tristement.

La Havane n'était plus que l'ombre de ce qu'elle avait été au temps de la colonie. Seules quelques familles s'étaient refusées à plier bagage quand les capitaines généraux et les autres militaires avaient rendu les armes. Si certains étaient restés, c'était parce que Cuba était leur patrie tout autant que l'Espagne. L'île avait laissé des veuves et des orphelins, riches ou ruinés. Des vieillards nostalgiques qui ne partiraient pas, ne céderaient pas, n'admettraient jamais qu'une défaite puisse clore une vie.

Inés fit les cent pas dans l'appartement jusqu'à n'en plus pouvoir.

S'il sombre lui aussi, que deviendrons-nous ? songea-t-elle en regardant son époux.

Il était assis là, livré à la fatalité de son destin, dans ce fauteuil dont il n'avait pas bougé de la nuit et où le soleil du matin allait le trouver couvert de la sueur du cauchemar, à ressasser ses tourments.

Ils passèrent leur premier mois à La Havane.

Gustavo ne s'avisa jamais que sa maison ressemblait à un sanctuaire. À l'ail et aux vierges s'ajoutèrent des cordons rouges noués aux poignées des portes, des morceaux de jais sous les oreillers et des fers à cheval aux rebords des fenêtres. Il n'en vit rien : pendant tout ce temps il se consacra à gérer les problèmes, plongé dans un silence persistant. Il donnait tant de travail à

Isabela et María Elena qu'il fallut engager une nouvelle domestique. Elle s'appelait Limita et était chargée, entre autres, de répandre de la *cascarilla*[10] pour éloigner les mauvais esprits.

— Jamais deux sans trois, jamais deux sans trois, répétait-il.

Inés, quant à elle, décida que le moment était venu de relever la tête. De prendre son courage à deux mains et d'affronter la vie. Ou peut-être serait-il plus juste de dire qu'elle se prépara à défier son destin.

Comme si une telle chose était possible.

Au fil de ses promenades dans les rues, elle se mit à en apprécier la beauté. Le murmure de la métropole, aussi changeante que les grands personnages qui l'avaient gouvernée, la ravissait. Tantôt les uns. Tantôt les autres. Royaume des rois d'outre-mer. Territoire de guérillas. La ville à l'accent sucré se voulait libre, malgré les vérités crues des *guarachas*[11].

El extranjero nos acaricia,
barre las calles que es un primor ;
pero se lleva todo el dinero
de las aduanas a Nueva York[12].

Inés mit à jour l'adresse de la résidence de la famille Valdés dans une lettre qu'elle envoya à Punta do Bico. Elle ne donna pas de détails sur sa nouvelle vie.

---

10. Poudre aux vertus protectrices à base de coquille d'œuf mélangée à de l'eau bénite. Elle est fréquemment utilisée dans les rituels de la Santería et de la religion yoruba pour éloigner les mauvais esprits.
11. Genre musical cubain mêlant le burlesque à la chanson d'actualité satirique et critique.
12. « L'étranger nous caresse/ balaie nos rues, quelle merveille ; /mais il emporte tout l'argent/ des douanes à New York. »

Elle resta évasive, mais consacra quelques lignes à la fille de la servante, lui souhaitant bonne chance. C'était sa façon d'exorciser sa jalousie à les imaginer au manoir, profitant de leurs biens, sans autre obligation que celle de survivre.

Le printemps arriva.

Gustavo régla quelques détails au cas où la situation continuerait de se dégrader. Il vérifia que les réserves d'or étaient bien à la banque, comme son frère le lui avait indiqué. Il en retira une partie, qu'il mit en vente à un bon prix. De plus, des sommes substantielles continuaient d'arriver d'Espagne et Fermín ne donnait guère de nouvelles, ce qui était sans doute bon signe. Il fit le calcul : même si les choses tournaient mal, ils auraient de l'argent jusqu'à ce que Jaime et Catalina apprennent leurs tables de multiplication. Peu lui importait le sort de la fille qu'il avait laissée en Espagne : il s'employait à l'oublier.

Les enfants entrèrent à l'école. La maison restait vide pendant les heures ensoleillées. Pour Inés, le silence était un supplice, aussi se mit-elle à fréquenter les cercles des dames qu'elle rencontrait. Toutes épouses d'hommes d'affaires espagnols, cubains et américains, elles avaient appris le castillan en lisant *El Fígaro*. Elle se consacra à elles et à leurs bonnes œuvres. Elle aidait les pauvres et les femmes répudiées pour avoir péché. Elle les comprenait toutes, éprouvait de la compassion pour elles et connaissait des remèdes pour apaiser leur esprit. Inés ne se demanda jamais d'où lui venait cette veine charitable qu'elle n'avait jamais perçue chez sa mère et que désapprouvait son mari. Celui-ci interdisait même l'entrée de la maison à toute personne étrangère à la famille ou au personnel. Inés ne s'opposa pas à cet interdit. Il était inutile de protester, cela ne résolvait rien, et elle finissait toujours par ravaler son mécontentement au risque d'en attraper des brûlures d'estomac.

Elles se réunissaient dans l'arrière-boutique d'une librairie de la rue O'Reilly qui avait abrité le premier kiosque de presse internationale où affluaient des journaux du monde entier. En particulier ceux de Joseph Pulitzer et William R. Hearst, frères ennemis de la presse à scandale qui avaient trouvé dans la guerre hispano-américaine un bon filon pour augmenter leurs tirages. Elles parlaient jusqu'à la nuit tombée des choses humaines et divines, sujets qui, jusqu'à sa mort, passionneraient Mme Valdés. Elles parlaient de miracles et de littérature. Et aussi de l'éducation des enfants. Elle n'eut jamais le courage d'avouer que sa fille Catalina était devenue un problème qu'elle ignorait de quelle manière régler. La fillette refusait d'apprendre quoi que ce soit. Elle se rebellait contre tout. Elle n'aimait ni ses vêtements ni ses camarades. Elle était insolente et indisciplinée. À deux reprises elle avait été renvoyée de l'école pour avoir jeté par la fenêtre les jouets d'autres petites filles. Elle vomissait sans motif, et même Isabela finit par jeter l'éponge.

— Cette petite-là, elle n'est pas comme nous, déclara-t-elle un jour.

Inés faillit la gifler mais se retint en se souvenant des coups de fouet de doña Marta ; il n'était pas question de raviver le passé.

Cependant, la remarque de la domestique n'était pas dénuée de sens. Si elle ne pouvait l'exprimer par des mots, Catalina sentait qu'en effet elle n'était pas comme eux, qu'elle n'appartenait pas à cette famille, qu'elle y avait été placée de force. Étrangère dans son propre corps, elle ne trouvait pas sa place dans le monde.

Avec elle, il n'y avait pas un jour sans cris ni hurlements, mais Gustavo faisait la sourde oreille quand sa fille piquait une colère ou se mettait à donner des coups de pied contre les murs. Son frère Jaime, qui était tranquille et gentil, poli et bon élève, faisait de son mieux pour la calmer, mais un jour, d'une voix claire et posée comme à son habitude, il déclara à sa mère que cette petite fille ne pouvait être du même sang que lui. Loin d'imaginer ce qui s'était passé à Punta do Bico, Inés le prit par les cheveux et lui asséna quatre gifles qui lui firent passer l'envie d'ouvrir la bouche.

Cachée sous la nappe du guéridon du salon, Catalina avait entendu toute la conversation.

— Vous ne m'aimez pas, dit-elle dans un sanglot.

Inés la serra dans ses bras de toutes ses forces. Mais ce ne fut pas suffisant. Plongée dans sa tristesse, Catalina serra les dents pour contenir sa souffrance.

Jamais, dans sa vie de mère, Inés n'aurait pu imaginer pareil tourment. Et elle doutait de découvrir un jour qui était sa fille, pourquoi elle se sentait si mal, quel démon s'était logé en elle.

La *santera* de San Lázaro avait raison.

15

Les filles de Gustavo eurent sept ans en février 1907. Antonio Maura gouvernait l'Espagne, Alphonse XIII régnait et on entendit jouer l'hymne galicien d'Eduardo Pondal à La Havane. L'île venait de repasser sous la tutelle des États-Unis à la suite des incidents provoqués par la réélection d'Estrada Palma. Incapable de contenir la contestation, rattrapé par son tempérament et ses erreurs politiques, le président avait été contraint de démissionner en septembre 1906. Le lendemain, deux mille hommes de Roosevelt débarquaient sur l'île. Deux cents millions de dollars américains d'investissements fonciers et immobiliers étaient en jeu.

Les *guarachas* avaient vu juste.

C'était une période de trouble, mais la vie ordinaire suivait son cours et les filles de Gustavo fêtèrent leur anniversaire indifférentes aux remous de l'Histoire.

Pour celui de Catalina, il y eut des tartes aux pommes et du flan de coco, de la citronnade et du jus de chirimoya qu'Isabela et Limita transportèrent dans des paniers d'osier jusqu'à la place d'Albear où, à l'ombre d'arbres centenaires, la fillette ouvrit ses cadeaux.

De l'autre côté de l'Atlantique, Clarita souffla ses bougies sans gâteau. Elle seule se souvint que c'était son anniversaire. Renata avait perdu le compte des jours, des mois, des années, consumée par une folie qu'elle ne pourrait jamais expliquer. Clarita enflamma le bout de sept brindilles, les planta dans la terre humide et fit un vœu : apprendre à lire et à écrire.

Ce soir-là, après la fête, M. Valdés entra dans la chambre conjugale à l'heure où Inés préparait sa peau et ses cheveux pour la nuit.

— Je t'aime toujours, dit-il en s'approchant d'elle.

Inés ne sut que répondre.

Elle s'était habituée à vivre sans entendre ces mots.

Sans que ses lèvres la rejoignent pour l'embrasser.

Sans sentir la chaleur de ses mains.

L'absence de tendresse pendant une période prolongée engourdit les corps et égratigne l'âme, ouvre des blessures qui peinent à cicatriser.

Mais elle se laissa faire.

Ils pansèrent leurs plaies au lit, baignés de sueur et de caresses.

Dès lors, tous les gestes de Gustavo furent ceux d'un homme dévoué à sa femme et à ses enfants, déterminé à revenir à la raison après le lointain exil auquel les aléas et les caprices du destin l'avaient condamné.

Ils reprirent l'agréable habitude de petit déjeuner ensemble et, de temps en temps, Gustavo apparaissait à la maison à l'improviste pour voler un baiser à sa femme. Parfois, il cueillait une fleur dans les jardins de la ville et l'épinglait au col de sa robe. Son épouse ne le questionna jamais sur la cause de ce changement d'humeur. Supporter l'inconstance masculine faisait partie des lois du mariage. Pour sa part, elle se satisfaisait de ces marques d'amour et de voir son ventre fécond transformer sa silhouette.

La nouvelle de sa grossesse fut accueillie avec enthousiasme par Gustavo et avec joie par les servantes, avec une naïve incompréhension de la part de Jaime et une indifférence totale chez Catalina, qui ne fit pas une seule fois allusion à cette poitrine qui grossissait, ces hanches qui s'élargissaient et ce ventre qui ne cessait de s'arrondir.

Sa mère s'évertuait à lui expliquer que les nouveau-nés n'apportaient aux familles que du bonheur, mais qu'elle serait toujours unique car elle avait été leur première fille, ce qui lui conférait un statut particulier.

— Je t'aimerai toujours plus que quiconque parce que tu es ma première fille, lui disait Inés.

Catalina faisait semblant de ne pas l'entendre ou, si elle l'écoutait, les mots ne produisaient pas l'effet escompté.

Le bébé en devenir ne donna pas un seul coup de pied. Il ne provoqua ni nausée ni brûlures d'estomac. Inés vécut sa grossesse quasiment sans s'en apercevoir. Elle retrouva la beauté de sa jeunesse, dont elle se souvenait avec un bonheur un peu lointain quoiqu'elle ait tout juste passé le cap des trente ans. Et, en effet, la joie revint dans sa vie. Elle oublia si bien les mensonges de la *santera* que celle-ci redevint un souvenir imprécis et rare.

— On dirait bien que vous portez un garçon, madame, lui disait Limita. Vous êtes belle comme un cœur.

Inés savait que la domestique avait raison, et elle priait avec ferveur pour que ce ne soit pas une fille qui puisse éveiller la jalousie de Catalina.

— Il s'appellera Leopoldo, déclara-t-elle un matin au petit déjeuner.

Les enfants étaient partis à l'école. Gustavo et elle étaient seuls.

— Comme le roi ?

— Comme l'écrivain, répliqua-t-elle.

La Régente, de Leopoldo Alas, était le dernier livre arrivé sur l'île, dans une édition en deux volumes publiés à Barcelone en 1884. Les dames de l'arrière-boutique de la rue O'Reilly le dévoraient et se le passaient de main en main.

— Et si c'est une fille ? demanda Gustavo.

— Ce sera un garçon.

Pour la première fois, elle osait affirmer ce qui était jusqu'alors un souhait.

Gustavo ne réagissant pas, Inés interpréta son silence comme une approbation. Son mari avait renoncé à chicaner sur tout et son changement d'humeur demeurait un mystère puisqu'il ne s'était produit aucun événement notable au moment où il avait eu lieu. Toutefois, Inés savait que l'échec de la raffinerie Diana l'avait dévasté au point de le rendre frileux à se lancer dans de nouvelles entreprises. Il allait à des rendez-vous d'affaires et en revenait bredouille. Il se rendait à des soirées et en revenait ivre. Finalement, malgré sa grossesse avancée, Inés se résolut à assister aux dîners pour voir si son mari était devenu une baudruche ou si, à l'inverse, il n'avait rien perdu de son sens des affaires.

Ces réceptions se tenaient dans les meilleures maisons de La Havane. Les femmes discutaient toujours entre elles mais Inés écoutait d'une oreille les conversations des dames et de l'autre celles des messieurs. Fort heureusement, elle constata que son époux n'avait rien perdu de sa vivacité. Malgré tout, ce fut elle qui le poussa à investir un peu d'argent dans le négoce de l'albâtre initié par l'héritier des Aguirre y Pombo, originaires de

Santoña, dont ils avaient eu connaissance lors d'une de ces réceptions.

L'entreprise pouvait se révéler un gouffre financier aussi bien qu'une manne pour récupérer l'argent englouti dans la plantation.

Si Inés insista, ce n'était pas parce que les finances de son mari donnaient des signes de faiblesse ; au contraire, il ne manquait jamais un peso pour ses robes, chapeaux, chaussures, livres, poudres, crèmes et onguents. Elle le fit pour achever de se venger des présages de la *santera.*

C'est ainsi que les choses reprirent le droit chemin.

Les dernières semaines de sa grossesse, son ventre lui pesait tant qu'à son grand désarroi elle fut contrainte de suspendre pour un temps ses rencontres avec les dames de la rue O'Reilly. Elle avait le plus grand mal à sortir de chez elle. Quand ce n'était pas la chaleur, c'était la fatigue qui l'empêchait de bouger du rocking-chair en osier.

Elle passait des heures à coudre le trousseau de son futur enfant. Des bavoirs, des chaussons, des langes en coton. Elle craignait qu'au lieu d'un garçon le bébé ne soit une fille et que les initiales brodées au fil bleu ne servent à rien. Pour chasser cette pensée elle touchait de l'ail, embrassait les Vierges et demandait à ses domestiques de lui passer un fer à cheval dans le dos.

La chambre du nouveau-né ne serait pas la plus agréable – elle donnait sur une cour intérieure qui pouvait être particulièrement bruyante –, mais toutes les autres étaient occupées. Inés y installa le berceau, un petit fauteuil pour allaiter le bébé et la baignoire. Il ne lui restait plus qu'à attendre l'accouchement. La vie ralentissait, donnant raison au dicton selon lequel « Dieu étreint, mais n'étouffe point ». C'est du moins ce que pensait Inés quelques jours avant le terme. Cependant, la tranquillité de l'appartement de la rue d'Aguiar fut perturbée par un événement totalement imprévu.

Tout commença lorsque Inés entendit des bruits étranges au plafond du salon. Au début, elle n'y attacha pas d'importance. Elle se dit que des oiseaux devaient avoir fait leur nid sous les combles, innocents êtres vivants en quête d'un abri. Mais les jours passèrent et les bruits se transformèrent en véritables cavalcades qui, écartant l'hypothèse des oiseaux, pouvaient provenir de chatons ou de rats s'étant introduits dans la maison par les conduits d'évacuation. Personne ne semblait avoir rien remarqué. Ni les servantes ni Gustavo qui, à la nuit tombée, cherchait Inés pour assouvir ses élans amoureux.

— Tu n'entends pas ? demanda-t-elle un soir à son mari.

— Quoi donc ? répondit-il distraitement.

— Ce sont des rats, Gustavo !

Le lendemain, les rats déchiquetèrent les faux plafonds et envahirent la maison comme des guérilleros envahissant des forêts entières. C'étaient des rats blancs, gris, bruns. Certains noirs comme le charbon. Inés les vit galoper dans le salon, uriner sur les tapis, escalader les meubles de la cuisine, renifler la vaisselle, ronger les restes, grignoter les serviettes. Ils poussaient de petits cris aigus qu'elle mettrait longtemps à oublier, la dernière chose dont elle se souvint avant de s'évanouir et de perdre les eaux étant l'image de cette invasion de rongeurs.

Ainsi naquit Leopoldo.

Le jour de l'accouchement, la famille quitta l'appartement de la rue Aguiar et s'installa à l'hôtel Inglaterra, sur le Prado, à l'angle de San Rafael.

Les servantes tentèrent de convaincre leur maîtresse que ça n'avait été qu'une vision, une hallucination, qu'il n'y avait jamais eu de rats et que le séjour à l'hôtel était un cadeau de Gustavo pour qu'elle puisse se remettre des efforts de l'accouchement. Naturellement, Inés n'en crut rien et, dès qu'ils eurent quitté la luxueuse chambre de l'Inglaterra – avec l'eau courante, le téléphone et des draps de soie –, elle déclara que l'odeur qui émanait des murs de leur logement était celle du poison.

Une équipe de mulâtres avait désinfecté la maison des toits aux canalisations, balayant tout sur son passage. Y compris le trousseau de Leopoldito, que personne n'avait pensé à récupérer à temps.

L'épisode fit les gorges chaudes de toute La Havane durant quelques semaines, le temps qu'il fallut à Inés pour se remettre du choc. Une fois calmée, elle attendit que Gustavo pousse la porte de la chambre et lui déclara :

— Je pars. Je rentre en Espagne. À toi de choisir si tu m'accompagnes ou non.

DEUXIÈME PARTIE

PUNTA DO BICO, FÉVRIER 1915

16

« Si tu ne veux pas connaître la réponse, ne pose pas la question. » Inés avait si souvent entendu sa mère répéter cet adage qu'elle ne l'oublierait jamais. Elle aurait voulu lui demander pourquoi elle disait cela, s'il y avait des réponses qu'elle ne voulait pas connaître.

Mais doña Lora était morte.

Inés n'en avait pas eu le temps.

Elle entrecroisa ses doigts pour tromper le vide de ses mains quand Zacarías, le facteur, lui confirma qu'il n'y avait pas d'enveloppe portant le cachet de Cuba.

— Ça ne devrait plus tarder, dit-elle.

Elle s'efforça de sourire afin de ne manifester aucun signe de désespoir, d'inquiétude ou d'angoisse qui pourrait faire jaser à Punta do Bico.

Le facteur était un homme prudent et discret. Il avait la plus haute opinion de doña Inés – les jours de fête elle lui offrait toujours un petit verre de vin et l'homme, qui s'attardait rarement pour bavarder, l'acceptait avec reconnaissance.

Ce jour-là, il s'en fut, attristé par le chagrin de Mme Valdés. Bien qu'elle dissimule ses sentiments, il le savait mieux que quiconque : le temps passait et aucune lettre n'arrivait.

Jusqu'à ce que la correspondance s'interrompe en 1915, Gustavo écrivait une lettre par mois à son épouse et ses enfants. Il s'inquiétait d'eux, s'enquérait des affaires de la scierie et les informait de la situation de l'île, constamment plongée dans des imbroglios politiques ou militaires. Mais les choses avaient changé, et Inés était sans nouvelles de son mari depuis cinq mois, exception faite de ses conversations téléphoniques avec Fermín – qui s'était approprié l'ancien bureau du patron –, qu'elle entendait de loin. Ils parlaient parfois d'elle. Le contremaître rapportait à Gustavo que Madame avait commencé à s'intéresser à l'entreprise et que, lorsque ses obligations le lui permettaient, elle venait superviser le travail à l'usine. Elle l'entendit également dire que les ouvrières lui étaient dévouées car elle leur offrait des livres.

Ce que répondait M. Valdés, elle ne le saurait jamais.

Pourquoi ne m'écrit-il pas ? se demanda-t-elle une fois encore.

Elle referma le portail et les pires hypothèses vinrent troubler son esprit. Elle l'imagina enlaçant une autre femme. Elle le vit l'embrasser dans l'un des squares qu'ils avaient si souvent parcourus main dans la main. Elle le vit dans ce qui avait été leur lit conjugal, dans des bras inconnus. Elle ressentit le coup de poignard de l'infidélité sans même en avoir la preuve.

Après une profonde inspiration elle essuya ses larmes. Elle se força à relever la tête, bien haut, pour continuer de vivre dans ce manoir qui lui appartenait désormais davantage qu'à la famille de son mari.

Elle se sentait également propriétaire de la scierie. Fermín ne mentait pas lorsqu'il mentionnait l'intérêt d'Inés pour l'entreprise dont hériteraient ses enfants.

Peu après la déclaration de la guerre de 1914 – que l'on appellerait bientôt la Grande Guerre –, elle commença à se montrer là-bas et à assumer certaines attributions sans demander l'avis de personne. Naturellement, elle se heurta à la réticence du contremaître, qui s'était érigé en seigneur et maître de l'usine et remplaçait le patron sans en avoir le titre. Au fil du temps, Fermín dut toutefois se résoudre à admettre que Mme Valdés avait parfaitement le droit de faire à sa guise. Quoi qu'on puisse en penser, Inés avait le sens des affaires.

Sans une lettre pour se consoler, elle retourna à ses occupations. La porte principale de la maison était fermée, or elle ne tolérait pas que les ordres qu'elle donnait aux domestiques ne soient pas respectés.

— Je veux que la porte soit toujours ouverte, qu'il pleuve ou qu'il vente ! Combien de fois devrai-je le répéter, Isabela ?

— C'est que les chiens salissent tout... se justifia la bonne.

— Je ne veux pas le savoir.

Inés voulait que ses enfants puissent entrer et sortir librement, et que les chiens courent dans la maison en glissant sur les tapis.

Elle voulait de la vie.

Mais, surtout, elle voulait que la fille de la gardienne n'ait pas à frapper pour entrer, ainsi qu'elle le fit savoir à Isabela.

— Je tiens à ce que cette enfant soit ici chez elle.

— C'est une va-nu-pieds. Vous ne voyez donc pas combien elle est sale et débraillée ?

— Pas du tout ! se récria Inés. C'est une jeune personne très intelligente.

— Si vous le dites... marmonna la servante.

— Je le dis, en effet, Isabela. La discussion est close.

Isabela, la première domestique du manoir, avait vieilli, et huit ans après leur retour en Espagne son caractère s'était tellement aigri que personne ne voulait plus lui parler. Ni Limita ni María Elena ne lui adressaient plus la parole, lassées de recevoir en retour un aboiement, une insulte ou un regard mauvais. Isabela les appelait « les négresses », leur reprochait tout ce qui allait de travers et les critiquait à la moindre occasion. Or Inés, elle, ne les réprimandait jamais car elle avait besoin d'entendre leur accent cubain pour apaiser la douleur du manque.

Ce ne fut pas le seul changement qu'elle introduisit peu après son retour. Elle voulut aussi que le manoir se remplisse de musique, et pour ce faire fit l'acquisition d'un gramophone. L'appareil se révéla miraculeux pour calmer les pleurs nocturnes du petit Leopoldo, qui avait le plus grand mal à s'adapter à ces orages qui le réveillaient la nuit. Il avait peur du vent et des éclairs qui illuminaient la chambre que sa mère avait décorée avec soin, consciente qu'elle n'aurait plus d'autre enfant.

Elle ne se demanda jamais si Gustavo approuverait telle ou telle décision. Inés les appliqua parce qu'à ce moment de sa vie tout ce qui lui importait était que ses enfants soient heureux et épanouis.

Et qu'ils n'émigrent pas à Cuba.

Cela l'inquiétait aussi, c'est pourquoi elle fit son possible pour ne pas éveiller en eux la nostalgie de l'île lointaine. Elle interdit aux servantes d'évoquer les légendes des plantations et ne leur parlait guère de leur père. Tout au plus répondait-elle aux questions de Jaime, le plus attaché à Gustavo et celui qui gardait le souvenir le plus vif de La Havane.

Un jour, peut-être, elle raconterait à son fils toute la vérité sur ce qui s'était passé le soir où elle avait décidé de quitter Cuba et où son père avait réglé l'affaire en trois réponses à ses trois questions.

— Je reste, avait-il dit à sa femme. Je ne peux pas retourner en Galice.

— Pourquoi ? avait-elle demandé.

— Parce que mes obligations l'exigent.

— Est-ce à cause de l'albâtre ?

— Oui. Je ne peux pas tout quitter encore une fois.

— Et tes enfants ?

— Qui saura mieux s'en occuper que toi ? avait conclu Gustavo.

Ils n'avaient plus abordé le sujet.

Ce soir-là, dans la nuit du 8 au 9 décembre 1907, s'étant faite à l'idée qu'elle rentrerait seule en Espagne, Inés s'était dirigée vers le Malecón de La Havane et, assise face à la baie, s'était mise à pleurer.

En regardant les bateaux qui partaient et ceux qui arrivaient sur l'île, elle avait pris conscience que le bonheur n'avait été qu'un mirage.

À quoi bon tout cela ?

Tant d'attentes, tant de prières, tant de dévouement à cet homme qui, selon la loi, demeurerait son mari et le père de ses enfants pour l'état civil.

— À quoi bon, Seigneur ? avait-elle crié à l'horizon noir de la nuit.

Les rats lui étaient revenus en tête, l'obsession de la plantation, la poussière de la route. Chaque événement avait été un signe.

— Maintenant, avait-elle dit en séchant les larmes qui coulaient sur ses joues, le moment est venu de comprendre.

Il avait fallu quelques instructions précises aux servantes pour organiser le retour en Espagne. Ils étaient partis avec ce qu'ils avaient sur le dos. Ils n'avaient besoin de rien d'autre.

Quelques jours avant que le navire sur lequel voyageaient Mme Valdés, ses enfants et ses domestiques n'accoste dans le port de Vigo, Renata avait appris la naissance du petit Leopoldo. Le premier à l'avoir su était Fermín, qui l'avait annoncé au Dr Cubedo, lequel l'avait rapporté à don Castor le curé ; lequel en avait parlé à la sortie de la messe et une commère, qui l'avait entendu, était allée le raconter à la gardienne.

— Tu sais ce qu'on dit ? Que ta maîtresse rentre en Espagne avec un nouveau bébé. Tu le savais ?

— Je savais qu'elle était enceinte, mais pas qu'elle avait accouché.

— C'est une fille ou un garçon ?

— Un garçon.

— Et elle revient à Punta do Bico ? avait-elle demandé avec curiosité. Tu en es sûre ?

— C'est ce qu'on dit.

Renata en avait eu le souffle coupé. Sept ans s'étaient écoulés depuis qu'elle avait confié sa fille à un destin autre que le sien.

Sept années sans la voir, sans rien en savoir que les quelques lignes que doña Inés lui avait écrites.

Sept années. L'une après l'autre.

Elle n'avait pas ajouté un mot et la commère non plus. Elle avait gardé pour elle sa colère d'imaginer Gustavo engrossant sa femme.

Bien sûr, personne ne racontait – et Punta do Bico ne le saurait jamais – que doña Inés avait accouché parmi les rats.

C'était l'avant-veille de Noël 1907. La nuit était tombée sur la région lorsque la voiture qui transportait doña Inés et ses enfants avait franchi la colline et longé les domaines de don Gustavo. Les clôtures avaient été remplacées, mais cela n'empêchait pas Inés de reconnaître les abords de leurs propriétés. L'ombre des arbres se resserrait autour d'eux. Inés sentait l'angoisse comprimer sa poitrine.

— Qu'est-ce qu'il y a, maman ? s'était inquiété Jaime.

— Rien, mon chéri. C'est la joie de rentrer à la maison. Je suis émue, voilà tout ! avait-elle menti.

— Est-ce que nous arrivons bientôt ?

— Nous y sommes, mon chéri. Nous y sommes, avait-elle répété alors qu'ils abordaient la côte raide qui menait au lieu-dit d'Espíritu Santo.

Son cœur s'était serré lorsque la voiture avait freiné devant le portail.

— La famille est arrivée ! s'était écrié le chauffeur en descendant de l'auto.

Catalina et Jaime avaient bondi du véhicule comme des cabris.

— Les enfants, attendez votre mère ! avait ordonné Inés, le petit Leopoldo dans les bras, enveloppé dans des couvertures pour le protéger du froid.

Elle s'attendait à ce que Renata vienne les accueillir, mais il régnait un silence glacial dans la nuit. Soudain, les interrogations qu'elle avait esquivées pendant la traversée depuis La Havane lui étaient revenues en mémoire.

Qu'as-tu fait ? Regarde-toi maintenant : seule, sans ton mari. Tu devras tout assumer sans autre secours que celui de ces femmes qui t'accompagnent.

Sa conscience rugissait tel un fauve devant sa proie. Elle regardait María Elena et Limita et était prise de pitié de les voir trembler comme la flamme d'une bougie. Elle avait supplié du regard Isabela d'ouvrir le portail, d'entrer la première, de fouler la terre du manoir. Inés s'en sentait incapable et avait l'impression d'entamer un deuil dont elle ignorait le terme.

Au loin, en un écho étouffé, la voix de Renata s'était élevée.

— Qui va là ? Que voulez-vous ? avait-elle lancé.

Elle était apparue un bâton à la main.

— Renata !

Inés l'avait à peine reconnue tant elle était changée, la peau flétrie, le corps alourdi dans ses vêtements noirs informes. Renata n'était plus que l'ombre d'elle-même. Les cheveux en bataille, elle avait pris du poids et perdu toute sa beauté. Même sa voix était différente. Elle seule savait quels tourments l'avaient transformée en une autre femme.

— Renata ?

La servante avait jeté son bâton par terre et s'était plantée devant eux, feignant l'étonnement de les revoir.

— Mais ça alors, quelle joie !

Inés n'avait pas même osé l'embrasser.

— Nous sommes revenus de Cuba, Renata. Personne ne vous a prévenue ?

— Non, personne ne m'a rien dit, avait menti la domestique. Si j'avais su, j'aurais allumé un bon feu et fait les lits. Donnez-moi donc vos bagages, je m'en occupe. Et qui est ce petit-là que vous avez dans les bras ?

— C'est Leopoldo, avait répondu Jaime, caché dans les jupes de sa mère avec Catalina.

— Et la petite ?

— Catalina, sors de là, ma chérie.

La fillette s'était dégagée pour se tenir devant sa mère les bras ballants, les doigts crispés par le froid, le regard rivé sur la terre humide et les lèvres serrées, sans dire un mot ni rendre son baiser à la gardienne.

— Quel petit trésor ! s'était écriée Renata en passant sa main glacée dans ses cheveux.

Elle s'était penchée pour la regarder dans les yeux, brillants sous le clair de lune, et n'avait pu retenir ses larmes. Après les avoir essuyées du revers de la main elle s'était relevée, la poitrine emplie d'air froid.

— Elle est bien jolie, madame, avait-elle murmuré. Bien jolie.

— Et votre fille, Renata ?

— Elle dort, avait-elle répondu sèchement.

— Et Domingo ? J'aimerais le saluer.

— Toujours pareil, avait déclaré la domestique sans plus d'explication, afin de ne pas avoir à raconter qu'il passait son temps de taverne en taverne.

Cette nuit-là, Inés n'avait pas dormi. Il n'y avait rien à faire pour chauffer les chambres inoccupées depuis si longtemps. Les matelas nus, le carrelage glacial. Elle avait prié en silence, pleuré dans son oreiller et, chaque fois que Leopoldo gémissait, elle le serrait dans ses bras, cherchant sur sa peau l'odeur iodée du Malecón. Elle entendait les pas hésitants des servantes craquer sur le parquet. Elles s'étaient levées si souvent pour chercher de l'eau, du pain, des couvertures, qu'elle en avait perdu le compte. Incapable de trouver le sommeil, elle avait allumé la lampe, écarté les rideaux de la galerie vitrée et vu le phare des Cíes briller au loin comme dans son souvenir, éclairant les contours de la côte. Alors seulement elle s'était sentie en sécurité.

Le lendemain, un jour magnifique et baigné de lumière s'était levé. Le soleil de décembre éclairait le ciel dégagé, et les femmes du Pazo d'Espíritu Santo avaient déplacé les meubles, retiré les draps des canapés, aéré les salons et la bibliothèque. Elles avaient remis du bois dans le foyer de la cuisinière et dans la cheminée principale. Alors que la maison se réchauffait, l'odeur de renfermé s'était estompée puis avait fini par disparaître. Inés s'était habillée avec les vêtements qu'elle avait laissés dans ses armoires avant de partir à Cuba et, alors qu'elle s'apprêtait à se rendre sur la grand-place de Punta do Bico pour annoncer leur arrivée, elle avait vu une petite fille étendre du linge sur un fil de fer fixé à des piquets de bois.

Elle s'était approchée d'elle.

— Es-tu Clara ?

— Oui, madame. Et vous, vous êtes doña Inés, avait répondu l'enfant sans hésiter.

— Comment le sais-tu ?

— Parce que j'ai beaucoup entendu parler de vous.

— Qui t'a parlé de moi ?

— Les dames de la scierie.

— Tu connais la scierie ?

— Tout le monde la connaît, doña Inés.

— Ne m'appelle pas doña Inés. Ce n'est pas nécessaire.

La petite Clara ne se déferait pourtant jamais de cette habitude.

— J'avais hâte de te rencontrer.

— Moi aussi, avait dit la fillette.

— Depuis que je t'ai vue dans les bras de ta mère quand nous sommes partis pour Cuba… je ne t'ai jamais oubliée.

— Pourquoi ?

— Si je le savais…

Inés n'avait pas la réponse à cette question.

— Tu as des yeux magnifiques, avait-elle ajouté pour changer de sujet.

— Ils sont bleus.

— Bleus comme le ciel. Ma mère avait les yeux bleus. C'était une très belle femme ! s'était exclamée Inés.

— Tout comme vous.

Clara avait démêlé ses cheveux du bout des doigts pour les rassembler en une queue-de-cheval, dévoilant sa peau de porcelaine et ces yeux bleus identiques à ceux de doña Lora, qui reposait en paix à San Lázaro et qui, depuis le ciel, ne devait pas perdre une miette de la scène.

C'est ainsi que s'était déroulée la première rencontre entre Inés et sa fille. Il n'en avait pas fallu davantage pour susciter en elle ce sentiment protecteur qu'elle n'avait pas éprouvé envers Catalina, Jaime ou Leopoldo. Avec eux, elle ressentait autre chose. Pas ce sentiment-là.

Elle avait été surprise d'apprendre que Clara lisait déjà à son âge, et sans avoir jamais mis les pieds à l'école du village. Qu'elle écrivait, avec quelques fautes d'orthographe, mais d'une écriture impeccable. Qu'elle savait situer des pays d'Europe sur la carte, sans la moindre hésitation. Inés avait veillé soigneusement à ne pas éveiller la jalousie de Renata, même si, vu l'attention que celle-ci portait à Clara, elle aurait pu s'épargner cette peine.

Les femmes qui avaient parlé à Mme Valdés de Clara lui avaient raconté que la petite fille traînait dans les rues depuis son plus jeune âge, livrée à elle-même. C'est aussi par elles qu'Inés avait appris que Clara fréquentait assidûment la scierie et aimait écouter les ouvrières. Elle avait une préférence pour les plus âgées, qui étaient comme les grands-mères qu'elle n'avait jamais eues. Elles lui avaient encore raconté que l'une d'elles, Paulina, lui avait appris à lire. La femme était décédée d'une forte fièvre et de maux d'estomac – un crève-cœur pour Inés, qui aurait aimé la connaître. Clarita descendait au port et mettait en pratique ce qu'elle avait appris en déchiffrant le nom des bateaux. Jusqu'à ce que ces mots-là ne lui suffisent plus. Elle avait alors découvert la fenêtre de la bibliothèque que les maîtres avaient laissée ouverte, par mégarde, et que personne n'avait pensé à refermer. Clara s'y faufilait et s'asseyait pour lire jusqu'à la nuit tombée. D'où ce désordre dont personne ne s'était étonné, puisque don Gustavo avait toujours été du genre à tout laisser en bazar, les livres ouverts sur les tapis ou les accoudoirs du canapé.

Les femmes de la scierie avaient rapporté à Inés un épisode dont elle ne put jamais avoir confirmation, par crainte de déclencher la fureur de Renata. Apparemment, quand Clara avait eu cinq ans, Domingo avait disparu une année entière. Personne ne savait où il était allé. Certains disaient qu'il avait fait la route à pied jusqu'à Madrid. D'autres qu'il était passé au Portugal. Il y en avait même eu pour affirmer l'avoir vu s'embarquer sur un navire en partance pour les côtes britanniques. Le fait est que trois cent soixante-cinq jours plus tard, sans crier gare, il était réapparu dans le lit de Renata, qui avait manqué mourir de peur.

— Papa ? avait demandé la petite Clara.

— Ce n'est pas ton père, avait dit sèchement la gardienne.

— Merde alors ! Je voudrais bien savoir qui t'a mise en cloque, avait lancé Domingo en se retournant sur la paillasse.

La fillette ne le connaissait que pour l'avoir vu de temps à autre au manoir, toujours à paresser, à prendre le soleil dans l'herbe en été ou à se saouler près des feux de camp qu'il allumait dans les jardins. Clarita avait donc grandi à moitié orpheline et dans la saleté, finissant par quémander de l'affection aux habitants de

Punta do Bico, qui, hypnotisés par ses beaux yeux bleus, ne pouvaient rien lui refuser. Ils l'invitaient même à prendre le goûter juste pour les voir de près.

Dans le regard, Clara avait un magnétisme qui la sauvait de l'abandon. Celui-là même qu'Inés avait perçu le jour où elle l'avait rencontrée et qui allait les unir à jamais.

Huit ans après sa première rencontre avec sa fille, Mme Valdés n'osait toujours pas lui demander qui elle était. Tout comme elle n'osait pas demander à Gustavo *Quand reviendras-tu, mon amour ?*

17

— Voudrais-tu travailler avec moi ? glissa Inés à Clarita l'air de rien. Tu as déjà quinze ans. Tu sais lire et écrire.

— Et je sais aussi compter, doña Inés.

Elles regagnaient tranquillement le manoir après avoir déposé Jaime, Catalina et Leopoldo à l'école.

— Ça, c'est une grande nouvelle ! Alors, est-ce que ça te tente ?

La jeune fille n'hésita pas à un instant.

— Rien ne me ferait plus plaisir.

— Quelle joie de t'entendre dire ça !

— Vous pensez que mes parents seront d'accord ?

— Ne t'inquiète pas pour ça, laisse-moi faire. Mais tu dois me promettre de ne pas oublier d'apprendre de nouvelles choses et de donner tout l'argent que tu gagneras à tes parents.

— Je vous le promets.

Le soir même, Inés alla parler à Renata. La gardienne était en train de balayer le sol de sa maison quand elle frappa à la porte. Domingo et Clara terminaient les restes de la cuisine du manoir. En la voyant, la jeune fille ne put cacher sa joie, mais Inés détourna aussitôt le regard et ne lui adressa guère la parole afin de ne pas incommoder ses parents. Elle salua poliment le gardien et entraîna Renata à part pour discuter des projets qu'elle avait pour sa fille.

— Compte tenu de son intelligence remarquable, elle est promise à un bel avenir.

— Qu'est-ce que vous en savez ? demanda Renata.

— C'est évident, ma chère. Vous n'avez pas remarqué ? Elle est vive comme l'éclair.

— Vive comme l'éclair, oui, répéta la servante.

— Réfléchissez-y. Vous pourriez peut-être en parler avec votre mari, suggéra Inés.

— Qu'est-ce qu'il comprend à tout ça, celui-là ?

— Renata, ne dites pas cela. C'est le père de la petite.

Renata planta le regard sur la façade du manoir, et tous les flots de l'océan s'agitèrent dans son ventre. Les forces de la nature se déchaînaient en elle.

— Emmenez-la, dit-elle soudainement.

— Vraiment ? demanda Mme Valdés avec surprise.

— Oui. C'est entendu, n'en parlons plus.

Elle tourna les talons et disparut comme un fantôme.

Inés sentit les émotions se bousculer en elle. Elle sourit doucement, goûtant la satisfaction d'avoir sorti cette enfant d'une maison où elle ne connaîtrait que la misère des bouteilles vides et les ronflements d'ivrogne.

Les enfants d'Inés accueillirent la nouvelle sans sourciller. Seul Jaime, après quelques jours, demanda si c'était parce que Clara avait besoin d'argent.

— Elle n'a pas eu la chance de naître dans une famille comme la nôtre, mon chéri. Vous ne manquerez jamais de rien et nous avons le devoir d'aider notre prochain. Si cette enfant ne travaille pas, elle finira domestique comme sa mère.

— Catalina est jalouse, lâcha Jaime l'air de rien.

— De qui ?

— De Clara. Elle dit que tu t'occupes plus d'elle que de nous.

— Quelle absurdité ! Est-ce ce que tu penses toi aussi ?

— Non, maman.

Inés sentit que cette remarque n'avait pas été formulée sans raison et qu'elle renfermait des subtilités qui lui avaient échappé. Elle avait de l'amour pour chacun de ses enfants, même si elle pensait intimement et depuis longtemps que Catalina ne le lui rendait pas. Son comportement n'avait fait qu'empirer. Elle parlait mal à ses frères et répondait aux domestiques et à sa mère. Les années passées à Punta do Bico, l'école aux règles strictes et le temps qu'elle lui consacrait n'y avaient rien changé.

Un affront eut lieu le jour de son quinzième anniversaire, lorsque Inés lui offrit une robe de débutante que la jeune fille lui jeta au visage en criant :

— Il n'est pas question que je porte ça !

Inés attribua cette réaction aux bouleversements de la puberté. Elle envisagea même que Catalina pouvait avoir été éconduite par un garçon dont elle était tombée amoureuse, et qu'elle se vengeait en méprisant le monde entier.

Ce dimanche-là, après la messe et le déjeuner qui les réunissait dans la salle à manger devant la cheminée, elle tenta de lui faire dire ce qui la tourmentait, mais Catalina leva l'index.

— Occupe-toi de tes affaires ! Ne te mêle pas de ma vie !

— Catalina…

La jeune fille quitta la pièce, laissant à Inés l'arrière-goût amer du lien rompu avec sa fille, une pointe de colère et l'envie d'écrire au père de ses enfants pour se plaindre de l'abandon auquel ils étaient réduits par sa faute. Elle avait aussi envie de pleurer, et tout à la fois de gifler et d'embrasser sa fille.

Ces pensées, elle les chassa d'un soupir et chercha Catalina dans toute la maison avant de la trouver dans la tour, au dernier étage, où personne ne montait jamais. Gustavo y entreposait les souvenirs de ses grands-parents, les effets personnels qu'ils avaient laissés lorsqu'ils s'étaient embarqués pour Cuba et qu'il avait promis de conserver comme une part de la mémoire familiale. C'était pour l'essentiel un bric-à-brac recouvert de draps pleins de poussière – des malles fermées, vides pour la plupart, ou contenant vêtements, chaussures, bonnets et manteaux d'hiver. Il n'y avait presque pas de lumière. Seuls les rayons du soleil du début d'après-midi filtraient par la fenêtre, d'où on apercevait la végétation luxuriante des jardins du manoir.

— Catalina, arrête de te cacher.

— Va-t'en.

— Catalina, je veux te parler.

Silence.

— Catalina, répéta-t-elle, je veux que tu saches...

— Je ne t'écouterai pas.

Inés l'entendit pleurer, blottie dans un recoin poussiéreux, les genoux serrés entre ses bras.

— Tu pleures.

— Ça t'est bien égal.

— Comment peux-tu penser une chose pareille ? s'indigna-t-elle.

— Tu ne te soucies que de la fille de la servante.

— Absolument pas, Catalina !

Inés s'assit à côté d'elle et lui caressa les cheveux. Elle passa les doigts sur ses joues baignées de larmes et lui dit tout ce qu'elle avait sur le cœur. Elle manqua encore de mots pour la convaincre que ses enfants seraient toujours la priorité dans sa vie et qu'il n'y avait pas de peine plus cruelle que l'indifférence, la froideur et la distance. Elle lui dit que rien ne la rendrait plus heureuse que de l'avoir également à la scierie les fins de semaine, car elle et elle seule hériterait de l'entreprise familiale.

Cette proposition acheva d'attiser les démons de la jeune fille. Elle se leva et, regardant Inés avec des yeux furieux, elle déclara :

— Je ne veux pas travailler. Le travail, c'est pour les pauvres.

Elle quitta la tour, laissant l'insolence de ses mots résonner dans la pièce.

À cet instant, Inés sentit que s'était dressé entre elles un mur invisible qui les séparerait à jamais, et elle entreprit de panser les blessures que laissent dans le cœur les enfants ingrats.

Lorsque Clara commença à travailler à la scierie, sa beauté s'était déjà épanouie. Elle était grande et fine. Ses seins naissants se devinaient sous le chemisier ou le chandail qu'elle associait à des jupes marron ou vert foncé, au-dessous du genou. Ses yeux bleus faisaient oublier la modestie de sa mise. Quand Inés la voyait si pauvrement vêtue, elle était tentée de lui offrir les vêtements que dédaignait Catalina. Si elle s'en abstenait, c'était pour ne froisser ni sa fille ni Renata, dont le caractère s'aigrissait de jour en jour, sans doute par jalousie : elle, on ne lui avait jamais proposé un emploi d'ouvrière à la scierie avec un salaire, des horaires fixes et des jours de congé.

Depuis qu'Inés était à la tête de l'entreprise, les conditions de travail avaient changé. Non qu'auparavant elles aient été mauvaises, mais le contremaître

Fermín ne prêtait pas attention aux besoins particuliers des femmes. Mme Valdés fut la première employeuse de la région à instaurer des heures de repos pour les jeunes mères. Elle organisa une sorte de garderie où les enfants dormaient dans des sacs de couchage confectionnés avec de la laine, sous la surveillance attentionnée d'ouvrières à la retraite qui n'avaient pas envie de rester chez elles. Elle fit de la propreté son cheval de bataille et ferrailla avec la municipalité pour obtenir que les déchets ne finissent pas dans la mer. Elle mit au point un système de collecte des ordures que d'autres entreprises du secteur, traditionnellement dirigées par des hommes, ne tardèrent pas à adopter. Dès le début elle eut conscience des résistances qu'elle rencontrerait, mais elle venait de Cuba et en Espagne elle n'avait plus rien à perdre.

Les patrons des usines voisines eurent du mal à assimiler les changements. Plus encore parce qu'ils venaient d'une femme. Ils ne parlaient que de la guerre qui secouait l'Europe et ne se souciaient guère du reste. L'Espagne ne déplorait pas de pertes dans le conflit, mais sa neutralité n'éloignait pas le spectre des pénuries. Les ouvrières faisaient des miracles en cuisine. Avec une douzaine d'œufs à trois pesetas agrémentés des *grelos*[13] qu'elles cultivaient dans leur petit jardin, les familles qui ne possédaient pas de poules pouvaient manger à leur faim.

Pour être honnête, au manoir, personne ne souffrait de la faim. Cela se voyait à la bonne mine des servantes et de Clara elle-même qui, pour son premier jour de travail, se présenta dans sa tenue sans éclat mais le visage

13. Pousse du brocoli-rave emblématique de la gastronomie galicienne.

et les mains propres, les cheveux retenus derrière les oreilles par des épingles noires.

Fermín sortit pour les accueillir. Tout le monde savait qu'elle était la fille de la servante des Valdés, mais personne ne l'avait jamais vue main dans la main avec madame, ce qui changea radicalement son statut aux yeux du personnel. Le contremaître aurait mieux fait de s'épargner cette déférence. Son geste fut mal perçu. On se mit à murmurer qu'elle avait moins l'air d'être la fille d'une servante que la protégée de la patronne. Qu'elle était propre sur elle et bien nourrie. Bientôt, la rumeur se répandit que Clara n'était pas là pour couper du bois, mais pour tendre l'oreille parmi les ouvrières et apprendre ce qu'elles manigançaient.

— Dites donc, voilà que Madame amène sa fille ! s'exclamaient-elles.

Clara fut confiée à une dénommée Regina Gans, une femme aux poignets vigoureux et aux doigts déformés par une arthrose précoce. Celle-ci la prit par le bras et lui fit faire le tour de la scierie. Elles traversèrent des séchoirs à bois et des ateliers équipés d'énormes cheminées et de machines qu'elle n'avait jamais vues, car les vieilles ouvrières qui lui avaient appris à lire ne lui avaient montré que le réfectoire où elles s'installaient pour casser la croûte : un quignon de pain enveloppé dans du papier journal que Clarita ramassait dans la corbeille pour s'exercer à la lecture et apprendre l'orthographe.

Elle découvrit que les femmes travaillaient dans une partie de l'usine et les hommes dans une autre, mais n'osa pas demander pourquoi. Pas plus qu'elle ne remarqua la façon dont les ouvriers la regardaient, avec une curiosité prélude au désir. Elle était concentrée sur son avenir et déterminée à ne pas le laisser lui échapper. Elle pensait à la chance qu'elle avait eue de naître dans le manoir des Valdés avec une patronne telle que doña Inés. Elle connaissait d'autres maisons et d'autres patronnes, elle connaissait d'autres filles de domestiques qui avaient fini par se vendre dans les ports pour un peu de poisson et, parfois, une pièce de monnaie.

— Maintenant que tu as vu toute la scierie, dit Regina Gans, la tirant de ses pensées, où est-ce que tu aimerais travailler ?

Naturellement, Clara ne sut que répondre et répéta les propos de sa patronne : elle devait aider ses parents mais en fait elle ne savait rien faire de ses dix doigts, elle savait seulement lire et poser des calculs. L'ouvrière ne comprit pas cette histoire de calculs et courut chercher Fermín afin qu'il décide à leur place. Le contremaître, qui n'était pas la moitié d'un sot, vit immédiatement quel bénéfice il pourrait tirer d'elle et la mit à mesurer les planches et les additionner pour faire des lots de cent kilos. Clara s'en accommoda.

La première leçon à la scierie consista à comprendre qui commandait. Outre Fermín et doña Inés, Clara découvrit bientôt que celle qui faisait la loi était la Santiaguiña. On la surnommait ainsi parce que, comme l'apôtre saint Jacques[14], elle savait se montrer magnanime et secourable envers les faibles. Elle arborait un chignon serré et une moustache d'homme, était veuve de marin et mère de quatre garçons. Une redresseuse de torts championne des opprimés qui ne tarda pas à se lier d'amitié avec elle dans le but de lui soutirer la vérité sur don Gustavo, dont l'absence demeurait inexpliquée. Mais cette femme découvrit rapidement que la jeune fille n'avait aucune idée de quoi que ce soit. Elle n'avait même pas rencontré M. Valdés, n'avait jamais entendu

14. Santiago en espagnol, saint patron de l'Espagne et de la Galice.

parler de lui et ne savait pas pourquoi il était resté à Cuba ni quand il reviendrait.

— Pas un mot de tout ça à la patronne, hein ? l'avertit la Santiaguiña avec son regard de félin qui intimidait d'un battement de cils.

Clara tint parole et la Santiaguiña la laissa s'asseoir sur le banc où les ouvrières déjeunaient au coude à coude en discutant des maux de la guerre. Les estomacs vides grondaient dans les ateliers, dans les usines et sur les docks. Clara enregistrait tout ce qu'elle entendait et, sur le chemin du retour, elle s'attardait sur le port et prêtait l'oreille pour vérifier que ce que ces femmes racontaient était vrai.

L'Espagne était devenue le garde-manger de l'Europe. Partout où il y avait des victuailles, les ouvrières ouvraient l'œil et s'organisaient pour dérober légumes, charbon, sucre et farine, dont le prix s'était envolé. Elles ne se faisaient jamais prendre.

Ce que Clara ne révéla pas, c'est que la Santiaguiña et quatre autres femmes de la scierie prévoyaient de faire une descente dans les locaux d'un des plus puissants accapareurs de la région, un type sans scrupule qui amassait toutes les denrées qui manquaient et les mettait dans des trains à destination de Madrid afin que les habitants de la capitale puissent se gaver pendant que Punta do Bico et les environs crevaient de faim. La jeune fille connaissait de première main les projets des ouvrières mais les approuvait en silence. Selon elle ce n'était que justice et elle n'avait aucune intention de les dénoncer.

Le plan fut mis à exécution dans la nuit du 6 mai 1917. Le groupe se dirigea vers un entrepôt d'épicerie, enfonça la porte et s'empara de tout ce qui pouvait tenir dans les mains et les chariots. Les ouvrières étaient armées de bâtons et de houes. Heureusement, elles n'eurent pas à les utiliser, sans quoi les conséquences auraient été bien pires.

Les cinq femmes du commando furent arrêtées et emmenées menottées au commissariat. La nouvelle fit même la une des journaux, car ce jour-là les révoltes s'étaient multipliées dans différentes provinces. À Orense, les pillards paralysèrent la ville, la privant de commerces, de transports et de presse. Réveillée dès l'aube, Inés se rendit au commissariat et passa un sérieux savon à ses employées.

Sur le chemin du retour, elle réfléchit à l'affaire et se demanda si Clarita était au courant et, le cas échéant, pourquoi elle n'en avait rien dit. En arrivant à Espíritu Santo, elle la fit asseoir jusqu'à ce qu'elle avoue. À sa grande surprise, la jeune fille avait de nombreux arguments. Elle les entendait depuis si longtemps qu'elle les connaissait sur le bout des doigts et elle les débita d'une traite sans reprendre son souffle. Et elle dut se montrer si convaincante que, le jour même, Mme Valdés donna au contremaître un ordre qu'il ne put contester.

— Jusqu'à ce que la guerre soit terminée, nous prendrons sur nos bénéfices afin que ces femmes puissent manger davantage.

C'est ainsi que les ouvriers de la scierie de Punta do Bico commencèrent à gagner cinq pesos de l'heure. Inés s'adressa à eux d'une voix forte afin qu'ils ne perdent rien de ce qu'elle voulait leur dire, durcissant son discours lorsqu'elle fit référence aux hommes.

— Messieurs, je vous demande de ne pas boire cet argent à la taverne. Et vous, mesdames, ne les laissez pas le boire. Si je surprends un seul d'entre vous en état d'ivresse, je gèlerai l'augmentation pour tout le monde.

Au fil du temps, Inés découvrit que les hommes n'en faisaient qu'à leur tête et que les femmes n'y pouvaient rien, alors elle faisait la sourde oreille quand on venait lui raconter qu'on avait vu tel ou tel mari saoul comme une grive au petit matin.

Elle répondait toujours la même chose au mouchard de service :

— Dites-lui que si je l'attrape je le tue de mes propres mains.

Elle se savait incapable de faire du mal à une mouche, mais il était effrayant de la voir en colère.

La Santiaguiña et les autres ne revinrent jamais à la scierie. Elles purgèrent une peine de prison qui les laissa amaigries et usées.

La Grande Guerre prendrait fin puisque nulle guerre ne dure éternellement, mais il est des amours qui durent toute une vie.

Les années ne s'écoulèrent pas en vain à La Havane.

La ville continuait de souffler cet air doux si différent de la brise de Punta do Bico. Il caressait Gustavo à l'heure du petit déjeuner.

Ce jour-là, il avait entre les mains la pile de lettres d'Inés. Il avait répondu à chacune d'elles en temps voulu.

Il demanda à la bonne Mercedes de lui apporter des feuilles vierges et son stylo à plume.

Ma chère épouse,

À l'heure où je m'assois pour t'écrire ces lignes, j'ai reçu ta dernière lettre avec une joie extrême. Chaque jour, je pense au moment où nous nous reverrons.

La Havane change au gré des événements politiques. Le président Menocal a apporté de bonnes choses au pays, notamment un système qui met au même niveau le dollar et le peso cubain.

Nous continuons d'accueillir des immigrants, dont de nombreux travailleurs haïtiens employés par la United Fruit Company. Il y a aussi des Galiciens maigres et voûtés qui se protègent du soleil sous des chapeaux de paille. On raconte ici que les entreprises nord-américaines paient des intermédiaires, des « hameçons » comme on les appelle, pour convaincre nos compatriotes d'émigrer. Il est évident que le manque de pain fait l'émigrant.

Ma chère Inés, je dois t'informer d'une importante nouvelle. L'affaire de l'albâtre a tourné court pour des raisons tristement humaines. Ce n'était pas ma faute. La responsabilité en revient à l'administration déloyale du gérant. Ses vices, son goût immodéré pour le jeu, l'alcool et les mulâtresses ont vidé les comptes de l'entreprise. Il dépensait à tort et à travers, payait les femmes avec l'argent de la société, buvait à des heures indues. Quand le pot aux roses a été découvert, il était trop tard. Nous étions ruinés.

Je sais que cela ne te plaira pas, mais j'ai à nouveau investi dans le commerce du sucre avec des propriétaires terriens d'Oviedo jouissant d'une belle prospérité.

La fertilité de ces terres est sans limites. Comme le dit la presse : « Si cela continue ainsi, nous planterons de la canne à sucre jusque dans la cour de nos maisons. »

Ce sont de bonnes années pour les planteurs, car la guerre a anéanti les champs de betterave sur le continent et les paysans ont quitté leurs terres pour rejoindre l'armée. Ils sont dépendants du sucre de canne cubain. Un an après le début du conflit, l'entreprise a généré plus de deux cent mille dollars de bénéfices et elle continuera de croître.

Je veux retenter ma chance. J'espère que tu comprendras.

À toi pour toujours,

Gustavo

Il savait qu'Inés pousserait de hauts cris ou se rendrait malade à l'imaginer dans une exploitation sucrière, mais la guerre lui avait donné une nouvelle chance. Et il ne pouvait pas la laisser passer.

Il ferma l'enveloppe et demanda à Mercedes de lui resservir du café.

18

À LA FIN DU MOIS D'AOÛT 1918, une vague de toux et d'éternuements frappa Punta do Bico. Du jour au lendemain, dès la fin des fêtes du Buen Jesús de la Paciencia, un petit nombre d'habitants tombèrent malades de façon inexpliquée. En une semaine seulement, des familles entières furent contaminées par un virus que le Dr Cubedo identifia comme la grippe russe. À Madrid, on l'appelait « le Soldat de Naples » en référence à un air d'opérette à la mode, et la grande surprise fut de découvrir que pour le monde entier il s'agissait de la grippe espagnole.

— Voilà que c'est encore notre faute ! se lamentait don Castor.

— C'est parce que nos journaux sont les seuls à en avoir parlé, expliquait le Dr Cubedo, qui avait souvent raison.

L'Espagne, neutre durant la Grande Guerre, avait commis l'erreur de donner le bilan de ses décès alors que sur les champs de bataille les victimes du virus étaient dissimulées parmi les pertes militaires. Personne ne se rendait compte que les soldats n'étaient pas tous morts d'un éclat d'obus mais de la grippe.

Face au désarroi de la population, le maire de Punta do Bico prétendit que la maladie avait été rapportée par les marins revenus du front, et le gouverneur civil interdit le passage de la frontière portugaise parce que *El Correo* de Galice avait accusé les ouvriers portugais d'être responsables de l'épidémie.

Les coupables.

Les journaux regorgeaient de nouvelles sur la calamité qui frappait l'Espagne. Les avis de décès s'étalaient sur des pages entières. Les réclames vantaient des bains de bouche, des pilules, des sirops et d'autres remèdes qu'il fallait se procurer dans les pharmacies de Vigo ou de Pontevedra car ils n'arrivaient pas jusqu'à Punta do Bico. Les fêtes, les réunions et les rassemblements furent interdits. Le maire publia un avis à la population ordonnant l'isolement des porcs et des poules, et réquisitionna les véhicules pour faciliter le transport des malades dans les hôpitaux. Mme Valdés mit le sien à disposition sans rechigner.

La grippe laissa dans le port des cadavres comme autant d'arêtes de poisson après un festin de chats errants. Elle ignorait les classes sociales. Les pauvres n'apparaissaient pas dans les journaux, mais avaient la consolation de lire que les riches étaient contaminés eux aussi. Le roi Alphonse XIII et le président du Conseil, le libéral et très décrié Manuel García Prieto, tombèrent malades.

Santiago, le fils du marquis de Riestra, mourut comme tant d'autres sans tambour ni trompette. Inés en fut si ébranlée que, chaque soir, elle s'agenouillait dans la chapelle du manoir et demandait à la Vierge qu'aucun de ses proches ne soit contaminé. Mais la sainte avait beaucoup à faire et oublia Mme Valdés parce qu'elle l'avait déjà sauvée.

Isabela tomba malade.

Au début, la servante se plaignit seulement de frissons qui lui parcouraient le dos tel un courant électrique et dont elle ne parvenait pas à se débarrasser même en s'enveloppant dans des foulards, des châles et des couvertures. Puis les frissons laissèrent place à une affreuse toux qui lui faisait expectorer des mucosités vertes dans le crachoir de la cuisine, au grand effroi des autres domestiques qui se couvraient la bouche des mains afin de ne pas vomir. En dernier lieu, elle eut une très forte fièvre qui ne diminua pas, même avec des frictions d'eau glacée.

La panique envahit le manoir jusque dans ses derniers recoins. Inés, qui connaissait les symptômes puisqu'elle lisait la presse tous les jours, fit désinfecter la maison au Zotal et ordonna que chacun prenne quinze gouttes de teinture d'iode dans un verre de lait après chaque repas.

On isola Isabela dans sa chambre aussi longtemps qu'elle demeura en vie. Limita et María Elena, qui avaient l'expérience des épidémies et ne croyaient pas que la maladie soit aussi mortelle que le disaient les journaux, furent chargées de s'occuper d'elle matin, midi et soir. Inés préférait rester à la porte ; elle lui parlait d'une voix forte, la grippe additionnée d'une otite ayant également rendu Isabela sourde. Inés lui disait qu'elle n'entrait pas parce qu'elle ne pouvait pas mourir : elle avait à sa charge trois enfants, cinquante-deux ouvriers, quatre domestiques et leur progéniture.

— Et un époux à Cuba, Isabela, que je devrai peut-être aller chercher mort ou vif.

La malade ne retint que la partie concernant le personnel de maison, qu'elle nomma à voix basse :

— Limita, María Elena, Renata et Domingo.

Et, prenant conscience qu'elle-même n'existait déjà plus pour sa maîtresse, elle se laissa mourir lentement, égrenant les minutes de l'adieu entre toux et douleurs dans la poitrine, comprenant que c'est ainsi que souffre le cœur à l'approche du trépas.

— Et après, on dit que le cœur ne souffre pas.

Ce furent ses dernières paroles : Isabela perdit ses dents à force de les serrer, et elle cessa de parler. Elle ne donna plus aucun signe de vie. Limita et María Elena ouvrirent les fenêtres en grand pour faire entrer l'air du matin, lui chantèrent des comptines cubaines et lui massèrent les pieds. Elles l'aimèrent à nouveau malgré les mauvais moments qu'elle leur avait fait passer, et faisaient leur rapport à Inés à l'abri des oreilles des enfants afin de ne pas les inquiéter.

Isabela mourut un soir de la fin de l'été. Limita la trouva au petit matin lourde comme une ancre, tournée vers la fenêtre. Elle sentait le cochon et la terre comme si la mort avait voulu lui rappeler d'où elle venait. Elles la sortirent les pieds devant, enveloppée dans de vieux draps et le visage couvert, le Dr Cubedo affirmant que les morts transmettaient aussi le virus.

Inés prit en charge les formalités de l'enterrement après plusieurs heures d'attente au guichet mis en place par la mairie pour délivrer les certificats de décès. Nulle part on ne parvenait à faire face au grand nombre de morts.

— Ma domestique nous a quittés, annonça-t-elle au curé d'une voix contrite, le visage triste.

Ses sentiments n'étaient pas feints. Elle les éprouvait au plus profond de son cœur.

Mme Valdés jugeait qu'Isabela devait reposer dans le caveau où était gravé le patronyme de Gustavo. Il pouvait accueillir dix corps. Il ne serait jamais rempli et Isabela faisait partie de la famille.

En réalité, elle était morte deux fois.

La première, lorsqu'elle avait quitté son village et que tout le monde l'avait oubliée. Elle ne parlait jamais de ses parents et ne mentionnait ni frères, ni oncles, ni cousins. Inés lui avait pourtant posé la question : « Vous devez bien avoir quelqu'un au village, enfin ? – Personne, madame », répondait la pauvrette sans le moindre regret. Avec le temps, Inés en avait conclu que c'était la principale raison de son dévouement envers les Valdés. Jamais Isabela ne prit de nouvelles de sa famille, et personne ne chercha à savoir ce qu'elle était devenue. Et à présent, face à sa mort, sa maîtresse n'avait même pas une adresse à laquelle envoyer le terne petit faire-part qu'elle avait fait publier dans les journaux de Galice au cas où quelqu'un aurait tenu à connaître la nouvelle. Personne ne se manifesta. Celle qui était oubliée n'était plus.

Tous les occupants du manoir assistèrent aux obsèques, à l'exception de Renata, Domingo et Clara, que sa mère ne laissa pas sortir de la journée sous prétexte qu'elle risquait d'être contaminée.

Le croque-mort arriva au cimetière dans le corbillard de la mairie tiré par deux chevaux fatigués du trajet qu'ils faisaient plusieurs fois par jour. Mme Valdés et ses enfants étaient vêtus de noir de la tête aux pieds et il tombait une pluie fine qui trempait jusqu'aux os.

Depuis que les enterrements avaient commencé à se succéder à longueur de journée, on ne sonnait plus le glas afin de ne pas effrayer les gens, qui n'accompagnaient plus les familles puisque c'était interdit dans tout le pays hormis à Zamora, où l'évêque défiait l'épidémie et continuait de célébrer des messes à la cathédrale comme si de rien n'était.

Les funérailles furent expédiées en moins d'une demi-heure. Les fossoyeurs ouvrirent et refermèrent la dalle à une vitesse qui noua le ventre des personnes présentes.

— C'est donc pour cela qu'on vit ! soupira Inés.

La mort d'Isabela était la première à laquelle assistaient ses trois enfants.

— Quelle tristesse, mes petits !

— Ça dépend, murmura Catalina sur le chemin du retour, alors que le corps de la pauvre domestique était encore chaud.

— Ça dépend de quoi, Catalina ?

— Toutes les morts ne sont pas tristes. Certains méritent de mourir avec des aiguilles dans l'estomac.

— Que dis-tu, ma fille ?

Jaime lui donna une claque derrière la tête.

— Elle a le diable en elle !

— Les enfants, les enfants, s'il vous plaît. Ce n'est pas le jour. Catalina, fais-moi le plaisir de te tenir un peu, la réprimanda Inés.

— Dans notre famille, nous n'avons pas d'ennemis à qui souhaiter une mort aussi horrible ! cria Jaime.

— Parle pour toi, rétorqua Catalina avec hauteur. Si Clara meurt, on vivra plus tranquilles. Et si je meurs, vous serez bien contents…

Inés se signa et regarda le ciel les yeux pleins de larmes.

Comment peux-tu… comment peux-tu dire cela ? se demanda-t-elle, incapable de gronder sa fille car le diable ne suffisait pas à expliquer les sentiments de cette enfant qu'elle avait pourtant aimée si fort.

Elle se tamponna les joues avec un mouchoir et fit comme si elle n'avait rien entendu. Elle n'avait ni réponse, ni argument à lui opposer, ni envie de la contredire.

Cette nuit-là, alors que les âmes se réfugiaient dans le silence des rêves, Jaime, jouant le rôle d'homme de la maison qui seyait à ses dix-neuf ans, alla voir sa mère pour lui dire qu'il fallait trouver une solution, que Catalina ne s'amenderait jamais parce qu'elle avait le poison dans le sang et que le moment était peut-être venu pour elle de quitter les lieux pour rejoindre un pensionnat de jeunes filles. Que lui-même avait bien tenté de plaider la cause de la pauvre Clara, mais qu'il n'y avait pas moyen de lui faire entendre raison. Et qu'elle la détestait. Cela aussi, il le lui dit.

— Elle la hait de toute son âme.

— Et toi, mon fils ?

— Pas moi, maman. Elle n'y est pour rien. Clara est bonne et belle. Mais ma sœur la hait... de toute son âme, répéta-t-il.

Inés pleura à nouveau, inconsolable. Les mots de Jaime n'étaient pas tombés dans l'oreille d'une sourde, et des années plus tard elle se souviendrait encore de cette conversation.

Dans les semaines qui suivirent, Inés resta absorbée dans ses pensées et rien ne put l'en sortir.

Le deuil régnait dans le manoir. En fait, il s'était installé dans toute la ville. Plus personne ne sortait de chez soi. On n'entendait que le cri des mouettes, et les chiens des rues étaient aussi décharnés que la vie dans ces années de fièvre.

La scierie, comme d'autres entreprises, ferma ses portes ; les pharmacies étaient à court d'aspirine et Barcelone de cercueils.

Pour la deuxième fois depuis son retour de Cuba, Inés éprouva l'intransigeance de la vie. Elle tenta de conjurer la morsure de la solitude en se tournant vers ses souvenirs, mais le vide de l'absence était trop profond. Celle d'Isabela se faisait sentir chaque matin. Personne n'annonçait plus que le petit déjeuner était servi.

Inés se réfugiait dans la bibliothèque du manoir pour échapper aux disputes constantes avec sa fille. Quand Clara voyait de la lumière, elle accourait, comme s'il y avait entre elles une attraction irrésistible que ni l'une ni l'autre ne pouvait expliquer par des mots. Mme Valdés cherchait chez la jeune fille l'affection que Catalina lui refusait, et Clara sentait peut-être en elle la mère qu'elle aurait voulu avoir. Ainsi, à la fin de la journée, après le dîner, elles s'asseyaient toutes les deux avec un livre. Inés ne lui demanda jamais comment elle parvenait à s'échapper de chez elle ou si sa mère savait qu'elle n'y était pas. Elle ne le fit jamais parce qu'elle était aussi désireuse que la jeune fille de se trouver en sa compagnie.

Parfois, elles restaient silencieuses, se regardant du coin de l'œil et se cherchant comme si chacune portait en elle le réconfort dont avait besoin l'autre pour vivre.

— J'aurais aimé dire au revoir à Isabela, lui confia un soir Clara.

— Personne n'a vraiment pu le faire, tu sais.

— Je voulais venir au cimetière, mais ma mère m'en a empêchée. Elle a dit des choses horribles sur elle...

— Qu'a-t-elle dit ?

— Qu'Isabela l'avait toujours enviée parce qu'elle était belle quand elle était jeune.

— Elle était belle, c'est vrai, confirma Inés.

— Je l'ai toujours vue triste, solitaire et en colère contre le monde entier.

Clara haussa les épaules comme pour l'excuser.

— Elle a sûrement ses raisons.

— Certainement, oui, soupira Inés sans savoir que répondre.

— Nous autres, les pauvres, nous sommes stupides. C'est pour cela que nous sommes pauvres.

— Pourquoi dis-tu cela ?

Clara fronça les sourcils.

— Nous passons notre temps à nous entretuer au lieu de nous entraider. Vous, madame…

Inés la reprit ; elle ne voulait pas que la jeune fille l'appelle « madame ».

— Vous, madame, insista Clara, vous êtes juste et bonne avec vos employés. Je l'ai vu à la scierie. Je n'ai besoin de personne pour me le raconter. Et pourtant…

— Pourtant quoi ?

— Quand la Santiaguiña et les autres ont été arrêtées, les ouvrières ont commencé à ruer dans les brancards. Elles disaient que vous auriez pu faire plus pour leur éviter la prison, et ceci, et cela… Ça m'a fait beaucoup de peine parce que je sais que vous êtes allée les voir plus souvent que leur propre famille. Elles ne savent pas ce que c'est que de n'être aimée de personne. Moi si.

— Viens là, ma fille.

Inés la prit dans ses bras et la serra contre son cœur, bouleversée. Elle n'avait jamais entendu quelqu'un exprimer ainsi son manque d'amour.

— Je t'aime, moi, murmura Inés.

— Merci, madame.

— Ne remercie jamais celui qui t'aime : l'amour ne demande rien en retour.

Les deux femmes relâchèrent leur étreinte, et quand Clara reprit son souffle, Inés revint sur les récriminations des ouvrières. Elle les ressentait comme un coup de poignard dans sa chair, car elle aimait sincèrement chacun de ses employés. Elle connaissait le nom de chacun, prenait des nouvelles de leur famille, s'intéressait aux parents âgés dont ils s'occupaient. Elle leur rendait visite lorsqu'ils étaient malades, leur apportait réconfort, chaleur et nourriture quand ils étaient affamés.

— Tout ce que j'ai fait, c'est prendre soin d'eux !

— Doña Inés, doña Inés... supplia Clara. Je me suis mal exprimée... Personne ne vous veut de mal. Bien au contraire ! Ils ne disent ça qu'à propos de la Santiaguiña.

— J'ai bien compris, ne t'inquiète pas. En mon âme et conscience, j'ai fait tout ce qui était en mon pouvoir, mais je n'ai aucune influence sur le juge qui a prononcé la sentence.

— Doña Inés... fit soudain la jeune fille.

— Je t'écoute.

— Rien, rien, se ravisa-t-elle.

— Vas-y, ma fille. Qu'as-tu d'autre à me dire ?

— Avez-vous déjà pensé à investir dans le secteur maritime ?

— Pourquoi cela ?

— Parce que ça rapporte beaucoup d'argent à Punta do Bico.

— Comment le sais-tu ?

— Par les ouvrières. Certains des maris travaillent dans les conserveries, et ils gagnent bien leur vie.

— La mer est très dure, Clara.

— C'est aussi ce qu'elles disent, mais avez-vous vu les bateaux des pêcheurs ? Ils reviennent tous les jours avec les filets remplis de sardines. Les conserveries tournent jour et nuit. Vous devriez vous lancer.

— Ce n'est pas une mauvaise idée, médita Inés.

— Vous pourrez compter sur moi pour tout ce que vous voudrez.

Inés sourit et se leva de son petit canapé.

— Nous l'appellerons La Deslumbrante[15], dit-elle à mi-voix, le regard dans le vague.

Clara ignorait que ces mots allaient changer à jamais l'histoire de la famille Valdés.

Inés prit congé d'elle et s'en fut, perdue dans un océan de pensées contradictoires. Ce qu'avait dit cette enfant, qui n'en était plus une, était une idée qui avait commencé à germer quand les virements bancaires avaient ralenti au rythme du trafic maritime. Beaucoup de familles qui vivaient du négoce ultramarin voyaient leurs finances se réduire comme peau de chagrin, tandis que les conserveries multipliaient proportionnellement leurs bénéfices. C'était le cas de la deuxième génération des seigneurs de la Sardina. Ou des Ruiseñor Montero. Ou des Barba Peláez, qui possédaient une usine et des navires.

Inés les admirait, non pas pour ce qu'ils possédaient, mais parce qu'ils avaient réussi à pérenniser leurs entreprises et à les transmettre à leurs descendants. Cela l'obsédait, même si elle ne l'aurait jamais avoué à personne puisqu'elle n'avait personne à qui le confesser et ne faisait pas assez confiance à don Castor pour tenir sa langue. Dans ces circonstances, elle aurait aimé avoir son mari à son côté, car lui connaissait ces choses-là. Après tout, la fortune de sa famille provenait initialement de la mer. À présent, se dit-elle, cette mer lui ouvrait de nouvelles opportunités, et Gustavo resurgissait dans sa mémoire avec toute la force des amours contrariés.

Sa seule consolation était de le savoir en vie. Elle n'avait pas entendu dire que la grippe mortelle soit arrivée à Cuba à bord d'un cargo ou d'un bateau d'émigrants ; son mari

15. « L'Éblouissante. »

ne risquait donc pas de mourir d'une pneumonie seul et abandonné – si tant est qu'il soit seul et abandonné.

Souvent, Inés faisait acte de contrition pour être partie en le laissant là-bas. Elle se sentait coupable. Aimer en silence n'était peut-être pas la panacée, mais elle était décidée à continuer ainsi parce qu'elle n'avait aimé personne d'autre que cet homme qu'il lui semblait entendre chaque nuit dans la galerie vitrée, qu'elle s'attendait à voir arriver au milieu de l'obscurité et voyait apparaître dans l'escalier de bois une rose à la main et un baiser sur les lèvres.

Ce soir-là, lorsque pour la première fois Inés envisagea sérieusement de fermer la scierie, Clara resta seule dans la bibliothèque. Seule et préoccupée par les confidences qu'elle avait faites à sa patronne, mais heureuse de partager ces moments avec elle. C'étaient les plus beaux de sa vie. Elle brûlait de se faufiler dans le manoir, presque toujours avec l'assentiment de María Elena et de Limita, qui fermaient les yeux sachant combien Clarita appréciait la compagnie des livres. Cela dépassait leur entendement, mais elles aimaient l'idée qu'une fille de domestique sache lire, écrire et compter.

La jeune femme s'approcha de l'étagère et prit un ouvrage d'Eduardo Pondal.

C'était une belle édition de *Queixumes dos pinos* publiée par Latorre y Martínez en 1886. Soudain, un morceau de papier décoloré par le temps, plié en quatre et soigneusement dissimulé dans les rabats du livre, tomba par terre en tournoyant tel un pétale de coquelicot.

Clara le ramassa, le déplia avec précaution et lut le nom de la femme à qui était adressé le billet.

Renata.

Clara sentit son estomac se retourner et elle courut à toutes jambes vers la maisonnette de ses parents. Elle cacha le papier bien à l'abri, sans savoir qu'un jour elle serait amenée à le relire avec le regard neuf que donne l'expérience.

19

PERSONNE NE SAVAIT QUAND LA GRIPPE ESPAGNOLE prendrait fin, mais la guerre, elle, se termina. La signature de l'armistice à bord d'un wagon dans la forêt de Compiègne, le 11 novembre 1918, ramena la paix sur tout le continent et, avec la nouvelle année, Punta do Bico retrouva un peu de sa vie ordinaire.

L'épidémie durerait encore de longs mois, cependant le signe le plus évident de la fin des malheurs fut l'arrivée de camelots ambulants proposant à la cantonade monts et merveilles. Ils vendaient aussi des paniers, des bougies, des casseroles et toutes sortes d'ustensiles très appréciés dans la région et les conserveries. Ils se prétendaient andalous, mais à leur accent on savait tout de suite qu'il n'en était rien. Ils étaient portugais ou originaires d'Estrémadure, à la frontière espagnole.

D'où qu'ils soient, ils apportèrent un peu de joie à Punta do Bico, et un grand déplaisir au Dr Cubedo, que l'épidémie avait fait vieillir de cent ans. Le médecin ne tarda pas à mettre en garde contre le danger d'offrir l'hospitalité à ces gens de mauvaise vie susceptibles d'être porteurs de n'importe quelle maladie.

— Mensonge ! Ils viennent de Roumanie ! Ils n'apporteront que du malheur ! Nous avons eu notre lot, répétait Cubedo.

Mais dans les rues de Punta do Bico on les avait déjà accueillis comme la Sainte Vierge en personne.

— Faites donc ce qui vous chante. Mais il ne faudra pas venir pleurnicher ensuite, grommela le médecin. Et gare à vos sacs à main, conclut-il, considérant la bataille comme perdue.

Tout le monde ne parlait que de cela. Les camelots avaient la peau sombre, les ongles longs et reluquaient les dames qui s'approchaient au mépris des recommandations de Cubedo. De plus, ils étaient charmants et drôles comme on l'avait rarement vu à Punta do Bico. Dieu sait pourtant si le port attirait des individus de tout poil.

Les femmes qui les accompagnaient étaient exotiques et enjouées. Dès que l'ambiance s'animait, elles sortaient une caisse en bois et se mettaient à danser.

Séduits par l'argent que manipulaient les habitants, les nouveaux venus restèrent à Punta do Bico. Dans leurs roulottes, ils cachaient des étoffes du Portugal et des soieries d'Orient. Les dames se pâmaient devant les pièces qu'ils découpaient au couteau et qu'elles ne pouvaient toucher qu'après avoir déposé l'argent dans la boîte en fer-blanc.

Et c'est ainsi, en flânant parmi les étals des camelots, que Clara rencontra un jeune homme de tout juste vingt et un ans qui accompagnait l'un des barons de la mer désireux d'embaucher ces hommes pour fabriquer des boîtes de conserve dans son usine.

Elle se rappellerait toujours son regard, planté sur elle comme une épingle, songerait-elle plus tard. Le regard des hommes de la mer.

— Sais-tu ce qu'il y a au-delà de la terre ? lui demanda-t-il en examinant les ustensiles sur l'étalage.

Surprise par la question, elle faillit ne pas lui répondre, mais se ravisa.

— La mer.

— Et au-delà de l'amour ? l'interrogea à nouveau le jeune homme.

— J'aimerais bien le savoir, éluda Clara en tournant les yeux vers les dames qui, comme doña Inés, fouillaient dans le bric-à-brac.

Ce jour-là, Catalina avait accompagné sa mère. Elle s'était réveillée de bonne humeur, et Mme Valdés se mettait en quatre pour se plier à ses caprices dans une vaine tentative de regagner sa confiance.

À une distance prudente, le jeune homme poursuivit sur sa lancée, sans se décourager.

— Je m'appelle Celso. Je suis marin à la conserverie. Et je sais ce qu'il y a au-delà de l'amour, souffla-t-il à l'oreille de Clara.

Inés finissait de payer les quelques articles qu'elle avait achetés pour elle et sa fille. Alors qu'elles allaient partir, les marchandes insistèrent pour qu'elles jettent un œil aux tissus. Mme Valdés n'en avait pas envie, mais Catalina s'entêta et les laissa leur montrer un coupon de lin qui pourrait servir à confectionner des nappes ou des rubans pour les chapeaux d'été.

Cela prit quelques minutes, dont Celso profita pour entraîner Clara derrière la roulotte.

— Je ne suis pas d'ici. Je suis venu pour travailler et je rêve de m'embarquer dans un grand navire afin de traverser l'océan, mais je ne partirai pas avant de t'avoir embrassée.

Clara rejoignit la mère et la fille avec une urgence qui la fit presque rougir.

— Qui était-ce ? demanda Inés alors qu'elles prenaient congé des marchandes.

— Personne, madame. Allons-y. Ma mère doit m'attendre pour déjeuner.

Inés regarda sa montre et constata qu'il était encore tôt.

— Ma fille, je t'ai vue lui parler.

— Et il n'arrêtait pas de te regarder, ajouta Catalina.

— Il m'a juste demandé si je savais ce qu'il y a au-delà de la terre.

— Il t'a demandé ça ? C'est ridicule ! s'exclama Catalina.

— Oui, répondit Clara.

Les deux jeunes femmes ne s'étaient pas croisées et n'avaient pas échangé un mot depuis longtemps. Inés s'arrangeait pour qu'il en soit ainsi afin de ne pas éveiller la jalousie de sa fille.

— Et qu'est-ce que tu lui as dit ?

— Qu'au-delà de la terre il y a la mer. Et au-delà de l'horizon de Punta do Bico il y a Cuba, n'est-ce pas, doña Inés ?

— C'est exact.

— Quelle bêcheuse tu fais ! dit Catalina, sur la défensive.

Inés soupira.

— Ne commencez pas, s'il vous plaît.

— Comment s'appelle ce garçon ? demanda Catalina avec intérêt.

— Celso, je crois.

— Tu crois ou tu es sûre ?

— J'en suis sûre. Il s'appelle Celso.

— Il est joli garçon, conclut Catalina.

La conversation en resta là.

Le retour au manoir se fit dans le silence. Elles n'ouvrirent guère la bouche que pour saluer les villageois qu'elles croisaient sur la route de Leza. En arrivant chez elle, Clara s'empressa d'aller aider Renata. Elle se sentait coupable de s'être absentée plus longtemps que prévu et se préparait à se faire sévèrement remonter les bretelles quand elle entendit la voix de Catalina.

— Hé, Clara !

Elle se retourna, craignant que la fille de Madame ne lui lance une injure.

— J'ai tout vu, qu'est-ce que tu crois ?

— Qu'est-ce que tu as vu ?

— Comment ce Celso te regardait, et surtout comment tu le regardais toi. Je ne suis pas idiote.

— Je ne vois pas de quoi tu parles.

— Il t'a touché la main et tu ne l'as pas retirée. Je le dirai à ma mère pour qu'elle sache qui tu es vraiment... une traînée, voilà ce que tu es.

Clara fit volte-face et s'enfuit en courant sans se retourner.

Chaque fois que son regard croisait celui de Catalina elle avait le ventre noué, mais ce jour-là c'est la rage qui lui brûlait les entrailles.

La nuit, Clara ne dormit pas. Elle ne parvint à fermer l'œil que par intervalles d'une quinzaine de minutes. Elle se réveillait fébrile, apeurée, en proie à des cauchemars où de mystérieux personnages l'emmenaient loin du Pazo d'Espíritu Santo et la cognaient à mort contre des murs de pierre. Lorsqu'elle était certaine qu'il ne s'agissait que d'un mauvais rêve, elle tentait de se rendormir.

Mais c'était impossible.

Les heures s'écoulèrent lentement.

Elle se concentra sur son rythme cardiaque, s'efforçant de le contrôler et étouffant sa respiration dans son oreiller afin de ne pas réveiller Renata.

Elle pensa à sa mère.

En réalité, elle ignorait tout de sa vie. Elles n'avaient jamais parlé de son enfance, de son adolescence, de la façon dont elle avait rencontré Domingo et dont elle était tombée amoureuse de lui, si tel était bien le cas. De l'endroit où ils s'étaient mariés, de quand et pourquoi ils avaient commencé à travailler pour M. Valdés. Elle prononça son nom et les larmes lui montèrent aux yeux lorsqu'elle se rappela la lettre que don Gustavo avait écrite à sa mère. Elle glissa la main sous sa paillasse pour vérifier que le papier était toujours là. Elle ne voulut pas le relire.

Elle entendit les animaux se mouvoir dans les jardins – les rats, les lapins égarés, et le hululement aigu des hiboux. Et avant l'aube, elle entendit son père ouvrir la porte de la maison. Elle l'entendit entrer et elle l'entendit sombrer dans une inconscience éthylique sur le sol de la cuisine où, le matin venu, Renata le battrait comme plâtre en le traitant de bon à rien et de voyou.

Clara se mordit le poing jusqu'au sang, tremblante et agitée. En janvier de cette année-là, elle avait eu dix-neuf ans, mais elle n'était pas encore en âge de prendre ses propres décisions. À un moment, elle avait envisagé de partir à Madrid ou à Saint-Jacques-de-Compostelle pour y trouver un emploi bien rémunéré qui lui permettrait d'étudier à l'école des arts et métiers. Elle avait aussitôt écarté cette idée : elle ne pouvait pas quitter sa mère, pour qui elle n'éprouvait aucun amour mais seulement de la peur. Le reconnaître lui faisait plus mal que cent coups de fouet, mais l'accepter, même si cela n'avait pas été simple, l'avait rendue libre. Pour son père Domingo elle n'éprouvait rien.

À l'aube, avant que la lumière naissante ne se glisse par les fenêtres de la maison, Clara parvint à calmer ses pensées en rêvant que doña Inés lui apparaissait comme une ombre dans la nuit, vêtue d'un peignoir de soie blanche. Elle s'asseyait près d'elle et lui demandait ce qui s'était passé avec ce garçon dont elle ne savait que trois choses : qu'il s'appelait Celso, qu'il voulait naviguer sur de grands bateaux et prétendait savoir ce qu'il y a au-delà de l'amour.

— Je ne me suis jamais posé cette question jusqu'à présent, parce que je n'ai jamais été aimée, dit Clara.

— Laisse-le faire, répondit doña Inés dans son rêve.

La femme s'évapora comme un fantôme, mais cette vision suffit à attiser l'urgence de l'amour que Clara commençait à ressentir.

Le lendemain, épuisée comme si elle avait travaillé trois jours sans relâche à la scierie, elle offrit à Renata d'aller faire les commissions à sa place. La gardienne fut ravie de s'épargner cette corvée. Contrairement à son habitude, Clara ne s'arrêta même pas au manoir pour dire bonjour à María Elena et Limita. Elle ne salua pas non plus Mme Valdés. Ni Jaime et Leopoldito qui, à bientôt treize ans, courait après les chiens dans le jardin. Sa seule motivation était de ne surtout pas croiser Catalina ou l'écho de sa voix. Heureuse comme rarement, elle prit le chemin habituel pour se rendre au port.

Si l'épidémie n'était pas encore terminée, le pire était passé, et la matinée ensoleillée avait incité les habitants à musarder sur les quais, où elle aperçut quelques ouvrières de la scierie qui profitaient des derniers jours de congé avant la réouverture de l'usine. Elle s'arrêta pour échanger des banalités, malgré l'insistance des femmes pour obtenir des informations sur Mme Valdés et ses projets pour l'avenir.

Elle vit un bateau quitter le port et des marins revenir de la pêche avec leur cargaison de poisson frais.

Elle regarda les enfants aider leurs parents avec les filets et les rames.

Et les vieux qui contemplaient le dernier galion ventru des industriels de la sardine et du thon.

Clara les observait distraitement, en gardant un œil sur les bateaux de l'homme pour lequel travaillait Celso.

Elle sentait grandir l'impatience dans sa poitrine.

Les minutes s'éternisaient quand, consciente qu'il ne servait à rien d'attendre les bras croisés, elle décide de reprendre le chemin des commissions sans se cacher ni trop se faire remarquer. Sa présence était si discrète que Celso faillit ne pas l'apercevoir dans la foule alors qu'elle s'apprêtait à quitter le quai en direction de la boucherie et de la pharmacie de Remedios. La reconnaissant, il pensa bien la revoir sur le chemin du retour.

Mais la jeune femme ne revint pas.

Non par manque d'intérêt, mais par intime conviction que les choses devaient réussir du premier coup. Avec les abats emballés dans du papier et le bain de bouche qu'elle avait acheté à Remedios, Clara retourna au manoir en sachant qu'elle referait une tentative, mais anxieuse car elle ignorait à quel moment la prochaine occasion se présenterait.

Ses espoirs d'y parvenir l'après-midi même ou le lendemain au plus tard s'évanouirent lorsque Inés la fit venir dans la bibliothèque, peu avant l'heure du déjeuner. Assise dans son fauteuil habituel, elle l'informa que la scierie reprenait du service.

— Nous rouvrons l'usine de bois. Nous ne pouvons pas laisser l'activité s'enliser.

Clara hocha la tête. Sa patronne avait raison. Son usine était la seule de la ville à être encore fermée, et chaque jour les pertes s'accumulaient.

— Et je continue de réfléchir à l'idée de la conserverie. Tout est là-dedans, dit-elle à voix basse en pointant l'index sur son front. Mais pas un mot : ici tout se sait.

Dans l'après-midi, les ouvriers furent informés qu'ils reprenaient le travail. À contrecœur pour la plupart. Clara, en revanche, n'y pensa pas un instant : la seule chose qui lui importait vraiment était de savoir comment et où elle pourrait revoir Celso. Et, afin de ne pas rester les bras ballants, le soir même, quand les lumières s'éteignirent et que l'on n'entendit plus que le grondement de la mer, elle sortit de chez elle à pas feutrés, sans but précis puisqu'elle ignorait où vivait le jeune homme.

Elle atteignit le port en moins de temps qu'un chien affamé, se cacha parmi les barges du quai et attendit. Un groupe de marins dînait autour d'un feu de camp.

Plissant les yeux, elle eut l'impression que Celso en faisait partie. Mais il semblait ailleurs, allongé sur le sol, à regarder le ciel noir. Il n'y avait pas une seule étoile, juste le croissant de la lune là-haut, loin de la terre. À cet instant, Clara eut le sentiment que c'était maintenant ou jamais et, la voix nouée par la nervosité, elle tenta de le héler, mais ne parvint à émettre qu'un claquement de langue qui s'entendit dans tout le port et au-delà.

— Qu'est-ce que c'était ? demanda l'un des marins.

— Sûrement un chat, répondit un autre.

— Ou bien le maire, va savoir ! suggéra un troisième.

Ils éclatèrent de rire et retournèrent à leurs occupations.

Clara sortit de sa cachette et se montra. Elle s'assit à l'arrière de la barge comme une sirène sur la terre ferme. L'obscurité dissimulait ses tremblements.

— À Dieu vat, murmura-t-elle.

Soudain, elle vit Celso se lever et disparaître. Clara le suivit du regard jusqu'à le perdre de vue.

Guidée par le pressentiment qu'il retrouverait la chaleur du feu des marins, elle attendit, frustrée et contrariée, priant Dieu pour que le jeune homme réapparaisse.

Elle s'installa dans le bateau.

Elle pensa à l'amour.

Elle pensa à ses parents mais chassa cette pensée d'un revers de la main.

Elle pensa à l'amour de don Gustavo pour doña Inés et s'imagina qu'il devait l'aimer sans limites puisqu'elle l'attendait encore.

Elle pensa à ce qui aurait eu lieu si Renata avait rencontré un homme comme M. Valdés. Elle se le représenta avec une telle intensité qu'elle eut l'impression qu'ils s'étaient déjà rencontrés. Le souvenir de la lettre adressée à sa mère lui souleva l'estomac. Il était encore trop tôt et Clara était encore trop jeune pour savoir que la vérité l'emporte toujours sur le mensonge, même si certains passent leur vie à tenter de la cacher.

Continuant de cogiter, elle se demanda si Limita et María Elena, qu'elle n'avait jamais entendu parler des hommes, avaient connu l'amour. Elle supposa qu'en raison de leur statut elles ne pouvaient guère rencontrer que des individus comme son père Domingo. C'était leur lot, sans échappatoire ni possibilité d'infléchir le destin. Les êtres malheureux attiraient le malheur comme l'argent attirait l'argent.

Finalement, fatiguée de se creuser la tête, elle conclut qu'aucun d'entre eux ne devait avoir la réponse à la question de Celso. Les jeunes Valdés peut-être – Jaime, Catalina et Leopoldo. Jaime était un beau garçon, déjà dans la vingtaine. D'ailleurs, elle l'avait un jour scruté de la tête aux pieds et avait admiré son élégance, mais l'avait mise sur le compte des belles étoffes dans lesquelles étaient taillés ses costumes sur mesure et n'y avait plus repensé.

Elle se perdit ainsi dans ses réflexions de longues minutes durant, ou peut-être même des heures entières. Alors qu'elle tombait de sommeil et avait envie de tout envoyer promener, Celso réapparut entre les ombres de l'éclairage municipal au bras d'une demoiselle qui avait tout l'air d'une professionnelle. Clara se mit à trembler. Elle maudit son sort et la donzelle, se rappela leur rencontre et de quelle façon elle s'était imaginé des retrouvailles sur la plage de Las Barcas, avec un baiser dans l'un des bateaux de pêche qui attendaient leur tour.

Elle n'eut pas la force de bouger jusqu'à ce que le soleil se lève sur les îles Cíes. Alors elle se leva et, convaincue qu'elle ne pourrait jamais aimer personne de sa vie, elle rentra au manoir accablée de chagrin. Ce jour-là, elle avait appris que les hommes ont la chair faible et que l'amour ne peut s'exercer comme un métier.

La lumière du matin qui guidait ses pas éclairait aussi le reflux de la mer ; il laissait le sable couvert d'algues brunes et vertes, imprégnant l'air d'une odeur aussi âcre que le goût qu'elle avait dans la bouche.

La pile de lettres qu'avait conservées Gustavo était étalée sur le bureau. Il les classa une à une par ordre chronologique pour mieux s'y retrouver.

Toutes n'avaient pas été écrites dans sa maison de la rue Aguiar. Il se souvenait d'avoir demandé, dans certains accès de nostalgie, du papier et un stylo et d'avoir écrit au bar de l'hôtel Alcázar ou dans les cafés de la plaza de Armas ou de la Catedral, dont les terrasses étaient une invitation à soigner la mélancolie par l'écriture.

Il sortit les plus récentes de l'enveloppe et commença à lire :

Comment est-ce possible, Inés ? Je lis le bilan des morts de la grippe espagnole dans les journaux et mon sang se glace. Prenez bien soin de vous, occupe-toi des enfants, protège-les, et si les choses deviennent trop difficiles revenez à La Havane. Vous y serez toujours les bienvenus.

Il en sortit une autre.

Bien des fois j'ai pensé à revenir... mais je suis ici et tu es là-bas, gardienne de l'héritage de nos enfants. Je n'aurai pas assez d'une vie pour te remercier pour ton dévouement et pour l'excellente éducation que je te sais leur donner.

Il y a encore beaucoup à faire à Cuba. Malgré la crise bancaire qui menace, les récoltes sont toujours considérables et les investissements continuent d'affluer dans l'île. Cela ne s'arrête pas, Inés, comme tu peux le constater avec les transferts de fonds. Je sais que tu n'as pas besoin d'argent, mais il est de mon devoir de père et d'époux de remplir mes obligations envers vous.

Gustavo ne mentait pas. Six nouvelles sucreries, dont l'énorme usine de Vertientes, dans la province de Camargüey, allaient inaugurer la décennie en broyant pour la première fois de la canne cubaine.

La nuit m'a entraîné dans d'autres bras, Inés. Des bras veules, inconsistants. Des bras qui ne cherchaient qu'à apaiser la solitude, à bannir la douleur constante de la distance. C'était un moment de faiblesse. Rien de plus…

— Rien de plus qu'un moment de faiblesse, Inés.

Gustavo, qui n'était pas homme à se laisser submerger par ses émotions, se tortillait comme un mille-pattes. Dans sa confusion surgit le remords en même temps que l'image de Renata, sa jupe remontée sur ses hanches.

— Je ne suis qu'un homme ! rugit-il en aspirant les mots dans un nuage de fumée.

Un homme qui vivait désormais dans La Havane du *gaitero* José Posada[16], une ville de jardins, de banquets et d'excès, la ville du théâtre Tacón et des bals du dimanche des sociétés galiciennes.

Je suis un homme, se répéta-t-il comme si sa condition de mortel justifiait l'infidélité vieille de deux décennies qu'il n'avait jamais eu le courage d'avouer à son épouse.

---

16. Joueur de gaïta galicien ayant émigré à Cuba au début du XXe siècle, fondateur du Quinteto Monterrey, un groupe de musique qui animait les cafés et les bals populaires.

20

Les semaines s'écoulèrent sans nouvelles de Celso. Clara ne cessa pas un jour de penser à lui, mais elle n'eut pas le temps de pleurer car, jusqu'à ce que la scierie ait repris son fonctionnement normal, l'activité fut frénétique. Les postes laissés vacants par les victimes de l'épidémie de grippe, en mémoire desquelles une messe fut célébrée, entraînaient un surcroît de travail. Les morts ne furent jamais remplacés.

Le contremaître ne manquait pourtant pas de candidats, mais Mme Valdés refusa catégoriquement d'embaucher, sans donner d'explications et pour la simple raison qu'elle ne pouvait pas encore en donner. Les comptes de l'usine étaient au plus bas, mais elle ne renflouerait plus l'entreprise. Le bois avait soudainement cessé de l'intéresser et elle ne pensait plus qu'à la conserverie. Mais elle n'en dit rien à Fermín ni à personne. Elle consulta la Sainte Vierge de la chapelle et ce fut tout.

Au milieu de cet écheveau de plans et de projets qu'elle ignorait comment réaliser, Inés trouva le courage d'organiser l'un de ces pompeux dîners qui réunissaient la fine fleur de Punta do Bico autour de mets de la terre et de la mer. Ce serait la première grande soirée après les ravages de la grippe et de la guerre. Elle se chargea de porter en personne un bristol à chaque invité. Personne ne manqua à l'appel. Tous étaient impatients de reprendre les vieilles habitudes.

Le jour dit, au printemps 1919, le manoir s'emplit dès le matin de l'effervescence de l'époque – lointaine – où ce genre de fête était routinière. Inés remercia le ciel pour le rayon de soleil qui caressait les toits et les jardins. Elle sortit les plus belles nappes, la vaisselle en porcelaine fine, les verres en cristal et les chandeliers en argent. Auparavant, ces tâches revenaient à Isabela, mais cette dernière n'étant plus là elle s'occupa de tout et demanda seulement à María Elena et Limita de bien observer de quelle façon on devait dresser les tables, les décorer de fleurs naturelles, disposer les couverts, les verres, les carafes d'eau et de vin. En milieu d'après-midi, Renata et Domingo rapportèrent les fruits de mer de la halle, pouces-pieds, langoustines, couteaux et araignées de mer assaisonnés de sel et de laurier qu'ils mirent à bouillir dans d'énormes marmites.

Tout était prêt à l'arrivée des invités. Certains vinrent à pied, d'autres dans des automobiles dernier cri qui éveillèrent la curiosité de Jaime et Leopoldo, tous deux vêtus de leurs plus beaux atours pour accueillir les convives avec leur mère à l'entrée du manoir.

— Où est Catalina ? demanda Inés.

Personne ne répondit, et le brouhaha des conversations ainsi que les attentions à prodiguer aux uns et aux autres lui firent bientôt oublier la jeune fille.

Les épouses des industriels de la conserve, enserrées dans des corsets pour dissimuler leur embonpoint, arboraient des robes à taille haute et des souliers raffinés qui pointaient sous leurs ourlets. Punta do Bico avait le caractère de ses habitants. Ce n'était pas l'endroit le plus distingué de la région, mais au fil du temps c'était devenu un bourg respecté par la bourgeoisie de la ville qui fréquentait volontiers ses plages en été.

Inés était si occupée qu'elle ne remarquait pas les regards en coin des épouses, qui y allaient de leurs commentaires – mais enfin comment pouvait-elle faire tourner la scierie alors qu'elle n'avait aucune expérience des affaires ? Les plus vachardes étaient Adelina et Isabel, qui avaient l'âge des rhumatismes.

Adelina se prenait pour la reine Marie-Christine en personne parce que son père avait fondé la Banque espagnole de La Havane, qui allait devenir la Banque hispano-coloniale de l'île de Cuba, et parce qu'elle était l'épouse de Barba Peláez, l'un des principaux industriels de la région. Quant à Isabel, elle avait toujours le dernier mot, qu'elle parle avec la boulangère, le poissonnier ou le laitier de Monteferro. Il en allait ainsi avec tout le monde, excepté avec son mari.

Elles avaient adopté María Teresa, dernière arrivée, mariée à don Agustín, unique héritier mâle des seigneurs de la Sardina. Benjamine du groupe, cette dernière n'avait pas encore appris à médire.

Les dames avaient beaucoup à se raconter ce soir-là. Elles avaient passé trop de temps cloîtrées dans leurs grandes maisons sans échanger de ragots. Elles regardaient Inés d'un œil mauvais, elles-mêmes ne discutant guère avec leur mari et parlant encore moins affaires.

— Voyez comme doña Inés essaie de faire bonne figure ! Mais don Gustavo lui manque, c'est évident, lança Adelina.

— Peut-être s'est-elle trouvé un amant pour se consoler ? persifla Isabel.

— Qui sait ! Au fait, elle ne donne plus de conseils de lecture ? s'enquit Adelina.

María Teresa intervint, intriguée.

— Inés conseillait des livres ?

— Avant son départ pour Cuba, oui. Mais depuis son retour plus rien ! répondit Adelina alors qu'elles se dirigeaient vers les jardins, où les domestiques servaient l'apéritif.

Inés n'avait en effet jamais repris l'habitude de réunir les femmes de Punta do Bico autour des dernières nouveautés littéraires. Elle manquait de temps et d'envie après avoir constaté le peu d'effets que ses enseignements avaient produits sur ces femmes. Elles s'étaient laissées dévorer par la convoitise, et plus elles en avaient plus elles en voulaient.

— Inés s'est toujours donné de grands airs parce qu'elle a vécu en Amérique, poursuivit Adelina. Elle nous prenait pour des idiotes et se croyait au-dessus de tout le monde... Mais regarde-la, maintenant, seule avec ses trois enfants...

— Elle m'a pourtant l'air sympathique, s'étonna María Elena.

— Parfois, oui... répondit l'autre en buvant une gorgée de vin.

Soudain, Catalina surgit dans le salon, s'approcha de sa mère et lui dit quelque chose à l'oreille qui la fit changer d'expression. La jeune femme, visiblement contrariée par la réaction d'Inés, tourna les talons avec grossièreté, sans même saluer les invités.

— Très chères, très chères ! s'écria Adelina en s'adressant aux dames qui se pressaient autour d'une des tables. Venez par ici...

Les femmes s'approchèrent.

— Avez-vous vu la fille d'Inés ?

Elles acquiescèrent toutes.

— Très bien, maintenant, dites-moi : vous connaissez la fille de Renata, la gardienne du manoir ?

— Celle aux yeux bleus ? demanda Isabel.

— Exactement ! confirma Adelina. Savez-vous qui elles me rappellent, toutes les deux ?

Les dames brûlaient de curiosité.

— Avec des nuances, attention ! Avec des nuances... Catalina est beaucoup plus grande.

— Allez, dis-nous, Adelina. Tu as toujours raison ! la flatta Isabel.

— Elles ont toutes les deux la forme du visage que don Gustavo, affirma-t-elle avec conviction.

Son chuchotement se transforma en une exclamation qui attira l'attention des messieurs qui conversaient entre eux.

— Mesdames, que tramez-vous là ? voulut savoir don Pedro.

Les femmes se regardèrent en riant sous cape.

— Oh, rien qui vous concerne, mon cher, minauda Adelina.

Les messieurs retournèrent à leur vin et à leurs fruits de mer.

La seule préoccupation d'Inés était de s'assurer que les invités ne manquent de rien. Elle allait et venait d'une pièce à l'autre, croisant les doigts pour que personne ne lui pose de questions sur Gustavo, mais si quelqu'un l'interrogeait elle donnerait la réponse qu'elle avait préparée depuis des années. Mari ou pas, elle était resplendissante dans sa robe nouée sur la nuque et discutait avec les messieurs de leurs principaux sujets d'inquiétude. L'épidémie restait en tête des préoccupations, suivie de près par les conséquences de la fin de la guerre.

— Fini, les affaires avec les Français, Inés. Mais bénie soit la paix ! s'exclama Barba Peláez.

— Ça ne fait aucun doute, il n'y a pas meilleure affaire que la paix. Vous vous êtes enrichis grâce à la guerre, n'est-ce pas ? s'enquit-elle.

— Considérablement, répondit un homme avec suffisance.

— Dis-moi, j'aimerais te poser une question…

— Mais bien sûr, ma chère Inés.

— J'ai appris que l'entrepôt de sel qui appartenait au grand-père de mon mari, don Jerónimo, était en vente. Est-ce vrai ?

— C'est vrai, oui. Pourquoi ? Ça t'intéresse ?

— Beaucoup.

— Tu arrives un peu tard.

— Tu veux l'acheter ?

Elle tenta de dissimuler sa déception.

— Non, voyons ! J'ai déjà mon usine et mes navires.

— Alors pourquoi ?

— Il n'y a plus de marché. Je te l'ai dit. Certes, l'armée française s'est nourrie de sardines galiciennes, mais comme tu le sais la guerre est finie pour tout le monde.

Antonio Barba Peláez était le propriétaire de la plus grande conserverie de Punta do Bico. Il s'était associé à des Français venus en Galice lorsque les sardines avaient disparu des côtes de leur pays, à la fin du XIXe siècle. Personne ne savait exactement ce qui s'était passé, toujours est-il que les eaux françaises s'étaient vidées de leurs poissons et que les conserveries avaient périclité. Cette situation avait motivé plusieurs expéditions scientifiques du prince Albert Ier de Monaco dans les eaux galiciennes de Vigo, Pontevedra et La Corogne. À la moindre occasion, Barba Peláez se vantait que son père, ami du monarque depuis l'âge de dix-sept ans, lorsqu'ils s'étaient rencontrés à l'École navale de Cadix, l'avait accueilli dans le port de Punta do Bico à bord de l'*Hirondelle*, son navire océanographique. Dans ces années-là, à la fin du XIXe siècle donc, la Galice avait vendu à la France des milliers de tonnes de sardines, et nombreux avaient été les industriels de la région à s'associer avec des chefs d'entreprise français maîtrisant parfaitement la technique de conservation dans l'huile d'olive et la mise en conserve.

Inés fut contrariée par la réflexion de Barba Peláez, mais elle ne comptait pas couper court à la conversation.

— Je ne pense pas qu'il n'y ait plus de marché. Au contraire.

— Ah, l'innocence féminine ! Si Gustavo était-là... répondit Barba Peláez avec un demi-sourire.

Elle fit mine de ne pas avoir entendu sa remarque, prononcée avec les pires intentions et un mépris manifeste.

— J'insiste, mon cher, je vois très clairement le potentiel commercial d'une nouvelle conserverie... D'ailleurs, je réfléchis à y investir ma fortune.

Il éclata d'un rire si sonore que tous les convives se tournèrent vers lui. Les dames se mirent à chuchoter et les hommes tendirent l'oreille afin de ne pas perdre une miette de ce qui se disait.

— Mais enfin que dis-tu, ma chère ? La ruine des Valdés ne t'a donc pas suffi ? demanda l'homme d'affaires en se penchant vers elle comme pour lui confier un secret.

Inés s'écarta sans se soucier que tout le monde puisse l'entendre.

— Don Jerónimo, paix à son âme, n'a pas été ruiné.

Antonio Barba Peláez laissa échapper un nouvel éclat de rire.

— Je crois avoir compris ce qui se passe ce soir. C'est ton mari qui t'envoie, c'est ça ? Ce lâche veut sans doute savoir comment nous avons démultiplié notre fortune alors qu'il est toujours à Cuba à revendre des raffineries... après les avoir ruinées, bien sûr.

— As-tu traité mon mari de lâche ? demanda Inés sur un ton grave.

Don Antonio avait une longue moustache aux pointes effilées qu'il tripotait compulsivement de la main gauche tout en tenant dans la droite le verre de vin qu'il avait demandé de remplir à l'une des domestiques.

— En effet, oui, c'est bien ce que j'ai dit, affirma-t-il sans vergogne.

Un silence insoutenable envahit le salon du manoir.

— Hors de chez moi ! s'écria Inés sans mesurer les conséquences de ces mots.

À cet instant, Adelina vola au secours de son mari.

— Nous mets-tu à la porte, Inés ?

— Ton époux, oui.

— Si tu le mets dehors, c'est nous tous que tu renvoies.

L'hôtesse scruta chacun des invités, y cherchant une étincelle de connivence, peut-être un geste de compassion qu'elle n'avait jamais réclamé à personne. Elle s'aperçut soudain que Jaime était là et écoutait tout, cillant à peine face à l'affront que subissait sa mère et auquel il ne pouvait rester indifférent. Sciemment, elle détourna les yeux de son fils.

— Je ne laisserai pas diffamer mon époux sous son propre toit, déclara-t-elle avec solennité. Et encore moins...

Adelina ne la laissa pas terminer et, de sa voix flûtée, continua de distiller son poison.

— Mon mari a parlé pour nous tous. Peut-être crois-tu qu'il soit le seul à penser ainsi ?

— Que veux-tu dire ?

— À Punta do Bico, chacun sait que don Gustavo est un lâche. Qu'il t'a quittée et que c'est pour cette raison qu'il n'est pas revenu de Cuba. D'ailleurs, nous pensons que tu devrais t'habiller en noir. Peut-être es-tu veuve et ne le sais-tu même pas, ajouta-t-elle rageusement.

— Mesdames, mesdames, s'il vous plaît, intervint don Agustín. Vous ne voyez donc pas quel spectacle lamentable vous offrez ?

— Moi ?

Inés porta la main à sa poitrine.

— C'est moi que tu vas accuser ?

— S'il te plaît, Inés, je t'en supplie. Ne laissons pas une remarque sans importance semer la discorde entre nous.

— Ça n'a peut-être pas d'importance pour toi, mon cher. Mais pour moi ça en a, s'exclama Inés, hors d'elle. Vous avez accusé mon mari d'être un lâche et d'avoir abandonné sa famille. Et je ne peux pas tolérer cela. Je vous demande de quitter cette maison, qui est la sienne et le sera toujours.

Les messieurs s'agitèrent, mal à l'aise. Barba Peláez prit son épouse par le coude.

— Allons-nous-en ! dit-il d'une voix grave.

Les autres femmes suivirent leur mari en marmonnant, la tête baissée. En file indienne, les couples quittèrent le manoir les uns après les autres, sans savoir s'ils devaient se réjouir ou déplorer que Mme Valdés ait perdu la tête. Folle, enragée, déséquilibrée : voilà de quels noms d'oiseau on l'affublait.

Les derniers à partir furent Agustín et María Teresa, qui traînaient des pieds malgré l'insistance d'Adelina.

Inés céda à une irrépressible crise de larmes et se referma comme une huître sans qu'il soit possible de lui faire entendre raison. L'offense faite à Gustavo, devant son fils aîné, était irréparable et impardonnable. C'est ce qu'elle déclara au jeune couple qui, consterné, l'emmena dans le jardin, espérant ainsi la calmer. Il pleuvait légèrement, mais personne ne se souciait de se mouiller. La température s'était rafraîchie et Inés sentit le manteau d'Agustín sur ses épaules, ce qui redoubla ses pleurs.

— Je sais que don Jerónimo a eu maille à partir avec ta famille au sujet du commerce du sel, mon cher Agustín. Gustavo me l'a raconté, mais l'eau a coulé sous les ponts, et soyez sûrs que je n'oublierai pas que vous êtes les seuls à m'avoir soutenue.

— Inés… murmura María Teresa.

— Laissez-moi terminer. Barba Peláez a raison sur un point : l'être humain est un lâche.

Elle leva l'index vers le ciel.

— C'est pourquoi il est si rare de trouver quelqu'un qui résiste face à l'ennemi. Vous l'avez fait.

Les troisièmes seigneurs de la Sardina quittèrent le manoir avec une angoisse aussi tenace que la pluie qui tombait sur Punta do Bico, comme si le bourg entier avait besoin d'un déluge universel pour nettoyer les plaies de ses habitants, inonder les routes, faire déborder les mers et noyer les chagrins d'Inés, épouse de Gustavo Valdés.

Dans les jours qui suivirent, la rumeur de ce qui s'était passé au Pazo d'Espíritu Santo se répandit dans tout le village. Personne ne se souciait de savoir si la rumeur était vraie ou mensongère, ni si la réalité était conforme à cette histoire que les gens colportaient à voix basse d'un endroit à l'autre sans épargner un seul recoin. Dans le même temps, Adelina se chargea de faire savoir que le coup de sang d'Inés avait une raison bien justifiée.

— On raconte que la fille de Renata est aussi celle de son mari, et que la gardienne est devenue folle. Cette histoire, c'est *cousa de meigas*, de la sorcellerie, je vous l'avais dit...

Seul don Castor accorda un certain crédit à la rumeur. Il avait aussi la puce à l'oreille, mais étant très pieux, il n'avait pas osé le verbaliser autrement que devant le Christ du maître-autel de la paroisse, et à genoux. Malgré tout, il ne voulait pas souffler sur les braises, et il convoqua Adelina pour la sermonner.

— N'allez pas raconter cette histoire à tout le monde, ça pourrait donner des idées à certains.

La femme quitta la paroisse ulcérée, avec comme pénitence un Notre Père pour avoir colporté des racontars et semé des soupçons contre l'honneur de la famille Valdés.

Le curé laissa retomber le soufflé, et lorsqu'il constata que la rumeur s'était dissipée, il décida de rendre visité à Inés, plus curieux de savoir si elle était vraiment devenue folle – comme les mauvaises langues l'affirmaient – que de connaître la vérité.

Elle l'invita à boire une tisane de racines additionnée de miel dans le grand salon, où trônait le portrait de don Jerónimo Valdés qui vous regardait toujours dans les yeux. Ils discutèrent de sujets insignifiants, de l'activité de la scierie, des projets d'Inés pour ses enfants, bénis par le curé, qui affirmait toujours que le plus précieux des héritages était l'instruction et non l'argent. Ils parlèrent aussi des dernières victimes de la grippe et des derniers offices ; don Castor ne se résolvait pas à passer la main au jeune prêtre fraîchement ordonné qui l'assistait à la paroisse. Et, lorsqu'ils eurent épuisé tous les sujets humains et divins, l'homme prit son courage à deux mains.

— Savez-vous ce que certains disent de vous en ville, doña Inés ? demanda-t-il prudemment.

— Que je suis devenue folle, j'imagine, répondit-elle sans y attacher plus d'importance.

Le curé but une gorgée de tisane et prit l'un des petits gâteaux que préparait Limita suivant une recette cubaine. Il le dégusta lentement, le temps de trancher le dilemme entre lui dire la vérité ou la taire à jamais.

— C'est à peu près ça.

— Vous ne m'apprenez rien...

— Je vous apprécie, Inés. Je vous apprécie beaucoup. Vous avez toujours eu bon cœur. Je n'ai jamais entendu de plaintes de la part de vos employés, vos ouvriers vous respectent, les femmes de votre usine vous estiment...

— Don Castor, ne tournez pas autour du pot. Qu'êtes-vous venu me dire ?

— Que vous devriez vous réconcilier avec M. Barba Peláez, répondit-il sans oser évoquer les rumeurs sur sa fille et celle de la servante.

— Que vous a-t-il raconté ?

— Tout le monde sait ce qui s'est passé, et cette inimitié n'est pas dans votre intérêt.

— Et pourquoi ça ?

— Vous voulez ouvrir une conserverie, n'est-ce pas ?

— Ça aussi, on vous l'a dit ?

— N'est-il pas vrai que vous vous intéressez à l'entrepôt de sel du grand-père de votre mari ?

— C'est exact, oui.

— Et que vous vous intéressez au commerce de la conserve ?

— Je m'y intéresse, en effet.

— Eh bien, alors j'ai raison. Vous n'avez aucun intérêt à vous faire un ennemi de don Antonio. Croyez-moi.

— La mer est assez grande pour tout le monde.

— Je ne peux que vous donner raison sur ce point, abonda le curé.

— Et puis je créerai des emplois pour des centaines de femmes ! Je leur offrirai la vie qu'elles méritent ! s'exclama-t-elle. Les ouvrières de ma scierie sont heureuses. Trouvez-moi un patron qui en fasse autant que moi pour ses employés et nous en reparlerons.

Elle se leva de son fauteuil avec une fougue qui effraya don Castor.

— Les barons de la mer vont devoir accepter ce fait : si la conserve est un travail de femmes, alors il est temps qu'elles aient leur patronne, déclara-t-elle en arpentant la pièce drapée dans sa robe en lin, sa tisane à la main.

Le curé fut incapable d'articuler un mot.

Mme Valdés continuait de parler sans reprendre son souffle, rappelant d'où elle venait – sa mère, doña Lora ; sa grand-mère, qu'elle n'avait pas connue mais qui était toujours présente dans ses prières ; son père, militaire respecté ; ses enfants, qu'elle élevait seule à la force de ses bras.

— Précisément, Inés, vous l'avez dit vous-même... Je ne voudrais pas vous voir plus seule que vous ne l'êtes déjà ! insista le curé.

Inés reposa la tasse sur la table.

— Qu'est-ce qui vous fait croire que je suis seule ?

— Il n'y a qu'à vous voir... risqua-t-il d'une voix peu assurée, redoutant de la froisser.

— Vous vous trompez, mon père. J'ai une famille merveilleuse qui est toujours à mes côtés. Mes enfants iront étudier à Compostelle, mais si Dieu le veut ils reviendront pour prendre la suite de l'entreprise familiale et la faire croître.

— Et votre mari… intervint le curé.

— Mon mari c'est mon affaire, vous m'entendez ? Et je ferai taire tous ceux qui racontent qu'il m'a abandonnée.

Elle retint ses larmes et déglutit avant de reprendre :

— En outre, j'ai auprès de moi la jeune personne la plus intelligente du canton. Qui l'aurait cru ? Ils se pensent tous sortis de la cuisse de Jupiter, alors ils ne s'approcheraient jamais de la fille d'une servante. Mais je l'ai adoptée comme ma propre fille.

Le curé ouvrit des yeux comme des soucoupes.

— Ne me regardez pas comme ça, mon père. La fille de Renata possède une intelligence hors norme.

— Vous voulez dire Clara ?

— Clara, oui. C'est une femme, désormais. Je l'ai vue grandir. Elle dévore tous les livres qui lui tombent sous la main.

Elle désigna du menton les étagères.

— Quel dommage que je ne puisse pas l'envoyer à l'université comme mes enfants !

— Et pourquoi pas ?

— Sa mère ne le permettrait pas, et son père préfère boire l'argent qu'elle gagne à l'usine. Mais Clara a plus de cervelle que nous tous. Et savez-vous pourquoi ?

— Pourquoi ? demanda le curé, stupéfait.

— Parce qu'elle n'a pas eu d'enfance et qu'elle a bouffé du chien enragé toute sa vie.

Inés regretta d'avoir employé une expression aussi vulgaire.

— Pardonnez-moi, don Castor.

Le curé n'avait pas bronché, attendant la révélation qu'il espérait.

— Je veux dire que cette jeune personne a connu des moments très difficiles, c'est pourquoi elle fera tout ce qu'elle pourra pour s'extraire de sa condition. Elle ne veut pas finir comme sa mère, ni même rester une simple ouvrière. Elle a grandi avec la soif d'apprendre. Et elle a appris seule ! Et voulez-vous savoir autre chose ?

— Dites-moi, Inés, je suis tout ouïe.

— Clara est de mon côté, elle travaillera pour moi et ne me décevra jamais.

Don Castor n'osa pas ouvrir la bouche afin de ne pas souffler sur les braises. Bien entendu, il ne dit rien des rumeurs concernant Clara, pas même pour s'attribuer le mérite d'y avoir coupé court avant qu'elles n'arrivent aux oreilles des enfants d'Inés – ou de Clara elle-même.

Lorsqu'ils eurent fini leur tisane, leur discussion et jusqu'à la dernière miette des petits gâteaux de Limita, Inés raccompagna le curé à la porte du manoir et embrassa le faux anneau d'or qu'il portait toujours au doigt et qui, selon ses dires, lui avait été offert par Rome en récompense de ses bons et loyaux offices. En le regardant s'éloigner, Mme Valdés lui cria :

— Mon père, laissez-les dire ! Ils peuvent bien raconter ce qu'ils veulent !

Le curé de Punta do Bico marmonna dans sa barbe un rapide Je vous salue Marie et accéléra le pas.

C'est ainsi que la question fut réglée, sinon pour toujours, du moins provisoirement. Dans un élan de courage, Inés sortit les feuilles du tiroir de la table ronde de la galerie et, le soir même, lorsque la maison fut plongée dans l'obscurité et que tous ses occupants furent endormis, elle écrivit à Gustavo une lettre que, contrairement aux autres fois, elle envoya à La Havane sans crainte de ne pas recevoir de réponse.

21

Ce qu'Inés écrivit pourrait être entendu comme un testament en règle, car elle se sentait propriétaire, au même titre que son mari, de tous les biens qu'il avait hérités de don Jerónimo à Punta do Bico. Elle les énuméra et expliqua à son époux ce qu'elle comptait en faire.

Je vendrai la plantation forestière, les deux prés et la scierie. Si nous n'investissons pas dans des machines, l'entreprise périclitera, alors que la mer est inépuisable. Sardines, poulpes, moules... Je rachèterai l'entrepôt de sel de ton grand-père et j'en ferai une conserverie. Je l'appellerai La Deslumbrante.

Il n'y avait pas une once de tristesse dans le récit de ses projets d'avenir ni dans ceux qu'elle avait conçus pour ses aînés, qui, comme elle l'avait annoncé à don Castor, fréquenteraient l'université de Compostelle. Elle était convaincue que ce serait le mieux pour eux. Ils avaient perdu assez de temps. L'incident avec Barba Peláez et les autres avait été déterminant dans sa décision de les éloigner de Punta do Bico pour quelque temps. Elle s'abstint de raconter à son époux que Catalina était devenue une effrontée car elle ne voulait pas l'inquiéter – à supposer qu'il s'intéresse un tant soit peu à la question. Au lieu de cela, elle fit l'éloge de Leopoldito et, après une longue hésitation, finit par mentionner Clara.

Clara, la fille de la domestique Renata, est devenue une jeune personne vive et intelligente. Si tu la voyais, Gustavo ! Elle travaille dur à la scierie et c'est elle qui m'encourage à reconvertir l'entreprise. Quel dommage qu'elle n'ait pas les mêmes chances que nos enfants ! Si Clara pouvait faire des études…

Elle est belle et élancée. Ses yeux bleus me rappellent tellement ceux de ma mère… Quand tu reviendras en Espagne, où nous t'attendons toujours, tu pourras constater que je dis vrai.

Inés ne saurait jamais ce que son époux ressentit en lisant cette lettre de l'autre côté de l'immense océan, dans le pays des plantations en ruine et la ville des adieux. Mais Gustavo emporterait avec lui jusque dans la mort le frisson qui lui fendit le cœur en recevant des nouvelles de Clara.

Inés aurait aimé l'interroger sur Cuba et sur ses affaires, et lui raconter comment de leur côté ils avaient traversé l'épidémie, comment ils avaient compté leurs morts et enterré Isabela. Elle ne le fit pas, toute expression de chagrin risquant d'être interprétée comme un signe de faiblesse. Or, s'il y avait une chose qu'Inés avait apprise depuis son retour de Cuba, c'est qu'elle pouvait être plus forte qu'une armée de géants, et que le courage ancestral des femmes de sa famille, qui s'étaient sacrifiées avant elle, coulait dans ses veines. Elle n'avait hélas pas connu sa grand-mère autrement qu'à travers les souvenirs de sa mère, qui la mentionnait sans cesse et lui attribuait les enseignements qu'elle murmurait à l'oreille de sa fille. Morte et enterrée, sans doute redevenue poussière, l'aïeule guidait Inés sur le bon chemin, qui est toujours celui du cœur.

Et son cœur avait rendu son verdict le jour où elle avait entendu la fille de la servante parler du commerce maritime comme si elle connaissait parfaitement son affaire.

Comme si elle savait exactement comment s'y prendre.

Comme si elle avait fait cela toute sa vie.

Cette nuit-là, avec les îles pour témoins, elle jura de ne pas flancher.

Bien au contraire.

— Conserves La Deslumbrante, murmura-t-elle en se glissant dans son lit soigneusement fait par l'une de ses domestiques cubaines, avec quelques fleurs fraîches posées sur l'oreiller.

Avant de s'abandonner au sommeil, perturbée par la force étrange qui lui remuait les entrailles, elle jura également qu'elle n'abandonnerait jamais la fille de la servante, car à travers elle, elle voyait comblés ses sentiments maternels.

Le lendemain, elle fut debout dès l'aube. Elle glissa dans son sac une boussole de marine qui avait appartenu à don Jerónimo et, avant que ses enfants ne se réveillent, elle mit la lettre dans l'enveloppe, passa la langue sur le rabat, la ferma, la porta au bureau de poste et demanda qu'elle parte en urgence afin qu'elle arrive dès que possible à La Havane.

Pour la première fois de sa vie, Inés était pressée.

Ensuite, elle se présenta à l'entrepôt de sel et fit une offre d'achat. La nouvelle se répandit comme une traînée de poudre à Punta do Bico et déclencha une tempête de calomnies qu'elle ne prit même pas la peine de démentir.

Tout changea au cours de cet été 1919.

Inés fit en sorte que Jaime et Catalina intègrent l'université de Compostelle sans que la cadette ait son mot à dire.

— Catalina, c'est comme ça, un point c'est tout. Il est hors de question que tu restes ici à te tourner les pouces. Tu peux remercier le ciel d'avoir une mère qui se soucie de ton éducation, dit-elle sans craindre la fureur de la jeune fille.

Jaime avait perdu quelques années, entre la guerre et l'épidémie, mais en fin de compte c'était une chance que le frère et la sœur puissent faire leurs études ensemble dans la même ville.

Au cours des semaines qui précédèrent leur départ, avant la rentrée de septembre, elle contacta Eugenio de Sousina, un photographe portugais tenant une boutique rue de Príncipe, à Vigo, et jouissant d'une excellente réputation, afin qu'il l'immortalise avec ses trois enfants dans le grand salon du manoir, sous le portrait de don Jerónimo.

Elle trouva également le temps de mettre Catalina en garde contre les beaux parleurs qui chercheraient à la séduire pour s'emparer de sa fortune, mais la jeune fille ne lui prêta pas la moindre attention : elle en avait assez d'entendre toujours la même rengaine et avait déjà connu des hommes de toutes les classes et de toutes les conditions. Fils à papa, marins sans le sou, jeunes ouvriers de la scierie. Elle savait qu'ils n'ouvriraient jamais la bouche parce qu'ils risquaient gros tandis qu'elle, insensible aux sirènes de l'amour, se plaisait à les tromper avec des promesses qu'elle ne tiendrait jamais. Inés ne découvrit jamais la faiblesse de sa fille pour les hommes. Si elle l'avait appris, elle l'aurait gardée enfermée au manoir jusqu'à nouvel ordre.

En entendant de loin le sermon de doña Inés, Clara songea pour la première fois de sa vie que personne ne chercherait jamais à la séduire pour son argent. Et, pour cette seule raison, elle se dit qu'elle pourrait peut-être un jour donner une seconde chance à l'amour de Celso.

Ou à l'amour tout court.

Le dernier dimanche avant le départ de Jaime et Catalina, Inés organisa une cérémonie d'adieu avec une courte messe dans la chapelle du manoir. Tout le monde y assista, excepté Renata. Quant à Domingo, ils s'attendaient si peu à le voir qu'il ne vint à l'idée de personne de lui reprocher son absence.

Lorsqu'il eut terminé, don Castor annonça une fois de plus que ce serait son dernier sermon, espérant que les participants lui diraient qu'il était bien dommage qu'il quitte le sacerdoce, qu'il n'y avait jamais eu meilleur curé que lui, etc. L'homme n'était pas insensible aux éloges, en particulier de la part des servantes cubaines qu'il invitait à réciter les prières.

Avant de quitter la chapelle, le curé traça du doigt le signe de la croix sur le front de Catalina et de Jaime.

— Que Dieu vous protège et vous apporte la prospérité sur cette Terre.

Les deux jeunes gens ne savaient que dire, mais cela ne se remarqua pas trop, surtout chez Catalina, qui ne quittait pas des yeux Clara, restée prudemment en arrière.

Les domestiques retournèrent à leurs occupations, Inés raccompagna le curé à l'entrée du manoir, Jaime s'attarda avec les chiens et Catalina fit signe à Clara qu'elle voulait lui parler.

Les sœurs, qui ignoraient qu'elles l'étaient, se regardèrent avec méfiance, crainte pour l'une et mépris pour l'autre. Catalina prit Clara par l'épaule et lui dit :

— Gare au petit marin, on ne peut pas lui faire confiance.

Clara se dégagea et, en contemplant ses pieds, répondit à voix basse qu'elle n'avait eu aucune nouvelle de lui depuis longtemps.

— Depuis que tu l'as vu avec une prostituée, non ? reprit Catalina.

— J'ignore de quoi tu parles.

— Je t'ai vue au port, qu'est-ce que tu crois ?

— Et que faisais-tu au port ?

— Je le regardais te tromper.

— Je ne l'ai vu avec personne, s'obstina Clara.

— En plus de mendier de l'argent à ma mère, tu es une menteuse.

Clara ne put en entendre davantage. Elle s'éloigna, le souffle court, retenant ses larmes afin de ne pas offrir ce plaisir à Mlle Valdés. Elle rentra chez elle et claqua la porte, faisant trembler les gousses d'ail et les casseroles en cuivre accrochées au mur.

— De quoi tu parlais avec la fille des maîtres ? demanda Renata.

Clara sursauta en entendant la voix de sa mère. Elle n'avait même pas remarqué sa présence.

— De rien, répondit-elle.

— Je t'ai vue la regarder de travers.

— Je ne l'ai pas regardée de travers.

— La patronne a beau s'être entichée de toi, n'oublie pas que tu ne seras jamais comme elle.

— Pourquoi dis-tu ça ?

— Au cas où.

— Je sais d'où je viens, maman.

— Mets-toi bien ça dans le crâne, ma petite, répondit Renata en lui tapant le front de l'index.

Clara sentit sa langue devenir pâteuse, lourde et épaisse dans sa bouche, ce qui leur épargna de se lancer dans une dispute sans fin pleine des reproches et de la colère accumulés au fil des années.

Les deux femmes se retournèrent, et l'air s'emplit de la puanteur du poisson de la veille abandonné dans des caisses en bois dans un coin de la cuisine. Ça sentait aussi le bois brûlé et les bûches humides. Au fond, un monceau de linge sale attendait.

— Cet après-midi, tu feras la lessive.

Clara ne répondit pas.

— Tu as entendu ?

— J'ai entendu.

Renata se frotta les mains sur son tablier et observa Inés jusqu'à ce qu'elle disparaisse derrière les murs du manoir. Les filles de Gustavo ne s'adresseraient pas la parole pendant toute la durée des études de Catalina.

Le jour où cette dernière et Jaime partirent pour Compostelle, le tonnerre grondait sur Punta do Bico. Les vagues s'entrechoquaient. Il pleuvait des cordes et le vent fouettait les arbres et les toits.

Inés était convaincue que sa décision était la meilleure pour ses enfants et que son mari, même s'il ne s'était pas manifesté, était du même avis. Elle les réunit tous les trois.

— Quand vous reviendrez de Saint-Jacques, la conserverie sera devenue réalité.

— Et c'est reparti pour un tour, marmonna sa fille.

— Catalina, ma chérie, j'essaie simplement de partager avec vous...

— Je ne sais pas pourquoi tu fais ça... la coupa-t-elle.

— Pour vous.

— On a bien assez avec ce qu'on a, conclut Catalina.

Sa mère ne renonça pas et, s'adressant uniquement à Jaime, exposa à nouveau les avantages de l'industrie maritime. Ce n'était pas la première fois, mais elle voulait réaffirmer ses intentions alors que sa cadette continuait de lui répondre et de lui reprocher d'avoir consacré tout son temps à la scierie.

— Tu étais toujours occupée, dit-elle. Sauf pour la fille de la gardienne, qui n'en reste pas moins notre servante. Pour elle, tu avais du temps, ça oui. Tout le monde sait qu'elle est la prunelle de tes yeux.

Leopoldo, le benjamin, n'y comprenait rien, et Jaime se noyait dans le tumulte de ses pensées.

— Ça suffit Catalina ! De toute façon, cette décision ne te concerne pas, s'écria Inés, lasse de discuter. Désolée d'avoir partagé cela avec vous, murmura-t-elle pour elle-même.

Le sujet ne fut plus abordé.

Jaime et Catalina firent leurs adieux à la porte du manoir, leur valise en cuir à la main. Inés ressentit le même déchirement qu'à leur départ de La Havane. Il allait lui falloir du temps pour admettre qu'elle éprouva alors pour Jaime quelque chose qui ne s'éveilla pas en elle lorsqu'elle dit adieu à Catalina. Jaime s'en fut et elle sut qu'elle le confiait à l'avenir comme on ouvre sa cage à l'oiseau.

Elle devait le laisser partir comme on laisse partir un amour.

Elle s'était préparée à ce moment toute sa vie, s'inclinant devant l'inéluctable.

À la porte, elle dit au revoir à Catalina. En déposant un baiser sur ses joues poudrées, elle sentit le froid de sa peau, et la malédiction de la sorcière de San Lázaro résonna en elle.

Tu as une fille, mais tu ne la connaîtras pas avant longtemps.

Son cœur fut fouetté par un vent glacial.

À cet instant, Catalina tourna la tête vers la maison des gardiens et distingua la silhouette de Renata derrière le rideau d'une fenêtre.

— Au revoir Renata ! cria-t-elle en levant la main.

Renata tira aussitôt le rideau afin de ne pas voir sa fille.

Pour la deuxième fois, elle allait être séparée d'elle.

Pendant toutes ces années, elle s'était contentée de savoir qu'elle était là, qu'elles habitaient la même demeure, de lui souhaiter bonne nuit en regardant les pierres de la façade. Sa seule consolation avait été de constater que toute la souffrance causée par sa décision d'échanger sa fille contre celle de sa maîtresse en valait la peine.

— Je ne t'avais jamais vue pleurer, fit remarquer Clarita en observant la scène.

Renata ne répondit pas, mais Clara vit qu'elle tremblait.

Ce soir-là, pendant que les servantes débarrassaient le dîner d'Inés et de Leopoldo, qui ne cessait de poser des questions sur ses frère et sœur, Renata se glissa dans la salle à manger, s'approcha de sa maîtresse et lui dit quelque chose qu'elle n'oublierait jamais.

— Une mère ne doit jamais laisser partir sa fille.

— Qu'avez-vous dit, Renata ?

— Que vous n'auriez pas dû laisser partir votre fille.

— Comment osez-vous me dire cela ?

— Je vous ai juste donné mon avis.

— Personne ne vous l'a demandé.

Dès lors, leur relation se détériora inéluctablement. Inés déplorait l'ingratitude de la gardienne, pour qui elle s'était démenée et dont elle avait pratiquement adopté la fille pour lui offrir une vie meilleure.

Le départ de Jaime et de Catalina, ainsi que la ferme volonté d'Inés de mener à bien ses projets, transformèrent sa vision des choses. Seuls ceux qui la connaissaient de près remarquèrent le changement. Malgré sa tristesse, elle retroussa ses manches et vainquit toutes les résistances imaginables. Des objections de Fermín, le contremaître, à qui elle promit un poste à responsabilités à la conserverie pour gagner son soutien, aux réticences du maire de Punta do Bico ou du notaire de Vigo. Son obstination était telle qu'elle en perdit l'appétit, et le Dr Cubedo lui diagnostiqua des névroses, de l'anxiété et Dieu sait quoi d'autre encore.

— Vous êtes pâle comme un agonisant, lui dit-il.

— Voyons, qu'allez-vous raconter là ? répliqua Inés.

Il lui prescrivit une cure de pilules Pink, qu'elle acheta chez Remedios pour quatre pesetas la boîte au cas où Cubedo s'aviserait de vérifier. Mais aussitôt qu'elle eut quitté la pharmacie, elle s'en débarrassa et regretta d'avoir consulté le médecin.

Cependant, le pire fut pour elle de se rappeler des nuits durant la voix de son fils aîné, qui au moment des adieux avait instillé en elle la peur de l'échec.

— Je te fais confiance, maman, je sais que tu feras ce qu'il faudra. Mais ne va pas tout gâcher.

Ces mots auraient pu faire renoncer Inés ; il n'en fut rien. Elle avait déjà assez à faire avec les langues de vipère des barons de la mer qui ne se turent qu'au moment où elle inaugura la conserverie sous le nom annoncé de Conserves La Deslumbrante, avec feux d'artifice et salves de canon.

Elle se mit à travailler sans relâche. Dans l'entrepôt de sel, tout était sens dessus dessous. Pendant l'épidémie de grippe, on l'avait utilisé pour stocker le bétail potentiellement contaminé, et il y régnait une puanteur de tous les diables. Elle confia à Clara le soin de balayer et de nettoyer les excréments accumulés depuis si longtemps que même les mouches ne s'en approchaient plus, et chargea Fermín de liquider la scierie. Il la vendrait rapidement à don Benito de Aquilán, un armateur de la région désireux de disposer de son propre bois pour ses navires. Mme Valdés eut la brillante idée de conserver les excédents pour construire les premiers établis qui allaient occuper l'entrepôt d'un bout à l'autre. Il restait encore des tonnes de troncs, qu'ils utiliseraient pour alimenter les foyers où cuiraient les moules, épargnant aux marins la corvée d'aller chercher du bois.

En quelques semaines, l'entrepôt fut propre comme un sou neuf, et Inés fit paraître une annonce dans le journal pour offrir du travail aux femmes ayant de l'expérience en matière de conserves. Bientôt, des dizaines de candidates se présentèrent. Elles étaient plus qualifiées qu'elle, mais peu lui importait. Au contraire, elle apprit quelque chose de chacune. Quelques fillettes vinrent aussi. Certaines n'étaient pas en âge de travailler, mais elle n'y vit pas d'objection car elles avaient besoin de rapporter une paie à la maison. Elle les employa comme aides et comme commis de cuisine, les affecta au nettoyage des tables et des sols. À marée basse, elle les envoyait ramasser des palourdes et des coques, dont elles rapportaient des seaux pleins à ras bord. Parfois, les marins se proposaient pour mettre les poulpes à sécher sur des cordes fixées à la façade de l'usine.

Il y avait du travail pour tout le monde.

Fermín devint don Fermín, les ouvrières venues d'autres usines ayant l'habitude de donner du « don » à leur contremaître. Alors les anciennes de la scierie les imitèrent, et il ne fut plus question de lui retirer ce titre. Clara plaisantait avec lui, mais se mit aussitôt à ses ordres. Elle travaillait plus dur que les autres, et était la première arrivée le matin et la dernière à partir le soir. Elle donnait un coup de main à la comptabilité, observait les méthodes des pêcheurs des autres conserveries et racontait tout à Inés.

Malgré tout et contre toute attente, Don Castor se rangea du côté de Mme Valdés et passait chaque matin à La Deslumbrante pour jeter un coup d'œil aux progrès.

— Ça avance bien, Inés ?

— Ça avance, mon père, ça avance.

Un beau jour, le curé lui demanda si elle avait réglé la question du poisson et à qui elle comptait l'acheter. Inés lui répondit qu'elle avait reçu plusieurs offres de marins-pêcheurs de Punta do Bico, mais qu'elle n'avait pas encore fait son choix.

— Ils ne doivent pas me croire si folle que ça s'ils veulent travailler pour moi. Je vous l'avais dit, laissez-les aboyer.

Le curé toussota, mal à l'aise, préférant éviter les sujets sensibles.

— Padín m'a dit que vous aviez fait affaire avec lui pour les palourdes, les coques et les moules.

— C'est exact, don Castor. Les nouvelles vont vite à ce que je vois.

— Et les sardines ?

— Vous posez beaucoup de questions, mon père.

— Votre bon ami Barba Peláez ne va pas vous faciliter la tâche. Il est allé répandre son fiel auprès de tous les armateurs de la région.

— Je m'en doutais, mais ça m'est bien égal.

— J'ai la solution.

Inés interrompit ses occupations et l'écouta attentivement.

— Voyez-vous, la semaine dernière, nous avons enterré M. Castro de Mínguez, à Mondoñedo. Voyez-vous de qui je parle ?

— L'armateur ? J'ai vu sa nécrologie dans le journal.

Le curé hocha la tête.

— Lui-même. Tout le monde était présent aux obsèques, même le maire et l'évêque Solís Fernández.

— Monseigneur l'évêque, mon cher Castor, est de toutes les célébrations, intervint Inés.

— Madame, rectifia le curé, nous assistons aux fêtes par plaisir et aux enterrements par obligation.

Ils rirent, et continuèrent à parler du décès de l'armateur qui laissait une flotte de quatre bateaux de pêche entre les mains de ses trois sœurs, toutes veuves de fraîche date et établies à Pontevedra.

— Bref, maintenant elles vont devoir s'occuper des bateaux. Un domaine où elles ne sont pas comme des poissons dans l'eau, si je puis me permettre. Et elles cherchent une conserverie pour vendre leurs sardines.

— Quand puis-je leur parler ? demanda Inés sans s'attarder sur les détails.

— Demain, elles doivent passer à la paroisse et laisser une contribution pour mes services lors des funérailles. Si vous voulez, je les amènerai ici afin que vous puissiez discuter.

L'affaire fut entendue.

Le lendemain, les trois veuves de Pontevedra, Moncha, Emilia et Asunción, se présentèrent en tenue de deuil à La Deslumbrante, et conclurent l'accord sans réclamer un centime. Leurs marins apporteraient les sardines, petites, moyennes et grandes.

— Marché conclu, doña Inés. Les sardines de la Saint-Jean seront pour vous, déclara Moncha, la moins affectée par le deuil puisqu'elle avait été veuve la première.

Une poignée de main suffit à sceller l'accord, puis elles repartirent comme elles étaient venues, guidées par le curé.

Et c'est ainsi qu'à la Saint-Jean 1920, La Deslumbrante fut déjà pleinement opérationnelle. Il manquait des bricoles ici et là, mais les premières conserves sortirent de l'usine à l'été. Elles étaient sans fioritures mais, aux dires des ouvrières, qui en reçurent une boîte chacune et en ouvrirent quelques autres pour célébrer ces débuts qu'Inés n'oublierait jamais, les sardines étaient exquises. Le vin et la joie coulaient à flots, et la patronne oublia pour un temps sa solitude, son chagrin, le bourdonnement des mouches et des mauvaises langues.

— *Por San Xoán, a sardiña molla o pan*[17]*!* criaient les ouvrières.

— Hourra pour Mme Valdés ! s'exclama don Fermín d'une voix grisée par le vin.

— Hourra ! scandèrent les femmes à l'unisson.

Ce fut le jour le plus heureux de sa vie.

Dans l'après-midi, les servantes amenèrent Leopoldito à La Deslumbrante. Le jeune garçon allait sur ses treize ans, et il se rappellerait toujours le conseil que sa mère lui murmura alors à l'oreille :

— Ne t'habitue pas au bonheur, mon fils, car il est l'exception dans la vie.

17. « À la Saint-Jean, la sardine mouille le pain. » En Galice, la tradition veut que l'on mange des sardines, dont c'est la pleine saison, durant les festivités de la Saint-Jean.

Cette année-là et le début de la suivante furent bons. Peut-être pas aussi exceptionnelles que les précédentes, mais il y avait du poisson en abondance. Les crieuses annonçaient l'arrivée des bateaux, et en quelques minutes les ouvrières étaient à pied d'œuvre, les mains propres et les cheveux attachés sous leur foulard noir. Inés leur imposait seulement de porter d'amples tabliers noirs qu'elles nouaient au niveau du cou par-dessus leurs vêtements élimés. Au bord de l'eau, une armée de femmes de La Deslumbrante remplissaient des paniers de sardines qu'elles portaient sur leur tête.

Le personnel était structuré suivant une hiérarchie que Mme Valdés tenait à respecter scrupuleusement. Les cheffes d'équipe formaient les apprenties et supervisaient le travail, tandis que les ouvrières se chargeaient du reste : nettoyage du poisson, emboîtage, huilage et dernière vérification avant la fermeture qui, à l'époque, était la seule étape du processus qui s'effectuait avec une machine spécifique dans laquelle Inés avait investi une partie du produit de la vente de la scierie. Les autres étapes étaient réalisées à la main, ou dans d'autres usines de la région avec lesquelles elle avait conclu des accords ponctuels jusqu'à ce que La Deslumbrante se développe à tel point que ce ne soit plus nécessaire. En gestionnaire avisée, elle ne gaspilla pas une peseta, de peur que l'avertissement de son fils Jaime ne se réalise.

Après les sardines vint la saison des anchois, beaucoup plus laborieuse puisqu'il fallait enlever la peau et l'arête centrale. Vint aussi le premier hiver à La Deslumbrante : il faisait si froid qu'Inés envoyait Clara faire bouillir des *grelos* dans d'énormes marmites et accordait aux ouvrières une pause de quinze minutes pour qu'elles se réchauffent le corps et les mains.

Elles se donnaient toutes un mal de chien sans jamais se plaindre, voyant que leur patronne trimait aussi dur qu'elles. Le bruit courut bientôt dans les paroisses que Mme Valdés avait la force d'un homme, la bonté d'une mère, et qu'elle n'était pas folle.

Au cours des premiers mois d'activité frénétique à La Deslumbrante, Clarita se renferma sur elle-même, rompue de fatigue, aussi éreintée que les autres. Si sa proximité avec Inés n'était un secret pour personne, elle n'en fit jamais usage pour échapper aux tâches les plus dures. Quand il manquait des bras, elle était toujours là pour nettoyer, transporter des fûts de sel, du charbon ou des bidons d'huile. De temps à autre, elle surprenait une ouvrière en train de manger une sardine mais ne disait rien, sachant ce qu'était la faim.

Le souvenir de Celso s'estompa peu à peu, mais ne disparut jamais complètement. Elle l'avait si bien idéalisé, avec son besoin viscéral d'aimer et d'être aimée, que cela finit par devenir dans sa poitrine une douleur qui allait et venait. Elle consulta le Dr Cubedo : il ne s'en inquiéta pas. Il lui demanda si elle était amoureuse et elle répondit que non.

— En êtes-vous sûre ? insista le médecin.

— Pas totalement, docteur. Mais l'amour ne fait pas mal, répliqua la jeune femme.

— Ça fait mal et ça peut tuer, ma fille.

D'un geste affectueux, il lui passa la main dans les cheveux.

— Aurais-tu rencontré un jeune homme ?

Clara rougit et ses pupilles se dilatèrent jusqu'à envahir son iris bleu. Elle ne dit pas un mot, de peur qu'il n'aille tout raconter à Renata ou encore à Mme Valdés, qui devinerait immédiatement de qui il s'agissait.

Elle tenait pour acquis que cette dernière aurait à cœur de la décourager, et même si Clara était curieuse de savoir quel type d'amoureux Inés aurait recommandé à la fille d'une servante, elle préféra se taire.

Elle résolut de ne plus jamais penser à Celso ni d'accorder une seule seconde à l'image que lui renvoyaient les marées et les nuits de pleine lune. Si elle violait son serment, elle se punirait en se privant d'eau et de nourriture pendant toute une journée.

22

CHARGÉES DE BOÎTES DE CONSERVE pour la *mesa da fame*, les deux femmes traversaient les champs boueux détrempés par les pluies en direction du manoir.

De loin, elles aperçurent la file de mendiants de toutes les paroisses qui attendaient l'arrivée d'Inés. Le premier lundi du mois, elle distribuait des conserves aux plus démunis. Elle empilait les boîtes sur une table en pierre rectangulaire aux portes du Pazo d'Espíritu Santo et chacun en prenait une ou deux, selon ses besoins.

En guise de remerciement, les hommes promettaient de prier pour elle.

— Allons, allons ! Ne dites donc pas de sottises. Si vous priez, priez plutôt pour que celui-là, là-haut, disait-elle en regardant le ciel, m'accorde la réussite dans mes affaires.

— Oui, madame, répondaient les pauvres diables, leurs boîtes de sardines à la main.

— Revenez dans quatre lundis !

Et ainsi de suite, tous les mois.

Elle leur aurait bien demandé une prière pour le tempérament de Catalina, une autre pour l'avenir de

Jaime et une troisième pour que Leopoldito continue de grandir bien sage et en bonne santé. Et, si elle n'avait craint d'abuser, elle aurait aussi volontiers demandé un signe de la part de Gustavo, sous forme de lettre, de télégramme ou de ce qu'ils voudraient.

Inés essayait de ne pas être trop dure envers elle-même, mais au fil des jours elle sentait sa patience s'épuiser. Avec tant de travail, tant de soucis, tant de bouches à nourrir, tant de paperasse à la fin du mois, avec tant de ceci et de cela, elle n'aurait su dire quand exactement, mais il y eut un jour où, en se réveillant, elle sentit que l'absence de son mari s'était faite plus légère. Ou chronique, comme une maladie incurable. En y mettant du sien, elle serait parvenue à l'oublier. Si elle ne le faisait pas, c'était parce qu'au fond elle voulait s'offrir le plaisir de l'accueillir à Punta do Bico gonflée de l'orgueil d'être devenue la première baronne de la mer de la province.

À cette époque, Inés abandonna le corset et fut la première à porter des tailleurs et des robes à taille basse achetés dans les boutiques de Vigo. Elle se mit à boire de la liqueur après le déjeuner et, de temps à autre, tirait quelques bouffées d'un fume-cigarette sophistiqué.

Elle n'avait le goût ni du luxe ni de l'ostentation, mais elle s'autorisa quelques caprices pour compenser son épuisement. Le premier fut un long manteau de fourrure qu'elle étrenna pour aller à la messe et porta à Compostelle lors d'une visite à ses enfants. Le deuxième était un plaisir partagé avec Leopoldito : les dimanches où il n'y avait pas de livraison prévue, ils se mettaient sur leur trente-et-un et allaient déjeuner à La Fama, rue Velázquez-Moreno à Vigo, puis prendre le thé au Café colón. Parfois, ils allaient même au cinéma Royalty, ou bien au campo de Coya encourager le Real Club Celta de Vigo. Clara était toujours conviée mais ne les accompagna jamais, prétextant devoir rester de garde à l'usine au cas où un imprévu surviendrait.

Inés et Leopoldito parcouraient le port en long et en large ; ils eurent la chance de voir de près le *Siboney*, le paquebot américain échoué au phare de Borneira, à cent cinquante mètres de la côte. Il n'y eut pas de victimes à déplorer, mais le naufrage exerça une telle fascination en ville que des excursions furent organisées.

Cet épisode fut l'occasion pour Inés d'expliquer à Leopoldo certains pans de l'histoire familiale demeurés dans l'ombre. Elle lui raconta que lui et ses parents avaient eux aussi émigré sur un bateau comme celui-ci. Que Catalina venait de naître et que Jaime avait tout juste un an. Elle lui raconta également que la famille de son père Gustavo avait possédé des raffineries sucrières.

— Je n'ai jamais bien compris ce qu'est une raffinerie.

— Une très grande plantation. Ton père avait hérité de son grand-père Jerónimo la raffinerie de San Lázaro ; elle s'appelait Diana.

— C'est le monsieur sur le tableau dans le salon... fit observer le jeune garçon.

— Exactement, confirma sa mère. Il est mort à Cuba.

— Est-ce que papa reviendra un jour, pour que je puisse le rencontrer ?

— Bien sûr que oui... dit Inés sans grande conviction. Mais il est vain de spéculer sur des événements que nous ne maîtrisons pas.

À la demande de Leopoldito, Inés lui raconta d'autres anecdotes dont elle se souvenait. Sans trop enjoliver l'histoire, elle lui parla des miracles de Cuba, du soleil perpétuel, de la colonie espagnole et de son père militaire. Elle lui parla aussi de doña Lora et de ses perroquets.

— Maman, pourquoi faisons-nous des conserves ? demanda soudain le jeune garçon.

— Parce que ç'a été la plus belle réussite de Napoléon.

Mère et fils éclatèrent de rire.

— Un jour, Jaime, Catalina et toi, vous hériterez de l'entreprise. C'est pourquoi il est important de bien travailler à l'école et de beaucoup lire pour apprendre un tas de choses.

— Comme Clara, qui sait tout alors qu'elle n'est jamais allée à l'école. Est-ce qu'elle pourra hériter, elle aussi ?

— Non. Elle ne...

— Pourquoi ? insista le jeune garçon.

— Parce qu'il faut être parents par le sang pour hériter.

À ce moment-là, Inés pensa à l'injustice du destin.

Au cours de ces longues promenades dans les rues de Vigo, elle découvrit les préoccupations de Leopoldo. Tout l'intéressait, et comme il lisait le journal tous les jours il n'ignorait rien des conséquences de la Grande Guerre, de la faim en Europe et des premiers feux de cette décennie qui s'annonçait pleine de promesses de liberté et de prospérité. Il suivait l'actualité du roi Alphonse XIII et disait vouloir partir étudier à Madrid pour rencontrer des écrivains, des dramaturges, des peintres. Comme naguère avec Clarita, Inés était fascinée qu'il sache situer New York, Rome ou Paris, qu'il connaisse le nom des personnalités dont parlaient les journaux. Au fil des années, il demanderait avec stupéfaction qui étaient Primo de Rivera, Mussolini ou Hitler.

Ils savouraient ces sorties dominicales. Inés n'avait jamais profité ainsi de Jaime et de Catalina. Peut-être était-ce pour cette raison que ses aînés lui reprochaient ses absences, même si le véritable grand absent était leur père, à qui ils ne tenaient pourtant pas rigueur. Elle fit le calcul : treize années s'étaient écoulées depuis qu'elle était revenue de Cuba, toute la vie de Leopoldito – une bagatelle. Elle ne les avait pas vues passer, et prit alors conscience de tout ce qu'elle avait affronté et de tout ce qu'elle avait accompli, sans son mari à son côté, sans rien y connaître, sans autre allié que la fille d'une gardienne.

Ainsi, tandis que le temps accomplissait son œuvre d'oubli, les Conserves La Deslumbrante continuaient de croître, avec l'ambition de devenir l'une des entreprises les plus prospères du sud de l'Europe, rivalisant avec celles des barons de la mer.

Et tout cela sans léser personne, à commencer par ses ouvriers, qui ne manquaient jamais de quoi se mettre sous la dent.

Ni de médicaments.

Ou d'une avance sur salaire dans les moments difficiles.

Ils étaient payés régulièrement, et quand ils tombaient malades ils étaient soignés à l'usine par l'apprenti du Dr Cubedo, un jeune médecin fraîchement diplômé et prénommé Celestino. De même pour les membres de la famille.

Plus tard, elle ferait construire des maisons destinées aux jeunes mères accompagnées de nourrissons qui ne voulaient pas rentrer chez elles, où les attendaient encore plus de froid et de corvées.

Tout ne se fit pas du jour au lendemain.

Loin de là.

Il faudrait des années pour bâtir un empire, et son capital seul n'y aurait pas suffi. La Deslumbrante allait lui prendre des journées entières, des nuits blanches et des étés sans repos. Nul ne le savait mieux que les servantes du manoir, qui la voyaient rentrer à minuit, et Clara, qui apprit trois choses.

Qu'il n'y a pas de gloire sans douleur.

Qu'il n'y a pas de fortune sans souffrance.

Ni de temps pour l'amour.

Ce dernier enseignement serait démenti en décembre 1920, à la veille de la fête de l'Immaculée Conception.

Sur le quai de déchargement, à l'heure de l'arrivée du poisson, il se produisit un événement extraordinaire que Clara n'espérait plus.

Cela se déroula comme se déroulent les choses auxquelles on s'attend le moins.

Le destin voulut qu'elle remplace la crieuse, qui avait pris froid et était aphone ce jour-là. Soudain, du pont du premier bateau qui commençait à décharger le poisson, quelqu'un cria :

— Si j'entendais cette voix-là, moi aussi j'accourrais à la vitesse de l'éclair !

Clara se retourna, le cœur battant sous son tablier.

— Tu m'as déjà oublié ? demanda le jeune homme avec un grand sourire. C'est moi, Celso, précisa-t-il au cas où elle ne l'aurait pas reconnu dans sa tenue de marin, trempé des pieds à sa tête recouverte d'un bonnet de laine.

— Qu'est-ce que tu fais là ? s'étonna-t-elle en réprimant son émotion.

— Je me suis engagé comme matelot dans la flotte des sœurs.

— J'ai du travail, Celso.

Clara désigna les femmes qui, sans relâche, transportaient les paniers de poissons.

En effet, l'activité était frénétique : il fallait travailler vite et bien, sans commettre d'erreur susceptible d'endommager le poisson fraîchement pêché.

— Je te regarde, c'est tout, répondit le garçon, ignorant le rougissement de la jeune femme.

Il descendit d'un bond du bateau, craqua une allumette contre la pierre et alluma une cigarette.

Sans poser les yeux sur lui, et tout en dirigeant l'opération de déchargement, Clara lui dit que c'était une sacrée coïncidence qu'il se soit engagé dans cette flotte et pas dans une autre.

— Ce ne sont pourtant pas les conserveries qui manquent ! lança-t-elle.

— Les coïncidences, ça n'existe pas, Clara.

L'estomac de cette dernière se noua : il se rappelait son prénom, et cela lui rappela que la douleur à la poitrine qu'elle n'avait pas voulu laisser le Dr Cubedo qualifier de mal d'amour n'avait d'autre raison d'être.

— Allez, je te laisse travailler.

— Non, attends, dit-elle sans rien laisser paraître afin que les ouvrières ne se rendent pas compte de son manège.

— Tu finis à quelle heure ? demanda Celso.

— Il n'y a pas d'horaires, ici.

— Tu dors à l'usine ou quoi ?

Clara sourit du regard.

— Ça dépend.

Le capitaine du bateau fit retentir la sirène pour rappeler les matelots à bord.

— Cette fois, je dois y aller.

Clara s'approcha et lui souffla tout bas :

— Je t'attendrai sur la plage de Las Barcas quand la lune se lèvera sur les Cinco Pinicos.

Celso n'avait pas la moindre idée de ce qu'étaient les Cinco Pinicos, les « cinq pins », ni à quelle heure la lune se levait là-bas, mais il sut qu'il serait au rendez-vous car, s'il avait cédé aux caprices de la chair, il n'avait cessé de penser à cette jeune fille aux yeux bleus et au corps de danseuse.

Clara ne parvenait pas à se concentrer, comptant les heures sur l'horloge murale qui dominait l'atelier principal et servait à savoir si c'était le jour ou la nuit. Si la pêche était bonne et arrivait le matin, les ouvrières pouvaient passer la journée entière dans l'usine sans lumière naturelle et sans respirer l'air frais autrement que par les fenêtres qu'Inès avait fait percer sur la façade. La jeune femme ressentait un picotement dans le ventre et une boule dans la gorge, une impatience qui se lisait sur son visage et jusque dans sa démarche. Elle virevoltait entre les tables de nettoyage et disposait les grilles avec un tel entrain que les ouvrières durent la supplier de ralentir. Clara les ignora, se disant que, plus tôt elles finiraient, plus tôt la lune se lèverait.

Le ciel était couvert depuis le matin et allait le rester jusqu'au soir. L'Atlantique grondait férocement quand Clara ferma la porte de l'atelier principal.

— Qu'est-ce que je sens ? demanda-t-elle à la dernière ouvrière qui raccrochait son tablier après avoir balayé le sol.

Celle-ci lui répondit sans s'émouvoir qu'elle avait la même odeur que d'habitude, comme si sentir le poisson faisait irrémédiablement partie d'elles.

Clara retourna à l'évier et, avec ce qu'il restait d'une savonnette, se frotta le cou, les joues et les poignets.

— Maintenant c'est mieux ? la questionna-t-elle en s'approchant à nouveau.

— Maintenant tu sens La Deslumbrante.

Clara courut hors de l'usine en direction de la plage de Las Barcas, tremblant tout à la fois d'impatience et parce que, pour la première fois de sa vie, elle ne rentrerait pas à l'heure chez elle. Elle ne se souciait pas de la réprimande de Renata ni que celle-ci puisse alerter doña Inés, qui, en apprenant son absence, remuerait ciel et terre pour la retrouver.

La plage était déserte à l'heure convenue par les amoureux. La lune des Cinco Pinicos pointait, sans éclat, entre les épais nuages.

— Psst ! siffla une voix au loin.

— C'est toi ? chuchota Clara.

— À ton avis ?

La jeune femme s'approcha, les mains jointes sur le ventre, où elle sentait des remous semblables à ceux qui agitaient la mer.

— Viens.

Clara emboîta le pas au garçon jusqu'à une *gamela*[18] encore mouillée par les embruns. Celso ôta son pull et sécha le bois.

— Tu sais quoi ?

— Non… répondit timidement Clara, craignant qu'il ne l'interroge à nouveau sur l'amour.

— Je te connais depuis la première fois que je t'ai vue, et je savais déjà qui tu étais.

— Tu ne sais pas qui je suis.

— Tu te trompes, Clara.

Elle n'osa pas répondre, car alors elle aurait dû lui dire qu'elle savait également qui il était, qu'elle l'avait vu avec cette femme de mauvaise vie, une étrangère sans honneur ni vertu, sans honnête gagne-pain. Et, bien sûr, pour être totalement sincère, elle aurait aussi dû lui avouer ses jeûnes et ses pénitences pour avoir péché en pensée ; ses larmes et ses insomnies.

18. Petite embarcation à fond plat emblématique de la Galice.

Elle préféra donc se taire et, dans le silence de la nuit, on n'entendit que le bruissement de ses vêtements lorsque Celso prit sa main glacée et la porta à ses lèvres avec une tendresse inconnue de la jeune femme. Puis, sans qu'elle comprenne comment c'était arrivé, il l'embrassa sur la bouche et le flot atlantique emporta le soupir de Clara, l'émotion de se savoir aimée pour la première fois.

L'obscurité dissimulait leurs regards, mais si les nuages s'étaient dissipés la lune aurait dévoilé ses yeux humides et l'éclat de ceux de l'homme qui était allongé contre elle.

Les amoureux se séparèrent alors que le soleil se levait à l'est de la montagne, au loin, où ils ne voyaient que la lueur d'un jour nouveau et la promesse des retrouvailles.

23

Dès lors, ils se revirent tous les jours à la même heure, sur la même plage. Après le travail, Clara se savonnait au lavabo et quittait l'usine au galop. Elle rentrait toujours en retard, et Renata ne tarda pas à lui reprocher de négliger les tâches ménagères. Clara mentit en lui disant que La Deslumbrante requérait sa présence plus tard que d'habitude et qu'elle ne pouvait pas laisser Mme Valdés seule.

— Tu devrais penser à toi de temps en temps, répondit la gardienne avec cette expression amère que les années avaient gravée sur son visage.

— Je pense à moi, maman.

— Non, tu ne penses qu'à Mme Valdés.

— Elle ne nous a rien fait de mal.

Renata garda le silence, réfléchissant à ces mots. Effectivement, doña Inés n'avait rien fait de mal. Au contraire, elle avait toujours veillé sur elle, sa fille, et l'avait protégée de Domingo.

Et pourtant…

Depuis qu'Inés avait envoyé Catalina faire ses études à Compostelle, Renata en avait fait la cible de sa colère comme si cette femme était en partie responsable de son erreur à elle.

— J'aurais bien aimé que tu t'occupes de moi comme elle l'a fait.

Pour la première fois après tant d'années à se dérober, la fille de la servante tint tête à cette femme qui était seulement une mère que le destin lui avait imposée.

— Viens ici ! s'écria Renata.

Une fureur inconnue fit frémir la commissure de ses lèvres.

Clara s'approcha sans crainte. Renata leva la main droite et lui flanqua une gifle qui laissa une marque sur sa joue. La jeune femme ne répliqua pas. Elle resta là, face à elle, à soutenir son regard tel un condamné face au peloton d'exécution.

— Frappe-moi encore, la défia-t-elle.

Renata joignit les mains pour se retenir.

— Tu es aussi bornée que ton père, cracha-t-elle de sa bouche lasse à laquelle il manquait quelques dents.

Clara s'enferma dans sa chambre et fut prise de sanglots aussi torrentiels que les pluies qu'apportait le vent du sud lorsqu'il soufflait derrière la colline d'Espíritu Santo. Elle enfouit son visage dans la paillasse. Son esprit était un maelström de pensées confuses, d'injures envers tout le monde et personne, de sinistres présages, de désirs qu'elle regrettait d'éprouver.

— Maudite soit ma vie ! cria-t-elle contre le drap. Maudit soit mon horizon !

Au même moment, elle se souvint de la lettre qu'elle avait trouvée dans le livre d'Eduardo Pondal. Elle avait fait tout son possible pour l'oublier et y était parvenue, mais à cet instant, à bout de nerfs, elle souleva le matelas et la chercha sur le treillis métallique. Elle l'avait cachée dans un coin du sommier, pliée et repliée – un bout de papier de la taille d'un caillou.

Elle la déplia, les mains bouillant d'impatience, et la relut comme si l'écriture tremblante de cet homme, qui avait apposé ses initiales en guise de signature, contenait une vérité qui lui appartenait.

Punta do Bico, septembre 1899

Renata,

Si vous procédez conformément à ce que nous sommes convenus, je vous laisserai en pleine propriété les terres qu'exploite Domingo.

Je ne le répéterai pas.

Ne m'obligez pas à vous y forcer.

Faites ce que je vous dis, et tout ira bien.

J'emploierai ma vie à faire en sorte que vous ne souilliez pas mon honneur.

G. V.

Elle la lut mille et une fois.

Elle la lut à voix haute.

Et dans un murmure.

Elle la lut jusqu'à ce que le papier soit trempé de larmes.

Elle relut chaque ligne, essayant de comprendre les raisons de cette offre.

L'objet de leur accord.

Pourquoi avait-elle gardé cette lettre ?

Pourquoi ne l'avait-elle pas déchirée en mille morceaux ?

Dans un élan contraire à sa nature prudente, elle se rua hors de sa chambre ainsi qu'une possédée et grimpa le perron du manoir.

— Doña Inés ! appela-t-elle.

Limita ouvrit la porte surprise par ces cris ; Clara ne haussait jamais le ton.

— Que se passe-t-il, ma fille ? demanda-t-elle.

— Je cherche doña Inés. Il faut que je lui parle.

— Elle se prépare pour l'usine. Pourquoi ne pas l'attendre ici ? Vous pourriez y aller ensemble, répondit la petite bonne.

— Donnez-moi à boire, s'il vous plaît, demanda la jeune femme.

— Bien sûr, ma fille. Entrez donc, dit Limita avec son doux accent.

Elle lui tendit un verre d'eau en observant son visage déconfit.

— Il vous est arrivé quelque chose, insista-t-elle.

— Ce n'est rien, Limita. J'ai juste eu une dispute à la maison et maintenant j'ai envie de pleurer.

La servante, qui ne l'avait jamais vue si bouleversée, la prit dans ses bras.

— Oh, ma fille ! Vous ne vous êtes tout de même pas disputée avec votre mère à cause d'un homme ?

Incapable de répondre, Clarita ne parvint qu'à marmonner quelques mots incompréhensibles.

— Que se passe-t-il, ici ?

La voix d'Inés emplit la cuisine.

— Puis-je vous parler ? demanda Clara en séchant ses larmes.

— Nous discuterons en allant à l'usine.

Elle donna des ordres précis pour organiser la sortie de l'école et le dîner de Leopoldo.

— Dites-lui d'être bien sage et de ne pas veiller pour m'attendre. Je rentrerai tard ce soir. Je dois faire les comptes.

— Très bien, madame, répondit Limita en inclinant respectueusement la tête.

Les deux femmes descendirent le chemin d'un pas rapide. Clara hoquetait encore et Inés la laissa se calmer.

— Dois-je m'inquiéter, Clara ?

— Non, madame. Jamais je ne vous causerais de problèmes.

— Si tel était toutefois le cas, dit Mme Valdés, j'espère bien que tu me parlerais. Quitte à me mettre en rogne !

— Doña Inés, je me suis disputée avec ma mère. Elle m'a giflée.

— Comment ça elle t'a giflée ? s'écria-t-elle avec inquiétude. Laisse-moi voir ça !

Elle s'arrêta net, saisit le menton de la jeune fille et tourna son visage vers elle.

— Ça va, elle ne m'a pas frappée bien fort. Ne vous en faites pas.

— Pourquoi vous êtes-vous disputées ?

— Elle dit que je rentre toujours en retard et que je néglige mes corvées.

— Et pourquoi rentres-tu toujours en retard ?

Clara prit une profonde inspiration avant de lui raconter qu'elle voyait Celso après sa journée de travail. Au lieu de se fâcher, Inés se montra si heureuse pour la jeune femme qu'elle se mit à la presser de mille questions, finissant par lui redonner le sourire.

— Alors tu fréquentes ce marin. Je me souviens de lui. Je sais qui c'est. Il m'a tout l'air d'un brave garçon…

— Oui, madame. Et il a déjà vingt-deux ans.

— Un âge parfait, ma fille ! Est-ce qu'il t'a embrassée ?

— Ici, c'est tout.

Elle pointa sa joue de l'index.

— Dis-m'en plus.

Puisque Inés semblait enthousiaste, passant sous silence les baisers qu'ils avaient échangés, Clara évoqua leurs rendez-vous sur la plage de Las Barcas, leurs conversations, les rêves de Celso de s'embarquer sur un grand navire au long cours ; elles parlèrent aussi de la façon qu'il avait de l'aimer, douce et dévouée, de leur chaste étreinte dans la *gamela* et de ses propres craintes quant à son ignorance à elle des choses de l'amour.

— L'amour n'a pas de lois. Il faut le laisser grandir. Et en prendre soin comme d'une porcelaine.

La voix d'Inés s'émut en prononçant ces mots qui la ramenèrent aux années heureuses auprès de Gustavo. Clara écouta attentivement sa patronne, tout en ayant sans cesse à l'esprit les initiales de son époux.

— Il n'y a eu aucune stratégie dans notre amour, pas de calcul, de projections. Nous sommes tombés amoureux l'un de l'autre sans savoir quel sort la vie nous réserverait.

— Continuez, madame, j'aime tant vous écouter.

— Il n'y a rien d'autre à dire, ma fille. Mon mariage a été très heureux.

— Aimez-vous toujours don Gustavo ?

— Je l'aime toujours, acquiesça-t-elle. Peut-être pas comme au premier jour, mais dans le souvenir que j'en garde depuis que nous sommes loin l'un de l'autre. Je le porte dans mon cœur et j'espère que la vie se chargera du reste.

L'existence est inflexible comme le fer, pensa Inés. *Elle ne plie pas facilement, et nous ne pouvons guère changer notre destin qu'au prix d'un effort obstiné.* Cette dernière réflexion, elle la garda pour elle, car Clara ne l'aurait pas comprise.

— Mais laisse-moi te dire une chose. Tu es une jeune personne, et tu as l'avenir devant toi. Tu pourras devenir ce que tu veux. Tu ne rencontreras pas d'autres obstacles que ceux que t'opposera la vie même. Laisse grandir l'amour. Crois-moi. Tu ne regretteras jamais d'avoir aimé.

Elles continuèrent de longer la route de Leza plongées dans le silence. Au fond de la poche de son manteau, Clara toucha du bout des doigts le petit papier que don Gustavo avait écrit à sa mère et décida de ne pas le montrer à sa patronne. Doña Inés ne méritait pas cela, non plus que de se torturer l'esprit à se demander pourquoi son époux avait adressé ces lignes à une servante, quand, où il les avait écrites, quel démon s'était emparé de lui. Sur-le-champ, elle prit la décision de ne pas blesser davantage Inés. Elle la préserverait de ces tourments et chercherait plutôt un moyen d'entrer en contact avec don Gustavo.

— Ça va mieux, madame, dit-elle. Au travail maintenant.

Même si certains s'ingénient à la cacher, la vérité l'emporte toujours sur le mensonge. Cela, la jeune femme le savait ; elle ferait donc tout son possible pour la découvrir.

Ce soir-là, à leur heure habituelle, Clara et Celso se retrouvèrent à Las Barcas. La marée basse laissait la plage à nu, dévoilant des rochers couverts d'algues d'hiver. Ça sentait le sel et la palourde, et les grenouilles coassaient dans le lointain.

Ils se virent, s'étreignirent longuement et s'embrassèrent avec fougue. Toujours enlacés, ils marchèrent le long du rivage, se racontant leur journée de travail – en mer pour l'un, à l'usine pour l'autre.

— Regarde ce que j'ai apporté, annonça Clara avec un grand sourire.

— Qu'est-ce que c'est ?

— Une conserve de La Deslumbrante. Ne va pas croire que je l'ai volée, hein ! Elle était mal fermée ; dans ces cas-là, on les met de côté pour les ouvrières. J'ai été plus rapide que les autres.

Ils s'assirent sur le sable, ouvrirent la boîte et picorèrent les moules. Clara le prévint qu'elle devait rentrer tôt chez elle, en omettant l'incident avec Renata, car cela ne valait pas la peine d'y consacrer une seconde du peu de temps qu'ils avaient à passer ensemble. D'un naturel curieux, Celso posait mille questions et s'intéressait aux détails les plus insignifiants.

— Parle-moi de l'endroit où tu vis. Raconte-moi... Il est comment, le manoir de Mme Valdés ? Parle-moi de tes parents. Pourquoi tu n'as pas de frères et sœurs ?

Ils pouvaient continuer ainsi pendant des heures. Il la questionnait, et elle répondait ce qu'elle était prête à partager avec lui, c'est-à-dire pas tout. Et même pas grand-chose, à vrai dire.

Mme Valdés exerçait une fascination sur lui. Il avait entendu toutes sortes de rumeurs à son propos, que Clara démentait en bloc, la couvrant d'éloges jusqu'à ce que, ce soir-là, Celso l'interrompe :

— Ne t'emballe pas ! Si un jour elle en a assez de toi elle te jettera comme un vieux chiffon. Les patrons sont ainsi.

Clara secoua la tête et lui prit la main.

— C'est plus qu'une patronne. J'espère qu'un jour tu pourras la rencontrer.

— Je ne demande pas mieux, répondit-il.

— Pour la nouvelle année ! À La Deslumbrante, on fête ça avec du vin et des conserves, et on invite aussi les marins qui travaillent pour nous. Cette année, tu pourras venir !

— C'est justement de ça que je voulais te parler, Clara.

— De quoi ?

— Je ne serai pas là pour le Nouvel An.

— Pourquoi ? demanda-t-elle, consternée.

— On m'a proposé de travailler sur le *Santa Isabel*, aux chaudières. L'un des chauffeurs doit débarquer à La Corogne et je vais le remplacer.

Clara en resta pétrifiée. Elle fixa le sable humide et une boule se forma dans sa gorge.

— Tu ne dis rien ?

— Que veux-tu que je dise ?

— Ma belle, ne sois pas triste. Je reviendrai et nous nous marierons. Je ne désire rien tant que ta peau et tes baisers.

Le ventre de Clara se noua. Elle se rappela les moments qu'ils avaient vécus ensemble, rares mais intenses, et aussi la putain du port. Elle songea que Celso devait avoir besoin de cette promesse pour se sentir moins coupable de la quitter.

— Je parie que tu dis ça à toutes les filles...

— Tu te trompes. Tu es la seule.

Le *Santa Isabel* était un paquebot à vapeur de la Compagnie transatlantique espagnole fondée par le marquis de Comillas. Il avait été construit dans les chantiers navals de Matagorda, à Cadix, et mis à l'eau le 21 octobre 1916. Depuis quatre ans, il traversait l'Atlantique nord jusqu'à l'île de Fernando Poo, dans le golfe de Guinée, avec des escales aux Canaries et à Cadix, où les passagers embarquaient ensuite sur des transatlantiques à destination de l'Argentine. Parmi les marins, le *Santa Isabel* était considéré comme un fleuron de la navigation. Il mesurait près de quatre-vingt-dix mètres de long et douze de large, avec une capacité de quatre cents passagers et quatre-vingts membres d'équipage.

Il pouvait naviguer à plus de dix nœuds. Sa construction avait coûté six millions de pesetas, ce qui en faisait l'un des paquebots les plus chers de l'époque, avec deux hélices à quatre pales, huit canots de sauvetage, des cabines de première, deuxième et troisième classe, et de luxueux salons où étaient servis déjeuner et dîner sur des nappes en lin blanc dans de la vaisselle fine.

— C'est un rêve de rejoindre cet équipage, dit-il.

Il s'approcha d'elle et l'embrassa tendrement dans le cou.

— Qui sait de quoi demain sera fait ? ajouta-t-il. Ce qui est sûr, c'est que je reviendrai avec un beau petit pécule pour nous deux.

— Ça n'a plus d'importance, maintenant.

Clara se leva, secoua le sable de ses vêtements et partit sans un mot. Les paroles de doña Inés résonnaient dans sa tête : *Laisse grandir l'amour. Crois-moi. Tu ne regretteras jamais d'avoir aimé.*

Elle se mit à courir en direction de la colline d'Espíritu Santo, trébuchant en chemin, sans se retourner.

Et à pleins poumons elle s'écria :

— Et que faisons-nous de cet amour-là ?

Seul le vent entendit la réponse de Celso.

24

Le facteur Zacarías arriva à Espíritu Santo le souffle court, sur le robuste cheval aux flancs duquel pendaient les sacs de lettres qu'il distribuait deux fois par semaine, généralement le mardi.

Le portail de fer du manoir était fermé. Les chiens accoururent à sa rencontre, montrant les crocs, la bave aux lèvres.

— Au secours ! À l'aide ! cria-t-il, constatant qu'il n'y avait personne en vue.

Le facteur était dans tous ses états : il avait trouvé un corps sans vie sur le chemin, derrière la propriété. La première à remarquer sa présence fut Inés, qui à cette heure matinale comme chaque mardi guettait son arrivée depuis la galerie. En le voyant si bouleversé, elle dévala l'escalier dans l'espoir qu'il apportait des nouvelles de Cuba.

Inés atteignit le portail essoufflée par sa course, et vit aussitôt le visage décomposé du facteur.

— Mais enfin que se passe-t-il, Zacarías ?

— Un mort, madame ! Il y a un mort derrière le mur, et je crois bien qu'il vient de cette maison.

— Que dites-vous, pour l'amour de Dieu ? Avez-vous perdu l'esprit ?

— Non, madame. Venez avec moi !

Inés ouvrit le portail avec l'énorme clé creuse qu'elle cachait toujours dans une fissure. Les chiens se précipitèrent pour renifler le cheval, qui les chassa d'un coup de queue. D'un pas rapide, tous longèrent les deux cents mètres de mur de pierre brute qui délimitait la propriété jusqu'au chemin où, en effet, un corps gisait parmi les châtaigniers dépouillés de leur feuillage. Il était couché sur le ventre, le visage dans un buisson d'orties. Inés l'identifia immédiatement.

— C'est Domingo.

— Je vous l'avais dit, madame. Je savais bien que le mort venait de cette maison.

— Nous ne savons pas s'il est mort ! le reprit Inés.

Elle se baissa pour le toucher et constata qu'il était encore chaud.

— Ah, Domingo, Domingo, les mauvaises habitudes... se lamenta-t-elle en faisant le signe de croix.

Au cas où.

— Allez trouver le Dr Cubedo à son cabinet. Dépêchez-vous ! Il n'y a pas de temps à perdre !

Le facteur rebroussa chemin, bondit sur sa monture et, à bride abattue, soulevant un énorme nuage de poussière, galopa jusqu'au cabinet du médecin, où il ne trouva que son apprenti Celestino, occupé à observer de petites bêtes au microscope. Ce dernier leva les yeux de l'appareil et écouta le récit avec un effroi tel qu'il pâlit à l'idée même de se rendre sur les lieux.

— Je n'ai jamais vu de cadavre.

— Eh bien il y a un début à tout, répliqua le facteur.

Entre-temps, Inés avait pris sur elle de retourner le corps, pour constater que Domingo ne respirait plus.

Elle conclut alors que, puisqu'il n'y avait plus rien à faire pour lui, le mieux était de prévenir Renata et Clara. Elle prit son courage à deux mains et frappa trois coups à la porte.

Puis elle attendit.

Elle regrettait d'être la porteuse de mauvaise nouvelle.

— Domingo est mort, dit-elle sans préambule lorsque les deux femmes apparurent à la porte.

C'était la première fois qu'Inés annonçait un décès – et le deuxième qui se produisait au manoir après celui de la pauvre Isabela.

Les yeux écarquillés et la mâchoire serrée, elles ne dirent rien.

Elles franchirent toutes trois le portail, l'une après l'autre, Renata et Clara en tête, Inés fermant la marche. Lorsqu'elles atteignirent l'endroit où se trouvait le corps, Clara pleura enfin. Elle ne saurait jamais si c'était de chagrin ou à cause du choc de voir Domingo le visage couvert d'égratignures et d'urticaire. Les yeux révulsés. Il sentait l'eau-de-vie, le vin et le tabac, comme d'habitude.

— *Morreu*, constata Clara.

— *Fai tempo que o busca*, ajouta Renata, l'effleurant du bout de sa chaussure. Il l'a bien cherché, depuis le temps.

Le facteur et l'assistant de Cubedo ne tardèrent pas à arriver sur les lieux, et les villageois furent bientôt au courant du décès, tout comme don Castor qui, n'ayant pas complètement renoncé à ses fonctions, sonna le glas dès qu'il eut confirmation qu'il s'agissait de l'un de ses paroissiens.

Domingo fut inhumé au cimetière de Punta do Bico, dans une niche au ras du sol, ni trop près ni trop loin du caveau des Valdés, dans une rangée juste au milieu. Inés s'occupa de tout. Elle alla jusqu'à faire paraître un avis de décès dans le journal, où le nom de Clara, la fille qui n'était pas la sienne, resterait à jamais inscrit, et demandant que l'on prie pour l'âme du gardien du Pazo d'Espíritu Santo, qui ne manquerait à personne.

Clara ne reparla qu'une fois de Domingo : lorsqu'elle raconta l'histoire à Celso, sans céder au chagrin. Elle changea rapidement de sujet et fit comme si elle ne voulait pas revenir sur le passé.

— Ça me rappelle des souvenirs trop tristes, prétenditelle. Je voudrais seulement savoir quand tu partiras, quel jour et à quelle heure. Combien de soirs il nous reste à passer ensemble... Et, surtout, quand je te reverrai.

À la chaleur d'un feu de camp qu'ils allumèrent sur la plage avec des branches et quelques poignées de feuilles, Celso lui expliqua que le *Santa Isabel* s'apprêtait à appareiller du port de Cadix à destination de Pasaia, près de San Sebastián. Sur le chemin du retour, le navire ferait escale à La Corogne. La date prévue pour qu'il rejoigne l'équipage était le 1er janvier de la nouvelle année, 1921.

— Mais je dois y être la veille, le 31 décembre, et avant ça...

— Avant ça quoi ?

— Je veux aller voir mes parents.

Celso était originaire de Tomiño, une petite ville située sur les rives du fleuve Miño, proche de la frontière portugaise. Ses parents, ses trois sœurs, ses quatre grands-parents et l'une de ses tantes y vivaient. Il parlait rarement de sa famille, mais toujours avec des mots empreints de nostalgie. Il était le benjamin de la fratrie, le fils choyé, l'enfant chéri parti parce qu'il rêvait de prendre la mer.

— Ma mère a beaucoup souffert, elle sera contente de savoir que j'ai été engagé sur un bateau comme le *Santa Isabel*.

Clara dut bien se faire une raison – c'était aussi irrémédiable que la mort de Domingo, quoique plus douloureux.

Pour atténuer le chagrin qui assombrissait le bleu des yeux de la jeune femme, Celso insista sur le sujet du mariage et sur le fait qu'il gagnerait ainsi plus d'argent qu'en une saison de pêche à la sardine. Il parlait avec enthousiasme, mais Clara ne voulait pas se faire trop d'illusions : cela excitait son imagination et son désir, de plus en plus intense, de partir loin de Renata, que la mort de Domingo avait rendue plus amère encore. Cette disparition était pourtant un soulagement pour tout le monde. La mère et la fille ne reparlèrent plus de lui, pas même pour se demander de ce qu'elles devaient faire des quelques bricoles qu'il avait laissées. Clara ne vit plus ses pantalons râpés, ses deux pull-overs, ses bottes. Elle supposa que Renata les avait brûlés ou jetés à la décharge municipale sans autre forme de procès, et évidemment sans demander l'avis de personne.

Chacune l'enterra à sa manière.

Clara fit son deuil dès que le fossoyeur eut placé le cercueil dans la niche. À ce moment-là, la rage qu'elle avait éprouvée envers cet homme qu'elle avait appelé père pendant vingt ans et dont elle n'avait jamais reçu la moindre marque d'affection qui aurait pu compenser l'alcool et les nuits blanches, s'évapora. Bien sûr, pour Renata la vie n'avait pas été tendre non plus : coups, insultes, cris au milieu de la nuit, et un souffle alcoolisé dans son cou quand il revenait de la taverne avec des appétits charnels. Cette femme ne saurait jamais ce qu'était l'amour, c'est pourquoi Clara avait supporté cette situation toutes ces années, jusqu'à ce que sa mère la gifle.

À présent, dans les bras de Celso, elle se laissait aller à envisager la possibilité du mariage.

Ne serait-ce que par moments.

Elle s'abandonna aux rêves qu'enfant elle avait ignorés parce qu'elle se méfiait du bonheur et n'imaginait même pas que les pauvres puissent y avoir droit eux aussi.

Ce soir-là et les suivants, Clara et Celso firent de leurs rendez-vous un rituel d'adieu. Les tourtereaux savaient que chaque jour les rapprochait de la fin, et qu'il n'y avait aucun moyen d'arrêter le temps. Les heures leur filaient entre les doigts comme une poignée de sable. Chaque baiser, chaque caresse étaient comptés alors qu'ils s'amusaient à faire des projets d'avenir, tirant des plans sur la comète et rêvant qu'un jour ils traverseraient cet océan qui les contemplait. Ils invoquaient la lune et enlaçaient des arbres pour mettre la chance de leur côté. Ils ne craignaient ni de se mouiller sous la pluie ni de grelotter dans le froid imprégné de sel qui leur glaçait le corps : l'amour accomplissait le miracle de leur réchauffer le cœur.

Si elle n'en dit rien à Celso de peur que cet amour si fragile ne s'évapore à jamais, Clara avait le sentiment de faire ses adieux à un mari. Elle avait en tête ces femmes de marins vivant dans l'attente du retour de leur homme parti pour l'Amérique. Punta do Bico était peuplé de veuves et d'épouses d'absents qui avaient un jour embarqué d'une jetée comme celle que l'on devinait au loin, au pied de la colline, face à l'usine de conserves. Certaines, sans un corps à pleurer, sombraient dans le désespoir – ou la folie.

Clara chassait ces pensées et regrettait tout le temps qu'elle avait perdu à tenter d'oublier Celso. Sans cela, songeait-elle, peut-être auraient-ils déjà convolé lors d'une cérémonie toute simple, dans la chapelle du Pazo d'Espíritu Santo décorée d'hortensias blancs, en présence des occupants du manoir. Elle s'imaginait dans sa robe de mariée confectionnée pour l'occasion par Limita, qui avait des doigts de fée, et portant un bouquet de fleurs fraîchement coupées. Dans ces rêveries, doña Inés était vêtue comme si elle mariait sa propre fille et non celle d'une servante.

Clara et Celso se disaient tant de choses que, chaque soir, Clara devait les coucher par écrit afin de ne rien oublier. Elle consignait leurs échanges sur le papier et les laissait reposer pour les relire le lendemain. Elle ne perdit aucune de ces notes griffonnées à la hâte. Elles finirent par devenir un journal amoureux qu'elle conserva toute sa vie, avec la lettre de G. V. et les autres tourments dont elle allait également éprouver le besoin de garder une trace.

Elle écrivait dans l'urgence, pressée par l'imminence du lever du jour et la nécessité de retourner à l'usine. Elle était si exigeante envers elle-même qu'elle ne se serait jamais pardonné le moindre retard. Inés l'interrogeait régulièrement au sujet de Celso. Sans s'étendre sur leur relation, Clara lui confia bientôt la décision du jeune homme.

— Il va s'embarquer sur un paquebot à vapeur, doña Inés.

— Comment cela ? Il navigue déjà, ça ne lui suffit pas ?

— Non. Il embarquera sur le *Santa Isabel* de la Compagnie transatlantique espagnole.

— Quelle absurdité ! s'écria Inés.

— Son rêve, c'est de naviguer, madame. Pas d'être pêcheur.

— Je lui parlerai en personne.

— Mais vous ne le connaissez pas ! Ne faites pas ça, je vous en prie, implora Clara.

Inés était furieuse. Si Clara n'avait pas insisté pour l'en dissuader, elle aurait attrapé le jeune homme par le col afin de le convaincre de rester.

— Quand reviendra-t-il ?

— Dieu seul le sait. Mais dès son retour nous nous marierons.

— C'est ce qu'il t'a dit ?

— Oui, madame. Et je le crois, parce que Celso ne ment pas.

— Il t'a demandée en mariage ? insista Inés.

— Oui, madame.

Gagnée par l'émotion, Inés la serra dans ses bras et lui dit qu'elle aurait le plus beau mariage du monde, que ce serait le premier au Pazo d'Espíritu Santo et qu'elle l'emmènerait à Vigo choisir sa robe.

— Rien ne m'enchante plus, Clara. Tu as raison. Les sacrifices finissent toujours par payer.

— C'est vrai, madame. Je ne peux pas lui demander de rester. C'est sa décision. Je dois la respecter, même si ça me brise le cœur, dit-elle en posant la main sur sa poitrine.

Les choses en restèrent là jusqu'au jour fixé pour le départ de Celso – pour Tomiño d'abord, puis pour La Corogne, où il s'embarquerait sur le *Santa Isabel*. Inés en avait été dûment informée, afin qu'elle ne s'inquiète pas de ne pas voir Clara tôt à La Deslumbrante ce matin-là.

Clara resta éveillée toute la nuit, à noter dans son journal les pensées qui l'assaillaient. Elle voulait qu'elles restent à jamais gravées, têl un secret intime qu'elle ne partagerait avec personne. Elle découvrit alors qu'elle était prête à répondre à la question que Celso lui avait posée le jour où ils s'étaient rencontrés :

« Au-delà de l'amour, écrivit-elle, il n'y a que des mots. »

Et malgré tout...

Cela lui suffisait car elle n'avait rien d'autre.

Ils s'étaient donné rendez-vous à l'aube au carrefour situé entre Espíritu Santo et La Deslumbrante, devant l'abreuvoir en pierre où le bétail venait boire l'eau du ruisseau. C'était le souhait de Celso, et Clara ne s'y opposa pas, désirant seulement lui faire plaisir et lui donner l'envie de revenir.

Ils ne parlèrent guère.

Ils s'étaient déjà tout dit.

Un mot de plus n'aurait fait qu'aggraver cette douleur à la poitrine que Clara savait irrémédiable.

— Je dois y aller, déclara Celso.

Clara s'était promis de ne pas pleurer afin de ne pas lui laisser ce souvenir d'elle, aussi ne le retint-elle pas. Elle le regarda s'éloigner, avec son sac de marin où elle avait glissé pour le voyage quelques conserves de La Deslumbrante.

Il n'emportait rien d'autre qui puisse la lui rappeler, hormis ses souvenirs. Clara, en revanche, avait son journal amoureux, où elle couchait chaque soir ses pensées intimes.

Alors qu'il arrivait au virage où elle allait le perdre de vue, il se retourna et cria :

— Souviens-toi que je reviendrai pour te faire l'amour quand tu seras ma femme.

Clara sourit.

Il soufflait un vent de nord-ouest qui allait laisser un ciel dégagé, et une mer d'un noir profond.

25

DANS LA VILLE DE LA COROGNE, la messe célébrant le passage à l'année 1921 venait de se terminer. Il était dix heures et quart, et l'aumônier du *Santa Isabel*, Antonio Pescador, un prêtre récemment ordonné, saluait l'équipage avant que le paquebot ne lève l'ancre à destination de Cadix. En chemin, il ferait escale au port de Vilagarcía de Arousa.

Amarré au quai des passagers, sous un ciel plombé qui ternissait l'éclat de sa coque, l'imposant navire apparaissait à Celso comme une terre promise. Il était arrivé en ville la veille au soir, encore sous le contrecoup des adieux à Clara et des embrassades de ses parents. À Tomiño, sur les rives du fleuve, il avait laissé une mère en pleurs, des sœurs adultes, des grands-parents âgés et un père sceptique, qui l'avait regardé une dernière fois avec les yeux pâles de qui ne s'était jamais autorisé à rêver.

— Bon vent, mon fils, lui avait-il souhaité.

Celso s'approcha pour observer les manœuvres de chargement. Il vit embarquer trois caisses de grandes dimensions contenant les pièces d'un autel qu'un fidèle envoyait aux révérends pères de Santa Isabel de

Fernando Poo. Puis vint le tour des passagers. Il attendit patiemment que le receveur ait fini de contrôler les billets et l'identité des voyageurs. Il y avait toutes sortes de gens. Des hommes et des femmes, des vieillards en partance pour on ne savait où puisqu'ils n'étaient plus en âge de céder aux sirènes de l'exil, des enfants qui répandaient de la joie, un jeune homme qui caressait son accordéon. Tous, hormis quelques individus disposant de cabines individuelles, voyageaient en troisième classe. Celso apprit que certains devaient débarquer au port de Cadix pour embarquer sur le transatlantique *Reina Victoria Eugenia*, à destination de l'Argentine.

— Le chauffeur ?

— Lui-même, répondit Celso avec un enthousiasme non dissimulé lorsque vint son tour.

— Bienvenue à bord !

Le marin lui adressa un grand sourire.

— Merci.

— Balbino Sierra.

— Celso Domínguez.

— Dépêchons-nous ! Si tout se passe bien, le capitaine voudrait avancer le départ.

— C'est prévu pour quatre heures, non ? demanda Celso.

— Mais on annonce une tempête et il veut partir à une heure. Les passagers sont déjà à bord.

Celso se sentait heureux auprès de ce marin portant l'impeccable uniforme en drap bleu, à col rond et aux deux rangs de boutons dorés de la Compagnie transatlantique.

— Quelle chance j'ai eue ! murmura-t-il pour lui-même.

— Tu as de l'expérience aux chaudières ?

— Un peu, répondit-il, craignant d'admettre qu'en réalité il n'avait jamais vu de salle des machines de sa vie.

Ses connaissances en la matière se limitaient à ce que lui avait appris Valentín, un marin des sardiniers qui avait navigué dix ans au long cours avant de se lasser des longs mois passés loin de chez lui.

Ils traversèrent le pont au pas de course. Celso eut à peine le temps d'admirer le luxe de l'intérieur. C'était donc vrai, tout ce qu'on disait : la Compagnie avait investi énormément d'argent en bois précieux et en mobilier luxueux pour les salons où il ne mettrait jamais les pieds. Il les apercevait par les fenêtres de la première classe : pianos, argenterie rangée dans les vaisseliers, tables déjà recouvertes de nappes et chaises gravées aux initiales de la Compagnie.

L'officier Balbino Sierra saluait l'équipage et les passagers.

— Pas trop mal aux cheveux, Sebastián ? demanda-t-il en riant au commissaire de bord irréprochablement mis qui attendait les passagers à l'entrée de la salle à manger.

— Pas qu'un peu !

— Hier, on a fêté la nouvelle année, et l'équipage n'a pas beaucoup dormi, expliqua-t-il à Celso.

— Balbino ! lança une voix féminine.

— Oui, Carmen ?

— Va-t-on appareiller plus tôt que prévu ?

— Si Dieu le veut.

— Dieu et le capitaine ! dit-elle en souriant.

— En effet, confirma Balbino. Carmen, vous voulez bien aider cette dame ? ajouta-t-il en désignant une femme qui, accroupie dans un coin du pont, essayait de calmer quatre enfants tout en en allaitant un cinquième.

— Tout de suite !

Elle courut dans cette direction.

— Carmen est une bénédiction, dit Balbino. C'est la seule femme de l'équipage. Hôtesse en première classe.

Les zones de repos du personnel étaient situées à la poupe et à la proue du paquebot. Dès leur arrivée, Balbino fit les présentations et Celso adressa un bonjour timide à la cantonade. Là, il allait côtoyer les chauffeurs et les mousses, les stewards, les économes, les bouchers, marmitons, machinistes, électriciens, soutiers... Il y avait des Andalous, des Cantabres, des Asturiens, des Basques, des Galiciens et quelques Sud-Américains.

Le radiotélégraphiste, un Cubain de l'île de Pinos, ainsi qu'il le lui expliqua lorsqu'ils furent présentés, piqua sa curiosité.

— Ángel Lozano. Marin pour la vie.

La casquette de son uniforme portait le *M* distinctif de la compagnie Marconi. Ángel Lozano prit le sac de Celso et le rangea dans un casier.

— Attendez-moi ici une seconde. Je reviens tout de suite.

— Aucun problème, Balbino, répondit l'opérateur radio.

Restés seuls, les deux hommes entamèrent immédiatement une conversation amicale.

— Je vais porter un uniforme, moi aussi ? demanda Celso avec curiosité.

— Soutier ?

— Non, chauffeur.

— C'est vrai, Rivero est descendu à terre, dit le télégraphiste.

— Pourquoi il n'a pas voulu rester ? Vous le savez ?

— Sa femme est sur le point d'accoucher, il ne voulait pas prendre le risque.

— Prendre le risque ?

— On ne peut jamais faire confiance à la mer, mon ami, répondit Ángel Lozano avec un sourire qui s'effaça aussitôt de son visage. Je suis le seul survivant de ma promotion. Sur dix, neuf sont déjà morts.

Celso ne sut comment réagir. Il était pourtant habitué à entendre des histoires de naufrage.

— Ce sont des choses qui arrivent, Celso ! dit-il avec le naturel de qui a trop souvent côtoyé la mort pour la craindre encore. Quant à l'uniforme, tu peux faire une croix dessus.

— Adieu mes rêves, se lamenta Celso.

— En bas, pas besoin de ça.

Il désigna l'escalier qui descendait vers les soutes et la salle des machines.

En attendant Balbino, Ángel Lozano lui donna quelques détails sur le festin par lequel ils avaient fait leurs adieux à l'année écoulée et accueilli la nouvelle.

— Nous nous sommes empiffrés toute la journée de pâtes italiennes, dit-il en posant la main sur son ventre. Et pour le dîner il y avait cinq plats au choix. Desserts variés, friandises, vin, champagne, cigares et digestifs.

Il lui expliqua que le *Santa Isabel* accueillait du beau monde, comme le comte de Figueras, les enfants du général Lazaga ou ceux du maire de Miño, Pedro et Juana. Ils rirent de leur chance de partager la traversée avec eux et de leur malheur de ne pas avoir le sang assez noble pour profiter des salons.

— Mais quel festin, mon ami ! On s'en est mis plein la panse !

— Tout l'équipage ?

— Tout l'équipage. Par roulement, bien sûr, chacun dans son réfectoire et sans une goutte d'alcool pour les gars de quart.

— Ceux d'en bas aussi ?

— Aussi.

Celso regretta de ne pas avoir embarqué à Santander ou à Pasaia et fêté le Nouvel An à bord, mais il éprouva aussitôt du remords à préférer ce festin aux *grelos*, au jambonneau et aux pommes de terre au chorizo mitonnés par sa mère.

— Tu as laissé une fiancée à terre, mon ami ? demanda Lozano d'un air malicieux.

— Elle s'appelle Clara. J'ai laissé ma Clarita à terre. Mais je l'épouserai dès que je reviendrai.

— Si tu veux un conseil, ne perds pas une seconde. Je me suis marié il y a treize mois et elle est déjà enceinte... Mais l'heure n'est pas à la tristesse ! Pour communiquer avec elle, viens me trouver dans la salle radio.

Celso scruta le visage de l'homme avec sa casquette et son nœud papillon, et l'envia d'attendre un enfant de son épouse. Il comptait bien tenir parole. Il était sûr de lui et ne s'était pas engagé à la légère pour consoler Clara de son départ. Parfois, il se disait qu'il était écrit qu'elle serait sa femme et qu'il ferait tout pour qu'ils ne manquent de rien. Il s'imaginait une famille avec des enfants et un toit décent où ils vivraient à l'abri de la faim et du froid. Un brusque élancement lui serra le ventre. C'était une douleur inconnue, qu'il n'identifia pas sur le moment. Ce n'était pas de la peur, cela n'y ressemblait pas. Ni de la nostalgie, car la nostalgie se manifestait ailleurs, plus près du cœur. Il se dit qu'il s'agissait peut-être de la nervosité de se lancer dans l'inconnu au milieu d'inconnus, mais la présence amicale d'Ángel Lozano le rasséréna. Lorsque Balbino revint enfin, il respira profondément, le regarda approcher le dos bien droit et les pieds légèrement tournés vers l'extérieur.

— Allons-y, l'heure tourne !

Celso suivit docilement l'officier, sans ouvrir la bouche. Ils longèrent une étroite coursive autour de laquelle s'articulaient les différents espaces : la cale, les cuisines, le garde-manger, les cabines des pauvres. Au fond trônait le portrait d'un monsieur en tenue d'apparat.

— C'est le capitaine ? demanda naïvement Celso.

— Oh non, non ! s'exclama Balbino en riant. C'est notre marquis ! Don Antonio López, fondateur de la Compagnie transatlantique et marquis de Comillas. Un éminent homme d'affaires. Un sage parmi les sages, ajouta-t-il avec emphase. Il serait très fier de ce navire. Et à juste titre, car c'est le fruit de son travail et de sa persévérance ! Que sais-tu de lui ?

— Pas grand-chose, j'en ai bien peur, répondit piteusement Celso.

— À l'occasion, je te raconterai son histoire. Elle vaut le détour, crois-moi. Imagine-toi qu'à l'âge de quatorze ans il a émigré pour Cuba sans un sou en poche, avant de faire fortune et d'être anobli par le roi !

Celso aurait aimé que Balbino lui raconte toute l'histoire, pour rêver de richesse et de gloire. Malgré son ignorance, il se prit à s'imaginer devenant marquis lui aussi. Et sans doute, s'il avait su tout le reste, aurait-il également rêvé de posséder un fabuleux palais, des mines et des chemins de fer.

Balbino l'entraîna par le coude, puis ouvrit la salle des machines. Une bouffée de chaleur sèche leur sauta au visage.

— Le nouveau chauffeur ! annonça-t-il.

Un homme aux mains noires qui déclara s'appeler Manuel Paz vint à leur rencontre.

— Bienvenue, mon gars ! On s'y fait, tu verras.

Celso hocha la tête, comprenant immédiatement qu'il devrait s'habituer à cette atmosphère étouffante et à se salir les mains dans le charbon, comme les autres.

Manuel Paz se tourna vers Balbino.

— Y a-t-il un contre-ordre de départ ?

— Au contraire : le capitaine vient de me confirmer que nous appareillerons à treize heures.

— Alors au boulot, pas de temps à perdre ! s'écria-t-il.

Balbino prit congé de Celso et, regardant ces hommes hirsutes, couverts de suie et de sueur, il leur souhaita bon voyage.

Ils répondirent à l'unisson « Ainsi soit-il, officier Balbino ! » puis retournèrent à leurs occupations.

— Là-bas, expliqua Miguel Paz, c'est Antonio Muñoz et Francisco Blanco, qu'on surnomme Paquito. Et eux ce sont les soutiers : José, Eduardo, Juan Lijo, Manolo, Collazo et Julio.

Les chauffeurs, leurs apprentis et le nouvel équipier se mirent à pelleter le charbon pour alimenter les entrailles de la chaudière du *Santa Isabel.*

Celso sourit à l'horizon noir d'orage que l'on devinait à travers l'écoutille, et se signa avant de se mettre au travail dans cette salle des machines dont il ne sortirait qu'une seule fois, au milieu de la nuit.

Au cours des premières heures de navigation, le *Santa Isabel* longea les estuaires du nord, laissant derrière lui La Corogne, dont la silhouette disparaissait dans le brouillard.

Dans la salle à manger des première classe, les stewards servirent le déjeuner du Nouvel An : velouté de châtaignes et rosbif sauce aux framboises. Le chariot des desserts – avec mille-feuilles, choux à la crème et tartes au citron meringuées – donnait le tournis. Les dames se retinrent. Le petit déjeuner avait été copieux, et du chocolat chaud avec des viennoiseries leur avait été proposé avant le départ.

— Sans façon, je suis repue ! assura Mme Margarita quand Ortega, le steward originaire de Medina-Sidonia lui proposa du café.

— Allons donc, vous allez me vexer, madame, insista Ortega avec son accent andalou.

— Ce n'est pas votre faute, mon garçon ! C'est juste que je ne peux plus rien avaler.

— Très bien, comme vous voudrez.

— Je vais me reposer dans ma cabine. Cette humidité, c'est très mauvais pour les os, se plaignit la femme en écartant la cafetière de la main.

— On dirait que ça s'est rafraîchi, oui. Couvrez-vous bien, n'allez pas attraper froid, recommanda le steward avant de poursuivre son travail.

Mme Margarita voyageait seule pour rejoindre ses trois filles à Cadix. Elle avait embarqué à Pasaia et n'avait pas eu le temps de se lier d'amitié avec d'autres passagers de première classe. Les stewards s'efforçaient de lui trouver des compagnons de table pour lui éviter de parler toute seule : elle était bavarde comme une pie. Elle racontait sa vie en long et en large, et débitait à n'importe qui la liste des présents qu'elle transportait dans ses quatre valises. Un train électrique pour le plus jeune de ses petits-enfants, un manteau de fourrure de La Siberiana, expédié de Barcelone, des livres et des bijoux.

— Vous ne devriez pas parler des bijoux, la prévenait-on. Inutile de tenter le diable.

Mais Mme Margarita n'écoutait rien et n'en faisait qu'à sa tête. C'était une belle femme, aux cheveux blancs ramenés en un chignon qui laissait voir des diamants à ses oreilles. Elle voyageait dans l'une des meilleures cabines.

La journée étant maussade, Mme Margarita – comme nombre de passagères de première classe – se retira pour se reposer et s'abriter du froid, comme elle l'avait annoncé.

Les hommes s'attardèrent dans le fumoir à boire du cognac en discutant de l'Espagne, d'Eduardo Dato et du roi Alphonse XIII. Les années 1920 marquaient selon eux le véritable début du siècle, qui arrivait hors de saison, tel un printemps tardif. Ils avaient le sentiment que l'ordre revenait enfin après la crise économique, le chaos de la Grande Guerre, les ravages de la grippe et la perte des colonies qui leur avait laissé un goût amer.

Sitôt qu'ils eurent quitté La Corogne, le capitaine indiqua à son équipage que le vent du sud-ouest déterminerait leur route. Don Esteban García Muñiz, Asturien de Gijón, était un vétéran des mers. Il avait démontré son savoir-faire depuis l'âge de quinze ans. Un homme aux nerfs d'acier, qui ne perdait jamais son sang-froid et ne cédait guère à la vanité que pour évoquer ses décorations officielles telles que la croix de Bienfaisance ou l'ordre du Mérite naval, ainsi que les deux médailles de Sauvetage des naufragés, dont l'une pour son exploit à la nage dans la baie de Santander.

Le bateau suivit l'itinéraire prévu mais, avant le dîner, don Esteban demanda à l'officier de quart et au quartier-maître de réduire la vitesse. Les hommes acquiescèrent, convaincus que la situation était sous contrôle. Cependant, au large de Finisterre, la mer commença à grossir et le capitaine, habituellement peu enclin à donner des ordres susceptibles de contrarier les passagers de première classe, se dirigea vers le pont supérieur.

— Mesdames et messieurs, nous naviguons dans le brouillard. Nous nous rapprochons des côtes.

Les yeux des passagers reflétèrent l'inquiétude du capitaine. Aussitôt, les serveurs se mirent à débarrasser les tables, sachant que don Esteban ne donnait pas d'ordres à la légère.

— Regagnez rapidement vos cabines, déclara-t-il d'un ton qui n'admettait pas de réplique. Et je ne veux voir personne dehors.

Les serveurs proposèrent au capitaine de dîner, mais il répondit qu'il n'avait pas faim et préférait jeter l'ancre à Vilagarcía.

Tous les passagers s'enfermèrent dans leur cabine, effrayés par la tempête et priant pour qu'elle passe rapidement. En un instant, les salles à manger furent fermées et les rideaux des salons tirés afin que les lumières ne se reflètent pas sur la mer.

De retour sur la passerelle de commandement, le capitaine García Muñiz, seul avec ses plus proches lieutenants, avoua son inquiétude face au cap que prenait le navire. Cette mer déchaînée augurait une nuit difficile et cette pluie ne lui disait rien de bon, tout comme ce brouillard qui permettait à peine de distinguer la lumière des phares de Corrubedo et de l'île d'Ons.

— Réduisons encore la vapeur. On n'y voit pas à dix pas !

En quelques minutes, le *Santa Isabel* se mit à vibrer.

En bas, au niveau de la mer, dans les cabines de troisième classe, le tremblement des vagues devint insupportable. Une puanteur envahit l'air confiné alors que les premiers vomissements se faisaient entendre.

Le navire était secoué en tous sens, tanguant dangereusement.

La pluie devint torrentielle.

— Je n'y vois rien ! hurla le capitaine.

Des vagues de sept mètres se refermaient sur le paquebot comme des mâchoires.

— Capitaine, nous sommes en train de chavirer ! Nous allons couler ! cria le quartier-maître.

Soudain, il y eut un bruit sourd, un fracas dans la nuit. Ils avaient heurté à bâbord les récifs de l'île de Sálvora. L'impact les plongea dans un silence qui ne dura que quelques secondes.

— Mon Dieu ! s'écria le capitaine, impuissant.

— Priez la Vierge du Carmen et de San Rafael pour qu'aucune voie d'eau ne se soit ouverte, dit l'un des officiers d'une voix éraillée par la peur.

Le choc de l'acier contre la roche acheva de semer la panique parmi les passagers. Certains tombèrent de leur couchette, d'autres sortirent en trombe de leur cabine sans savoir ce qui s'était passé, où se mettre à l'abri ou qui pourrait les aider.

— Rejoignez les canots de sauvetage, vite ! hurlait l'équipage. Il n'y a pas une seconde à perdre !

— Où devons-nous aller ? Par pitié, dites-le-nous ! imploraient les passagers.

Les cris se mêlaient au vacarme des vagues, et le souvenir du *Titanic*, qui avait fait la une des journaux neuf ans plus tôt, était dans tous les esprits.

Les marins déroulèrent les câbles qui maintenaient les canots pour les mettre à l'eau, mais la houle rendait la manœuvre presque impossible. De nombreux passagers furent emportés par les vagues avant même d'avoir pu enfiler leur gilet de sauvetage.

Les escaliers menant aux ponts grouillaient d'hommes et de femmes, d'enfants et de vieillards. Se poussant et se bousculant, ils réclamaient de l'aide, refusant de croire à l'inéluctable, tantôt dans l'obscurité, tantôt éclairés par les lumières vacillantes.

Les pires prévisions se réalisèrent : l'eau s'engouffrait par trois énormes brèches au niveau de la ligne de flottaison du *Santa Isabel*, à présent condamné à une mort certaine.

Dans la salle des machines, Manuel Paz regarda Celso.

— Éteignons les chaudières ! Si l'eau arrive jusqu'ici, le bateau explosera !

— Bon Dieu ! s'écria le jeune homme, l'angoisse chevillée au corps.

Il entendit les couples – les pièces transversales de la charpente du navire semblables aux côtes d'un squelette et conçues pour résister à tout – commencer à grincer. Le *Santa Isabel* fut plongé dans le noir.

Il se rua hors de la salle sur les talons de Manuel Paz, la houle l'envoyant valser contre les murs. Les autres soutiers s'étaient précipités dans la direction opposée.

— Où allez-vous, bon sang ? demanda Manuel Paz, noué.

Aucun d'eux ne répondit.

— Manuel ! Manuel ! hurla Celso. On coule !

— Il faut qu'on aille sur le pont !

Ils tentèrent de se frayer un chemin parmi les passagers qui couraient en tous sens, habillés ou en sous-vêtements, tous terrifiés, gelés et trempés.

— Aux canots de sauvetage ! Montez dans les chaloupes ! criaient toujours les marins, ignorant que le navire s'était brisé comme une orange coupée en deux.

À bout de forces, Celso et Manuel Paz traversèrent les coursives. L'eau leur montait jusqu'à la taille, continuant de s'élever.

— Je me noie, Manuel ! cria Celso.

Une trombe d'eau l'atteignit comme une gifle et le projeta dans l'escalier.

Silence.

Il agita les bras pour remonter à la surface, mais une douleur lui comprimait le ventre.

Ouvrant les yeux, il vit autour de lui des corps sans vie semblables à des poissons morts. D'autres agitaient désespérément les bras.

Comme lui.

Encore une fois, le silence.

Une autre trombe d'eau le projeta contre un mur ou quelque chose de dur auquel il se cogna la tête, jusqu'à ce que, enfin, le silence s'installe et que Celso sente son âme sombrer.

Il était plus d'une heure et demie du matin. Le capitaine García Muñiz, résigné à l'inéluctable, quitta la passerelle de commandement. Tout était perdu.

— À l'eau ! cria-t-il.

Il ôta la montre en or de son poignet et la remit à son aide, un jeune garçon de quatorze ans au plus.

— Si tu t'en sors, elle est à toi, lui dit-il avant de se jeter à l'eau.

Enfermé dans sa cabine radio, la main moite sur le clavier de l'émetteur, le télégraphiste Ángel Lozano ne parvint à lancer qu'un appel de détresse qui fut interrompu : « Nous coulons. »

Il n'eut pas le temps d'indiquer la position du navire.

La lueur des explosions parvint jusqu'aux côtes de Ribeira et de l'île de Sálvora. Embarqués sur de petits bateaux de pêche, les habitants s'élancèrent sur les flots. Les femmes de Sálvora ramèrent jusqu'au *Santa Isabel* en suivant le sillage de corps et de bagages.

La mer engloutit bientôt passagers et équipage. L'estuaire d'Arousa devint un charnier de cadavres estropiés, mutilés, certains sans tête, sans bras, sans jambes.

Il en irait ainsi des jours durant, mais il faudrait des mois avant que cette même mer ne rende le dernier corps.

Le journal du mardi 4 janvier glissa le long des jambes d'Inés avant de tomber sur le sol, laissant apparaître la une où s'étalait le récit des événements.

TERRIBLE CATASTROPHE DANS L'ESTUAIRE D'AROUSA
Le vapeur *Santa Isabel* a fait naufrage près de l'île de Sálvora.
PLUS DE DEUX CENTS NOYÉS.

Les articles de presse arrivèrent également jusqu'à La Havane, où Gustavo les lut avec angoisse en s'imaginant le drame, mais soulagé que la tragédie ne l'ait pas affecté.

Ni lui ni aucun des siens.

Il se trompait lourdement, mais à cette époque don Gustavo Valdés n'avait qu'une chose en tête : la dernière lettre qu'il avait reçue de Punta do Bico. Elle ne portait pas la signature de son épouse Inés, mais l'écriture de sa fille Clara, qui lui posait des questions sur Renata.

Il froissa le papier dans son poing. Cette femme le précipitait dans l'abîme. Sa simple existence expliquait ses années d'absence.

26

— María Elena ! appela Inés. María Elena !

— Madame ? répondit la servante en accourant de la cuisine. Que se passe-t-il ?

Elle la trouva hagarde, le visage jaunâtre comme si sa tension avait chuté.

— Allez frapper chez Renata et dites-moi si Clarita est là.

En prononçant son nom, Inés se sentit submergée par le drame.

— Quel malheur, mon Dieu ! balbutia-t-elle. Quel terrible malheur !

Alertée par ses gémissements, l'autre domestique apparut un instant plus tard.

— Limita, dit Inés en la voyant. Apportez-moi un tilleul, s'il vous plaît.

Mme Valdés ne pouvait retenir ses larmes. Elle n'était pas non plus en mesure de donner la moindre explication.

— María Elena, vous êtes toujours là ?

— Oui, madame, répondit celle-ci depuis l'entrée.

— En fin de compte, il vaut mieux que vous n'y alliez pas. Je ne saurais pas quoi dire à Clara !

— Comme vous voudrez, madame.

Ses pleurs alertèrent également Leopoldo, qui descendit l'escalier en courant, encore vêtu de son pyjama.

— Maman ? Il est arrivé quelque chose à Catalina ? À Jaime ?

Il ne l'avait jamais vue ainsi, dans cet état. Leopoldo remarqua le journal sur le sol, le ramassa et lut ce qu'avait lu sa mère. Puis il le posa sur la table et, lui prenant les mains, demanda à nouveau :

— Qu'y a-t-il, maman ? Que s'est-il passé ?

Inés se moucha, but une gorgée du tilleul que venait de lui servir Limita et entreprit de lui raconter toute l'histoire depuis le début, depuis la première ligne – l'histoire de l'amour de Clara et Celso. Les servantes se doutaient bien de quelque chose : selon leurs dires, la jeune femme semblait heureuse ces derniers temps, mais elles étaient certaines que Renata ignorait tout des amours de sa fille, sans quoi elle l'aurait enfermée à double tour.

Ensuite, Inés leur révéla que le garçon en question se trouvait sur le paquebot naufragé, qu'il venait d'embarquer, n'avait même pas passé un jour sur le *Santa Isabel*, qu'il s'était mis en tête de monter sur ce maudit bateau parce que son rêve était de naviguer.

— Et regardez, maintenant ! Qui sait s'il n'est pas mort !

Elle leur raconta aussi que Celso avait promis à Clara de l'épouser à son retour et qu'ils devaient faire un beau mariage au manoir.

— Mais, à l'heure qu'il est, répéta-t-elle, nous ne savons pas s'il est en vie.

Quand Inés eut terminé son récit, María Elena et Limita pleuraient elles aussi.

— Oh, madame ! Peut-être qu'il en a réchappé, dit l'une d'elles.

Leopoldo reprit le journal et entreprit de chercher des indications qui puissent leur donner quelque espoir, mais les premières informations étaient confuses. Néanmoins, il lut que le capitaine, don Esteban García Muñiz, avait survécu à la tragédie.

— Le capitaine s'en est sorti, maman. C'est écrit ici…

Inés n'y prêta pas attention : elle était convaincue que les pauvres avaient plus de chances de périr dans les naufrages, mais elle se mordit la langue en vue de ne pas se complaire dans le malheur. Aussi, malgré son accablement, elle se leva de sa chaise, finit sa tisane, sécha ses larmes et déclara :

— Bon, maintenant, dites-moi comment présenter les choses à Clara…

Les trois autres gardèrent le silence sans savoir quelle réponse donner. Leopoldo était le moins apte à en fournir, étant encore trop jeune pour savoir que l'amour peut faire souffrir et avoir une idée de ce qu'est la mort.

Limita proposa d'aller chercher Clara, mais Inés refusa.

— Je préfère lui parler seule à seule.

Les domestiques partirent avec le plateau du petit déjeuner pour continuer de pleurer leur saoul dans la cuisine, et Leopoldo resta avec sa mère jusqu'à ce qu'elle décide que le moment était venu d'affronter la situation.

— Personne ne meurt de chagrin. Je suis bien placée pour le savoir, murmura-t-elle pour elle-même.

Renata n'était pas là lorsque Inés frappa à la porte.

— Clara, viens.

— Bonjour, madame, dit-elle en ouvrant. Je ne vous attendais pas. J'allais partir à l'usine.

— Je t'accompagne, allons faire quelques pas.

La jeune femme finit d'attacher ses cheveux, ferma la porte et toutes deux se dirigèrent vers l'entrée du manoir. C'était une journée froide. Les feuilles des arbres brillaient du givre de la nuit et le chemin était parsemé de flaques d'eau et de boue qu'elles évitaient pour éviter de se salir.

— As-tu des nouvelles de Celso ?

— Non. C'est encore trop tôt.

— C'est trop tôt, oui, répéta Inés.

— J'ai posé la question aux marins : ils m'ont dit qu'il y avait des télégraphistes sur les gros bateaux. Et avant son départ j'ai dit à Celso qu'au cas où il devait m'écrire à l'usine. Il sait que j'y suis toute la journée.

— Je comprends.

— Doña Inés, je me suis dit que le dimanche 15 mai serait une date idéale pour le mariage. Qu'en pensez-vous ? C'est vous qui décidez, bien sûr, vous êtes chez vous ! Mais il faudrait en parler à don Castor. À l'enterrement de mon père, il m'a paru très fatigué... Vous pensez qu'il pourra me marier ? Nous verrons comment il passe l'hiver !

Clara reprit son souffle et continua de parler.

— Ça ne me dérangerait pas que ce soit le nouveau curé qui célèbre la messe, mais j'aimerais que don Castor soit là, parce qu'il fait partie de la famille. Enfin, de votre famille. Du manoir, en tout cas ! Et, voyez-vous, doña Inés, hier je lisais de vieux journaux, ceux qui finissent dans le poêle, et j'ai vu des photos de Barcelone. J'aimerais bien aller à Barcelone pour ma lune de miel. Vous croyez que j'aurai une lune de miel ? C'est comme cela qu'on dit, non ? Une lune de miel. Une ouvrière m'a raconté qu'elle était allée à Zamora, mais Zamora ne me dit trop rien. Peut-être qu'on pourrait se rendre au Portugal, comme ça on passerait à Tomiño voir la famille de Celso... Enfin, à bien y penser, ses parents viendront sûrement au mariage. Et ses sœurs. Il a trois sœurs, doña Inés. J'ai hâte de les rencontrer. Et il a encore ses grands-parents. Je n'ai pas eu de grands-parents. Autant que je sache, évidemment ! Ma mère ne m'a jamais parlé de ses parents. Ni mon père. Et n'allez pas croire que je ne leur ai rien demandé... Bien sûr je leur ai posé des questions ! Mais j'aurais aussi bien pu parler à un mur.

Inés ne réagissait pas au bavardage de Clara, qui à ce moment-là ne percevait pas le poignard d'angoisse fiché entre les côtes de sa patronne. Elles arrivèrent donc à La Deslumbrante sans avoir réellement échangé sur le mariage, dont Inés pressentait qu'il n'aurait pas lieu. Elle retint ses larmes du mieux qu'elle put, puis finit par décider qu'elle ne pouvait pas temporiser davantage.

— Écoute-moi, ma fille, dit-elle.

— Oui, doña Inés ?

Mme Valdés avala sa salive.

— Le *Santa Isabel* a fait naufrage cette nuit.

Clara s'arrêta net et posa les mains sur sa poitrine.

— Que dites-vous ?

— La mer est dangereuse.

— Qui vous l'a dit ? Où avez-vous vu cela ?

Inés lui prit les mains et la força à l'écouter.

— Je l'ai lu dans le journal.

— Ce n'est pas vrai, madame ! Ils ont dû se tromper...

— Non, ma fille, non. Il a fait naufrage à Sálvora.

Clara écarquilla les yeux et vit dans ceux de sa patronne un mauvais augure. Respirant difficilement, elle tomba à genoux sur le quai de déchargement de

La Deslumbrante. Agrippée aux jupes d'Inés, le visage enfoui dans le tissu, elle se mit à pleurer en silence.

— Savez-vous s'il est vivant, madame ? Savez-vous si Celso s'est noyé ?

— Je ne sais rien, Clara.

— Il ne peut pas être mort, doña Inés ! Pas lui. Venez, allons le chercher ! dit-elle en se relevant. Il n'est pas mort… Pas lui, madame.

— Clara, ma chérie… parvint à dire Inés. Il y a très peu de survivants.

— Il en fait partie, doña Inés ! J'en suis sûre !

Inés aurait voulu lui donner le nombre exact de rescapés, mais même le journal l'ignorait. Ce flou, cependant, raviva les espoirs de Clara.

— Celso est parmi eux. Je le sais. Venez avec moi, à Vigo ou je ne sais où, implora Clara. Quelqu'un doit bien avoir des nouvelles. Nous ne pouvons pas rester là sans rien faire. Je vous en supplie, de tout mon cœur…

Inés ne pouvait refuser de l'accompagner, sans savoir où ni que dire pour s'enquérir de cet homme auquel Clara était liée par un amour naissant qu'aucun document n'attestait.

Malgré tout, Mme Valdés demanda à Fermín de les conduire en ville dans la Renault de La Deslumbrante, sans lui indiquer les raisons d'une telle précipitation. Lorsqu'elles furent installées à l'arrière, Inés étreignit Clara, qui pleurait sans discontinuer.

Fermín ne posa pas de questions, mais devina que ce n'était rien de bon.

Les bureaux de la Compagnie transatlantique espagnole s'étaient remplis de parents qui demandaient des nouvelles de leurs proches. Les employés affichaient des informations sur des tableaux noirs qu'ils sortaient régulièrement sur le trottoir. Le *Santa Isabel* transportait des passagers venus de tout le pays : de Teruel, Séville, Saragosse, de Soria, de Biscaye, Bajadoz, Lugo.

Lorsqu'ils arrivèrent au petit bureau du port, Inés envoya Fermín faire les démarches nécessaires. Le deuil se lisait sur le visage des passants.

— Allons, Fermín, allez-y, le pressa Inés en tenant la jeune femme par les épaules.

— Qu'est-ce que je dois faire ? Dites-moi au moins qui je dois demander.

— Celso Domínguez, murmura Clara. Originaire de Tomiño, ajouta-t-elle entre deux soupirs.

Fermín sortit un carnet de la poche de sa veste pour noter les informations.

Dans le bureau de la Transatlantique, il régnait une ambiance de mort et le chagrin obscurcissait le regard des employés.

— Nous ne pouvons pas encore vous confirmer si cet homme fait partie des rescapés, dit l'un d'eux à Fermín. Les autorités doivent encore identifier des dizaines de corps.

— Des dizaines ?

— Et leur nombre aurait pu être encore plus élevé, monsieur. Quatre-vingts pour cent des passagers sont morts.

— Grands dieux !

Un frisson le parcourut de la tête aux pieds.

— Quand serez-vous en mesure de savoir avec certitude si le garçon que nous recherchons a survécu ?

— Nous vous tiendrons au courant dès que possible, répondit l'employé en notant le nom de Celso Domínguez, originaire de Tomiño, et les coordonnées de La Deslumbrante. Je vous demande d'être patient et de nous faire confiance. La liste des rescapés sera connue avant celle des personnes décédées, qui nécessitera plus de temps.

Fermín quitta le bureau les bras croisés et le visage sérieux, afin de ne transmettre ni inquiétude ni espoir. Il n'avait aucune raison de nourrir l'une ou l'autre.

— Il faut attendre, dit-il aux deux femmes. Rentrons à Punta do Bico, ajouta-t-il. Nous n'avons plus rien à faire ici.

— Je ne partirai pas sans Celso, don Fermín. Même si je dois passer la nuit là.

Fermín et Inés tentèrent de la convaincre que les nouvelles finiraient par arriver à l'usine, à la mairie ou à la paroisse.

— Don Castor est toujours au courant de tout avant nous, insista Inés. Nous allons lui expliquer ce qui s'est passé et nous saurons bientôt, très bientôt, où est Celso.

— Non, non, non ! répéta Clara. Rentrez si vous voulez. Moi, je reste.

Il fallut plusieurs heures pour lui faire entendre raison, pour qu'elle comprenne que quitter la ville ne signifiait pas abandonner Celso et que, malgré la distance, les informations parviendraient à Punta do Bico aussi bien qu'à Vigo. Cela prendrait une journée au plus, et elle avait besoin de se reposer car elle paraissait épuisée. Et en effet elle l'était. Elle n'avait rien avalé depuis le matin. Des cernes soulignaient le bleu de ses yeux. Inés avait beau savoir que le chagrin ne tuait point, Clara semblait en mourir quand même.

C'est au cours de ce bref séjour en ville que Clara se rendit compte qu'elle ignorait presque tout de l'homme dont elle était tombée amoureuse. Si quelqu'un lui avait posé des questions sur lui, elle aurait pu fournir si peu de détails que l'on aurait douté de son histoire. Elle ne savait rien non plus de Tomiño et de sa famille.

Les promesses de mariage ne suffiraient jamais à la rendre crédible, non plus que les souvenirs de la plage de Las Barcas et de leurs baisers.

L'unique vérité résidait dans le journal amoureux rédigé de sa main.

— Accordez-moi une faveur, madame Valdés, supplia Clara avant de monter dans la voiture. Promettez-moi de parler aux trois sœurs de Pontevedra. Elles sauront peut-être quelque chose.

— C'est promis.

Une demi-lune se levait sur Cinco Pinico quand la Renault de La Deslumbrante arriva à Punta do Bico. Fermín demanda s'ils devaient faire un arrêt à l'église et Inés acquiesça.

Don Castor surveillait les préparatifs de la messe de huit heures en compagnie du jeune prêtre censé lui succéder. Il continuait de le former pour retarder le moment de raccrocher la soutane. Les femmes entrèrent dans la sacristie parées du masque tragique dont elles ne s'étaient pas départies de la journée.

— Qu'est-ce qui vous amène ?

Inés prit la parole à la place de Clara, demeurée muette depuis leur départ de Vigo.

L'ecclésiastique entrecroisa les mains sur sa poitrine et écouta Mme Valdés sans l'interrompre. De temps à autre il secouait la tête, horrifié, comme pour nier la réalité.

— Quel terrible coup du sort, ma fille ! dit-il à Clara. Lorsqu'on s'écarte du chemin…

— Quel chemin, mon père ? demanda la jeune femme d'une voix faible.

— Le chemin du Seigneur. Qui donc lui a demandé de monter sur ce bateau ? Qui ? s'écria-t-il en levant les bras au ciel.

Clara décida alors de ne pas lui parler des rêves et des espoirs que Celso avait forgés depuis l'enfance. Cela n'aurait servi à rien.

— Je me mettrai en relation avec la paroisse de Ribeira et je vous tiendrai au courant, promit don Castor.

Avant de prendre congé, les deux femmes s'agenouillèrent devant l'autel et dirent en silence la première prière qui leur vint à l'esprit. Clara se réservait pour la Vierge du Carmen de la chapelle d'Espíritu Santo où, peu après, elle demanda à Inés la permission de se réfugier pour la nuit.

Ce jour-là, la jeune femme vit les années défiler d'un coup. Son regard devint celui d'une veuve sans mari à pleurer aux dates anniversaires, ce qui lui aurait rappelé que cet amour avait bien été réel.

27

PENDANT PLUS D'UNE SEMAINE, Clara se refusa à quitter le réduit où elle dormait, gardant pour seule compagnie son journal, qu'elle relisait inlassablement sans se soucier de manger ou de boire. Ces jours-là, elle ne vit guère la lumière du soleil, mais au moins répondait-elle aux sollicitations d'Inés, qui s'approchait avec précaution de la maison de Renata. Elle doutait que la gardienne soit au courant de ce qui se passait, aussi ne frappait-elle pas à la porte. Elle longeait la façade jusqu'à la petite fenêtre, dont elle tapotait la vitre du bout des ongles, le plus discrètement possible.

— Tu devrais parler à ta mère. Elle est inquiète, lui dit-elle un jour.

— Non.

— Veux-tu que je lui parle ?

— Non, répéta Clara.

— Pourquoi ?

— Parce qu'elle n'entend rien à l'amour…

Inés résolut de gérer la situation à sa manière, le bruit de la tragédie courant déjà à La Deslumbrante. Chaque jour, les ouvrières demandaient des nouvelles de Clara. Tôt ou tard, Renata apprendrait ce qui s'était passé et, même si elle n'entendait rien à l'amour, elle avait le droit de savoir ce qui arrivait à sa fille.

Depuis que Clara s'était cloîtrée dans sa chambre, Inés, avant de se rendre à l'usine, passait à l'église, à la mairie et au port pour interroger les marins, toujours au courant des rumeurs venues de la mer.

Elle revenait les mains vides, sans réponse pour Clara.

— Don Castor a-t-il eu des nouvelles ? s'enquérait la jeune femme.

— Non, répondait Inés.

— Et le maire ?

— Non plus.

— Don Fermín ?

— Non plus.

— Et les trois sœurs de Pontevedra ?

— Elles ont promis de nous prévenir, et elles ne l'ont pas fait.

— Alors...

— Alors rien, ma fille...

Clara ne voulait pas vivre sans Celso, sans rien savoir de lui et en sachant à l'inverse qu'elle ne le reverrait jamais, pas même par un improbable hasard comme celui qui les avait réunis sur le quai de déchargement de La Deslumbrante. « Une telle vie, écrivit-elle dans son journal, ne vaut pas la peine d'être vécue. »

Chaque matin, elle demandait à Inés de lui apporter l'édition du jour du *Faro de Vigo.*

— J'y apprends toujours de nouveaux détails, disait-elle.

Elle lisait le quotidien de la première à la dernière ligne. Les témoignages des rescapés et des sauveteurs étaient déchirants. Ils étaient si glaçants qu'Inés aurait préféré que Clara ne les lise pas, mais la jeune fille avait la tête plus dure que du bois.

Puis elle commentait les dernières nouvelles avec quiconque lui rendait visite. Limita, María Elena, Mme Valdés. Qu'importait la personne tant qu'elle pouvait continuer de nourrir le mince espoir auquel elle se raccrochait.

— Le capitaine a bien été secouru en pleine mer, dit-elle un jour par la fenêtre aux servantes. Qui me dit que Celso n'a pas été secouru lui aussi ?

— On l'aurait su, répondit l'une d'elles.

— Tu parles qu'on l'aurait su ! lança Clara.

La jeune femme se perdait en conjectures.

— Regardez l'histoire de Carolina Zamanillo, par exemple, j'ai lu ça dans le journal : elle a pu être identifiée grâce à des lettres retrouvées dans une poche de son corset. Sur les enveloppes, il y avait l'en-tête de Benito Díaz Canosa, un avocat de Madrid. Que dis-tu de ça, Limita ?

— Et elle est vivante ou morte ? demanda cette dernière.

— Ils ne le disent pas.

Elle ne doit pas être bien vivante si elle n'a pas pu dire elle-même qui elle était, pensa Limita.

Les servantes se mirent à murmurer que Clara divaguait, qu'elle tenait des propos sans fondement et qu'à force de rester seule elle finirait par devenir folle. Elles n'en disaient rien à doña Inés, qui avait déjà bien assez à faire avec son absence à l'usine. C'est d'ailleurs au cours de ces semaines que Mme Valdés réalisa combien Clara était précieuse et zélée. Rien ne lui échappait, et les femmes lui obéissaient comme si les ordres venaient d'elle. Clara avait gagné leur respect. La Deslumbrante avait besoin d'elle. Elle avait toujours de nouvelles idées et expérimentait sans cesse, changeant les ouvrières de poste : « Aujourd'hui tu es ici et demain tu iras là, et nous verrons où tu es le plus utile. » Elle utilisait « nous » pour dire « je » : sa façon de camoufler son autorité.

Leopoldito, qui avait entendu les chuchotis des domestiques, profitait de l'absence de sa mère pour rendre visite à Clara. Il lançait de petits cailloux contre la vitre pour attirer son attention et, lorsqu'elle se montrait, il lui donnait des carrés de chocolat, des biscuits du goûter et des bonbons au miel. Le jeune garçon écoutait les affabulations de la jeune femme, puis les répétait à Inés.

Ils parlaient de tout et de rien, et quand ils ne savaient plus quoi dire Clara lui racontait des histoires sur l'usine et les sardines. Les coques, les palourdes et les moules.

— Les gamines de ton âge travaillent déjà, disait-elle en soupirant. Elles me manquent...

Pour Clara, Leopoldo devint « Polo ». C'était plus court et ça ne sonnait pas comme un nom de vieux monsieur, même s'il en avait l'air avec son phrasé et son vocabulaire d'adulte. Polo avait les cheveux châtain clair et était aussi grand que Jaime. Il ressemblait à Gustavo par son regard direct et perçant, mais tous deux ignoraient ce détail. Polo était patient et savait écouter. À quatorze ans seulement, il disait vouloir devenir romancier, ou journaliste. Peu lui importait. Il voulait écrire. Clara lui confia qu'elle écrivait aussi.

— Je tiens un journal. Quand tu seras plus grand, je te laisserai le lire. Maintenant, va-t'en, j'ai envie de pleurer.

Un jour, alors qu'il s'éloignait, le bruit de ses pas sur les feuilles mortes alerta Renata.

Dehors, il faisait noir.

— Qui va là ?

— C'est moi, Leopoldo. Je suis venu voir Clara.

— Pourquoi viens-tu la voir ? s'enquit la gardienne avec un air mauvais.

Entendant leurs voix, Clara sortit de sa chambre et trouva sa mère en train d'aboyer à la porte, hors d'elle.

— Parce que c'est mon ami ! lança-t-elle avec colère.

Renata claqua la porte, se retourna et se mit à débiter contre sa fille un chapelet d'invectives indignes d'une mère. Elle cracha tout son fiel, accusant Clara de tous les maux : de sa mauvaise fortune, de la mort de son mari – qu'elle n'avait jamais aimé – et de l'indifférence de Mme Valdés envers elle.

— Et voilà que maintenant tu pleurniches depuis des semaines à cause d'un homme ! On m'a tout raconté. Si seulement tu ne fréquentais pas n'importe qui !

Clara se figea. Elle resserra son châle autour de ses épaules et lui demanda de poursuivre.

— Je veux savoir ce que tu sais.

— Je sais ce que tout le monde sait. Que le marin que tu fréquentais s'est noyé. Tu croyais vraiment que je ne savais pas où tu allais le soir ?

— Il ne s'est pas noyé.

— Bien sûr que si.

— Qu'en sais-tu ?

— Les survivants sont rentrés chez eux.

Clara se détourna et retint ses larmes, se mordant le poing pour dissimuler une douleur que Renata reconnut aussitôt : elle lui évoquait celle qu'elle avait ressentie du temps de Gustavo. Elle eut envie de la serrer dans ses bras, mais ses mains ne suivirent pas le mouvement.

Derrière la porte, Leopoldo entendit toute la conversation. Il fondit en larmes et courut vers le manoir, où il resta terré jusqu'à ce qu'Inés revienne de La Deslumbrante.

Il devait être six heures du soir, le 11 janvier 1921, lorsque Fermín appela Mme Valdés qui, à ce moment-là, était plongée dans les commandes de boîtes de conserve.

— C'est urgent, doña Inés. Ça vient d'arriver, tenez.

Il lui tendit un morceau de papier portant un court message, laconique et sans un mot de regrets.

Pas un « Nous sommes désolés » ou « Recevez nos condoléances ». Le visage de Mme Valdés se décomposa en le lisant.

Hier matin, le corps sans vie de Celso Domínguez, victime du naufrage du Santa Isabel, *a été repêché. Conformément au protocole établi par les autorités provinciales, le cadavre a été remis à sa famille.*

Le message était signé par la Compagnie transatlantique, qui avait respecté son engagement d'avertir l'usine.

Inés ne put articuler un mot. Un instant, elle se mit dans la peau de Clara et son estomac se retourna. Fermín proposa de l'accompagner au manoir, mais elle refusa.

— Je m'en charge.

Le contremaître n'insista pas, mais demanda l'autorisation de partager la triste nouvelle avec les ouvrières.

— Elles n'arrêtent pas de poser la question.

Inés la lui accorda, mais le pria d'attendre une heure ou deux, au cas où quelqu'un s'aviserait de venir au manoir lui présenter ses condoléances, ajouta-t-elle.

— Qu'allez-vous lui dire, madame ? demanda Fermín.

— Ce qui est écrit ici.

Les jardins du manoir commençaient à disparaître sous le manteau de la nuit naissante, à l'heure où l'hiver assombrissait le ciel de Punta do Bico.

Inés s'approcha de la maison de Renata et frappa à la porte. Une intense odeur d'animal mort lui monta aux narines.

— Je fais cuire une poule, s'excusa la servante en lui ouvrant.

— Vous l'avez tuée dans la maison ?

— Elle n'est pas encore dans l'eau, répliqua-t-elle sans répondre à la question de sa patronne.

Inés décida de ne pas insister, recula de quelques pas et demanda à voir Clara.

— Elle est en train de pleurer, dit Renata.

— J'ai besoin de lui parler.

— Elle a fait quelque chose de mal ?

— Non, mon Dieu. Non.

— Clara ! appela Renata. Viens là, Madame te cherche.

Inés fit sortir Clara, vêtue d'une chemise de nuit qui avait dû être blanche et de sa blouse de travail. Elle la conduisit au manoir, l'entraîna dans la bibliothèque réservée aux conversations importantes et demanda deux tasses de tilleul à Limita, qui connaissait le fin mot de l'histoire, tout comme Leopoldo et María Elena. Tout le monde se retira pour laisser Inés se concentrer sur ce qu'elle allait dire.

En fait, il n'y avait pas grand-chose à dire. Elle y avait réfléchi : il valait mieux que Clara lise le message afin de lui épargner les questions auxquelles Inés ne pourrait pas répondre. Elle le sortit donc de sa poche d'une main tremblante et le lui tendit.

— Assieds-toi, lui dit-elle.

Clara s'exécuta et se mit à lire à voix haute.

— « Hier matin, le corps sans vie de Celso... »

Elle commença à pleurer de colère. Pas seulement de chagrin. De colère, contre l'injustice de cette mort si prématurée et intempestive. D'impuissance aussi, parce qu'elle comprit sur-le-champ, elle comprit qu'il n'y avait plus rien à faire.

Pas même attendre des nouvelles.

— Ma mère avait raison. Les survivants sont rentrés chez eux.

L'espoir s'évanouit comme un souffle, laissant place à la réalité tenace, âpre et nue.

— Que dois-je faire, maintenant ? demanda-t-elle avec un calme soudain qui effraya Mme Valdés.

— Chérir son souvenir.

Très vite, Clara allait se rendre compte que chérir un souvenir revient à ne pas oublier.

— Je l'aimerai toujours, dit-elle, pensant à lui comme s'il était encore en vie dans la *gamela* blanchie par le sel.

L'odeur de poix de leurs nuits furtives inonda la bibliothèque et ses yeux bleus prirent la couleur de la mer le jour où les amoureux s'étaient dit adieu pour le reste de leur vie.

Dès lors, Clara ne se consacra plus qu'à son travail, à la lecture de la presse et à la rédaction de son journal.

Elle reçut les condoléances de toute la ville, comme si elle était effectivement une veuve de la mer, et don Castor insista pour célébrer une messe en mémoire de Celso.

— C'était un fidèle de la paroisse, madame Valdés, même si ce ne fut que sur une courte période. Ça ne ferait pas de mal de… dit-il à Inés.

Et Inés répondit oui, qu'il le fasse.

Le plus dur pour Clara était de ne pas savoir où Celso était enterré et de n'avoir aucun contact avec sa famille, mais Mme Valdés lui dit qu'elles iraient un jour à Tomiño et chercheraient la pierre tombale. Clara approuva, se raccrochant au moindre réconfort, si minime soit-il, pour rendre la vie sans Celso un peu plus légère, plus supportable.

Elle se coupa les cheveux comme un garçon, à ras, avec des ciseaux à poisson. Elle longeait le chemin jusqu'à La Deslumbrante comme à l'époque où elle évitait le port afin de ne pas croiser Celso. Elle ne le cherchait plus que dans son souvenir.

Les ouvrières avaient beau lui dire de ne pas trop penser à Celsiño, que plus elle y penserait pire ce serait, elle ne voulait pas l'oublier. Car, comme le lui avait dit doña Inés, ceux qui sombrent dans l'oubli meurent pour de bon.

Deux années passèrent ainsi.

Les seuls motifs de satisfaction se trouvaient à La Deslumbrante et provenaient de Saint-Jacques-de-Compostelle, où les enfants d'Inés réussissaient leurs études sans causer de problèmes à leur mère. Comme chaque année, Jaime et Catalina rentrèrent au manoir pour l'été. Cependant, en 1923, il se produisit une chose inattendue.

Inés avait tout préparé pour accueillir ses enfants : chambres aérées, draps impeccables et déjeuner de bienvenue. En milieu de matinée, le portail du Pazo d'Espíritu Santo s'ouvrit et Mme Valdés vit sa fille entrer au bras d'un inconnu.

— Je vais l'épouser, maman, déclara-t-elle en l'apercevant.

Inés fut saisie d'un tremblement à la nouvelle de ce béguin surprise et de la ferme décision de sa fille d'épouser cet homme qui, à son accent prononcé, était indéniablement argentin. Apparemment, il était très pressé de rentrer dans son pays, qu'il avait quitté pour des études en Espagne et souhaitait regagner au plus vite afin de reprendre l'affaire familiale. Il s'agissait d'un élevage de vaches Angus, une race que, selon ses dires, son défunt grand-père avait introduite dans le pays.

— Vous connaissez, n'est-ce pas, madame ? La reine Victoria elle-même avait des Angus sur ses domaines.

— Nous produisons des conserves de poisson sans pedigree, mais nous avons nourri les rois de l'Europe entière, marmonna Inés en contenant son agacement.

— Je sais tout, doña Inés. Et je sais que vous êtes une femme courageuse, qui a pris le taureau par les cornes, comme disent les Espagnols, et fait prospérer les affaires de son mari. Cata m'a tout raconté, ajouta-t-il, manifestant leur complicité par l'usage de ce diminutif.

Mme Valdés se mura à nouveau dans le silence.

— Vous n'avez rien à me dire ? Je suis diplômé de l'université, madame Valdés. Il n'y a rien qu'une mère désire plus qu'un beau mariage pour sa fille.

— Sainte Vierge ! Et comment est-ce arrivé ?

— Quoi ?

— Que vous ayez demandé ma fille en mariage… sans me demander sa main, l'éclaira Mme Valdés.

L'Argentin, Héctor Grassi Fernández – c'est ainsi qu'il se nommait –, parut n'attacher aucune importance à ce détail et entreprit de raconter à Inés comment ils s'étaient rencontrés, comment ils étaient tombés amoureux et comment, à ses risques et périls, il avait pris sur lui d'organiser le mariage qui aurait lieu deux mois plus tard.

— Nous nous marierons en octobre en Argentine, madame.

— Cela reste à voir, tempéra Inés.

Que Catalina soit en âge de se marier, c'était indéniable. Mais, si Inés avait déjà rêvé de ce moment, il ne lui était jamais venu à l'esprit que le mariage puisse être célébré loin du manoir, de la Galice ou même de l'Espagne.

— Que veux-tu dire, maman ?

— Que je préfère que le mariage ait lieu dans cette maison.

— Madame Valdés, intervint Héctor, laissez-moi vous faire changer d'avis et vous inviter à venir visiter l'Argentine. C'est un pays...

— Arrêtez, je vous prie.

— ... c'est un pays magnifique, déclara le futur marié.

La nouvelle fut aussitôt connue de tous. Elle courut du manoir à l'usine, puis de l'usine elle s'ébruita jusqu'à l'église, la mairie, la taverne, jusqu'au cabinet du médecin et à la pharmacie de Remedios, qui envoya son commis porter un flacon de lotion Oriental pour fortifier les cheveux de la future mariée avant la noce.

Ce soir-là, Inés convoqua Jaime, le fit asseoir dans la bibliothèque et lui demanda pourquoi il ne lui avait rien dit. Son fils répondit qu'il n'avait pas été dans la confidence, qu'il avait appris la nouvelle pendant le voyage vers Punta do Bico, qu'il les avait bien vus quelquefois ensemble mais ignorait tout de leur relation.

— Il n'a pas mauvaise réputation, maman. Je ne pense pas que ce sera un problème.

— Mais ta sœur va se marier en Argentine, tu ne comprends donc pas ?

— Que veux-tu qu'on fasse ? Empêcher le mariage ?

— Je le ferai s'il le faut.

Jaime savait que sa mère ne le ferait pas : elle n'avait jamais cessé de veiller au bonheur de ses enfants. Malgré tous les soucis que les caprices et colères de Catalina lui avaient causés.

28

Catalina et Héctor Grassi ne retournèrent pas à Compostelle. Les études de la jeune femme restèrent inachevées, au grand dam de sa mère qui, cependant, retrouvait une fille un peu plus modérée dans son tempérament. Ce fut le seul bénéfice qu'elle retira de cette histoire. Le jeune couple s'installa au manoir, dans des chambres séparées, bien sûr. Et n'en sortit que pour se rendre à Vigo en compagnie d'Inés, qui insista pour payer de sa poche la robe de mariée, dans l'espoir que sa fille revienne sur sa décision de convoler en Argentine. Chaque fois qu'elle y pensait, le duvet de ses bras se hérissait et un frisson de colère parcourait son corps.

Qui l'aiderait à s'habiller ? Qui la mènerait à l'autel ? Où vivrait-elle ?..

Les questions se bousculèrent dans sa tête au cours des derniers jours de juillet. Elles continuèrent de la tourmenter pendant le chaud mois d'août, puis arriva septembre et l'été s'en alla, plus fraîchement que d'ordinaire, avec des vents du nord qui balayèrent Punta do Bico. Enfin octobre débuta.

Les événements se précipitèrent en Espagne aussi bien qu'au Pazo d'Espíritu Santo. Renata tomba malade peu après le coup d'État de Primo de Rivera. L'Argentin, qui n'avait rien d'autre à faire, ne s'intéressait qu'aux articles qu'il lisait dans la presse, toujours en faveur du nouveau président du Directoire, et leur en rebattait les oreilles à tous les repas. La maladie de la gardienne lui importait peu, voire pas du tout : elle n'était que du petit personnel. Inés, cependant, pressentait que cette toux ne présageait rien de bon.

Limita fut la première à s'inquiéter de la gravité de cette pneumonie. Elle nettoyait des sardines pour le déjeuner quand elle vit Renata cracher des glaires dans l'herbe. Par la fenêtre de la cuisine, elle la vit se plier en deux comme si elle avait reçu un coup de poignard, puis tomber à genoux sur le sol. Elle courut lui porter secours.

— Mon Dieu, j'ai si mal, Limita ! s'écria Renata. J'ai si mal !

— Depuis quand es-tu dans cet état ?

— Depuis des jours.

— Mais tu es brûlante ! s'alarma la servante en posant la main sur son front. Je vais prévenir Madame pour qu'elle fasse venir le docteur.

— Non, ça va passer.

Elle portait le linge au lavoir, mais n'eut pas la force d'avancer.

— Pose donc ça et va t'allonger, allez.

— À quelle heure arrive Madame ?

— Elle a dit qu'elle déjeunerait à la maison.

— Et Clara ?

— Elle doit être à l'usine elle aussi, répondit Limita en l'aidant à se relever.

— Je vais attendre qu'elles reviennent. Je ne veux pas déranger le médecin sans l'accord de doña Inés, dit Renata d'une voix moins rauque et dure, plus douce que sa voix habituelle.

Elle rentra chez elle, laissant le linge sur place. En chemin, elle commença à sentir des frissons qui lui glacèrent le corps de l'intérieur. Les frissons devinrent des tremblements et spasmes qui ne cessèrent pas, même quand elle s'allongea sur son lit et s'enfouit sous toutes les couvertures qu'elle put trouver.

— Je me sens si mal, grands dieux ! gémit-elle avec des larmes d'étonnement dans les yeux comme si la mort n'avait jamais fait partie de ses projets.

Elle ferma les paupières et se vit enfant, jeune fille, adulte et vieille femme. Elle se vit fille et mère, et elle vit sa propre mère, aussi flétrie qu'elle-même, au bras de son père, sur la route où ils s'étaient dit adieu sans savoir s'ils se reverraient. Elle était déjà mariée à Domingo, qu'elle n'avait jamais aimé, et avec qui elle avait quitté la paroisse d'Iglesiafeita, dans la municipalité corognaise de San Saturnino, sur une charrette tirée par un bœuf fatigué, pour une destination incertaine. Ils devaient chercher du travail afin de ne plus mourir de faim.

Elle se rappelait avec une clarté absolue le jour où ils étaient arrivés au port de Punta do Bico et où les Valdés, alors jeunes, les avaient engagés comme gardiens du Pazo d'Espíritu Santo.

Sa propre joie, et le manque d'entrain de Domingo.

L'élégance de doña Inés, qui lui avait aussitôt proposé de l'aider pour la gestion quotidienne du domaine.

Et la courtoisie de don Gustavo.

Elle gardait intacte la première image qu'elle avait eue de lui, si policée et éloignée de l'idée que l'on se fait des patrons. Le temps avait alimenté le fantasme de Renata jusqu'au péché.

Elle était tombée amoureuse.

— J'avais bien le droit, moi aussi... balbutia-t-elle, en proie à la plus grande confusion. J'ai eu tort. Mon Dieu... Comme j'ai eu tort !

Elle avait eu tort, une première fois, de prendre ses désirs pour des réalités hors de sa portée. Elle serait toujours une servante et n'accéderait jamais au grade de femme de chambre ni de bonne à tout faire.

Et elle avait eu tort une seconde fois lorsque, dans cet élan inexplicable, elle avait échangé les fillettes nouveau-nées.

Pourquoi as-tu fait cela, Renata ? se demanda-t-elle. *Combien de fois l'as-tu regretté ?*

C'était cela, le pire : vivre avec ce regret insoluble. Renata avait simplement voulu offrir une belle vie à sa vraie fille, sans en mesurer les conséquences. Pas même pour elle, qui avait souffert mille tourments quand les Valdés avaient émigré à Cuba.

Je voulais juste que ma fille ait une belle vie... C'est tout... admit-elle à bout de forces.

En ces heures incertaines précédant le trépas, Renata ignorait si l'acte de contrition serait utile, mais elle avait besoin de se défaire de la culpabilité qui ne l'avait pas quittée un seul jour depuis le 3 février 1900.

Elle tenta de se calmer.

Son corps s'y refusait.

Dans son délire obstiné, elle pensa à Clara. Elle n'avait pas eu une once d'affection pour cette fille. Pas un baiser, pas un regard de tendresse. Et cela lui faisait mal. Mal de ne pas avoir été capable de lui offrir davantage qu'un pauvre grabat, et un bouillon de poule pour les nuits froides. Il lui fut insupportable de se dire que, malgré tout, la gosse était toujours restée bonne, et avait payé pour une erreur ou une mauvaise décision qui n'avait pas été la sienne.

Renata respira l'air vicié.

— Je n'ai même pas pu être une mère pour elle.

Elle se redressa sur le lit, fébrile, la respiration entrecoupée.

— Je ne mourrai pas avec ce poids sur la conscience ! s'écria-t-elle en se frappant la poitrine, en sueur.

Dans un accès de démence provoqué par la fièvre ou par un souvenir importun, Renata se drapa dans une couverture et partit comme une furie en direction du manoir, sans réfléchir à sa décision – comme prise par un réflexe vieux de deux décennies. Elle était déterminée à se libérer de ce qui pesait sur ses épaules depuis vingt-trois ans.

Elle ouvrit la porte sans s'annoncer et appela Catalina à pleins poumons.

— Catalina ! Catalina, il faut que je te parle !

— Mais, Renata, que fais-tu là ? s'inquiétèrent les domestiques, surprises de la trouver trempée par les sueurs morbides et la pluie qui s'était mise à tomber.

— Il faut que je parle à Catalina, insista la gardienne.

Catalina sortit du salon, où elle attendait Inés et son futur époux.

— Que se passe-t-il, Renata ?

— Il faut que je te parle, répéta-t-elle.

La jeune femme franchit la porte du manoir en tenant la gardienne par le bras pour l'empêcher de s'effondrer. Renata la conduisit jusque chez elle et, une fois sur place, se mit à parler à tort et à travers, sans réfléchir, sans peser ses mots.

— Tu n'es jamais entrée ici, n'est-ce pas ?

— Jamais.

— Ça pue et il fait froid…

Les mains crevassées de la servante tremblaient, de même que ses lèvres, laissant voir une bouche à moitié édentée. Mais ce que Catalina n'oublierait jamais, c'est le tremblement de ses pupilles au moment où elle confessa ce péché qu'elle extirpa de son corps comme une tumeur maligne.

— Ça pue et il fait froid, répéta-t-elle, mais je t'ai donné naissance dans cette maison.

La jeune femme secoua la tête et recula d'un pas.

— Que dis-tu ? Tu as perdu la tête !

Elle tenta de fuir, mais Renata l'attrapa par le bras en un ultime effort.

— Catalina, je suis ta mère et ton père est Gustavo Valdés. Il m'a mise enceinte dehors, dans les jardins. Il m'a demandé d'avorter en échange d'un lopin de terre, mais j'ai été courageuse et je t'ai mise au monde toute seule, ici même ! cria-t-elle en désignant le sol de terre battue.

— Tu es folle ! Lâche-moi !

— Je ne te lâcherai pas tant que tu n'auras pas écouté ce que j'ai à te dire.

— Lâche-moi ! rugit à nouveau Catalina en essayant de repousser sa mère.

— Écoute-moi ! Avec les mains que tu vois là, je t'ai échangée contre ta sœur Clara le lendemain de votre naissance. J'ai commis une erreur impardonnable, mais je voulais que tu aies la vie que tu méritais en tant que fille d'un grand seigneur. Je ne pouvais pas te laisser grandir dans la misère. Je...

Renata dut reprendre son souffle.

— ... J'ai été guidée par mon amour pour toi, murmura-t-elle. Mais ça n'a pas suffi. Je n'ai même pas été heureuse de voir que tu avais reçu toute l'éducation et le confort qu'il fallait, que tu allais épouser un garçon qui n'aurait même pas posé les yeux sur toi si tu avais été la fille d'une servante.

Renata sentit une douleur cinglante dans la poitrine, comme si ses poumons étaient en sursis, mais elle continua de lutter. Même si la mort la réclamait, elle ne pouvait pas emporter sa culpabilité dans la tombe.

— Catalina, j'ai fait une erreur et je dois la confesser. C'est seulement maintenant, avec l'âge et le recul des années, que je prends conscience de l'immense faute, de l'abomination que j'ai commise. Cette maladie qui me ronge m'oblige à te raconter ce qui s'est passé avant qu'il ne soit trop tard.

— Et Clara ? demanda Catalina, les yeux agrandis par la peur.

— La vie lui a rendu justice. Elle a réussi, ce n'est pas n'importe qui, au contraire : c'est une femme respectée, et elle a toute l'affection de sa mère. De sa vraie mère !

— Tu devrais avoir le courage de le lui dire ! s'écria Catalina.

— Non. C'est à toi que je dois des comptes. Tu as le droit de savoir qui est ta mère.

— Tu délires encore. Tu es folle. Folle !

Renata lâcha le bras de sa fille et la laissa s'enfuir en trébuchant, terrifiée, vers le manoir dont les pierres centenaires, si elles avaient pu parler, auraient raconté cette même histoire. Les dernières larmes que versa la gardienne apaisèrent son cœur malade qui, quelques heures plus tard, avait cessé de battre.

Le tonnerre grondait sur le Pazo d'Espíritu Santo quand Inés revint de La Deslumbrante accompagnée de l'Argentin qui, ce jour-là, avait daigné s'intéresser à l'entreprise familiale de sa future épouse.

Lorsqu'ils entrèrent dans la demeure, Catalina les attendait. Elle était pâle comme un linge, avait les yeux injectés de sang.

— Que se passe-t-il, Catalina ? demanda Inés en posant la main sur son front pour voir si elle n'avait pas de fièvre.

— Rien.

— Tu as l'air souffrante, mon amour, s'inquiéta Héctor Grassi.

— Je vous attendais, mais si vous permettez je vais me retirer. Je ne me sens pas bien.

— Tu devrais manger au moins un petit quelque chose, insista Inés.

— Je préfère me reposer.

Inés et Héctor la laissèrent se réfugier dans sa chambre, où elle s'enferma afin de ne pas entendre la voix du médecin confirmer le décès de Renata, les prières du curé, les pleurs qu'elle s'imagina être ceux de Clara, et les cloches de la paroisse. Elle tira les rideaux afin de ne pas voir la caisse en bois contenant le corps de sa mère quitter la maison où elle était née.

Rien de ce qui se passait dans ce manoir ne la concernait plus et, dans sa solitude, elle commença à comprendre pourquoi elle s'était toujours sentie si étrangère à son nom.

Si étrangère à elle-même.

Si étrangère.

— Je veux seulement m'enfuir ! Quitter cet enfer !

Catalina décrocha le crucifix de la tête de lit et, posant le front sur la croix, implora qui pouvait l'entendre de lui accorder le discernement nécessaire pour prendre la meilleure décision.

Par égard pour sa mère, elle avait envisagé de revenir sur l'idée de se marier en Argentine ; elle avait même abordé la question avec Héctor lors de leurs moments d'intimité sur la plage ou dans les bois, lorsqu'ils roucoulaient au crépuscule. Le futur marié ne disait ni oui ni non, ne voulant pas de querelles prénuptiales, mais c'était un homme prévoyant, et, au cas où, il avait commencé à faire le tour des églises des environs, de la petite chapelle du manoir à la collégiale Sainte-Marie de Vigo.

Il n'eut pas besoin d'en visiter davantage : Catalina avait pris sa décision.

Elle passa trois jours enfermée dans sa chambre à s'interroger : *Qui suis-je, mon Dieu ?* Le quatrième jour, elle sortit, plus pâle encore qu'elle n'y était entrée, mais plus déterminée que jamais.

— Héctor, prends nos billets pour l'Argentine, par le premier bateau. Dès demain si possible. Tu n'as fait que m'aimer, et je vais te rendre la pareille. Oublie ce dont nous avons parlé. Nous ne nous marierons pas ici. Allons-y ! Le plus tôt sera le mieux.

Elle partait pour l'Argentine parce qu'elle estimait que l'endroit où elle se marierait ne regardait personne. Elle était orpheline d'une défunte et d'un absent. Sa famille serait celle qu'elle bâtirait avec Héctor.

— Et ta mère ? demanda-t-il, surpris par ce revirement.

— Ma mère va devoir l'accepter.

En prononçant le mot « mère », elle ressentit une nausée qui lui remua la bile, un fourmillement grouillant dans les entrailles.

Elle seule savait ce qui guidait ses pas.

Elle seule, et personne d'autre, était dépositaire du secret de Renata.

Et elle seule, en temps voulu, déciderait de ce qu'elle en ferait.

29

Au cours des mois suivants, Inés et Clara furent comme deux âmes en peine, errant dans Punta do Bico durant leurs heures de repos. Chacune portait son propre fardeau, mais en réalité toutes deux souffraient de la même blessure : la solitude.

Renata était enterrée, et Catalina partie pour l'Argentine sans plus d'explication que de satisfaire l'empressement d'Héctor Grassi. Inés comprit qu'elle avait perdu sa fille pour toujours. Elle regrettait amèrement de ne pas avoir eu le courage de lui demander pourquoi ce départ, si elle s'était sentie rejetée, abandonnée, si elle n'avait pas reçu tout l'amour dont elle avait eu besoin. Elle n'avait pas osé, car une fois encore elle avait été terrifiée à l'idée de ce qu'aurait pu lui répondre sa fille, une femme désormais en âge de devenir mère.

Catalina avait promis de lui écrire, et son fiancé juré qu'il y veillerait, mais Mme Valdés avait cessé de croire aux lettres du Nouveau Monde.

Et elle ne les attendait plus.

Ensemble, Inés et Clara arpentaient les rues, laissant derrière elles un sillage de tristesse que même l'être le plus insensible aurait pu percevoir. Chaque fois qu'elles passaient à la pharmacie de Remedios, les gens leur demandaient ce qu'il en était du mariage, pourquoi sa fille était partie, si elle n'avait rien fait pour l'en empêcher.

— Ce sont des choses qui arrivent, éludait-elle, n'ayant pas la réponse elle-même.

Elle achetait des sels purgatifs de Mediana de Aragón et repartait comme elle était venue, au bras de Clarita.

Après la mort de Renata, de nouveaux gardiens prirent leurs fonctions au domaine. Mme Valdés invita Clara à emménager dans l'une des chambres libres au rez-de-chaussée du manoir, dans le quartier des domestiques. Un instant, elle envisagea de lui donner la chambre de Catalina mais écarta cette idée afin de ne pas éveiller de jalousies chez les servantes.

Clara lui en fut plus reconnaissante encore que le jour où Inés l'avait emmenée pour la première fois à la scierie.

Elles s'affairèrent pour préparer l'arrivée de l'année 1924 et le retour de Jaime, qui rentrait de l'université pour Noël. Elles sortirent du placard la vaisselle en céramique espagnole pour la trier et compter les dessous-de-plat, assiettes plates, creuses, à dessert. Inés parla à Clara de leur provenance, de qui avait offert ceci et cela, quelles pièces avaient fait le voyage depuis Cuba et lesquelles ils tenaient de don Jerónimo et de doña Sole.

Elles raccommodèrent les chemises de la jeune femme qui étaient encore mettables et reprisèrent les ourlets de ses jupes. Clara avait été frugale toute sa vie et ne changerait pas. Elle disait ne pas vouloir de vêtements neufs, pas même ceux que Catalina avait laissés dans ses armoires.

— Si jamais elle revenait, madame.

— Elle ne reviendra pas.

Clara se retint de demander des nouvelles de don Gustavo. Elle aussi attendait une réponse à la lettre furtive qu'elle lui avait envoyée après avoir trouvé le maudit message adressé à feue Renata. Elle ne lui demandait rien, sinon des réponses. Naturellement, elle avait perdu l'espoir de les obtenir.

Elles discutaient beaucoup, sans voir passer les heures, comme au temps des soirées dans la bibliothèque. Clara était toujours pressée – La Deslumbrante n'allait pas fonctionner toute seule –, mais en même temps elle trouvait du réconfort dans la compagnie de sa patronne.

Elle lui raconta des choses que Mme Valdés ignorait. Qu'à l'usine les ouvrières avaient de la peine pour leur jeune collègue, qu'il lui semblait qu'elles lui obéissaient parfois par pitié, mais qu'elle-même refusait de se prendre en pitié. Elle lui confia aussi qu'elle avait mauvaise conscience de ne pas avoir assez pleuré Renata, mais que les larmes ne venaient pas et qu'elle ignorait si elle devait s'en inquiéter. Enfin, Clara expliqua à Inés que sa seule consolation était de ne plus avoir de proches à pleurer : ils étaient tous morts.

— Je n'ai plus que vous.

C'est à ce moment-là, en écoutant sa voix de velours, en observant de près la douleur causée dans son cœur par les épreuves de la vie, qu'Inés eut une révélation. Elle ne saurait jamais quel saint la lui avait inspirée ni comment diable cela avait pu arriver, mais soudain l'idée de faire de Clara une Valdés lui frappa l'esprit.

Dans les jours qui suivirent, Inés continua de la scruter avec attention.

Elle l'invita à déjeuner avec ses fils car elle ne l'avait jamais vue assise à table. Elle apprécia ses bonnes manières. Il faudrait juste les policer un peu : elle ne savait pas tenir ses couverts et mettait un doigt dans son eau avant de boire.

Elle lui apprendrait que faire des verres qu'elle reposait n'importe où sur la table et comment poser sa serviette à la fin du repas.

Et à ne pas racler sa chaise sur le sol en se levant.

Broutilles, songea Inés.

Des détails sans importance que Clara compensait par ses qualités naturelles.

Sa beauté lui rappelait tellement celle de sa mère…

La douceur de sa voix apportait la paix lorsqu'elle parlait.

Elle était capable de soutenir des conversations avec Jaime qui, à la satisfaction d'Inés, se montrait gentil et courtois envers elle. Ils dissertaient à propos des sujets les plus variés – politique, économie, littérature. Jaime impressionnait par son érudition, Clara était à la hauteur, et ensemble ils suscitaient l'admiration de Polo, qui n'en perdait pas une miette et en profitait pour alimenter sa vocation littéraire précoce et son désir de partir étudier à Madrid, d'où provenaient tous les livres dont ils parlaient.

Cependant, le naufrage du *Santa Isabel* et Celso ne furent jamais évoqués. À plusieurs reprises, Leopoldo tenta de demander à Clara si elle écrivait toujours dans son journal, qu'il n'avait pas oublié, mais Inés l'interrompait, ne voulant pas que Jaime sache que la jeune femme avait déjà goûté aux plaisirs de l'amour.

Et à ses souffrances.

Inés n'en parla à personne.

Elle n'eut besoin d'aucune approbation extérieure.

Ni de temps pour mûrir sa décision.

Un beau jour, elle écrivit ce qui serait sa dernière lettre à La Havane. Celle qu'elle n'oublierait jamais parce que, pour la première fois, son cœur s'était endurci : ses mots ne tremblaient plus.

Je t'informe que Jaime va épouser Clara, la fille de Renata et Domingo. C'est une décision mûrement réfléchie, que tu comprendras. La date du mariage n'est pas encore arrêtée, car Jaime doit terminer ses études, mais si Dieu le veut la cérémonie aura lieu à l'été de 1924.

Tout en sachant que Gustavo lui reprocherait de ne rien avoir fait pour l'en dissuader, elle lui raconta que sa fille Catalina était partie en Argentine pour épouser le fils d'un éleveur de vaches de race noble. La culpabilité la rongeait encore intérieurement, mais aurait-elle pu s'y opposer ? Catalina n'en avait jamais fait qu'à sa tête. Sa seule consolation était de ne pas avoir donné sa fille au premier venu.

Elle écrivit les dernières lignes, puis apposa sa signature et la date.

Dans l'attente de nouvelles confirmant que tu es toujours en vie.

Bien à toi,

Inés

Elle glissa la feuille dans l'enveloppe, inscrivit l'adresse du destinataire mais pas celle de l'expéditeur – elle se disait que son époux ignorait sciemment ses courriers –, et la porta le lendemain au bureau de poste.

Informer Gustavo des décisions importantes était sa manière de procéder. Elle n'avait aucune raison d'en changer, non plus qu'elle n'en avait d'espérer recevoir une réponse.

Une perte de temps, se dit-elle en regagnant le manoir par le chemin bordé d'arbres centenaires que nulle tempête n'était parvenue à abattre.

Un instant, il lui sembla que le poids de l'âge lui était tombé dessus. Quelques années plus tard, elle aurait cinquante ans, et elle avait consacré une grande partie de sa vie à vieillir pour les autres.

Elle ferma les yeux.

La brise caressait sa peau, lui procurant une étrange sensation de liberté qui apaisa tout le reste.

Elle se sentait assez forte pour affronter tout ce qui l'attendait : les murmures du voisinage, le jugement des dames et les rumeurs de tout poil.

Une fois encore, son nom serait sur toutes les lèvres pour avoir organisé le mariage de son fils avec une fille de rien – la fille d'une servante.

Cela glissait sur elle comme la bruine.

Elle n'avait jamais douté des capacités de Jaime en tant qu'héritier, mais était fermement convaincue que Clara était appelée à multiplier la fortune des Valdés. Elle s'était investie dans l'entreprise comme personne depuis que la première boîte de sardines était sortie des ateliers de La Deslumbrante. Elle avait su gérer l'usine avec discernement.

Elle se réjouit à l'idée que Renata ne serait pas de la fête. Elle avait du mal à l'imaginer parmi les invités ou simplement dans la chapelle du domaine où se tiendrait la cérémonie. Elle s'efforça de chasser ces pensées : elle ne pourrait même pas les confesser à don Castor. Elles trahissaient un mépris de classe qui ne lui ressemblait pas.

En arrivant au manoir, elle se sentit soulagée. Savoir que cette lettre pour La Havane serait la dernière lui apporta la sérénité qu'elle attendait depuis 1915, lorsque la correspondance s'était interrompue. Alors, sans une hésitation, elle décida que pour le moment le plus urgent était d'informer Jaime de sa décision concernant son mariage avant qu'il ne reparte pour l'université.

Ils s'installèrent à la table du déjeuner. Jaime à sa droite, Leopoldo à sa gauche. La cheminée réchauffait la salle à manger.

Elle n'y alla pas par quatre chemins : entre l'entrée et le plat de résistance, Inés se mit à parler sans s'embarrasser de circonlocutions.

— Mon cher fils, il me semble que le moment est venu de te marier.

Elle toussota légèrement, but une gorgée d'eau, s'essuya les lèvres avec la serviette brodée à ses initiales.

— Et l'heureuse élue est Clara.

Jaime laissa tomber sa fourchette sur son assiette.

— Mais, enfin, es-tu sûr de ce que tu dis ?

— Quelle chance, Jaime ! s'émerveilla Leopoldo. C'est la plus jolie fille de Punta do Bico.

— C'est la fille d'une servante, maman, rappela-t-il à voix basse au cas où quelqu'un aurait écouté.

— Plus maintenant, répliqua Inés. Renata est morte.

Jaime prit une grande inspiration, s'appuya contre le dossier de sa chaise et but une gorgée de vin.

— Catalina a épousé l'homme qu'elle aime. Ne devrais-je pas avoir le choix moi aussi ?

— Si ça n'avait tenu qu'à moi…

Jaime l'interrompit.

— Ne revenons pas là-dessus, maman. Clara est au courant ?

— Elle le sera.

— Et que crois-tu qu'elle dira ?

— Elle acceptera.

— Je te demande simplement une faveur, maman

— Je t'écoute.

— Préviens papa.

— Crois-tu que je n'y ai pas déjà pensé ?

Inés se leva pour embrasser Jaime sur le front.

— Il a été informé par le biais habituel : par un courrier, biais auquel comme tu le sais il ne répond plus depuis neuf ans.

Si cette fois encore il ne répondait pas, ce ne pourrait être que pour deux raisons : soit il était mort, soit il acceptait le fait accompli, se souciant comme d'une guigne que son fils épouse la fille d'une servante.

Le soir même, Inés annonça à Clara son mariage à venir avec Jaime Valdés. La jeune femme l'écouta sans un mot, la parole de sa maîtresse faisant loi. En parlant de La Deslumbrante, Inés fit l'éloge de son travail, de sa grande culture, de son caractère, et exprima le souhait de la voir heureuse.

— Tout ce que tu as accompli mérite récompense, conclut Mme Valdés.

— Allez-vous me récompenser par un mariage, doña Inés ?

— Existe-t-il meilleure récompense qu'un bel avenir ?

Clara redevint silencieuse. Elle n'avait jamais rien attendu en échange de son travail, mais ne savait pas comment le lui dire.

— De plus, reprit Inés, je ne souhaite rien tant que tu puisses soigner ce mal qui t'habite encore, qui consume ton cœur… et que…

— Celso, doña Inés ? demanda Clara sans la laisser terminer.

— Oui.

— Je ne veux pas en guérir, car alors je l'oublierai. Et vous m'avez dit que ceux qui sombrent dans l'oubli meurent pour de bon.

— Tu es très jeune, Clara. Il faut donner une seconde chance à l'amour.

— Si tant est que ce soit de l'amour… murmura la jeune femme.

— Je suis sûre que Jaime te rendra heureuse pour le restant de tes jours. Il t'admire et te respecte. Laisse-toi aimer, Clara, ajouta-t-elle.

— Très bien, doña Inés. Je le ferai pour vous.

— Comptes-tu continuer à m'appeler doña Inés et à me vouvoyer ?

— Je ne sais pas, répondit Clara en serrant les dents pour ne pas pleurer.

Les futurs mariés n'eurent que quelques jours pour se familiariser avec leur nouveau rôle avant que Jaime ne reparte pour Compostelle. Inés prit soin de leur ménager des moments d'intimité, les laissant seuls dans la bibliothèque, où ils s'attardaient parmi les livres. Elle les encourageait à sortir se promener, à aller au cinéma de Vigo ou au théâtre.

— Faites quelque chose, les exhortait-elle. Mais faites-le pour vous aimer, murmurait-elle pour elle-même, les voyant timides et peu démonstratifs dans leurs sentiments.

Elle ne se trompait pas. Ils avaient du mal à se rapprocher et se sentaient gênés de se tenir la main, sans même aller plus loin. Ils se sentaient observés et s'agaçaient de voir leur intimité imposée et exposée sur la place publique. Sans qu'on sache qui avait répandu la nouvelle, tout Punta do Bico était au courant qu'ils allaient se marier, que le mariage était arrangé par doña Inés et que la fille de Renata avait tiré le gros lot.

Il en fut ainsi jusqu'à ce que Jaime retourne à l'université. Alors, seulement, Clara consentit à l'embrasser sur la joue, ce qui lui permit de constater qu'il ne ressentait rien.

Jaime partit le 9 janvier pour revenir se marier en juillet 1924. Inés et la future épouse le raccompagnèrent à la porte du manoir, mais le regard de Clara demeurait rivé sur la plage de Las Barcas au crépuscule, où elle retourna pour attendre la lune croissante qui, ce soir-là, se montra à peine sur les Cinco Pinicos. Et, pleurant à chaudes larmes, elle se promit de faire de son mieux pour aimer cet homme.

30

DON GUSTAVO INSPECTA SA CABINE de première classe, vérifia qu'il n'oubliait rien et lissa sa veste. Il avait pour tout bagage la valise que Mercedes lui avait préparée.

En cette mi-février, la traversée s'était mieux déroulée que la dernière. Troublée seulement par des brouillards sporadiques et un petit grain sans gravité. Il s'était lié d'amitié avec une chanteuse bavarde comme une pie, un religieux de l'ordre de San Rafael et le directeur des mines de Daiquirí, Firmeza et El Cobre, de la Spanish American Iron Company de Santiago de Cuba. Il fit ses adieux à tout le monde avec sa courtoisie habituelle.

Au capitaine également.

Et chaque marin qu'il croisa lors du débarquement eut droit à quelques pièces en guise de pourboire.

Lorsqu'il posa le pied sur le sol espagnol, l'air de Galice inonda ses poumons et, malgré l'angoisse que seul le sommeil parvenait à faire taire, il sentit qu'il était de retour chez lui. Il prit une profonde inspiration.

Le port de Vigo avait subi d'importantes transformations, sur lesquelles il s'attarda quelques minutes. Il ne se souvenait pas du quai des transatlantiques ni du terminal des passagers, bondé à cette heure. Les uns arrivaient, les autres partaient ; pêcheurs, émigrants, ceux d'ici et ceux d'ailleurs. La ville lui parut magnifique, transformée au point d'en être méconnaissable. Il acheta *El Faro,* s'arrêta devant les cabanes où les femmes ouvraient les huîtres à la main et accepta un petit verre de vin blanc. Il le but cul sec et poursuivit son chemin.

Personne n'était au courant de son retour, excepté à Cuba. Il n'avait pas réfléchi à ce qu'il dirait ; il se demandait si le Pazo d'Espíritu Santo avait autant changé que la ville de Vigo, ce qu'était devenu le bâtiment de la scierie, et à quoi pouvait ressembler La Deslumbrante, située dans l'ancien entrepôt de sel de son grand-père.

Mais, parmi toutes ces questions, une seule le taraudait réellement : comment convaincre Inés que le mariage arrangé avec la fille de Renata serait une véritable catastrophe, sachant qu'il ne pouvait lui dire la vérité ?

Il songeait aussi que son épouse devait avoir vieilli. Les vingt-quatre années écoulées l'avaient rendu ventripotent, avaient blanchi ses cheveux qu'il coiffait toujours en arrière, et creusé des rides autour de sa bouche. Malgré tout, n'importe qui pouvait le reconnaître dans la rue.

Et pourtant…

Il se dit qu'Inés avait dû se tasser et prendre quelques kilos, imaginant sa taille épaisse et ses seins flétris. Il ignorait si elle suivait la mode, si elle vivait avec son temps, si elle avait gardé cette douceur de caractère qui l'avait séduit et les fermes convictions qui, à l'époque, étaient si rares chez les femmes.

Inés n'avait jamais envoyé de photographie récente d'elle ou de ses enfants.

Il ressentait un vertige en pensant à Leopoldo, qu'il n'avait vu que nouveau-né. De la peur en imaginant Jaime grand et fort comme lui. De la curiosité envers Catalina, et une douleur aiguë à l'idée de voir Clara, la fille de la servante. Il supposait qu'il devrait également voir Renata et Domingo. Personne ne l'avait informé de leur décès.

En dépit du froid, ses paumes commençaient à devenir moites. C'était l'un de ses travers des plus gênants.

Il se frotta les mains sur la flanelle de son pantalon pour les sécher.

Il ouvrit le journal, mais le balancement de la voiture qui le menait au manoir l'empêchait de se concentrer, et il le referma d'un coup sec.

Épuisé, il s'assoupit, et une odeur rance monta de son cou, après toutes ces heures de voyage pour gagner la terre ferme.

Au loin, la colline d'Espíritu Santo surgissait telle une apparition mariale dans le paysage luxuriant de Punta do Bico. Les tours du manoir se dressaient fièrement parmi les arbres, rappelant au monde qu'elles avaient toujours été là. Gustavo déclara qu'il souhaitait terminer le trajet à pied, sa valise à la main et son chapeau sur la tête.

Ça sentait la Galice tout entière. L'odeur de la terre humide et de la paille brûlée ; de la tourte sortie du four et de la colline descendant vers la mer, qu'il ne se rappelait pas si proche. Les dernières *gamelas* revenaient dans le crépuscule et, frôlant l'horizon, un cargo à la silhouette imposante naviguait prudemment dans les eaux de l'estuaire.

En atteignant le portail, il sentit une boule dans sa gorge, mélange d'émotion et de peur. Il contempla la splendide façade et les jardins. Ils étaient identiques à son souvenir, plus luxuriants peut-être grâce aux pluies et aux chauds printemps. La potentille avait recouvert le toit de la chapelle avec ses tiges rampantes aux fines racines.

Il poussa le portail de sa main libre, soulagé de constater qu'il n'était pas fermé. Vingt-quatre ans après son départ, il rentrait chez lui.

Il se sentait comme un étranger et non comme un *indiano*[19] rentrant au pays les coffres emplis de richesses, tout auréolé de prestige et de respect. Il se sentait comme un exilé et non comme un colon revenant triomphalement, de même que dans les poèmes, vêtu d'une *guayabera*[20] de lin blanc.

— Mais je suis là, dit-il à voix haute.

Il pressa le pas.

Il ne leva pas les yeux de l'herbe humide avant d'avoir atteint la porte d'entrée, à laquelle il frappa plusieurs coups secs.

— Qui est là ? demanda une voix à l'accent cubain.

C'est Limita qui vint ouvrir, et le choc de voir don Gustavo devant elle, grisonnant mais encore bel homme, le port droit malgré ses cinquante ans, manqua la faire tomber à la renverse.

Elle courut à l'étage chercher doña Inés qui, ce jour-là, s'était couchée à l'heure de la sieste car elle avait mal au dos. Elle frappa et attendit qu'on lui permette d'entrer.

— Madame, commença-t-elle en entrebâillant la porte.

— Entrez, entrez. Qu'y a-t-il ?

— Monsieur est revenu.

— Quel monsieur ?

---

19. Surnom donné aux colons espagnols qui partaient pour l'Amérique et en revenaient riches.
20. Chemise traditionnelle cubaine.

— M. Valdés, répondit la servante sans ciller, les yeux écarquillés.

— Ne plaisantez pas avec des sujets aussi sérieux, Limita, s'il vous plaît !

La domestique baissa la voix afin de ne pas être entendue.

— Madame, je vous le jure sur ma vie. Don Gustavo est ici. Il ne m'a pas demandé de vous avertir, mais je devais vous prévenir.

— Où est-il ?

— À la porte. C'est là que je l'ai laissé.

— Descendez vite. J'arrive tout de suite.

Inés sauta du lit, se regarda dans le miroir, se recoiffa et ôta précipitamment sa robe noire. Elle sortit de l'armoire une robe bleu ciel à taille basse et lavallière, et enfila des chaussures à petits talons qui résonnaient comme des cloches sur le parquet. Dans la commode, elle prit un cardigan qu'elle posa sur ses épaules, et parfuma ses poignets de quelques gouttes d'eau de fleur de romarin.

Elle tremblait de peur.

Elle descendit l'escalier en comptant les marches et d'un pas exagérément assuré. En arrivant dans le vestibule, elle le vit de dos, l'allure identique au souvenir qu'elle en avait gardé pendant ses près de six mille jours d'absence. Il sentit aussitôt sa présence, se retourna et la regarda dans les yeux.

Inés s'approcha prudemment, jusqu'à une distance qu'elle jugea raisonnable.

— Le dîner est servi à huit heures.

Dans les heures qui suivirent, un silence de mort envahit le Pazo d'Espíritu Santo.

On ne percevait pas un souffle d'air.

Ni la respiration de ses occupants.

Les domestiques allèrent se cacher dans la cuisine. Limita apprit la nouvelle à María Elena, qui se mit à trembler sans pouvoir s'arrêter. Comme au temps de la raffinerie Diana, elle sentit une torpeur l'envahir et ses paupières s'alourdir. Elle ouvrit la fenêtre en grand et y passa la tête pour chasser le démon qui rôdait à nouveau.

Elles attendaient les ordres de doña Inés, mais leur patronne sanglotait, enfermée dans sa chambre. Dans la galerie, face aux Cíes, elle chercha des réponses sans savoir ce qu'elle ressentait. La présence imposante de son mari l'avait anéantie.

Gustavo se dirigea vers la bibliothèque en passant par le grand salon, où il manqua se signer en passant devant le portrait de son grand-père Jerónimo. Tout était tel qu'il l'avait laissé ; Inés n'avait réalisé aucun changement notable. Il ferma la porte et s'assit à son bureau. Il sortit une cigarette qu'il alluma en pensant à son épouse. C'était encore une belle femme. L'âge ne l'avait guère qu'effleurée. Elle n'avait rien perdu de sa prestance et il ne constatait chez elle aucun signe de vieillissement. Elle avait été son premier amour et serait le dernier, car si Gustavo avait acquis une certitude au cours des dernières heures, c'est qu'il ne quitterait plus Punta do Bico, du moins pas sans elle.

La lettre d'Inés annonçant le mariage de leur fils Jaime était parvenue à La Havane de la façon et dans les délais d'acheminement habituels. Comme toujours. Et, comme toujours, Gustavo l'avait lue. Il n'y avait pas une lettre qu'il n'ait lue ni qui soit restée sans réponse. À chacune d'elles, il avait écrit en retour.

Il avait fait venir la bonne dans la salle du petit déjeuner et lui avait demandé plus de jus de fruits et de café. Et aussi réclamé son étui à cigarettes.

La contrariété se lisait sur son front.

Il avait humé le tabac, passé la main sur ses lèvres et bu une gorgée du café fraîchement servi.

— Il n'en est pas question ! avait-il tonné.

Un coup sur la table avait fait tressauter les couverts et effrayé la bonne.

— Monsieur ?

— Sortez ! J'ai besoin d'être seul !

La femme s'était éclipsée, non sans avoir fermé les portes de toutes les pièces. Ces accès de colère n'étaient pas fréquents, mais quand ils surgissaient c'était pour de bon et rien ni personne n'était à l'abri du courroux.

Gustavo se leva de son bureau et se mit à faire les cent pas dans la salle à manger, la cigarette à la bouche et les pouces dans les poches de son gilet. Ses dents recommençaient à le faire souffrir.

— Mercedes ! appela-t-il.

— Monsieur ?

— Apportez-moi de l'eau, du sel et du persil.

La bonne courut chercher le remède et le posa sur la table.

— Pas là ! cria-t-il. Donnez-moi ça.

— Oui, monsieur.

Gustavo versa l'eau, le sel et le persil dans le verre, garda le mélange dans la bouche une minute exactement, en vérifiant sur sa montre à gousset. Puis il le rejeta dans le crachoir qu'il avait toujours à portée de main.

— Mercedes ! cria-t-il encore.

— Monsieur ? répondit la femme en passant le nez par l'entrebâillement de la porte.

— Allez au bureau trouver don León et dites-lui de venir immédiatement.

León Quiroga était le dernier associé en date de Gustavo. Le bureau de la compagnie sucrière se trouvait à deux pâtés de maisons de la rue Aguiar.

— Ne traînez pas !

La bonne ôta le tablier de son uniforme et quitta précipitamment l'appartement.

— Ne traînez pas ! répéta Gustavo. C'est urgent !

Il se rassit à son bureau encombré par les restes du petit déjeuner et termina son café d'un trait.

— Renata ne s'en tirera pas comme ça ou il faudra me passer sur le corps !

Inés ne l'avait pas informé du décès de la servante, qui n'avait pas dû lui sembler digne d'intérêt : son épouse ignorait quel effet produisait ce seul prénom sur son mari.

— Ce mariage n'aura pas lieu. Moi vivant, jamais ! s'exclama-t-il.

Il ne s'adressait à personne – il ne pouvait en parler à personne –, mais il préférait formuler les choses à voix haute afin que ses mots acquièrent une consistance.

— Un inceste ? Dans ma famille ? Par pitié !

Un frisson le parcourut, toujours le même lorsque les scènes du passé lui revenaient. Vingt-quatre années s'étaient écoulées depuis qu'il avait perdu de vue Renata, et bien plus encore depuis que sa mère avait fouetté à mort María Victoria. Pas un seul jour il n'avait été capable de ressentir pour elles autre chose que du dégoût. Il ne connaissait pas sa fille parce qu'il avait refusé de la voir avant d'émigrer, mais la seule idée qu'elle ait pu hériter de quelque trait de Renata lui donnait la nausée.

Le temps que Mercedes revienne avec León Quiroga, Gustavo Valdés avait réfléchi dans les moindres détails à ce qu'il allait faire.

— Qu'y a-t-il donc de si urgent, Gustavo, mon ami ? s'enquit son associé en entrant dans la pièce. Ta bonne m'a tiré du bureau comme un malpropre !

— Je dois me rendre en Espagne, répondit Gustavo sans préambule ni politesses.

— Quelle mouche t'a donc piqué ?

— Des questions familiales que je suis le seul à pouvoir régler. Il faut que je me rende en Espagne, répéta-t-il si fermement que León Quiroga se demanda ce qui avait bien pu susciter un tel empressement chez cet homme d'ordinaire si calme et posé.

— C'est à toi de voir, mon ami. Je ne veux pas être indiscret en te demandant plus que tu ne peux me raconter. Tu dois avoir tes raisons. Veux-tu que je m'occupe de ton billet ?

— Oui, s'il te plaît, León. Mercedes passera le chercher.

— Avec retour ?

Gustavo ne répondit pas, et León Quiroga comprit que, là encore, mieux valait ne pas poser de questions.

— Va en paix, mon ami, dit-il en le serrant dans ses bras. Tout problème a sa solution, à part la mort. À quelque chose malheur est bon.

Gustavo ordonna à Mercedes de lui préparer une valise avec l'essentiel : vêtements de rechange, pantalons, chemises, vestes, quelques cravates, chaussettes. La bonne obéit sans protester. Le patron avait l'air souffrant, ou inquiet, ce qui revenait souvent au même.

L'après-midi, lorsqu'elle eut terminé ses tâches, elle reçut son salaire du mois, une généreuse avance pour les suivants, et son congé pour le reste de la journée.

— Allez trouver León, rapportez-moi ce qu'il vous donnera et rentrez chez vous jusqu'à demain.

— Don Gustavo, je peux vous poser une question ? demanda Mercedes avec appréhension.

— Vite.

— Serez-vous là demain ?

— Non.

— Vous partez en Espagne ?

— Oui, mais vous restez.

— Toute seule ?

— Adressez-vous à León si vous tombez malade ou si la maison brûle.

Mercedes acquiesça à tout et sortit comme un chat, sans faire de bruit et sans savoir si elle reverrait M. Valdés.

Le soir venu, Gustavo s'assit au bureau où il avait lu les lettres d'Inés et rédigé des réponses que, à partir de 1915, il avait cessé d'envoyer en Espagne, se disant à la relecture qu'elles n'intéresseraient guère son épouse. Le commerce du sucre, le casino, le Centre galicien... À quoi bon lui raconter ses aventures à La Havane, ses flirts sans lendemain, ses amours passagères avec des filles de la nuit havanaise ?

— Que voulais-tu savoir, bon Dieu ? Quoi, Inés ?

Il n'avait jamais jeté les lettres. Ni celles d'Inés ni ses propres réponses. Il les conservait au contraire précieusement dans les tiroirs de son bureau.

Il ouvrit celui de droite, les sortit une à une et les posa sur le sous-main en cuir. Puis il ouvrit celui de gauche, où se trouvaient les lettres portant le cachet de l'Espagne et l'écriture régulière de sa femme.

Il chercha celle où elle évoquait Clara en des termes innocents qui, à l'époque, avaient allumé en lui un incendie.

Clara, la fille de la servante Renata, est devenue une jeune personne vive et intelligente. Si tu la voyais, Gustavo ! Elle travaille dur à la scierie et c'est elle qui m'encourage à reconvertir l'entreprise. Quel dommage qu'elle n'ait pas les mêmes chances que nos enfants. Si Clara pouvait faire des études...

Elle est belle et élancée. Ses yeux bleus me rappellent tellement ceux de ma mère... Quand tu reviendras en Espagne, où nous t'attendons toujours, tu pourras constater que je dis vrai.

En la relisant, il pensa la même chose que la première fois : il n'avait aucune envie de vérifier si Clara possédait vraiment toutes ces qualités. Il voulait simplement l'effacer de sa vie.

Comme si elle n'était jamais venue au monde.

— Et elle ? Comment ose-t-elle ? s'écria-t-il soudain en tombant sur la lettre portant le nom de Clara Alonso Comesaña.

C'est la seule lettre à laquelle il n'avait pas répondu. Dedans, la jeune fille lui demandait pourquoi il avait adressé à sa mère ces quelques lignes qui, depuis qu'elle lui en avait rappelé l'existence, recommençaient à le torturer.

— Quel imbécile... Qu'est-ce qui m'a pris ?

Il ne voulut pas se tourmenter davantage. Effleurant des doigts les enveloppes, il sentit sur ses paupières non seulement le poids des années, mais aussi le fardeau qu'il n'avait pu alléger malgré l'océan qui le séparait de Renata et de sa fille Clara. Et, les larmes aux yeux, il regretta amèrement d'avoir commis une telle erreur. C'était arrivé une fois, mais cela avait suffi.

Les lettres accumulées là résumaient son exil et, un instant, il se sentit grossier, sale de ne pas les avoir envoyées, privant Inés du réconfort de les recevoir.

Dans l'amertume de la nuit, Gustavo rassembla toutes les missives, les déposa dans le crachoir et craqua une allumette. Mais, alors que la flamme lui brûlait les doigts, il se ravisa, renonçant à réduire en cendres près de dix ans de souvenirs.

À l'aube, un paquebot de la Compagnie du Pacifique levait l'ancre du Malecón. Don Gustavo Valdés abandonnait une terre où, malgré tout, il avait été relativement heureux.

Il y laissait ses morts et ses échecs, mais aussi ses succès et les nuits humides qui, pendant un certain temps, lui avaient donné le sentiment d'être un homme.

Le bateau était à moitié vide. Personne ne rentrait en Espagne.

31

Les deux décennies et quatre années qui s'étaient écoulées depuis qu'il avait émigré à Cuba pesaient sur ses épaules telle une chape de plomb. Gustavo repensa à son parcours. Il avait pris des risques, connu des réussites et des échecs, mais soudain il eut le sentiment que ce manoir et la femme qui l'occupait représentaient son véritable foyer, et il se sentit beaucoup plus vieux.

Il se ressaisit et se concentra sur la raison de son retour.

Encore une fois, l'angoisse.

Encore une fois, la détresse.

Encore une fois, le passé.

Il se demanda où étaient Clara et sa mère, à quel moment il pourrait voir Jaime. Ce que devenait Catalina en Argentine. Et Leopoldo ?

Il voulait aborder la question du mariage au plus vite, mais une sorte de lâcheté le paralysait.

L'arrivée de Leopoldo à la maison permit à Inés de se calmer et de sortir de sa chambre, non sans s'être maquillé les yeux, rougis et gonflés d'avoir tant pleuré.

Elle prit son fils par le bras, le conduisit dans la salle à manger et lui dit :

— Attends ici.

Elle courut ensuite à la cuisine et demanda où était son mari. Les domestiques pointèrent du doigt la porte de la bibliothèque.

— María Elena, faites-lui savoir que le dîner est prêt.

Puis elle retourna au salon.

— Leopoldo, mon fils, nous avons un invité ce soir, dit-elle avec une sérénité qu'elle ne ressentait guère.

Gustavo franchit la porte et se trouva soudain devant eux.

— Je suis ton père, parvint-il à articuler en voyant ce grand garçon inconnu et pourtant si familier.

Il ne l'avait tenu dans ses bras qu'une ou deux fois, à sa naissance.

— Asseyons-nous, s'il vous plaît, les pria Inés.

Ils prirent place autour de la table. Leopoldo ne pouvait détacher le regard de cet homme qui disait être son père et qu'il n'avait jamais vu en dix-sept années d'existence. Les mots s'emmêlaient dans le brouillard de son esprit. Il ne savait plus comment poser les questions auxquelles Inés avait toujours répondu à sa façon. Aussi décida-t-il de ne pas ouvrir la bouche et de laisser faire sa mère. Gustavo rompit le silence.

— Comment va Catalina ?

— Bien, aux dernières nouvelles. Mais nous n'en avons pas eu depuis un moment.

— Comment est-il possible que…

Gustavo laissa sa question en suspens.

— Elle est tombée amoureuse, répondit Inés comme si l'amour justifiait tout.

La présence de Leopoldo empêcha ses parents de tomber dans des considérations dont ils auraient peiné à s'extraire. Gustavo interrogea son fils sur ses études : l'adolescent lui répondit « tout va bien ».

— Et le service militaire ?

— Il a les pieds plats, intervint Inés.

Jusqu'à la fin du conflit contre le Maroc, en 1927, les jeunes gens étaient mobilisés et envoyés à Ceuta, sur le continent africain. Pour éviter cela, ils s'inventaient des maladies, des défauts physiques ou s'embarquaient pour Cuba, l'Argentine ou les États-Unis, avec de faux papiers afin de déjouer les contrôles militaires.

— Le Dr Cubedo a réglé la question, conclut-elle.

Gustavo s'enquit de ses projets universitaires et Leopoldo expliqua qu'il envisageait de faire ses études à Madrid, qu'il voulait visiter la résidence d'étudiants puisque c'était là que se retrouvaient les intellectuels et les écrivains qu'il aspirait à rencontrer.

— D'où te vient cette fibre-là ? demanda Gustavo.

— De mes lectures.

La froideur ambiante gela jusqu'à l'eau des verres.

Ils quittèrent la table sans cérémonie, et Leopoldo monta dans sa chambre, ne sachant pas s'il devait souhaiter une bonne nuit ou autre chose à ce père nouvellement découvert. Sa mère lui adressa un geste discret, connu d'eux seuls, qui signifiait « tout ira bien », et le jeune homme se détendit assez pour ne pas forcer une attitude qui ne lui venait pas spontanément.

— Il faut qu'on parle, dit Gustavo lorsqu'ils furent seuls.

— J'ai encore quelques affaires à régler, se déroba Inés, inquiète, car Clara allait bientôt rentrer de la conserverie.

— Je t'attendrai.

— Jamais autant que moi.

— Inés…

Elle prit son manteau à la patère de l'entrée et partit en direction de La Deslumbrante. Le dessert lui restait en travers de la gorge. Lorsqu'elle arriva à l'usine, il était si tard que Fermín s'apprêtait à partir. Les ouvrières, qui venaient de terminer leur journée, se lavaient dans les bassines. Elle ne salua personne, chercha Clara et l'emmena sur le quai de déchargement. Il faisait un froid glacial.

— Don Gustavo est de retour.

— Comment, madame ?

— Il est revenu pour le mariage.

— Que dois-je faire ?

— Rien. Je ne veux pas qu'il te voie pour l'instant. Quand tu arriveras au manoir, tu t'enfermeras dans ta chambre. Si tu as faim, demande à Limita ou à María Elena de te monter quelque chose. C'est compris ?

— Oui, madame.

— Et si tu n'as pas reçu d'instructions d'ici demain, tu te lèves et tu pars.

— Pour aller où ? demanda Clara.

— Ici, à l'usine.

Inés ne la laissa pas poser davantage de questions. Elle fit demi-tour et repartit au manoir comme elle en était venue. Si le sujet n'était pas encore arrivé sur le tapis, elle était certaine que son époux était revenu en Espagne pour empêcher le mariage. Mais il ignorait que sa pugnacité, trait de caractère de sa jeunesse, n'avait fait que s'accentuer avec l'âge.

Pendant ce temps, Gustavo en profita pour interroger les servantes et leur soutirer des informations que sa femme aurait voulu lui cacher.

Il leur posa des questions sur Catalina, et toutes deux confirmèrent la version selon laquelle elle était partie en

Argentine sans laisser à Inés le temps de la convaincre de renoncer.

Il demanda des nouvelles de Jaime, et même chose : elles déclarèrent qu'il se trouvait à Compostelle.

Il les interrogea sur Isabela et apprit que la grippe de 1918 l'avait emportée.

Et ainsi de suite, jusqu'à ce qu'il demande des nouvelles de Renata.

— Elle est morte, don Gustavo, l'informa Limita.

— Quelques jours avant le départ de Catalina pour l'Argentine, ajouta María Elena.

— Et Domingo ?

— Lui aussi est mort, monsieur.

— Et Clara ?

— Que voulez-vous savoir sur Clara, monsieur ? demanda Limita.

— Où est-elle ?

— Elle travaille.

Gustavo tourna les talons et quitta la cuisine l'esprit en ébullition, un demi-sourire de Pyrrhus victorieux sur les lèvres. Il regagna la bibliothèque et attendit le retour d'Inés, qui ne tarda pas.

— Alors comme ça Renata est morte ? dit-il dès qu'il la vit, en savourant ses mots. Pourquoi ne me l'as-tu pas dit ?

— Qu'est-ce que ça change ?

Gustavo ne répondit pas.

— Tu es venu pour le mariage de ton fils, n'est-ce pas ?

— Je suis venu pour l'empêcher.

— Le mariage aura lieu.

— Avec la fille d'une servante, certainement pas !

— La future mariée a un nom. Elle s'appelle Clara.

— Je me moque de savoir comment elle s'appelle. Tout Punta do Bico sait que c'est la fille d'une servante, répéta-t-il en haussant la voix.

— Aussi incompréhensible que cela puisse te paraître, cette jeune femme est la fille que j'aurais voulu avoir. Je l'ai façonnée à mon image. Je l'ai éduquée pour en faire une demoiselle qui n'a besoin d'aucun pedigree pour épouser ton fils.

— Tu ne te rends pas compte. Tu vas commettre une terrible erreur.

— Et toi tu es incapable de me donner une raison de te croire.

À cet instant, il sut que la seule raison valable était la vérité.

— J'en ai beaucoup, mais une seule suffirait.

— Dis-la-moi.

— Je ne peux pas t'infliger ça, éluda Gustavo à mi-voix.

Il se leva du canapé, s'approcha d'elle et l'embrassa sur le front.

— Maintenant, allons nous coucher. Il se fait tard.

32

INÉS OUVRIT LA COMMODE et en sortit la photo de mariage qu'elle avait rapportée de Cuba et qui était restée posée sur le meuble en noyer jusqu'à ce qu'elle décide de la cacher sous ses vêtements. Après s'être déshabillée derrière le paravent de style français, elle avait enfilé une nuisette en soie et dentelle qu'elle n'avait pas portée depuis des lustres, mais qui lui allait toujours comme un gant, preuve que les outrages du temps avaient épargné sa silhouette. Elle se sentit tout drôle. Elle ne cherchait pas à le séduire, ses sentiments étaient encore confus, mais il lui restait un peu d'amour-propre.

Gustavo attendit pour entrer. Il voulait lui laisser le temps de décider si elle lui permettrait de dormir à son côté ou le bannirait à jamais dans l'une des chambres vides du manoir. Il frappa doucement à la porte et attendit qu'Inés lui dise d'entrer. Il la trouva d'une beauté saisissante, les cheveux retombant sur ses épaules nues.

— J'ai le droit de dormir ici ?

— Tu es toujours mon mari.

Inés ouvrit les draps de son côté du lit – celui où ils avaient fait l'amour, où elle avait donné naissance à sa fille, où elle avait compté les nuits blanches –, et, avant que le sommeil ne balaie la colère accumulée pendant des années, elle déclara :

— Il y a trois ans, nous avons fêté nos noces d'argent.

Le lendemain matin, Inés s'éveilla dès qu'un léger filet de lumière traversa la baie vitrée. Elle fit sa toilette, s'habilla, descendit trouver Clara. Elle toqua à la porte jusqu'à ce que la jeune femme, à moitié endormie et les cheveux en bataille, l'entrebâille de quelques centimètres.

— Ne t'en va pas.

— Mais vous m'aviez dit de partir.

— Si tu ne recevais pas d'instructions, Clara. Reste, c'est un ordre.

Elle ne retourna pas au lit auprès de son mari. Elle se laissa tomber dans l'un des fauteuils du salon jusqu'à ce que les bruits familiers de la maison la réveillent complètement. Leopoldo partit pour le lycée, les domestiques s'affairaient à leurs corvées. Elle entendit l'eau couler dans la salle de bains et supposa que Gustavo était prêt à descendre pour le petit déjeuner. Elle ordonna qu'on le serve au salon dans de la vaisselle fine, disposa une nappe en lin et attendit que le maître de maison se soit assis en bout de table pour faire griller le pain.

Puis elle alla chercher Clara, qui fit son entrée à son bras. La jeune femme la dépassait de quelques centimètres. Elle était ravissante dans sa jupe imprimée sous laquelle on apercevait des souliers neufs, et sa blouse en mousseline qui sentait bon le propre. Ses cheveux étaient relevés avec une barrette, dégageant son visage et mettant en valeur ses yeux bleus, pareils à des saphirs, qui rayonnaient. On devinait la touche d'Inés dans le collier de perles qui ornait son cou de cygne.

Gustavo se leva pour les accueillir.

— Tu es Clara.

— Oui, monsieur Valdés.

Clara baissa les yeux.

— Lève la tête. Tu es superbe, dit Gustavo.

Il sentit son sang bouillir et perçut un léger tremblement dans les jambes.

Ainsi qu'une douleur aiguë dans la poitrine.

Les images du passé resurgirent avec la violence d'un coup de fouet.

Le corps à vif.

La conscience lacérée.

La vérité dont son épouse avait besoin s'appelait Clara.

Mais finalement, la lâcheté reprit le dessus.

— Mettons-nous à table, proposa Inés.

Les domestiques entrèrent, portant des plateaux avec du café, du pain et de l'huile de la conserverie qui accompagnait tous les repas. Inés les pria de les laisser. Elle fit le service elle-même, puis alla fermer la porte avant de se rasseoir.

— Clara, voici le père de ton fiancé. Il est revenu de La Havane pour te rencontrer et assister au mariage en juillet prochain. Nous avons passé quelques années séparés, mais je suis certaine que son retour est un heureux présage pour le couple que tu formeras avec notre fils Jaime.

Gustavo voulut répliquer aux paroles de sa femme, mais une corde semblait se resserrer autour de son cou, comme autour de celui d'un condamné.

— Je… murmura Clara.

— Tu n'as pas besoin de dire quoi que ce soit.

— J'aimerais le dire, madame, si vous me le permettez.

Clara guetta son assentiment.

— Je remercie doña Inés pour sa gentillesse et pour le soutien qu'elle m'a toujours apporté. Je me suis efforcée de m'en montrer digne par mon travail et mon dévouement. Maintenant, monsieur Valdés, je ferai mon possible pour gagner votre affection et votre confiance.

— C'est admirable…

— Si vous me permettez, le coupa Clara, j'aimerais ajouter quelque chose. Je sais qui je suis. Je suis la fille d'une servante, mais jamais, don Gustavo, jamais je n'ai voulu faire un mariage d'intérêt. Soyez-en certain. Je ne veux rien dont je ne sois pas digne.

En voyant de quelle façon s'exprimait Clara, Inés éprouva une bouffée de fierté. Jusqu'alors, ses enfants n'avaient fait preuve d'aucune reconnaissance pour l'éducation qu'elle leur avait donnée, et même si à ce stade elle n'attendait plus de remerciements, ce jour-là elle se sentit récompensée. Même La Deslumbrante n'avait pas provoqué en elle un tel sentiment, qu'elle garderait au cœur pour le restant de sa vie.

— Un jour, La Deslumbrante sera aussi à toi, Clara, déclara Mme Valdés. Tu y as travaillé à la sueur de ton front, je l'ai vu de mes yeux.

Une fois encore, Gustavo était en désaccord avec son épouse, mais il se tut car Clara avait balayé d'un souffle ses préjugés. Il s'était trompé sur toute la ligne, mais son fardeau était tel qu'il ne pouvait pas abandonner ainsi, sans se préparer à affronter ce qui allait arriver.

Il n'ouvrit plus la bouche de la journée.

Ni de celles qui suivirent.

Pas même dans les moments d'intimité qu'il retrouvait avec Inés, où sa lâcheté devenait de plus en plus intolérable.

— Tu ne vas rien me dire ? demandait-elle, tenace.

— Non.

— Pourquoi ?

— N'insiste pas.

Les mots lui écorchaient la bouche.

— N'insiste pas, s'entêtait-il, en proie à une lutte à mort intérieure.

Il se sentait tel un soldat terré au fond d'une tranchée, dans le viseur de l'ennemi, sachant que le moindre faux pas, le moindre mauvais calcul pourrait lui coûter la vie.

— Tu penses toujours que je commets une erreur ?

— Oui, répondait Gustavo.

— Prouve-le-moi, le défiait-elle.

Piégé, il roulait des yeux de possédé, ce qu'Inés interprétait comme une façon de capituler sans perdre la face.

Durant les mois qui précédèrent le mariage, Gustavo souffrit de toutes sortes de douleurs à la poitrine et dans le corps. Même le Dr Cubedo ne put les expliquer. Il lui prescrivit des sirops, des élixirs, des sachets de Lithinés du Dr Gustin à dissoudre pour reconstituer de l'eau minérale, des pastilles contre la toux nerveuse qui le prenait à n'importe quelle heure du jour. Mais rien n'y fit. Sa bouche se couvrit d'ulcères, il se voûta et perdit ses cheveux.

— Si tu continues comme ça, tu seras chauve pour le mariage de ton fils, l'avertit un jour Inés, fatiguée de supporter ses jérémiades et ses continuelles lamentations.

Elle campait sur ses positions : s'il ne lui fournissait pas de raison valable, il n'y aurait pas lieu d'annuler la cérémonie aux préparatifs de laquelle elle se consacrait corps et âme.

Elle fit retoucher la robe de mariée initialement destinée à Catalina qu'elle n'était jamais allée récupérer chez la couturière de Vigo. Cette dernière, qui attendait avec impatience d'être payée et de savoir que faire de ces mètres de tissu blanc, accueillit la nouvelle avec joie et demanda si la robe était pour une autre de ses filles, ce à quoi Inés répondit que c'était tout comme.

— Les belles-filles, quand elles sont aimables, nous ravissent d'autant plus que nous n'avons pas eu à les élever, lui dit la couturière.

Inés en prit bonne note. Elle n'aurait pu être plus d'accord.

Elle dressa la liste des invités. Après réflexion, elle décida de ne pas prévenir Catalina, de peur d'une nouvelle rebuffade qui raviverait ses blessures. Elle exclut également les messieurs à qui elle gardait rancune depuis la fameuse soirée de 1920 où elle avait fini par mettre tout le monde dehors. Elle retint une dizaine de couples, la pharmacienne, avec qui elle avait toujours été en bons termes, le maire, le médecin et don Castor, à qui elle réserva une place à la table d'honneur du banquet qui se tiendrait dans les jardins du manoir. Clara demanda si elle pourrait inviter les responsables de l'usine et trois ouvrières avec lesquelles elle s'était liée d'amitié. Inés commença par accepter, avant de se raviser : trois, cela faisait peu, et comme elle ne pouvait les inviter toutes il valait mieux n'en inviter aucune.

— Les offenses laissent toujours des traces, expliqua-t-elle.

Clara, qui ignorait tout de ces usages, n'insista pas.

Les relations entre Gustavo et Clara n'étaient ni bonnes ni mauvaises, ni proches ni distantes ; ils cohabitaient simplement, se respectant, rien de plus. M. Valdés se sentait tel un simple figurant au milieu de ces femmes. De temps à autre, lui et la jeune Clara se regardaient avec méfiance, car elle n'avait pas oublié que Gustavo lui devait une réponse. Et, comme elle était têtue et déterminée, à l'image de sa mère Inés, vint le moment où elle décida de mettre les choses au clair afin de pouvoir se marier l'esprit tranquille.

Un jour, à la mi-juin, Clara prit son courage à deux mains et alla trouver Gustavo.

— Ce ne sera pas long, monsieur Valdés.

— Je suis occupé, Clara, répondit-il sans lever les yeux de son journal.

— Dans ce cas je ne vous prendrai qu'une minute.

Gustavo abaissa le journal et la regarda par-dessus ses lunettes rondes.

— Assieds-toi.

Il occupait le grand fauteuil installé juste au-dessous du portrait de don Jerónimo, et désigna le siège libre à côté de lui.

— Ça ira, je vous remercie, dit Clara. Voyez-vous, j'ai en moi comme un nœud qui ne disparaît pas malgré le temps.

— Ne serait-ce pas à cause du mariage ?

— Pas du tout. Je veux savoir pourquoi vous n'avez jamais répondu à ma lettre.

— De quelle lettre parles-tu ? demanda-t-il, feignant l'étonnement.

— Celle que je vous ai envoyée à Cuba, à l'adresse à laquelle vous écrivait Fermín.

— Je ne l'ai jamais reçue.

— Si vous voulez, je peux vous la réciter de mémoire.

— Ce n'est pas la peine.

— Vous ne voulez pas savoir ce qu'elle contenait ?

— Beaucoup d'eau a coulé sous les ponts, Clara.

— J'aimerais seulement que vous répondiez à une question, insista-t-elle. Pourquoi avez-vous écrit à ma mère, en septembre 1899, quelques mois avant ma naissance ?

— Je ne sais pas de quoi tu parles.

— Vous n'allez pas me le dire ?

À ce moment, Inés entra dans le salon avec un plateau chargé de biscuits et d'une théière de la camomille que Gustavo prenait habituellement à cette heure-là.

— J'allais partir, doña Inés.

— Tu peux rester.

Immédiatement, Limita accourut pour aider sa patronne à servir la tisane.

— Oh, madame ! Pourquoi ne m'avez-vous pas appelée ?

— Ce n'était pas nécessaire, Limita. Vous pouvez y aller.

La bonne sortit du salon, les laissant seuls tous les trois.

— De quoi parliez-vous ? demanda Inés, surprise de les trouver ensemble.

Clara fut tentée de tout lui raconter, mais ses scrupules l'en empêchèrent. Elle changea donc de sujet.

— J'expliquais à don Gustavo que La Deslumbrante faisait face à une saison difficile. Le Portugal est devenu l'ennemi de la Galice. Les sardines sont parties sur leurs côtes. Et même plus au sud, à Huelva.

— N'allons pas trop vite, tempéra Inés. Il est encore un peu tôt pour le dire.

— Nous devrions nous mettre à chasser la baleine, décréta Clara. Leur sang attire les sardines.

Elle remonta son châle pour s'en couvrir la bouche et étouffer la colère qui montait dans sa gorge. Gustavo posa ses lunettes sur le plateau et l'observa quelques secondes qui lui parurent interminables.

— Voilà un sujet dont nous pouvons parler.

Soudain, Clara ressentit toute l'autorité du grand patron, du maître qui avait menacé sa mère avec des mots restés gravés dans sa mémoire, de l'homme dont elle entendait parler depuis des années, qui avait brisé le cœur de doña Inés même si celle-ci ne le montrait guère.

Et elle eut peur.

Prenant conscience de l'audace de ses actes, elle éprouva un sentiment de honte. Elle avait frôlé la vérité, mais face à l'autorité, la modestie de ses origines s'était imposée à elle et elle crut que rien ne pourrait y changer. Elle demeurerait à jamais la fille d'une servante, condamnée à se taire et obéir. À telle enseigne que le sujet des baleines ne reviendrait sur le tapis qu'après la guerre civile de 1936 et la Seconde Guerre mondiale.

Jaime arriva au Pazo d'Espíritu Santo deux jours avant le mariage. Juste le temps de se faire couper les cheveux, manucurer les ongles, et que la couturière de Vigo retouche son costume. Afin d'éviter que le ton monte entre le père et le fils, Inés chargea Leopoldo de les tenir à l'œil. Il devait la prévenir s'ils s'enfermaient dans quelque querelle stérile.

Cependant, Leopoldo ne put rapporter à sa mère tout ce qui se passa entre eux, car Gustavo fit en sorte que personne ne les voie quitter la maison à la veille du mariage, alors que les femmes s'affairaient aux derniers préparatifs.

Il invita Jaime à venir se promener avec lui sur la plage, déserte en fin de journée. Son fils ne put refuser. Secrètement, il éprouvait toujours un sentiment d'étrangeté à entendre la voix, oubliée depuis longtemps, de cet homme qu'il ne parvenait pas à considérer comme son père.

Gustavo restait néanmoins déterminé à jouer son rôle et à affirmer son autorité. Il n'était revenu de Cuba que pour empêcher le mariage entre le frère et la sœur, et il comptait s'y employer jusqu'au dernier moment. Tous ses efforts auprès d'Inés étaient demeurés vains, mais il lui restait une dernière cartouche avec son fils.

— Jaime, commença-t-il, je voudrais te faire part de mon opinion concernant ton mariage avec la fille d'une servante…

Jaime s'insurgea à ces mots, car s'il avait fait une chose au cours des derniers mois à Compostelle, c'était bien d'oublier les véritables origines de Clara.

— Ne l'appelle pas comme ça… osa-t-il protester.

— Pourtant, n'est-ce pas ce qu'elle est ?

— Elle fait partie du manoir.

— Et alors ? demanda son père avec arrogance.

— Maman l'a toujours traitée comme un membre de la famille.

Don Gustavo s'emporta.

— Ça ne change rien, Jaime ! J'aimerais que tu reconsidères la décision qu'a prise ta mère sans consulter personne.

— Je ne le ferai pas, conclut le fils sur un ton sans appel.

— En voilà une façon de parler à ton père ! s'écria Gustavo, tout près de perdre son sang-froid.

— Je ne le ferai pas.

— As-tu pensé aux conséquences de… ?

Gustavo fut incapable de terminer sa phrase.

— Aux conséquences de quoi ? Dis-le-moi. Clara est une femme appréciée, respectée et de haute valeur.

À vrai dire, Jaime n'était pas absolument convaincu par ses propres dires. De plus, lui aussi avait eu des doutes et les avait exposés à Inés, mais il avait fait de son mieux pour que la condition sociale de Clara ne soit pas un obstacle. Et, au-dessus de toute autre considération, il y avait sa mère.

— Je…

— Tu quoi ? s'exclama Gustavo.

— Ne me parle pas comme ça, père, répliqua le jeune homme. C'est notre mère qui a construit cette famille, et elle sait pourquoi Clara fera une bonne épouse et une bonne mère pour mes enfants. Des enfants que, d'ailleurs, je n'abandonnerai jamais.

À cet instant, Gustavo se mit à trembler ; il sentit l'angoisse oppresser sa poitrine et fut repris d'une toux soudaine.

— Rentrons, dit-il.

Il n'était pas préparé à entendre de tels mots de la part de son fils. Ce n'était pas un reproche explicite, mais ils contenaient la souffrance accumulée des années durant.

À nouveau, Gustavo était confronté à sa propre lâcheté, à son dilemme, à cette incapacité à avouer la seule vérité qui aurait pu empêcher l'union entre ces deux enfants issus d'un même père, qui n'était autre que lui-même.

Le mariage fut donc célébré le 26 juillet 1924, à midi, dans la chapelle du Pazo d'Espíritu Santo.

Dès le matin, Inés, assistée par les domestiques, aida la future mariée à se préparer. Elles la coiffèrent, la parfumèrent, frottèrent sa peau au gant de crin avant de l'enduire de crèmes à base d'huiles et de pétales de rose. Lorsqu'elles eurent terminé, Clara était métamorphosée. Puis elles l'aidèrent à enfiler, par-dessus ses sous-vêtements garnis de dentelle, la robe de mariée qu'aurait dû porter Catalina.

À ce moment-là, Inés regretta une fois encore de ne pas avoir écrit à Catalina pour lui annoncer le mariage de son frère.

Et pourtant… Elle ne l'avait pas fait.

Le chagrin de ne pas avoir assisté à ses noces la tenaillait encore.

De ne pas l'avoir habillée.

Ni embrassée sur la joue.

De n'avoir pu lui dire : « Tous mes vœux de bonheur, ma fille. »

Elle se tenait la poitrine comme pour ralentir son cœur qui battait la chamade.

Clara gémit d'émotion en se voyant tout de blanc vêtue, si divinement parfumée, avec la peau si douce. Elle contint ses larmes afin de ne pas gâter son maquillage. Se penchant à l'oreille d'Inés, elle la remercia pour tout ce qu'elle avait fait pour elle sans y être obligée.

— Vous m'avez accueillie comme l'une des vôtres, lui glissa-t-elle. Je vous le rendrai au centuple.

Inés lui répondit d'un regard qui signifiait « ne dis donc pas de bêtises », et retint ses larmes elle aussi. Mais lorsqu'elle la vit entrer dans la chapelle au bras de Fermín, que Clara avait choisi pour la conduire à l'autel, elle ne put se contenir et pleura sans discontinuer jusqu'à la fin du vin d'honneur. Avec sa robe blanche et ses cheveux rassemblés en une petite coiffe prolongée d'un long voile de dentelle, Clara était plus belle que jamais.

Face à une telle émotion, don Castor lui-même dit « que la paix soit avec vous » avant de nommer le Père, le Fils et le Saint-Esprit.

La veille, le curé avait trouvé un moment, pendant les fêtes de l'apôtre Jacques, pour recevoir en confession tous les habitants du manoir, y compris les domestiques. Aucun n'avait avoué le moindre péché, pas même en pensée, malgré son acharnement à fouiller le passé, espérant quelque indiscrétion qui aurait permis d'élucider la vieille énigme de la ressemblance physique de

Clara comme Catalina avec don Gustavo. Bien qu'il ait fermement éconduit Mme Barba Peláez lorsqu'elle était venue répandre ses calomnies, allant jusqu'à lui imposer une pénitence, il n'avait jamais pu se sortir cette idée de la tête.

Quand était venu le tour de M. Valdés, don Castor lui avait demandé s'il était heureux du mariage de son fils.

— Pff, mon père, avait-il répondu.

— Que voulez-vous dire ?

— Ça ne me fait ni chaud ni froid.

— Vous pouvez confesser vos craintes. Toute pensée qui vous tourmente ou vous perturbe.

Cette idée n'effleura même pas l'esprit de Gustavo. Il ne faisait confiance à personne, et encore moins au prêtre qui allait célébrer le mariage et qui, s'il apprenait la vérité, serait contraint d'annuler la cérémonie avec le scandale qui en résulterait.

— Je n'ai peur de rien, mon père, avait-il affirmé sans ciller.

— Pensez-vous que la mère de la mariée, la défunte Renata Comesaña, aurait pu éprouver quelque inquiétude ?

— Je n'y ai pas réfléchi.

— Depuis que vous êtes parti chercher fortune outre-mer, elle ne vous a jamais donné signe de vie, n'est-ce pas ?

— Et pourquoi l'aurait-elle fait ?

— Vous vous êtes toujours montré très attentionné envers elle, et elle envers vous, don Gustavo.

— J'ignore où vous voulez en venir, mon père, mais n'allez pas croire tout ce qu'on raconte.

Gustavo s'était relevé du prie-Dieu et avait épousseté le revers de sa veste.

La confession lui avait laissé un sentiment de malaise au creux de l'estomac. En fait, il ne regarda plus jamais le curé dans les yeux, et se garda de boire un seul verre de vin de la soirée, de peur que l'alcool ne lui délie la langue.

Les mariés échangèrent les *arras*[21] et les alliances en gage de leur amour, et Clara pleura quand vint son tour de dire « oui, je le veux ». Inés la fixait sans ciller, et Clarita se rappela sa promesse de faire tout son possible pour aimer cet homme.

— Oui, je le veux. Jusqu'à ce que la mort nous sépare.

Alors seulement, Mme Valdés respira, soulagée de sentir qu'enfin justice avait été rendue à la fille de la servante, mais aussi à elle-même, qui avait eu plus que son lot d'humiliations.

Pendant le banquet qui suivit, les épouses des barons de la mer cessèrent de déprécier Clara en la voyant au bras de son mari, un Valdès de vieille lignée et de fortune bien actuelle. Toute honte bue, elles oublièrent ce qu'elles avaient dit à son sujet et la couvrirent d'éloges qui auraient tourné la tête de n'importe qui. Se sentant l'objet des regards, Clara ne se départit pas un instant de son sourire, jusqu'à l'aube, lorsque le champagne se tarit et que Mme Valdés marmonna :

— On dirait que ça ne me réussit pas.

Gustavo la prit dans ses bras et sut que le moment était venu de lui poser la question :

— M'aimeras-tu à nouveau ?

Inés ne répondit pas. C'est la première fois qu'elle succombait au vice de la boisson, et elle ne voulait pas se tromper dans sa réponse.

---

21. Traditionnellement, en Espagne, le marié offre à sa future épouse les *arras*, treize pièces d'or ou d'argent symbolisant son engagement envers elle : une pièce pour chaque mois de l'année, et une pour les nécessiteux.

33

Les jeunes mariés revinrent de leur voyage de noces à la fin de l'année 1924. Inés leur réserva la chambre des Tres Cruces, les trois croix, ainsi nommée en raison des curieux motifs que les intempéries avaient sculptés sur le rebord d'une des fenêtres.

Elle était contiguë à la chambre vide de Leopoldo, qui, en septembre, était parti faire ses études à Madrid, avec quelques livres dans sa valise et un cahier vierge dans lequel il ambitionnait d'écrire un roman.

Il ne reviendrait pas à Punta do Bico avant longtemps.

Mme Valdés avait aussi procédé à quelques changements à La Deslumbrante. Jaime disposait désormais d'un bureau et d'une secrétaire particulière, un luxe auquel même Fermín n'avait pas droit. Clara eut du mal à se faire à la nouvelle situation. Jusque-là, elle avait été le bras droit d'Inés. Elle se demandait si elle conserverait ses responsabilités.

Dans le même temps, Fermín se mit à souffrir d'un mal mystérieux qui lui affectait la hanche et lui causait des difficultés d'élocution – en d'autres termes, il était devenu boiteux et bègue. Il se contentait d'assurer le minimum syndical, et Inés lui dit de ne pas revenir travailler ; il avait atteint l'âge de profiter du temps qu'il lui restait à vivre. Ils lui organisèrent une fête de départ en retraite mémorable, avec du vin, du fromage, du pain, des coques et des palourdes. Aucun de ses amis et collègues ne manqua à l'appel.

Peu à peu, Mme Valdés cessa elle aussi de s'occuper de l'entreprise. Elle discutait avec Clara et Jaime tous les jours, mais ne se rendait à l'usine que pour les grandes occasions, ou si la pêche avait été particulièrement abondante. Elle se consacra corps et âme à la mission de renouer avec Gustavo. Après le tumulte revint la paix.

Les jeunes époux Valdés quittaient le manoir le matin à sept heures jusqu'à la pause du déjeuner, puis s'accordaient une courte sieste et retournaient à l'usine. Ils n'y revenaient pas toujours ensemble. Les dernières heures de l'après-midi étaient les plus productives pour Clara, qui ne se contentait jamais de ce qu'elle avait. Elle en voulait toujours plus.

Les journées se succédaient, à peu près identiques. Travailler, équilibrer les comptes et faire l'amour. Depuis le 26 juillet 1924, ils n'y avaient pas dérogé un seul jour. Outre la jouissance des corps, encore inconnue de Clara, ils désiraient un enfant.

Il ne se passait pas une journée sans qu'Inés aille voir Jaime ou Clara pour leur demander quand elle aurait la joie d'être grand-mère. Et il ne se passait pas une journée sans que Gustavo reproche à sa femme son insistance. Pour lui, l'absence de descendance était la meilleure chose qui pouvait arriver au jeune couple, et il priait en secret pour qu'ils n'en aient jamais.

— Laisse-les donc un peu tranquilles ! répétait Gustavo à sa femme une fois que Clara et Jaime étaient repartis.

— Tu n'as pas envie d'être grand-père ou quoi ?

— Inés, il faut accepter la volonté de Dieu. Ne vois-tu pas combien Clara est renfermée ? Son corps n'est pas fait pour procréer.

— Qu'en sais-tu, toi ? se récriait Inés. Qu'est-ce qu'un homme peut bien comprendre au corps féminin ?

Gustavo tournait les talons, agacé parce qu'une fois encore il ne pouvait exposer à sa femme pour quelles raisons il préférait que le corps de Clara demeure infécond.

Il s'était habitué à elle et à la traiter avec une distance polie, comme une belle-fille, mais ne pouvait s'empêcher de la voir comme sa fille. Il se faisait violence afin de ne pas se laisser attendrir, mais en l'entendant parler il entendait ses propres arguments sur les maux du pays ou les affaires maritimes. Quand elle se concentrait, Clara avait une manière de froncer les sourcils caractéristique des Valdés. Il avait vu cette expression chez son grand-père. Il l'avait aussi vue chez son père. Il l'avait observée sur son propre visage et la reconnaissait désormais sur celui de sa fille.

En 1926, Clara obtint son permis de conduire. Elle fut la première femme à piloter une automobile à Punta do Bico et, chaque fois qu'elle quittait le manoir, les voisins se pressaient pour la voir au volant de sa Ford T noire aux phares comme des yeux de hibou. Ils n'arrivaient pas à le croire. Cela impressionna particulièrement Gustavo. À tel point qu'il laissa Clara l'emmener manger de la lamproie de l'Ulla, assister à la messe et se promener dans les rues de Compostelle.

Plus d'une fois il fut tenté de lui parler, de la faire asseoir près de lui et lui avouer la vérité.

Au fil des ans, cette habitude perdura. Jaime ne voyait pas cela d'un bon œil. Il ne supportait pas que son épouse accapare les regards, le respect et les éloges de son père, mais il ne lui en disait rien. Il ne s'en plaignit jamais ouvertement, jusqu'à ce jour de la fin de l'été 1928.

Gustavo et Clara revenaient de l'une de leurs promenades. Clara rentra la voiture dans le garage et, avant de retirer les clés du contact, elle pria Gustavo d'attendre un moment.

— J'ai quelque chose à vous dire.

Elle continuait de le vouvoyer, tout comme elle vouvoyait Inés. Ni le temps ni le mariage n'avaient pu lui ôter cette habitude.

Gustavo sentit un goût acide lui remonter de l'estomac.

— À moi ? demanda-t-il.

— À vous, oui.

Clara se redressa sur le siège du conducteur, avala sa salive et lui dit :

— Ne vous inquiétez pas, je ne vais pas vous poser de questions sur ma mère ou sur cette lettre à laquelle vous n'avez jamais répondu. Vous devez avoir vos raisons. Après tant d'années, à quoi bon remuer le passé ?

Gustavo commença à transpirer.

— Ce que je veux vous dire, c'est que je suis enceinte, s'écria Clara. Mais n'en dites rien à personne ! Jaime et doña Inés l'apprendront ce soir. Enfin, don Gustavo, enfin !

L'homme en resta sans voix. Il la regarda dans les yeux et traça un signe de croix sur son front comme s'il la bénissait. Clara n'y comprenait rien, mais sur le moment elle n'y accorda pas d'importance.

Elle s'éloigna d'un pas rapide vers l'entrée du manoir, monta l'escalier jusqu'à la chambre des Tres Cruces et, lorsqu'elle ouvrit la porte, elle trouva Jaime avec une mine renfrognée.

— Que se passe-t-il, mon amour ? demanda-t-elle, surprise.

— Ça fait des années que tu me négliges.

— Qu'est-ce que tu racontes ?

— L'usine, ça ne te suffisait pas ? lança-t-il. Maintenant tu as aussi réussi à me voler mon père, avec tes petites promenades en voiture à droite et à gauche.

— Enfin Jaime, tu as perdu la tête ?

— Ça fait des années que tu passes plus de temps avec lui qu'avec moi.

— Ce n'est pas vrai. Et je ne comprends même pas ce que tu me reproches, répondit Clara, abasourdie par la colère de son mari. Je pensais que tu étais content que je m'occupe de ton père. Je fais ça pour te faire plaisir...

— Même les ouvrières le voient ! Ce matin, je les ai entendues faire des messes basses à ton sujet et dire combien tu aimais te balader avec Gustavo.

— C'est un mensonge ! Je ne sais pas ce que tu cherches, Jaime.

— Tu refuses de voir la réalité. Et puis...

— Et puis quoi ?

— Tu t'obstines à obtenir quelque chose que Dieu ne veut pas te donner.

— De quoi parles-tu ? demanda-t-elle d'une voix tremblante.

— De l'enfant ! L'enfant qui ne vient pas depuis quatre ans que nous sommes mariés !

— Qui a dit que Dieu ne voulait pas me donner d'enfants ?

Le jour déclinait dans la chambre des Tres Cruces. La mince ligne d'horizon, embrasée de couleurs, se confondait avec la mer.

— Je suis enceinte.

Jaime se figea. Un torrent d'énergie parcourut tout son corps. Il s'approcha d'elle.

— Clara, Clara... murmura-t-il. Pourquoi ne m'as-tu rien dit ?

Elle se mit à pleurer en silence. Les larmes coulaient de ses yeux et suivaient le sillon mille fois parcouru jusqu'à la commissure de ses lèvres.

— Parce que je voulais en être sûre...

La crainte de ne pas procréer l'avait hantée toutes ces années sans qu'elle puisse même se confier à Inés, qui ne cessait d'implorer les saints de lui accorder au moins un petit-enfant.

Clara avait fait de son mieux, mais voyant que l'enfant ne venait pas, elle avait décidé de faire appel aux services de la bonne *meiga* de Punta do Bico, connue pour ses dons de guérisseuse. Naturellement, elle n'en avait rien dit rien à personne.

La bonne *meiga* avait un prénom d'homme, Ventura, mais c'était une femme jusqu'au bout des ongles, belle de visage et de corps. Clara savait qu'elle soignait les épouses des industriels de la région, mais Ventura leur interdisait de divulguer ses miracles afin que sa maison ne devienne pas un lieu de pèlerinage. Du reste, le maire l'avait dans le collimateur parce qu'elle ne payait aucun impôt pour ce qu'il considérait comme une entreprise en bonne et due forme. « Si elle est payée, elle doit payer », disait-il – du bout des lèvres cependant, de peur qu'elle ne lui jette un mauvais sort.

La *meiga* Ventura vivait dans la maison voisine de la pharmacie de Remedios, où Clara était arrivée avec un foulard sur les cheveux afin de passer incognito. Elle avait frappé à la porte, monté un vieil escalier sombre qui l'avait menée à une vaste pièce, éclairée par des bougies disposées sur le sol, décorée d'images de saints et aux fenêtres obturées par d'épais rideaux.

— Je vous ai vue au port, avait déclaré Ventura en guise de salut.

— Moi aussi, je vous ai déjà vue, avait menti Clara, ne se rappelant pas l'avoir jamais croisée.

— Vous avez une bonne aura, doña Clara.

— Je suis heureuse de l'apprendre, Ventura.

— Alors, dites-moi : comment puis-je vous aider ?

Clara lui avait expliqué qu'elle essayait de tomber enceinte depuis quatre ans, et la *meiga* l'avait fait allonger sur un matelas crasseux recouvert d'une couverture râpée et posé à même le sol.

— Retirez vos jupes, s'il vous plaît.

Ventura avait posé les mains sur son ventre, en bougeant les lèvres comme si elle récitait une incantation.

— Vous n'êtes pas stérile. Tournez-vous.

Clara s'était retournée et la *meiga* avait posé à nouveau les mains sur elle, à hauteur des reins. Clara ne la voyait pas, mais elle s'imaginait que Ventura récitait les mêmes prières.

— Je n'aime pas ce que me renvoie votre corps, je dois vous le dire, mais je vais voir ce que je peux faire.

Clara était restée pétrifiée un instant, le visage contre le matelas.

— Rhabillez-vous.

Installée à son bureau, la *meiga* avait commencé à écrire dans un cahier.

— Que vouliez-vous dire, Ventura ?

— Que vous pouvez être mère, ou pas.

— Je ne sais pas si ça doit me rassurer…

— Il y a des corps de femme qui dès la première vibration me disent qu'ils ne pourront pas enfanter. Ce n'est pas votre cas.

— Dieu merci, avait murmuré Clara.

— Dans une semaine, je viendrai à Espíritu Santo vous apporter la liste des instructions à suivre.

— Oh, Ventura, faut-il vraiment que ce soit au manoir ? Je préférerais que cela reste entre nous. Imaginez que mon mari apprenne que…

— Je viendrai à l'usine, avait-elle répondu sans la laisser finir.

— Très bien. Combien vous dois-je ?

La *meiga* avait tourné vers elle le cahier où elle avait inscrit le montant de la consultation. Après avoir payé, Clara était partie avec des sentiments mitigés, sans savoir que dire ou penser, si elle devait pleurer ou se réjouir. Au moins avait-elle eu confirmation de sa fertilité, mais cela ne suffirait peut-être pas.

Les sept jours qui s'étaient écoulés entre cette première visite et le rendez-vous suivant avec la *meiga* aux portes de La Deslumbrante avaient été un tourbillon d'angoisses et d'idées noires. Clara préférait se réfugier dans le travail afin de ne pas se noyer dans ses pensées ; elles la menaient au désespoir. Son attention était fluctuante, or elle ne pouvait se permettre de se laisser distraire. La Deslumbrante était devenue l'une des usines les plus rentables de la région. Malgré sa taille modeste, elle rivalisait avec des géants tels que Massó, Antonio Alonso ou Cubrera. De plus, on avait réussi à diversifier les produits, et lorsque la sardine se faisait rare on se concentrait sur le calamar, la seiche, la palourde et la moule. Absorbée dans sa comptabilité, Clara regardait défiler les heures, jusqu'à ce que Ventura vienne lui remettre l'enveloppe en main propre. Elle était si impatiente qu'elle n'avait pas attendu de retourner à son bureau pour l'ouvrir. Là, sur le quai de déchargement de La Deslumbrante, les cheveux soulevés par la brise, Clara avait lu la prescription de la *meiga,* puis suivi à la lettre ses instructions.

Elle avait aspergé le lit conjugal de menthe poivrée et d'eau bénite, qu'elle était allée demander à don Castor sous prétexte de consacrer les bateaux de pêche.

Elle avait pris le bain des neuf vagues sur la plage de Las Barcas, ce qui, d'après les explications de Ventura, devait produire le même effet que celui de La Lanzada[22].

Et elle s'était rendue sur les rives du Tea et avait bu l'eau de la source de Lourido, sans dire à personne où elle allait ni pourquoi.

Puis elle avait attendu.

— Depuis combien de temps n'as-tu pas eu tes règles ? lui demanda Jaime.

Il avait défait les boutons de sa chemise blanche, laissant entrevoir son torse velu.

— Trois mois...

Jaime la serra à nouveau dans ses bras et caressa sa nuque avec une tendresse pleine de regrets.

— Et ne me dis plus jamais que tu n'es pas ma priorité, exigea Clara. Toi et ce bébé qui naîtra l'an prochain êtes ma priorité.

La nouvelle de la grossesse, annoncée le soir même, ramena la joie dans le manoir. Immédiatement, Inés cessa de prier. Elle passait ses journées dans les jardins à coudre des nids d'ange et des langes, aménagea une chambre et se rendit en ville avec Clara pour dépenser sans compter.

22. Chaque année, le dernier week-end d'août, des centaines de femmes stériles viennent se soumettre au rite antique du « bain des neuf vagues » sur la plage de La Lanzada. Il est supposé les guérir de leur mal.

— Au diable l'avarice ! s'exclamait-elle fièrement lorsqu'elles revenaient de Vigo chargées de leurs emplettes.

— Soyons prudentes, doña Inés, insistait Clara, qui craignait pour sa grossesse.

Face à l'enthousiasme de son épouse, Gustavo s'enferma dans ses ruminations. Les cauchemars le réveillaient au milieu de la nuit. Il rêvait que l'enfant naissait hémophile, difforme ou affecté d'un autre mal. Il se réveillait groggy après des heures de tension et d'angoisse, consumé par des craintes qu'il ne pouvait avouer à personne. Qui aurait pu comprendre qu'il n'ait rien fait pour empêcher un mariage entre frère et sœur ?

Afin de ne pas rester chez lui, M. Valdés retrouva à Vigo d'anciennes amitiés qu'il avait négligées durant son exil à Cuba. Inés n'était pas enchantée qu'il côtoie certains des messieurs avec qui elle s'était brouillée, mais l'arrivée du bébé compensait tout.

Gustavo allait partout où on l'invitait. En juillet de cette année-là, il assista à l'inauguration du monument à la Marine marchande édifié à Monteferro à l'initiative du consul britannique Arthur Nightingale, en hommage aux marins ayant perdu la vie pendant la Grande Guerre. En décembre, il se rendit à l'inauguration du stade de Balaídos, à Vigo. Il fréquentait le Real Club Náutico et fit alors la connaissance d'Hermenegildo Alfageme, unique héritier de l'aventure commerciale initiée par Bernardo Alfageme dans le village asturien de Candás. On parlait d'eux jusqu'à Cuba, en raison du mariage d'Hermenegildo avec Rita del Busto, une Asturienne née à Pinar del Río. Il suivait avec enthousiasme les travaux de son usine à Vigo, entre les rues Tomás A. Alonso et Orillamar. Le bâtiment allait devenir un modèle d'architecture industrielle et don Gustavo se prit à rêver d'ouvrir une succursale de La Deslumbrante identique. Cela demeura à l'état de fantasme ; il n'osa même pas l'évoquer, les femmes étant occupées à tout autre chose. Mais il enviait l'homme d'affaires. Plus exactement, don Gustavo enviait les fils d'Hermenegildo – Braulio, Hermenegildo deuxième du nom et Antonio –, petits-fils de don Bernardo et garants de la continuité de l'entreprise familiale. En cela, doña Inés avait raison : un héritage, cela se prépare.

L'aîné, Braulio, ingénieur diplômé de l'Instituto católico de Artes e Industrias de Madrid, était célèbre jusque dans les provinces pour avoir conçu d'innovants systèmes de réfrigération qu'il transformerait par la suite en installations frigorifiques pour les bateaux de pêche.

Le cadet, Hermenegildo deuxième du nom, était resté dans les Asturies avec son grand-père Bernardo, à la tête de l'usine de Candás.

Enfin, le benjamin, Antonio, né à Vigo, allait sans doute être éduqué et formé pour reprendre l'entreprise.

M. Valdés regardait sa famille et se heurtait à un mur. Il doutait que La Deslumbrante perdure après Jaime et Clara, son esprit tourmenté lui disant que rien de bon ne pourrait advenir de cette grossesse.

Leopoldo était aux abonnés absents.

Et Catalina, dont on ne parlait guère que pour rappeler sa forfaiture, n'avait mentionné aucune descendance. La jeune femme tombait dans une forme d'oubli douloureux pour tout le monde. Gustavo se désolait qu'elle n'ait même pas été informée du mariage de son frère Jaime. Naturellement, il n'avait pas ouvert la bouche pour protester ; il n'aurait pas supporté de se retrouver avec ses deux filles dans la chapelle du domaine.

Doña Inés prépara l'accouchement de Clara sans rien laisser au hasard. Elle avait encore en tête les souffrances qu'elle avait endurées à la naissance de Catalina. Jusqu'au début des années 1920, les femmes présentant de possibles complications accouchaient à l'hôpital Elduayen, avec l'aide de médecins qualifiés et de religieuses des sœurs de la Charité. Si le sort n'avait pas décidé que le bébé naisse avant terme, c'est là qu'Inés aurait dû accoucher.

— De nos jours, les femmes vont aux Pabellones sanitarios, dit-elle à Clara. Et c'est là que tu iras. Nous ne pouvons prendre aucun risque. Le Dr Cubedo ne soigne plus que les refroidissements.

La jeune femme n'y vit aucune objection.

Un mois avant la naissance, elle consulta un obstétricien du nom de don Valentín qui lui recommanda d'entrer à l'hôpital une semaine avant la date prévue, par mesure de sécurité.

— Je veux vous y voir ici le 10 mars, c'est bien compris ?

Clara et Inés, qui l'accompagnait à toutes les consultations, acquiescèrent.

— Tout va bien, docteur ? demanda la future mère.

— Oui, madame. Mais c'est vous qui le savez le mieux. Vous devez sentir le bébé bouger. Surtout quand vous mangez des sucreries. Le sucre les stimule.

— D'accord.

— N'en abusez pas, toutefois. Vous avez déjà pris beaucoup de poids.

Le Dr Valentín avait raison. Dans son visage rond, ses yeux bleus semblaient plus petits et son sourire s'était atténué.

Le dimanche 10 mars 1929, Clara devait être admise aux Pabellones sanitarios, le grand hôpital de Vigo, avec une valise remplie de chemises de nuit en soie et de layette blanche.

Avant de partir pour la ville, elle passa voir la *meiga* pour l'informer de l'imminence de l'heureux événement. Ventura ne lui ouvrit pas la porte et resta dans l'entrebâillement.

— Gardez-moi dans vos prières jusqu'à la naissance, lui demanda Clara.

— Ça va aller, ne craignez rien. Mais placez une poignée de romarin dans votre jupon.

Clara ne tint pas compte de l'avertissement. Elle crut à une recommandation en l'air.

Inés s'installa avec elle à l'hôpital comme seules les mères le font. Pendant cette période, les deux femmes parlèrent beaucoup et sans retenue, évoquant leurs souvenirs, tout à leur joie de célébrer bientôt l'arrivée d'une nouvelle vie. Inés lui raconta ses trois accouchements, tous différents, mais tout aussi exaltants. C'est ainsi que Clara apprit combien la naissance de Catalina avait été difficile et eut connaissance de l'incident des rats de La Havane. Elles rirent de bon cœur.

Elles s'amusèrent à choisir des prénoms pour le nouveau membre de la famille.

— Si c'est un garçon, il s'appellera Gustavo.

— Oh non, non ! Si tu veux flatter la vanité de son grand-père, nous l'appellerons Jerónimo Valdés. Mon mari a toujours voulu baptiser l'un de nos enfants ainsi.

— Et si c'est une fille, pourrons-nous l'appeler Inés ?

— Bien sûr !

Ces conversations rendaient l'attente plus légère, alors qu'elles arpentaient les galeries vitrées de l'étage des parturientes pour soulager les chevilles enflées de Clara.

Inés lui achetait des brioches au sucre dans les meilleures pâtisseries, et Clara les engloutissait avec une telle avidité que le bébé s'agitait dans son ventre à la première bouchée.

Elle ne pensait à Renata qu'en de rares moments, dans un demi-sommeil. À Domingo, jamais. Celso, en revanche, prit place à son chevet, et ils parlaient de temps en temps, en murmurant, afin qu'Inés ne croie pas que sa belle-fille avait perdu la raison.

Le jeune homme resta jusqu'à ce que l'inéluctable se produise.

Dans la nuit du 14 au 15 mars, Clara ne sentit plus le bébé bouger. Elle tendit la main vers la table de nuit, prit un morceau de brioche, le mit dans sa bouche et le mâcha fébrilement.

Sans succès.

Elle se redressa dans son lit et ouvrit les tiroirs à la recherche d'autre chose à manger.

— Allez, *filliño*, c'est délicieux.

Elle parlait tout bas afin de ne pas réveiller Inés, qui avait le plus grand mal à trouver le sommeil.

— Allez, allez…

Toujours rien.

D'un trait, elle but l'eau laissée par les infirmières de nuit.

— *Filliño* chéri. Tu es là ?

Elle se tapota doucement le ventre à la hauteur du nombril.

Sans résultat.

Alors elle se mit à crier comme une possédée, alertant Inés et les infirmières, qui déboulèrent dans la chambre avec des seringues et tout le matériel pour la maîtriser au cas où.

— Il ne bouge pas ! Mon bébé ne bouge pas !

Les infirmières tentèrent de la calmer, en vain. Clara continuait de hurler.

— Il est mort ! Je l'ai perdu ! Faites quelque chose !

Clara chercha Celso du regard, mais il n'était plus là.

Il ne pouvait la voir souffrir.

34

APRÈS LA MORT DU BÉBÉ DE CLARA, la vie au Pazo d'Espíritu Santo ne fut plus jamais pareille. Tous ses occupants sombrèrent dans une mélancolie qui étiolait corps et âme, les éloignait de ce monde en un voyage douloureusement lent vers l'au-delà.

Même les servantes finirent par jeter l'éponge.

— Il n'y a rien à faire, déclara María Elena. Chassez le diable par la porte, il reviendra par la fenêtre.

Clara, qui l'avait entendue, prit au pied de la lettre cette maxime typique de la sagesse populaire et de la mentalité de la servante. Et, à nouveau, elle fut envahie par l'angoisse de son destin et la crainte d'être punie pour avoir voulu infléchir son sort.

Même son mari déclara qu'il devait bien y avoir une raison à la mort du bébé, comme s'il y avait une explication à un tel châtiment, indépendamment des causes médicales.

— Il doit bien y avoir une raison, répétait Jaime en serrant Gustavo dans ses bras.

Il ne faisait guère de doute que c'était ce dernier qui lui avait mis ces idées dans la tête.

En entendant son mari parler ainsi, Clara eut le ventre noué, et elle prit conscience que tous les efforts qu'elle avait faits pour l'aimer l'avaient laissée exsangue.

Elle passa les mois suivants refermée sur elle-même. Qu'importait qu'il fasse chaud ou froid ? Que la pêche soit abondante ou que les sardines, le thon, les anchois se fassent rares ? Clara ne regardait plus ni le calendrier ni les horloges. Elle pleurait à chaudes larmes, le visage enfoui dans l'oreiller, blottie dans le lit de la chambre aux trois croix, seule dans la souffrance. Même Jaime, ivre de chagrin et du poison instillé par son père, ne pouvait compatir, et la peine finit par assécher ses larmes. Alors elle se mura dans le silence, ne parlant plus qu'à travers son journal intime, où elle consigna le récit des événements.

Nous ne pourrons laisser La Deslumbrante en héritage. C'est injuste pour doña Inés, mais María Elena a sûrement raison : le diable m'a punie.

Clara pensait que tout n'avait été qu'une immense erreur, du jour où elle avait accepté de travailler dans la vieille scierie oubliée des Valdés à son mariage avec Jaime. Elle n'aurait jamais dû se rapprocher de cette famille, et Renata n'avait peut-être pas entièrement tort : le destin était le destin, inéluctable et têtu, et tenter de l'infléchir ne pouvait mener qu'à la catastrophe.

Elle chercha dans ses écrits combien de fois elle s'était qualifiée de « fille de servante », et ces maudits mots s'imprimèrent sur sa rétine.

Et, comme si la fille d'une servante n'avait pas droit à une explication, personne ne prit la peine de lui dire ce qui était arrivé à son bébé, une fille qui n'était pas destinée à vivre cette vie.

Prénommée Inés, comme sa grand-mère, l'enfant mort-née fut baptisée et enterrée religieusement à Punta do Bico, dans le caveau familial des Valdés, dans un petit cercueil en pin blanc. Encore convalescente après la césarienne qu'on lui avait faite, Clara ne put même pas assister aux funérailles.

Elle ne sut jamais que sa petite Inés était née avec une malformation rare causée par la consanguinité de ses parents, que seul don Gustavo aurait pu révéler. Il ne le fit pas afin de ne pas passer le reste de sa vie à entendre l'écho de ses propres paroles.

Heureusement pour les Valdés, le poids inexorable des ans se chargea d'accomplir la sale besogne d'effacer les malheurs, et ils se firent à l'idée qu'il n'y aurait pas de bambins, de berceuses ni de biberons à chauffer.

Clara trouva une nouvelle fois en La Deslumbrante son meilleur refuge. Les ouvrières l'entourèrent de leurs attentions, et il ne se passait pas un jour sans que l'une d'elles ne lui offre une fleur cueillie sur le chemin de l'usine ou un coquillage censé porter bonheur. Elle ne voulait plus entendre parler de chance ou de miracles. Les faits lui avaient confirmé qu'ils n'existaient pas. La *meiga* Ventura apprit l'histoire mais elles ne se revirent jamais, pas même au hasard d'une rue.

Et Jaime, tel un étranger dans sa vie, commença à s'éloigner d'elle. Il découvrit les plaisirs des barons de la mer, bons vivants qui noyaient leurs chagrins dans l'alcool, et il y vit un moyen de supporter sa peine. Clara ne doutait pas qu'il souffre, mais elle aurait apprécié qu'il ne soit pas toute la journée à droite et à gauche : réceptions au yacht-club de Vigo, banquets à Las Tojas, etc.

Or il en fut ainsi jusqu'à ce que la guerre éclate dans le pays en juillet 1936 et sonne la fin des festivités.

Ces mêmes messieurs qui dépensaient à tout-va dans des clubs huppés se replièrent sur leurs quartiers généraux pour affronter ce qui les attendait.

La guerre d'Espagne les réveilla brutalement, comme une gifle de réalité, dans un fracas de canons, de tranchées et de mort.

Ce furent trois macabres années, au cours desquelles l'Espagne se vida de son sang. Les Espagnols s'entretuèrent et les morts furent enterrés à la va-vite dans des fosses sordides.

Il est vrai que le conflit rapporta d'importants bénéfices aux barons de la mer et rendit aux conserveries galiciennes la valeur que les Français leur avaient donnée pendant la Grande Guerre. Inés se souviendrait toute sa vie de son avant-dernière conversation avec Barba Peláez.

— Tu as vu ? Tout recommence comme avant. Et il y aura toujours assez de poissons dans la mer pour tout le monde.

Tel fut bel et bien le cas.

Les conserveries se multiplièrent à Pontevedra et le travail ne manquait pas. Les usines tournaient à plein régime plus de vingt heures par jour dimanche compris pour alimenter en sardines les soldats des tranchées. Leurs conserves arrivèrent jusqu'aux fronts de Teruel. La Galice se rallia immédiatement au camp nationaliste, qui prit le contrôle des industries stratégiques ou les mit à son service pour assurer l'intendance militaire. Au cours de la seule première année de guerre, les usines de Punta do Bico et des environs livrèrent plus de vingt mille tonnes de conserves de poisson. La Deslumbrante fut exemptée de la tâche d'armer les troupes, tandis que La Metalúrgica de Vigo était mobilisée pour fabriquer toutes sortes de projectiles. Les rebelles réquisitionnèrent également la manufacture de ferblanterie La Artística qui, du jour au lendemain, se transforma en usine de grenades à main modèle Lafitte.

Les caisses de sardines, de seiches, de moules et de palourdes se multiplièrent. Naturellement, tout cela avait un prix. Dans les documents officiels de ces années-là, sous le nom de La Deslumbrante, la mention « Vive l'Espagne ! » commença à apparaître.

Les nouvelles arrivaient au compte-goutte, mais elles arrivaient. Don Gustavo fut profondément affligé lorsqu'il découvrit dans le journal, en décembre 1937, que Bernardo Alfageme et son petit-fils Hermenegildo avaient été fusillés dans les Asturies, en même temps que quarante-quatre autres civils, dont treize curés et un père capucin.

Par la suite, le bruit courut que les propriétés des Alfageme à Candás avaient été réquisitionnées par le gouvernement du Front populaire et la puissante Confédération nationale du travail, et que la demeure familiale avait été transformée en hôpital de campagne.

— Même pour être fusillé, il vaut mieux avoir un petit-fils à ses côtés, se lamenta Inés.

TROISIÈME PARTIE

PUNTA DO BICO, 1940

35

— Je ne passerai pas l'année, murmura Gustavo d'une voix altérée par la fatigue.

— Ça fait une éternité que tu es comme ça, répliqua son épouse. *Et tu ne meurs pas,* ajouta-t-elle pour elle-même.

Les sangsues rampaient parmi ses poils blanchâtres en quête du sang d'agneau que le Dr Celestino Vieito, ancien élève de Cubedo et universitaire distingué, avait appliqué sur son torse à l'aide d'un flacon à pipette. Avec un chiffon, le médecin essuya l'épais filet rouge qui avait coulé le long des côtes de son patient et laissa agir les sangsues.

Réprimant un haut-le-cœur, Inés se réfugia dans la galerie vitrée afin de ne pas les voir sucer le sang de son mari.

— Elles vont te sucer la moelle, dit-elle.

Gustavo ferma les yeux. Il savait que sans elles il serait mort, mais les sangsues lui donnaient la nausée.

La séance s'arrêta lorsque les bestioles se décollèrent. Le médecin les retira avec un gant de crin.

— C'est terminé, monsieur Valdés ! Maintenant reposez-vous.

Inés ouvrit la fenêtre pour chasser les démons, s'approcha de son mari et lui demanda comment il se sentait. Il répondit qu'il allait bien, mais avait mal aux jambes et au bras gauche.

— Si je deviens tout bleu, préviens-moi.

Depuis qu'on avait commencé le traitement aux sangsues, il éprouvait de drôles de sensations et ne se reconnaissait plus. Même Inés le regardait bizarrement lorsqu'il éclatait de rire, lui qui n'avait jamais ri de cette façon. Ou quand il se mettait subitement à pleurer, signe que sa glycémie avait augmenté et qu'il devait uriner.

Avant de partir, l'éminent praticien lui fit ses remontrances d'usage pour ne pas avoir suivi ses indications à la lettre. Il continuait de fumer le cigare, de manger du chorizo et de boire de l'eau-de-vie qu'il se faisait servir dans des verres à vin.

En réalité, M. Valdés se moquait éperdument des recommandations du médecin. Si le Dr Cubedo avait été encore en vie, ç'aurait été une autre histoire : lui, il l'écoutait, et pas qu'un peu.

Mais Cubedo était mort, tout comme était mort don Castor. Les deux hommes avaient quitté ce monde peu avant la fin de la guerre, presque en même temps, à quelques mois d'intervalle. D'abord le curé, puis le médecin. Comme disaient les locaux, « ils nous ont quittés de la même façon, sans déranger personne ». Autrement dit, ils avaient succombé de leur belle mort.

Don Castor avait été retrouvé dans la sacristie raide comme un cierge, vêtu de sa soutane noire, les mains dans les poches. Il avait pris la peine de fermer les yeux, si bien qu'on le crut d'abord endormi et le laissa se reposer jusqu'à la messe de midi. Ce furent les bigotes de la paroisse qui alertèrent le père Antolín el Nuevo – qui garderait longtemps cette épithète de

« nouveau » accolée à son nom –, puis le médecin qui, boitant à cause de son mauvais genou, ne put que confirmer le décès.

On l'enterra en grande pompe dans le caveau des prêtres, ce qu'il avait demandé en douce afin de ne pas paraître présomptueux.

Pour le Dr Cubedo, ç'avait été plus long : il avait passé trois affreuses semaines affligé de maux d'estomac, de spasmes à la colonne vertébrale et de fièvres qui le faisaient trembler comme la voile d'un bateau par grand vent. Son élève Celestino répétait qu'il ne passerait pas la nuit, mais le lendemain matin il était toujours là. Jusqu'à ce qu'il finisse par mourir.

Alors l'élève avait déclaré :

— Je l'avais bien dit.

Autant qu'on sache, aucun des deux n'avait de descendance, tout entiers dévoués à leurs sacerdoces respectifs, et ni l'un ni l'autre n'avait entendu le dernier communiqué de guerre de Franco proclamant la fin de la guerre le 1er avril 1939.

— Si j'avais su, je ne serais pas revenu, avait alors dit Gustavo, en toussotant afin que les fervents partisans des deux camps ne sachent pas de quel côté il penchait – et parce qu'en vérité ses préférences politiques variaient avec les jours.

Inés l'entendit, mais elle lui avait déjà pardonné tous ses péchés. De là à l'aimer à nouveau, c'était une autre affaire.

Elle ne lui confia jamais le fond de sa pensée.

La guerre d'Espagne était terminée mais, en cette année 1940, le pays était plongé dans le chaos. Pour certains, cela durait depuis le pronunciamiento de 1923, entre insurrections, révoltes, coups d'État et question catalane. Pour d'autres, la république d'Alcalá-Zamora et d'Azaña avait représenté les plus belles années de leur vie. Jusqu'à ce que la guerre civile éclate, bien sûr. Alors, tous étaient convenus que l'échec avait été total.

La guerre avait été remportée par celui qui l'avait déclenchée, un militaire natif de Ferrol du nom de Francisco Franco, qui avait fait du pays une dictature.

Telle était alors la situation.

La Deslumbrante et les autres conserveries furent alors confrontées au désastre économique, à la fermeture des frontières et à la fin des exportations pour lesquelles tous avaient travaillé si dur. À cela s'ajouta la seconde grande guerre européenne, qui débuta cinq mois après la fin de celle d'Espagne et compliqua encore la situation en rendant presque impossible l'obtention de licences pour de nouvelles machines. Les industriels de la région commencèrent à développer leurs propres modèles comme la presse à conserves de thon, inventée par Luis Calvo à partir d'une pièce de torréfacteur de café et d'une coque d'obus. Il faudrait attendre encore une décennie pour l'inscrire auprès de l'Office des brevets et des marques, mais elle se révéla prodigieuse car elle permettait de réduire le coût de la main-d'œuvre et d'améliorer la présentation du produit.

Clara introduisit l'autoclave vertical et les boîtes lithographiées, dont Clara supervisa elle-même la conception, Jaime n'y voyant qu'une perte de temps et d'argent. Pour couper court, son épouse disait oui à tout, allait consulter Inés qui disait également oui et, à elles deux, elles faisaient ce qui leur chantait. En outre, elles demandèrent à rejoindre l'Union des fabricants de conserves de Vigo pour bénéficier des livraisons d'huile et de fer-blanc.

Clara commença à disparaître à l'heure du déjeuner. Elle trouvait toujours une excuse pour ne pas rentrer au manoir le midi. Elle restait dans son bureau, d'où elle pouvait observer le spectacle de l'estuaire à ces heures tranquilles. C'était toujours le même, mais avec de nouvelles variations chaque jour.

Elle étudiait et lisait tout ce qui lui tombait sous la main. Elle écoutait ce que racontaient les marins lorsqu'ils débarquaient le poisson. Elle discutait avec les armateurs et les patrons de pêche. Avec les ouvrières, aussi, pour savoir quels maux les affligeaient. Avec ou sans argent, les soucis de la vie étaient très similaires.

Ce furent des années très dures, qui allaient culminer, au milieu de la décennie 1940, en une crise de la sardine sans précédent qui durerait dix ans et viderait les côtes sans qu'on puisse expliquer scientifiquement le phénomène.

Les marins revenaient à l'usine les filets vides, craignant les licenciements, mais La Deslumbrante surmonta la crise en élargissant son activité au séchage de morue et en réorientant le conditionnement vers l'anchois et le thon.

C'est alors que Clara se mit en tête de relancer la vieille idée de chasse à la baleine qu'elle avait eue l'année de son mariage et avait suggérée à Gustavo. Elle ne l'avait pas oubliée, mais d'une chose à l'autre, entre les aléas de la vie et la guerre, le projet était resté lettre morte.

Deux décennies s'étaient écoulées depuis qu'elle avait lu le premier article sur le sujet. Elle avait d'abord cru qu'il s'agissait de fables de marins, mais découvert bientôt que tout était vrai : il y avait bien des projets de construction d'usines flottantes dans les estuaires. Les autorités ne voyaient pas cela d'un bon œil, les promoteurs étant des Norvégiens qu'elles jugeaient plus malins que les Espagnols. S'ils avaient jeté leur dévolu sur l'Espagne, ce n'était sans doute pas pour rien, songeait Clara en lisant les noms des *mister* Cristopheroen ou *mister* Svend Foyn Bruun.

Et ainsi de suite.

Les noms étaient imprononçables pour elle, mais pas pour les riches messieurs comme le comte du Moral de Calatrava et M. Maura, qui avaient déjà fait leurs preuves dans les eaux d'Algésiras, sous le pavillon de la Compañía ballenera española – la compagnie baleinière espagnole. Ils disposaient de leurs propres navires, dont l'équipage était composé d'Espagnols et de Norvégiens, et qui portaient leur nom – le *Pepita Maura* ou le *Conde del Moral de Calatrava.*

Si tout cela avait d'abord piqué sa curiosité, elle pouvait désormais se targuer d'avoir étudié la question au point d'en savoir plus que les *misters* norvégiens. Elle en vint d'ailleurs à penser qu'elle n'avait rien à envier aux Nordiques, la chasse à la baleine ayant toujours été pratiquée dans les ports de Malpica, Cayón, San Ciprián et Burelas. Ce n'était qu'une question de temps avant que l'histoire ne se répète.

Elle était fascinée par l'idée que les eaux, de la Pointe de Gibraltar à Larache, puissent ressembler aux mers du Sud de *Moby Dick*, et cela constituait en effet un véritable événement. La presse racontait que les baleiniers chassaient avec des harpons tirés par des canons à air comprimé, que les cétacés étaient dépecés directement à l'usine et que même les fanons étaient utilisés.

— La baleine, en conclut Clara, vaut encore mieux que le cochon.

Et c'est ainsi qu'elle présenta les choses aux Valdés.

Un soir, après le dîner, elle les réunit autour de la cheminée et parla de sa voix la plus assurée.

— Nous devrions élargir notre activité à l'exploitation baleinière. Comme je l'ai dit un jour à don Gustavo, le sang que les marins rejettent à la mer attire les sardines. Cela permettra de faire d'une pierre deux coups. Dans la baleine et le cachalot, tout se vend. Leur chair est très appréciée en Europe, de même que leur graisse, leurs os, leurs redoutables dents...

— Jaime, qu'en penses-tu ? demanda Inés.

— Je ne savais rien de cette nouvelle idée de ma femme, répondit-il d'un air agacé.

— Pour ma part, je trouve l'idée excellente, intervint Gustavo.

— Vraiment, père ? demanda Jaime.

— Oui.

Clara présenta le projet sur lequel elle travaillait depuis des mois et auquel, à vrai dire, elle n'avait cessé de penser depuis qu'elle avait osé l'évoquer au cours de sa conversation gênante avec don Gustavo, de nombreuses années plus tôt. Le dossier, rédigé de sa main, détaillait les étapes nécessaires pour transformer La Deslumbrante en station baleinière.

— Nous construirons un nouveau ponton, nous achèterons un navire baleinier, et nous engagerons le meilleur équipage et les meilleurs harponneurs.

— Pourquoi ne m'as-tu pas consulté ? s'enquit Jaime en jetant un œil aux papiers.

Elle éluda la question afin de ne pas s'engager dans une discussion qui les détournerait du sujet.

— L'essentiel, c'est que La Deslumbrante puisse survivre et augmenter ses bénéfices.

— Ça représente un investissement considérable, Clara, objecta Inés.

— Pas plus que ce que nous avons investi quand nous avons fermé la scierie et ouvert la conserverie, répliqua-t-elle en plantant les yeux dans ceux d'Inés comme si elle cherchait à raviver ses souvenirs, ce passé commun et tout ce qu'elles avaient construit sans l'aide du moindre Valdés.

Le silence tomba sur la pièce, les tensions dans le couple redevinrent évidentes et la jalousie s'empara de Jaime. Il lui semblait que ses parents ne faisaient pas cas de lui, que sa formation universitaire n'avait aucune valeur à leurs yeux. Les années passées à Compostelle n'avaient servi à rien. Seul comptait l'avis de son épouse, envers laquelle il commençait à éprouver un mépris qu'il n'arrivait plus à surmonter.

— Si nous le faisons, faisons-le bien, déclara Clara.

— Alors allons-y, conclut Inés.

L'investissement était conséquent, mais les Valdés donnèrent leur aval à chaque étape du projet. Les travaux de l'usine furent entrepris, et ils réussirent la gageure de trouver un capitaine expérimenté et un harponneur chevronné. Le maître d'équipage, le mécanicien, son second, les soutiers, le cuisinier, le marmiton et les six marins, Clara les dénicha à droite et à gauche, en discutant avec les uns et les autres sur les quais ou en sillonnant en voiture les usines baleinières de la région jusqu'à celle de Caneliñas[23], où elle débarqua avec ses yeux bleus et des conditions d'embauche qui ne se refusaient pas.

23. Située à Cee, en Galice, et construite dans les années 1920 à l'initiative d'entrepreneurs norvégiens, l'usine de transformation de baleines de Caneliñas était la plus grande d'Espagne.

Elle ne cessait de lire et de s'instruire sur la mer et ses mystères. Elle relut Melville et Poe. Elle commença un nouveau cahier pour noter les recettes de sa création – nageoire de baleine à la marinière, filets à l'étouffée, cervelle en sauce – et apprit ce qu'elle ignorait : que la viande était rouge et rappelait celle du bœuf, que la baleine bleue pouvait atteindre un poids de cent cinquante tonnes et que l'ambre gris sécrété dans l'intestin des cachalots se vendait à prix d'or.

36

L'ARRIVÉE DU NAVIRE BALEINIER fut un événement pour tout le monde hormis pour Jaime, qui, en le voyant, le déclara trop petit et trop fragile pour naviguer à cinquante milles des côtes. Clara rétorqua qu'il ressemblait à ceux qu'elle avait vus à Cangas et au cap Morás, et qu'elle en avait plus qu'assez de ses critiques incessantes. Elle le dit à voix basse afin de ne pas mettre d'huile sur le feu, mais les ouvrières qui l'entendirent l'acclamèrent dès que son mari fut parti. Aux yeux de la jeune femme, c'était un bateau extraordinaire avec son poste de vigie en hauteur et son canon-harpon à la proue. Pour faire plaisir à doña Inés, elle le baptisa de son prénom et de son nom de jeune fille, comme le faisaient les nobles.

L'*Inés Lazariego* appareilla pour la première fois de La Deslumbrante en mai 1942, sous le regard attentif de Clara, d'Inés et de Gustavo qui, en raison de ses problèmes de santé, ne pouvait pas quitter le siège qu'il occupait à l'arrière de la voiture. C'est de là qu'il assista à la mise en eau du bateau avec son fils Jaime, au visage renfrogné. Le vieux Valdés se mourait pour de bon. Il n'y avait plus de sangsue propre à soulager cette odieuse faiblesse qui bleuissait ses lèvres et faisait enfler ses chevilles.

Ce soir-là, quand Clara revint au manoir exténuée, Jaime l'attendait en pyjama et robe de chambre. À son entrée, il se leva.

— Tu as eu ce que tu voulais.

— Ça nous appartient à tous les deux.

— Non. Tu as toujours voulu que ce soit ton baleinier !

— Jaime…

— Laisse-moi parler ! Tu ne m'as même pas consulté avant de donner le nom de ma mère au bateau.

— Je l'ai fait pour elle, pour toi…

— Tais-toi !

Clara prit peur et recula de quelques pas, craignant qu'il ne la gifle, ou pire.

— Tu n'entreprends jamais rien pour les autres. Tout ce que tu fais, tu le fais pour toi et toi seule. Y compris cette obsession de vouloir devenir mère !

— Tu ne peux pas dire ça, c'est injuste ! se défendit-elle.

— Ça nous aurait épargné la douleur de perdre un enfant.

Clara frémit. Malgré les années écoulées, le simple souvenir de ce moment lui nouait le ventre jusqu'à la nausée.

— Pourquoi es-tu si cruel avec moi ? Je n'ai rien fait pour mériter ça.

— Moi non plus…

Clara était certaine que Jaime avait souffert autant qu'elle. Elle pouvait même comprendre qu'ils aient eu besoin de s'éloigner l'un de l'autre pour panser leurs blessures, mais elle n'imaginait pas qu'il remuerait ainsi le couteau dans cette plaie béante à jamais.

— Je ne veux plus que tu parles d'Inesita, dit-elle d'une voix entrecoupée.

— Alors arrête de t'approprier ce qui ne t'appartient pas.

— Que veux-tu dire ? Tu recommences avec ta jalousie absurde ? Depuis le premier jour j'ai simplement eu envie de t'enseigner le métier que j'avais appris enfant. Tu le sais très bien, Jaime. Tu m'as vue travailler à l'usine…

— Tais-toi !

Il était si échauffé qu'il fallut ouvrir les fenêtres, même si le vent du nord soufflait. Il s'approcha de Clara et pointa l'index sur elle.

— Je vais te dire une chose, que tu vas me faire le plaisir de ne jamais oublier : l'héritier, c'est moi. Et après moi il y a Catalina. Et si elle ne revient pas, Leopoldo prendra la direction de La Deslumbrante parce que tu n'es qu'une fille de domestique.

Jaime quitta la pièce en repensant à la conversation qu'il avait eue avec Gustavo la veille de son mariage.

— Mon père avait bien raison.

Le claquement de la porte secoua les rideaux et chassa les insectes. Le lit resta vide cette nuit-là.

Clara ne pouvant trouver le sommeil, elle se recroquevilla dans le fauteuil pour se protéger d'une douleur à laquelle elle n'était pas préparée. Une douleur semblable à celle que lui avait causée la mort d'Inesita.

Une fois encore, elle se maudit d'avoir tenté le sort. Malgré ce que souhaitait doña Inés, ce mariage ne pourrait éponger ses dettes envers la vie. Jamais elle n'aurait imaginé que la cruauté d'un mari puisse aller si loin.

Cette nuit-là, leur amour s'échappa par les fissures de la chambre aux trois croix, et Celso revint hanter sa mémoire. Depuis le seuil, il la regardait avec le même visage qu'au premier jour.

« Tu vas voir, maintenant ça va être la faute des baleines. »

Dès lors, Clara reprit ses conversations avec Celso. Ce fut le seul moyen qu'elle trouva pour supporter sa blessure et contenir la colère qui l'envahissait à la vue de Jaime.

Le soir, si elle montait se coucher la première, elle tâchait de s'endormir sans le voir. Si c'était lui qui se couchait le premier, elle s'inventait des maux de ventre et s'étendait sur le lit de Catalina, toujours prêt à l'accueillir au cas où elle reviendrait.

Elle ne pouvait plus se confier à doña Inés comme à l'époque de Celso et du naufrage du *Santa Isabel*. De fait, si Inés découvrait ce qui se passait, elle en serait dévastée. Elle avait déjà bien assez à faire en s'occupant de Gustavo qui dépérissait un peu plus chaque jour. Il ne quittait plus son lit, ne lisait pratiquement plus le journal afin de ne pas tomber sur les avis de décès de ses amis, et ne parlait plus que pour réclamer de l'eau-de-vie, qu'on lui servait coupée à l'eau.

— Au moins, ce n'est pas ce qui le tuera, soupirait Inés en approchant le verre de ses lèvres.

Elle passait ses journées à son chevet à lui tenir la main, un chapelet entre les doigts pour prier. Par beau temps, elle ouvrait la baie vitrée afin de laisser entrer les senteurs fraîches du matin, et le soir elle écartait les rideaux pour qu'il puisse voir le phare. Elle savait que cela l'apaisait et qu'il redevenait alors l'enfant d'autrefois, le petit-fils de don Jerónimo qui avait fait construire la galerie vitrée pour avoir un endroit où mourir.

Clara passait le voir avant de partir pour l'usine, s'assurant d'abord que Jaime n'était pas là. Elle en ressortait toujours plus triste, mais elle avait Celso pour s'épancher et passait le reste de la journée à lui raconter ceci et cela, et bien plus encore.

Celsiño l'écoutait avec admiration. Elle lui raconta comment s'était déroulée l'arrivée de la première baleine de La Deslumbrante.

« Tu aurais dû entendre les cris de joie des femmes sur le ponton, mon Celso.

— J'aurais aimé chasser des baleines ! s'exclama le jeune homme.

— Je le sais bien. »

Elle ne forçait pas le trait. Ç'avait été une journée inoubliable à La Deslumbrante. Alors que le navire approchait du port, les ouvriers étaient montés dans les *gamelas* pour arrimer l'animal à l'aide de cordes. Ensuite, une machine équipée de chaînes s'était chargée de débarquer la baleine, puis était venue la tâche la plus difficile : la découpe.

« Je n'avais jamais rien vu d'aussi gros de ma vie, Celso. »

À vrai dire, personne n'avait jamais rien vu de tel.

Clara ne comprenait pas comment ces femmes trouvaient le courage d'écorcher et de vider la baleine.

Une rivière de sang s'écoulait le long de la rampe vers la mer, laissant une odeur de rouille qui montait à ses narines, mêlée à la puanteur des cuves où l'on cuisait la graisse.

À ce moment-là, Clara avait béni ces flots de sang.

— Nous n'atteindrons pas le même volume de pêche, mais vous ne reviendrez plus avec les filets vides, avait-elle dit aux marins présents.

Très vite, Clara se rendit compte que le personnel engagé ne serait pas suffisant. Elle offrit donc du travail à la découpe des baleines aux femmes qui ne faisaient que la saison des sardines. Elle se chargea de renforcer les équipes, de superviser le matériel et d'échanger avec les marins – tout cela en un temps limité, afin de ne pas manquer un seul jour de la saison de la chasse, qui s'étendait d'octobre à mai.

— Rien ne se perd, mesdames, claironnait-elle en traversant la salle de découpe.

C'était son leitmotiv.

— On ne laisse pas un gramme de blanc de baleine ni une seule glande de cachalot.

Outre Celso, Clara se confiait à Leopoldo qui, depuis son départ pour Madrid, n'était revenu que quelquefois à Punta do Bico depuis avant la guerre. Il était resté en contact avec elle et avait été très affecté par la mort d'Inesita. Désormais installé dans un appartement de la rue Fuencarral, il commençait à écrire pour les journaux qui voulaient bien de lui et lui versaient un peu d'argent. Il ne demandait jamais un sou à sa famille, mais de temps à autre Inés mettait un petit quelque chose sur son compte.

Au cas où.

À ce stade, il était évident qu'il aurait bien aimé épouser Clara. Et, entre sérieux et plaisanterie, il lui écrivait que, si jamais elle en avait assez de son frère, elle n'aurait qu'à le rejoindre à Madrid, où ils s'amuseraient beaucoup parce que la capitale n'était pas comme Punta do Bico : là-bas, personne ne jugeait personne, et ils pourraient s'asseoir à l'ombre d'un magnolia dans le parc du Retiro pour lire de la poésie. Leopoldo était un romantique, et Clara se réjouissait de savoir qu'il y avait au moins quelqu'un dans cette famille qui n'avait pas perdu de vue l'essentiel.

Dans ses lettres, Leopoldo lui racontait combien il était difficile de parler de liberté, d'art et de culture, que Maruja Mallo[24], exilée en Amérique latine, manquait cruellement à Madrid ; que Rafael Alberti était à Buenos Aires avec son épouse María Teresa León ; que sans Machado le Café Varela n'était plus le même, et qu'on ne pouvait plus parler de Lorca qu'en cachette au Café Gijón. Autrement dit, que Madrid sous Franco était pour lui un brouillard, une capitale malade qui constatait, comme dans un cauchemar, que le monstre était toujours là. Leopoldo trouvait dans ses lettres à Clara un moyen de contourner la censure : il écrivait ce qu'il voulait, se plaignait de tout et s'insurgeait sans détour contre le régime, mais seule Clarita le lisait.

Il l'autorisa à informer Inés de son état d'esprit, mais sans entrer dans les détails afin de ne pas l'inquiéter. Pour la même raison, Inés demanda à Clara de ne rien dire à Leopoldo sur la mauvaise santé de son père, qu'il avait à peine eu le temps de connaître.

Clara respecta les consignes. Elle n'eut pas grand mal à enjoliver la réalité, Leopoldo ne posant guère de questions sur Gustavo.

La vie se poursuivit avec une apparente normalité jusqu'à ce que, le 12 octobre 1942, surviennent à Punta do Bico deux événements qui ne se reproduiraient plus : la capture d'un cachalot renfermant de l'ambre gris et un décès.

La nouvelle du premier se répandit comme une traînée de poudre parmi les habitants.

---

24. Peintre et illustratrice née en Galice, proche du mouvement surréaliste et grande figure de l'avant-garde espagnole. Engagée aux côtés des Républicains, elle s'exila en Argentine en 1937.

— Il paraît que le cachalot contient au moins trois cents kilos d'ambre !

— Comment tu sais ça ?

— C'est ce qu'on dit à La Deslumbrante... que le cachalot est plein d'ambre.

— Trois cents kilos !

— Tu sais ce que ça représente ?

— Beaucoup d'argent.

Sur chaque quai, dans chaque bateau de pêche, derrière chaque étal de poisson, dans chaque boutique, chaque rue, à l'église du père Antolín el Nuevo et dans le cabinet du Dr Je-sais-tout, on ne parlait que de cela. Lorsque la nouvelle arriva au Pazo d'Espíritu Santo, Inés poussa un cri de joie.

— Trois cents kilos d'ambre gris ! Sainte Vierge ! Es-tu sûre de ce que tu dis là, María Elena ?

— Sûre et certaine.

Inés était au lit, blottie contre Gustavo, à lui caresser le front et les paumes.

— Qu'as-tu dit ? balbutia-t-il en se tournant vers elle les paupières entrouvertes.

— Trois cents kilos d'ambre gris, répéta-t-elle.

— Nom d'un chien ! jura-t-il d'une voix à peine audible.

— Je vais à l'usine féliciter le harponneur. Attendez-moi, je ne serai pas longue.

Inés bondit hors du lit, rajusta ses vêtements, se regarda dans le miroir pour arranger son chignon et partit pour La Deslumbrante avec Antonio, le chauffeur de la maison et dernier à avoir rejoint l'armée d'employés embauchés au cours des dernières années alors que la fortune des Valdés croissait.

Le cachalot aux trois cents kilos d'ambre gris avait laissé une traînée de sang sur la rampe qui menait à la salle de découpe. Inés contempla les dix-huit mètres du cétacé le ventre en l'air avant d'aller trouver le harponneur. Il s'appelait Miguel Palacios et avait la réputation d'être le meilleur dans son domaine, avec ses habitudes et ses manies. Il avait appris la technique auprès des Norvégiens d'Algésiras, mais c'était surtout un habile tireur. Ce talent-là ne s'enseignait pas. On l'avait ou pas.

Les marins l'entouraient comme un héros, tandis que l'homme, une cigarette au bec, faisait le récit de son exploit.

— Je l'ai vu et j'ai su qu'il allait être à moi, racontait-il. La cinquième fois qu'il a fait surface, j'ai tiré. Il a fallu deux heures pour que ce brave se rende enfin.

Miguel Palacios ne parlait jamais de tuer ou de mort. Ces mots le mettaient mal à l'aise. C'était pourtant lui qui avait eu le plus de baleines à son actif au cours de ses années au service de la Compaña ballenera. Il ne faisait pas de quartier.

La patronne s'approcha avec précaution afin de ne pas le priver de son moment de gloire.

— Je suis venue vous féliciter.

— Madame Valdés ! s'écria le harponneur. C'est une prise extraordinaire.

— Vous aurez votre récompense.

Inés tendit la main. Il leva les siennes.

— Permettez, madame. Je suis sale et je sens mauvais.

— Ne dites donc pas de sottises ! répliqua-t-elle.

À l'usine, personne ne perdit une minute. Le cachalot était entré brut par la rampe et il en ressortirait peu de temps après, prêt à être vendu, sans le moindre gaspillage.

— Que va-t-on faire de l'ambre ? demanda Inés à Clara, qui donnait des ordres à droite et à gauche et décourageait les curieux.

— Le vendre jusqu'au dernier gramme.

— Ça ne peut que nous porter chance.

— Dieu vous entende. Dieu vous entende ! répondit Clara en regardant le ciel comme s'il avait des réponses aux nouvelles questions qu'elle avait commencé à se poser.

Bien des nuits plus tard, Inés se dirait qu'au lieu de leur porter chance les trois cents kilos d'ambre avaient attiré le malheur. Car ce même jour, avant que le soleil ne se couche sur l'horizon des Cíes, don Gustavo Valdés mourut au Pazo d'Espíritu Santo, accompagné par l'éminent Dr Celestino Vieito, qui s'était rendu au manoir pour s'informer sur cette histoire d'ambre gris. Personne ne l'avait appelé, mais il finit par assister le maître de maison dans ses derniers instants.

— J'ai aimé Inés toute ma vie, docteur.

— Je sais, je sais, répondit don Celestino.

— Elle ne le sait pas. Dites-le-lui.

— Je le lui dirai, monsieur Valdés.

— Et j'ai répondu à toutes ses lettres. Ça aussi, dites-le-lui.

Il était cyanosé et bouffi. Il respirait avec difficulté et le médecin constata que son pouls était imperceptible.

— Dites-lui que c'est ma fille… murmura Gustavo d'une voix à peine audible.

Celestino Vieito aurait alors pu percer le secret de la famille de La Deslumbrante. Le problème, c'est qu'à ce moment-là il lui manquait certains éléments, personne ne lui ayant relayé les soupçons qui circulaient à Punta do Bico à propos de Clara.

— Qui donc, monsieur Valdés ? Qui est votre fille ?

Il posa un linge imprégné d'alcool sur le front du mourant.

— Quand elle rentrera de l'usine… c'est ma fille, dites-le-lui.

Le médecin le regarda avec étonnement et continua son travail, croyant qu'il délirait.

— Allons, allons, elles vont arriver. Restez tranquille, monsieur Valdés.

Gustavo reprit une dernière fois la parole.

— J'ai péché, c'est à moi d'en répondre. Dites-le-lui… Et gardez ça pour vous comme un secret médical.

Ce qu'il devait garder pour lui et à qui il devait le dire, l'éminent médecin n'en avait aucune idée, car Gustavo n'ouvrit plus la bouche que pour prendre quelques inspirations avant de pousser son dernier soupir entre ses lèvres ridées, tremblantes puis scellées par la mort. En bon soldat zélé, le médecin nota cependant tout dans son carnet, d'une petite écriture serrée. Manière de conjurer le mauvais sort.

Inés arriva au manoir au bras de Jaime. Elle était nerveuse. On l'avait avertie que Gustavo semblait agité, mais l'émotion causée par la découverte de l'ambre était telle qu'elle n'y avait pas accordé assez d'importance et s'était laissé distraire plus que de raison.

— Mon Dieu ! Mon Dieu ! Tout ça à cause d'un cachalot, l'entendit-on dire entre deux sanglots. Au bout du compte, il est mort seul.

Inés vit sa vie défiler devant ses yeux. Gustavo avait toujours été là, même lorsqu'il était absent. Elle se revoyait jeune mariée et amoureuse. Épouse dévouée. Mère exemplaire. Elle se revit dans ce même manoir, heureuse à leur retour de Cuba. Elle se vit inaugurer le XXe siècle à Noël 1899. Puis elle se vit retourner à San Lázaro, à la raffinerie Diana et à La Havane. Elle revit la *santera* et se rappela l'effroi que lui avaient causé ses paroles. Elle vit son mari en proie à la folie quand tout allait mal pour lui. Enfin elle se revit sur le Malecón, où elle avait pris la décision la plus difficile de sa vie. Et elle regretta amèrement d'être partie, car ce temps passé sans Gustavo ne lui serait jamais rendu. La Deslumbrante et les nuits blanches à travailler d'arrache-pied ne l'accablaient plus. Les satisfactions que lui apportait l'entreprise et l'argent gagné se firent soudain légers. En ces heures froides, seule la vie sans lui commençait à lui peser.

Clara rentra au manoir tard dans la soirée. Sans vouloir se montrer trop méfiante, elle avait préféré s'assurer que l'ambre était en sécurité. À l'usine, personne n'était au courant de la mort de Gustavo. Lorsque la jeune femme entra dans sa chambre pour lui souhaiter bonne nuit, elle trouva Inés agrippée au corps inerte de son mari, secouée de sanglots sans larmes.

— Allons dans la bibliothèque. Nous n'avons plus rien à faire ici.

Clara la prit par le bras et l'installa dans son canapé favori, où elles s'endormirent toutes les deux jusqu'à ce que l'aube se lève et que les premiers rayons de soleil les réveillent.

Le curé de la paroisse, don Antolín el Nuevo, arriva en fin de matinée pour prendre la tête du cortège funèbre qui quitta le Pazo d'Espíritu Santo. Il regroupait tous les occupants du manoir, le personnel de La Deslumbrante au grand complet, les barons de la mer et leurs épouses vêtues de noir.

Le vieux Valdés était mort à soixante-huit ans sans savoir que son souhait avait été exaucé : il n'avait jamais pu vérifier que la véritable fille de la servante possédait bien les qualités qu'Inés lui avait vantées dans sa lettre.

Parce que la fille de la servante se trouvait en Argentine et que, après lui avoir dit au revoir sur le Malecón de La Havane en 1907, il ne l'avait jamais revue.

L'avis de décès mentionnait les noms de ses trois enfants : Jaime, Catalina et Leopoldo.

Celui de son épouse Inés.

Et celui de sa belle-fille Clara, qu'il avait fini par aimer comme sa fille.

Don Gustavo Valdés avait emporté son secret dans la tombe sans avoir jamais su l'entière vérité, que seule Catalina détenait. Lorsqu'elle fut informée du décès de son père, celle-ci ne fit preuve d'aucune compassion. Son époux, Héctor Grassi, parvint tout juste à la convaincre d'envoyer une couronne portant la froide inscription : « Ta fille qui ne t'oublie pas. *H.C.* »

37

LES FLEURS FURENT ACHETÉES chez le fleuriste de Vigo qui fournissait habituellement les couronnes pour les victimes de naufrages.

Catalina téléphona elle-même en longue distance pour passer la commande après avoir appris la nouvelle et s'être querellée avec Héctor Grassi, qui tentait de la convaincre de faire le voyage depuis l'Argentine pour soutenir sa mère doña Inés, dont il gardait le meilleur souvenir et avec qui il avait maintenu un contact épisodique les premières années. Mais la communication avait été brusquement interrompue quand Catalina en avait pris conscience.

— C'est moi qui parle avec l'Espagne, avait-elle tancé son mari en le surprenant le combiné à la main dans son bureau de l'immense hacienda des Grassi, à General de Madariaga, province de Buenos Aires.

Elle n'avait donné aucune explication. Ils étaient mariés depuis longtemps, et Héctor connaissait sa femme. Ou du moins il croyait la connaître, puisque Catalina avait atteint l'âge adulte environnée d'un cortège de traumatismes dont elle s'était vengée tout au long de sa vie. Ce que son mari supportait le moins, c'était que même la plus misérable des servantes pouvait déclencher chez elle une haine viscérale. Elle seule savait pourquoi et, comme son père, elle ne pouvait le confier à personne.

Le couple avait célébré son union comme prévu, lors d'une cérémonie qui avait fait les délices des chroniqueurs mondains de Buenos Aires. La deuxième génération des Grassi reprenait les rênes de l'empire. La famille, qui était aussi célèbre que les Anchorena, n'avait jamais compris pourquoi les Valdés n'avaient pas assisté à la noce, sans qu'Héctor puisse donner d'explications convaincantes. Il avait prétexté une communication difficile et l'impossibilité pour les Valdés de rester trop longtemps éloignés de leurs affaires. Un effort inutile.

Le jour du mariage, un dimanche d'octobre 1923, il pleuvait des cordes sur l'hacienda. Mais loin de maudire la boue qui souillait la robe de Catalina, les Grassi avaient déclaré que c'était là un signe incontestable de bonheur éternel.

— Mariage pluvieux, mariage heureux ! s'était exclamé le père du marié, Víctor Leandro, d'une voix tonitruante qu'il ne contrôlait plus quand il avait trop bu.

Au rythme de la musique latine qui animait la fête, Catalina avait commencé à oublier que, là-bas, au bout du monde, elle avait laissé deux mères, une vivante et une morte. Et, en regardant sa belle-mère, Valeria Fernández, avec ses bagues en or et son chapeau en soie, elle avait souhaité se sentir aussi proche d'elle que ses cinq belles-sœurs, Andrea, Buenaventura, María Laura, Estela et Belén.

Catalina avait lutté contre sa vérité profonde pour être heureuse, mais même la distance qui la séparait de l'Espagne ne parvenait pas à l'apaiser. L'oubli n'arrive pas d'un claquement de doigts ou par un tour de passe-passe. L'oubli n'est ni une gare ni un terminus. Et Catalina aurait beau faire, un jour viendrait où elle rejetterait jusqu'à son nom.

Les Grassi l'avaient accueillie comme l'une des leurs. Après tout, elle avait épousé l'héritier, ce qui lui conférait un certain statut. De fait, quand Héctor était venu au monde, après cinq filles, son père avait célébré l'événement avec le faste qui s'imposait, en conviant tous les grands propriétaires terriens de General de Madariaga à une fête de deux jours, avec banquets et *asados* sans fin.

— Enfin un héritier pour reprendre le flambeau ! avait-il déclaré fièrement.

Héctor avait fréquenté le Colegio Ward, un prestigieux établissement bilingue de Buenos Aires, d'où il était sorti premier, maîtrisant parfaitement l'anglais. Mais les yeux de Victor Leandro étaient tournés vers l'Espagne, où il voulait que son héritier reçoive la formation que lui n'avait pas eue, ayant grandi dans une boucherie à vendre du paleron, du jarret et du plat de côte. Jusqu'au jour où il en avait eu assez d'avoir les mains pleines de sang et acheté ses premières vaches pour fonder son élevage.

Il avait commencé par six têtes d'Aberdeen-Angus, une race écossaise qui n'était alors pas officiellement reconnue dans l'Argentine du président Roca. C'étaient des bêtes sans cornes, à la robe noire et à la fécondité précoce. À tel point que l'année suivante son cheptel était multiplié par deux, puis par trois un an plus tard, puis par quatre, etc. C'est ainsi que Victor Leandro était devenu le premier président de la Corporación argentina de Aberdeen-Angus, et millionnaire.

Les bêtes étaient marquées aux initiales des familles du couple fondateur : « G.F. » Grassi et Fernández.

Une fois Héctor marié, Victor Leandro avait décidé de prendre sa retraite, à la seule condition que sa belle-fille espagnole s'engage non seulement envers l'héritier mais aussi envers son héritage, c'est-à-dire envers les vaches Angus, auxquelles elle devait la même fidélité qu'à son mari. Catalina s'y était conformée en tout point puisque, lorsqu'elle était arrivée à Buenos Aires, une chose était claire : elle ne reviendrait jamais en arrière.

— Il ne faut jamais dire : « Fontaine je ne boirai pas de ton eau »... l'avait prévenue Héctor.

— Tu peux être certain que je ne retournerai jamais en Espagne, avait rétorqué Catalina. Je ne te quitterai jamais.

La passation du cheptel s'était déroulée de manière on ne peut plus solennelle, en présence du patriarche et de sa femme Valeria, de leurs cinq filles et de leurs époux, et de leurs six premiers petits-enfants. Face à eux, Héctor et Catalina, déjà enceinte. Au total, elle allait donner naissance à trois enfants : des jumelles, Agustina et Antonella, et un garçon, qu'ils prénommeraient Carlos.

Victor Leandro avait remis à Héctor une clé du portail principal de l'hacienda et un fer à marquer avec un manche en bois.

Tout le monde avait applaudi avant que le nouvel *hacendado* ne signe les documents qui feraient de lui le propriétaire de l'un des élevages les plus prospères d'Argentine.

— Quelle marque porteront les veaux de ton troupeau, mon fils ? s'était enquis Victor Leandro.

— Il est très généreux de ta part de me laisser la liberté de marquer mes bêtes. Je poursuivrai la tradition, et les vaches porteront les initiales de nos deux noms : Grassi Valdés. J'espère qu'un jour mes enfants en feront autant, avait-il dit en caressant le ventre de Catalina.

Héctor n'imaginait pas alors qu'il trahirait la parole donnée à son père.

Cette nuit-là, Catalina avait connu son premier épisode d'angoisse aiguë. Avant le lever du jour, elle s'était réveillée en proie à des cauchemars. Son ventre était dur et cambré comme le dos d'un chat.

— Je n'ai pas de nom ! Je renie mon nom ! avait-elle crié.

Héctor n'était pas parvenu à la calmer. Elle était incontrôlable, avait les yeux révulsés, la bouche déformée, les cheveux trempés de sueur.

— Mon amour, ce n'est qu'un cauchemar ! Calme-toi, je t'en prie, l'implorait-il.

— Tes vaches ne peuvent pas porter le nom de Valdés... C'est impossible !

Héctor Grassi l'avait prise dans ses bras pour contenir la folie qui s'était emparée d'elle.

— Tout ce que je te demande, suppliait Catalina en larmes, c'est que nos bêtes ne portent pas le nom de Valdés.

L'année suivante, leur tout premier veau avait été marqué des initiales H.C., qui ne correspondaient pas à leurs noms de famille mais à leurs prénoms, et contenaient en outre la vérité entière de Catalina Valdés Comesaña : « *Hija (de la) Criada.* » La fille de la servante.

Après la mort de Gustavo, Inés endura mille tourments, et le poids de toutes ses années de souffrance s'abattit irrémédiablement sur elle.

— Maintenant, c'est mon tour, dit-elle à Jaime.

L'absence de ses deux enfants pesait lourdement sur ses épaules. Elle pardonnait à Leopoldo parce que Madrid était sacré, mais pour la première fois depuis que Catalina avait fui en Argentine, elle fut certaine qu'elle ne la reverrait pas.

— C'est indéniable, je mourrai sans petits-enfants.

Cette couronne de fleurs arrivée au cimetière de Punta do Bico alors que personne ne s'y attendait la bouleversa.

— Mettez-la de côté, ordonna-t-elle aux fossoyeurs. Ça vient de ma fille. Au moins elle a donné signe de vie dans cet océan d'oubli.

Elle fit installer les fleurs sur l'autel de la Vierge du Carmen dans la chapelle d'Espíritu Santo.

Dans la solitude de la nuit, Inés fit venir Clara pour lui dire qu'elle avait une douleur dans la poitrine, logée tout près du cœur, qui ne la laissait jamais en paix.

— Pour moi, il n'y aura ni remède ni sangsues. Rien ne pourra m'en guérir. Je ne pourrai pas réunir mes trois enfants avant de mourir, mais j'ai besoin d'entendre au moins une fois la voix de Catalina.

Elle ressentait jusqu'aux tréfonds de son âme l'absence de sa fille du Nouveau Monde, la fugitive, la disparue.

Celle qui n'était pas là.

— Avec tout le respect que je vous dois, répondit Clara, ne vous torturez pas. Vous avez fait votre possible.

Elle regretta aussitôt ses paroles et se confondit en excuses, qu'Inés accepta, sachant combien Clara avait souffert par la faute de Catalina.

Envahie par une tristesse insondable, Inés n'était plus que l'ombre d'elle-même. Clara fit de son mieux pour la convaincre qu'il lui restait des raisons de s'accrocher à la vie, en vain. Elle montait la voir, frappait à sa porte, lui demandait comment elle allait et s'entendait répondre : « Mal. »

— N'entre pas, Clara. Laisse-moi simplement un peu d'eau à la porte.

On la laissa seule, enfin pas tout à fait, les domestiques déambulant sans cesse à l'étage des chambres.

Entre les draps qui avaient porté naguère l'odeur de Gustavo, Inés se prépara à mourir, quel que soit le temps que cela prendrait.

Et cela prit vingt ans, rythmés par les saisons de pêche à la sardine, de chasse à la baleine et au cachalot, sans qu'on y trouve plus d'ambre gris.

QUATRIÈME PARTIE

PUNTA DO BICO-MADRID, 1962

38

MALGRÉ LA MEILLEURE DES VOLONTÉS, nul ne peut empêcher de mourir quelqu'un qui en a décidé ainsi.

Cando un Galego di que morre, morre.

Quand un Galicien dit qu'il meurt, il meurt.

Le 28 décembre 1962, Mme Valdés cessa de donner signe de vie dans la chambre à la galerie avec vue sur les Cíes.

Elle accueillit la mort avec une sérénité que le père Antolín el Nuevo n'avait jamais vue, à plus forte raison chez une femme de quatre-vingt-six ans, doyenne de Punta do Bico, de Pontevedra – peut-être même de toute la Galice. Elle avait revêtu sa plus belle chemise de nuit. Le visage légèrement maquillé, les cheveux coiffés en un chignon bas, elle semblait sourire. Elle avait posé les mains sur sa poitrine, tenant entre ses doigts une fleur de camélia dont on apprit plus tard qu'elle l'avait demandée à Limita. Cette dernière avait été la seule à lui dire au revoir.

— Je ne veux pas qu'on me voie mourir. Je préfère qu'on me voie morte.

Doña Inés avait toujours eu des idées bien arrêtées.

C'était une femme dure, mais pas autant que le disaient ceux qui la comparaient au chêne des jardins du manoir, que certains juraient l'avoir vu planter quand d'autres assuraient qu'il était là depuis l'époque des premiers occupants d'Espíritu Santo.

Étreignant Leopoldo, qui avait pu arriver à temps par le train express au départ de la gare Príncipe Pío, Clara la pleura sans retenue après l'avoir vue vingt ans au lit, allongée sur le côté face à la baie vitrée. Printemps, été. Automne et hiver. Pluie et soleil alternant à sa fenêtre. Ciels nuageux et d'azur.

Personne ne sut – parce qu'elle ne l'avait raconté à personne et avait bien pris garde qu'on ne le découvre pas – que toutes ces années qu'elle avait passées alitée, elle les avait aussi employées à lire, jusqu'à pouvoir réciter par cœur les lettres que Gustavo lui avait écrites de La Havane. Elle les avait trouvées par hasard dans le double fond de la dernière malle arrivée de Cuba. Cette découverte, au lieu d'être un réconfort, avait été la dernière épreuve que lui avait réservée la vie. « Encore heureux que tu ne sois plus là, Gustavo ! » criait-elle dans la nuit comme si l'âme de son mari avait pu l'entendre et, au passage, lui fournir une explication pour toutes ces années de souffrances qu'il aurait pu s'épargner.

— Vingt ans, Clara, à prendre soin de ma mère… murmura Leopoldo. Je ne te remercierai jamais assez.

— Ça n'a pas été si dur, répondit-elle à voix basse.

Et en effet ça ne l'avait pas été. Sur le chemin du cimetière, Clara se rendit compte que rendre soin d'Inés avait été une façon de lui exprimer sa gratitude une dernière fois, même si elle gardait l'impression d'avoir failli à la tâche que sa belle-mère lui avait confiée en faisant d'elle une Valdés. Elle n'était pas parvenue à devenir mère ni à aimer Jaime. Leur union arrangée demeurait un fiasco complet.

Comme si l'amour lui avait à nouveau été injustement refusé.

Comme si elle était condamnée à vivre sans amour.

Comme si la modestie de sa condition lui valait ce châtiment.

Ce constat l'accablait et, à l'âge de soixante-deux ans, elle se disait que la vie ne réparerait jamais cette déchirure.

Marchant derrière le cercueil au bras de Leopoldo, sur les talons de son mari, Clara se demandait à quoi bon vivre. Elle frissonna et se maudit intérieurement, tout comme elle avait maudit Inés de céder à la mort. Elle pensa à tout ce qu'il lui restait à faire à La Deslumbrante, aux ouvrières qu'elle laisserait presque orphelines et aux servantes cubaines du manoir à qui elle avait promis le même enterrement qu'Isabela. Alors elle se reprit et continua d'avancer la tête haute.

Au cimetière de Punta do Bico, la foule était si nombreuse qu'on ne pouvait faire un pas. Même les messieurs avec qui Inés s'était brouillée étaient venus lui faire leurs adieux.

— Elle vous laisse bien seule, lui dirent les ouvrières de l'usine.

Elles n'avaient pas tort.

Jusqu'au bout, Clara avait tenu à vouvoyer Inés et à l'appeler « madame », sans savoir qu'elle avait été privée de la possibilité de l'appeler mère.

Sur la pierre tombale, elle fit graver ses dates et quelques mots sous son nom.

L'AMOUR ET LA MER SONT ASSEZ GRANDS POUR TOUT LE MONDE.

La référence à la mer venait de doña Inés.

L'amour, ça venait d'elle.

Encore une fois, Catalina fut informée du décès. Mais elle n'envoya ni fleurs ni couronne en souvenir de sa mère, dont elle seule savait qu'elle ne l'était pas.

Le temps du deuil, la famille recouvra un semblant d'unité. On fêta la Saint-Sylvestre et le Nouvel An 1963 au manoir, sans cérémonie. Clara ne prit pas la peine de décorer les tables ni de choisir la vaisselle, qui avait toujours été soigneusement entretenue du vivant d'Inés.

Ils avaient tous pris de l'âge.

Leopoldo avait fait le voyage jusqu'en Galice avec un collègue du journal pour lequel il écrivait des chroniques. Il s'appelait Plácido Carvajal, était veuf et père de deux grands enfants et, s'il avait passé la soixantaine, il gardait une allure juvénile. Grand et un peu dégingandé, il affichait les manières d'un gentleman madrilène.

Il n'aurait pu arriver à Punta do Bico à pire moment.

Clara remarqua dès le premier jour sa politesse et sa distinction – qui frisait parfois la pédanterie propre à la capitale. Mais c'est seulement lors de sa visite à La Deslumbrante qu'elle reconnut ce picotement oublié au creux de l'estomac. Ce picotement qu'elle pensait ne plus jamais ressentir.

Plácido n'avait jamais mis les pieds dans une conserverie : Leopoldo insista pour l'y emmener, et Clara se chargea du reste. Elle savait que les ouvrières seraient contentes de voir de près un monsieur aussi distingué. À l'usine, on n'avait jamais reçu personne en costume-cravate, chapeau et chaussures de ville. Le plus chic qu'on ait vu, c'était un inspecteur de l'hygiène.

Elle les attendait sur le quai, les mains bien propres. Ils venaient de parcourir le port d'un bout à l'autre pour respirer l'air pur de la mer, qui faisait le plus grand bien à Plácido. C'est ainsi qu'elle apprit qu'il souffrait d'asthme – même s'il avait toujours un paquet de cigarettes Ideales dans la poche intérieure de sa veste.

Clara partagea tout son savoir sans se douter de l'effet que cela produirait sur son invité, qui déclara que l'usine était aussi éblouissante que son nom le laissait entendre, qu'elle méritait de figurer dans le journal pour promouvoir l'industrie galicienne, et tant encore.

Ils visitèrent les entrepôts, les ateliers, les chaudières. Dans la salle de découpe des baleines, elle lui raconta l'épisode de l'ambre gris dont on n'avait jamais reparlé en famille, Jaime affirmant que sa seule mention portait malheur. Clara, quant à elle, en avait gardé un morceau d'une vingtaine de grammes au cas où, et continuait de raconter l'histoire à qui voulait l'entendre.

— Trois cents kilos... se souvint-elle à mi-voix. Nous n'arrivions pas à le croire !

Plácido était fasciné : il ne connaissait l'existence de l'ambre gris que par le récit des aventures de Sinbad le Marin dans *Les Mille et Une Nuits.*

— Combien de temps restez-vous ? demanda Clara en s'adressant à Leopoldo.

Il répondit qu'ils n'en savaient rien, que tout dépendrait de la générosité du journal, mais qu'ils étaient à peu près libres de gérer leur temps comme ils l'entendaient tant qu'ils rendaient leur article à l'heure.

— Et toi, quand vas-tu te décider à venir à Madrid ? ajouta Leopoldo.

— Avec votre mari, bien sûr, précisa Plácido.

Clara répondit qu'elle adorerait, mais que son travail l'accaparait énormément.

– Alors comme ça, vous écrivez aussi, monsieur Carvajal ? demanda-t-elle en baissant timidement les yeux.

— Par pitié, ne m'appelez pas monsieur Carvajal ou je vais devoir vous appeler madame Valdés !

En trente-neuf ans de mariage, c'était la première fois que Clara entendait quelqu'un lui donner du « madame Valdés ».

Pour tout le monde, elle était Clara.

Tout court.

Inés l'avait toujours appelée par son prénom et Gustavo la présentait comme sa belle-fille Clara.

Les diverses autorités de Punta do Bico la connaissaient sous le nom de Clara, celle de La Deslumbrante.

L'éminent docteur ne l'avait jamais appelée autrement, le curé non plus.

La première personne à l'appeler madame Valdés fut donc Plácido Carvajal, sur la rampe de déchargement des baleines, un beau matin de cette année qui débuta sans Inés.

Les semaines s'écoulèrent.

Plácido se révéla un invité irréprochable, discret et accommodant. Il appréciait la cuisine de Limita et de María Elena et leur faisait volontiers la conversation, car tous les accents l'intéressaient. Il ne demandait pas grand-chose. Seulement qu'on lui lave ses chemises et ses sous-vêtements.

— Le reste, ça ne se salit pas, disait-il.

Leopoldo négocia avec sa rédaction pour pouvoir dicter son article depuis Punta do Bico, et Plácido n'eut rien à négocier du tout, puisqu'il était actionnaire du journal, leur apprit-il.

Chaque soir, avant que le soleil ne disparaisse sur l'horizon de l'estuaire, Leopoldo, Jaime et Plácido s'installaient pour discuter de ce qui se tramait à Madrid. Un jour, Plácido raconta qu'il avait eu pour voisin José Ortega y Gasset, rue Monte Esquinza, où le philosophe avait vécu de son retour d'exil à sa mort, survenue huit ans plus tôt.

— Il vivait au 28 et moi au 26.

Plácido admirait les esprits forts comme Ortega y Gasset parce qu'ils étaient capables de tenir tête au pouvoir.

— Il l'a fait avec la république et a renoncé à son siège de député parce qu'il n'était pas d'accord avec l'autonomie que la Constitution de 1931 accordait à certaines régions. Ensuite, il y a eu les événements d'octobre 1934 en Catalogne.

— Nous aussi, nous avons voté notre statut d'autonomie, intervint Clara.

— Et ça a servi à quoi ? À rien, conclut Plácido.

Le projet était effectivement demeuré lettre morte, mais malgré les années la Galice n'oubliait pas qu'elle avait massivement voté en faveur de l'autonomie et fêté son éphémère victoire au son des fanfares. Enrique Rajoy Leloup[25] avait lu en castillan (« Pour réaffirmer nos bonnes intentions envers l'Espagne », avait-il déclaré) les résultats du scrutin, clôturant cette session historique dans la salle même de l'Université de Saint-Jacques-de-Compostelle, où s'était « forgée la liberté de la Galice au sein de l'État espagnol ».

Le projet de statut était arrivé à Madrid le 16 juillet 1936 pour être soumis à l'approbation du Parlement

25. Juriste et universitaire espagnol, promoteur et rédacteur du projet de statut d'autonomie de la Galice.

espagnol. Le 17, le président de la République nouvellement élu Manuel Azaña avait reçu le député Castelao[26], venu présenter le statut et assurer que la Galice serait une démocratie exemplaire.

Le 18, la guerre éclatait.

— S'il n'y avait pas eu la guerre... se lamenta Clara.

— Rien du tout, Clara, répéta Plácido d'une voix douce.

— Qu'est-ce que tu peux bien en savoir ? intervint Jaime, qui n'ouvrait la bouche que pour rabaisser Clara. Castelao... Encore un rouge !

— Jaime ! protesta Leopoldo. Ne parle pas comme ça à ta femme.

— Qu'est-ce que ma femme peut bien savoir de la démocratie, des statuts d'autonomie, de Castelao ?

— J'ai lu tout ce qu'en disaient les journaux, répondit-elle sans sourciller. Pendant que tu sortais faire la fête, ajouta-t-elle tout bas.

Jaime estimait qu'une femme n'avait pas sa place dans des conversations d'homme, et sautait sur toutes les occasions pour reprocher à Clara de parler à tort et à travers devant un quasi-inconnu.

— Je ne parle pas à tort et à travers, et je ne te permettrai pas de me traiter de cette façon, lui dit-elle un soir, fatiguée de ses reproches. Crois-tu que je ne voie pas avec quel mépris tu me regardes ?

— Fais attention.

— Attention à quoi ? Si ma présence te dérange, la tienne me dérange davantage.

— Mais je suis ici chez moi.

---

26. Alfonso Daniel Rodríguez Castelao, dit Castelao : homme politique et écrivain de langue galicienne, considéré comme le père du nationalisme galicien et ardent promoteur du référendum de 1936 pour l'autonomie de la Galice dont il est question ici.

— Tu comptes me mettre dehors ? demanda Clara, les yeux brûlants de colère.

— Je pourrais le faire.

Le premier à se rendre compte que les choses n'allaient pas dans le couple de Clara fut Plácido lui-même, qui n'avait pas manqué de remarquer la beauté et la profondeur de son regard. Il hésita à en parler à Leopoldo, puis se décida finalement à glisser une allusion dans la conversation.

— Clara a dû être une femme magnifique. Je parie qu'elle ne le sait même pas elle-même ! Malgré son âge, elle a conservé une beauté extraordinaire.

Leopoldo rit à la remarque de Plácido, qui ajouta, d'un ton plein de sous-entendus :

— Ce qu'elle sait, en revanche, c'est qu'elle n'est pas heureuse.

— Qu'est-ce que tu veux dire ?

— Ton frère n'a pas su l'apprécier à sa juste valeur.

Leopoldo se mit à analyser chaque détail, et en vint à la même conclusion que son ami. De son propre chef, il décida de parler à Clara pour voir s'ils ne faisaient pas erreur tous les deux. Mais Clara ne démentit aucune de ses impressions. Au contraire, elle profita de ce moment de confidence pour lui raconter tout ce qui la rongeait depuis des années.

Elle lui dit que la mort d'Inesita avait été une épreuve dont leur couple ne s'était jamais relevé. Qu'après cela ils avaient cessé de faire l'amour. Que les nuits étaient froides et cruelles. Que c'était à peine s'ils pouvaient se regarder dans les yeux.

Un an, puis un autre.

Cinq ans, une décennie.

Puis une autre.

Elle lui dit que Jaime n'avait jamais supporté la relation qu'elle entretenait avec son père – « qui était aussi ton père, Leopoldo » –, qu'il avait toujours été jaloux de la façon dont elle gérait la conserverie, mais que le plus blessant avait été de s'entendre rappeler qu'elle n'était qu'une fille de domestique.

— Depuis, et pourtant il s'en est passé du temps, je survis comme je peux, Polo. Mon grand malheur, c'est que Celso soit mort alors que nous nous aimions tant. Je n'ai jamais réussi à l'oublier.

Leopoldo, qui avait tendance à pleurer facilement, essuya ses larmes mais ne put trouver que ces cinq mots pour la réconforter :

— Tu ne mérites pas ça.

Quand ils étaient plus jeunes, les peines de cœur se soignaient avec des douceurs.

Des carrés de chocolat.

Des bonbons au miel.

Désormais, pour oublier ses malheurs, Clara montait à pied au cimetière et parlait avec Inés. Elle éprouvait toujours le besoin de l'informer des affaires courantes de La Deslumbrante, et finit même par lui confier ses déboires conjugaux.

— Je ne sais pas ce que je ferai quand je me retrouverai seule avec lui, doña Inés. Plácido et Leopoldo retourneront à Madrid et ils oublieront Punta do Bico. Que ferai-je seule dans une si grande maison ? s'interrogeait-elle devant la stèle sous laquelle reposaient Inés, Gustavo et sa fille Inesita. Ainsi que la bonne Isabela.

Elle pensa à Plácido.

Elle aimait la façon dont il la regardait et prenait plaisir à le regarder elle aussi. Son visage anguleux s'éclairait quand il souriait. Ses grandes mains s'animaient pendant qu'il parlait. Parfois, elle le soupçonnait d'être favorable à Franco à la façon dont il évoquait certains sujets, mais elle se ravisait aussi vite, car il ne ménageait pas ses critiques. Son tempérament était plus atlantique que castillan.

Il était allé à Paris, à Lisbonne, à Rome rencontrer le pape Pie XII, et à New York. Clara s'était habituée à sa présence et, pour la première fois depuis Celso, elle éprouvait le désir irrépressible de se laisser étreindre et même de faire l'amour. Les émotions éteintes remontaient à la surface comme un torrent de vie qu'elle croyait perdu à jamais.

Leopoldo avait promis de rester à Punta do Bico jusqu'à ce que tous les papiers de ses parents soient réglés, à savoir le testament qui transférerait officiellement La Deslumbrante à la génération suivante. À l'approche du rendez-vous chez le notaire de Vigo, Clara pria de toutes ses forces pour que les démarches traînent afin de retarder le départ des deux hommes. Rien d'autre ne comptait à ses yeux. Le jour où son mari et Polo se rendirent en ville, elle annula tous ses engagements et resta au manoir, guettant l'occasion de se retrouver seule avec Plácido. C'était la première fois que cela se produisait. Prenant son courage à deux mains, le journaliste lui proposa d'aller se promener.

— J'aimerais que tu m'emmènes à Baiona.

Depuis Celso, elle ne se souvenait pas qu'un homme l'ait invitée à sortir et elle prit conscience de son inexpérience en amour.

— Que voudrais-tu voir ?

— Je veux voir ta terre.

Clara s'assura que les domestiques se reposaient dans leur chambre, jeta un manteau sur ses épaules et monta dans la voiture.

Le trajet empruntait des routes sinueuses qui longeaient la côte jusqu'au cap Silleiro, où la mer se brisait contre les rochers. La présence de l'Atlantique fascinait tout un chacun avec les îles Cíes, le cap de Home et la péninsule de Monteferro en guise de barrières naturelles protégeant les eaux calmes de l'estuaire.

Ils continuèrent, frappés par la solitude des lieux et leur propre petitesse, et arrivèrent à Santa María de Oya, où ils admirèrent le monastère des moines cisterciens, qui recevaient jadis les navires turcs à coups de canon.

— C'est la force de ma terre, dit Clara. Des eaux tumultueuses contenues dans des baies. Peut-être est-ce là la main de Dieu.

— Tu es très chanceuse, répondit Plácido. Aucune ville ne pourra jamais égaler ce spectacle. Vieillir à Madrid est un vrai supplice. La ville est cruelle. Au bout du compte, on finit toujours seul.

Clara aurait voulu l'inviter à rester au manoir, mais elle parvint seulement à lui dire que, s'il le voulait, il y serait toujours le bienvenu.

Plácido lui parla de ses fils. L'un était avocat dans un cabinet du quartier de Salamanca et l'autre, pédiatre, venait d'être engagé à la maternité O'Donnell. Ils étaient jumeaux. Aucun des deux n'avait encore d'enfant, ce qui le gardait jeune.

— Je ne supporterais pas qu'on m'appelle grand-père !

Là encore, Clara ne fit aucun commentaire, et Plácido comprit qu'il valait mieux ne pas poser de questions.

Clara était nerveuse, songeant que Jaime et Leopoldo pouvaient revenir au manoir à n'importe quel moment.

— Rentrons, proposa-t-elle.

Plácido hocha la tête et ils reprirent la route, les sentiments à fleur de peau, stupéfaits par ce qui s'était éveillé en eux mais incapables de se l'avouer.

Les frères Valdés n'étaient pas encore rentrés quand Clara gara l'auto dans l'allée du manoir. Ils eurent encore le temps de flâner dans les jardins.

Plácido s'arrêta sous l'immense cyprès de Lambert. Il toucha l'écorce de la main et la porta à son nez pour en sentir le parfum.

— C'est un cyprès, dit Clara.

— Magnifique ! Et tu sais ce qu'on dit : s'il y a une chapelle, un pigeonnier et un cyprès, c'est un palais[27], répondit-il en riant.

Clara ignora sa remarque.

— Autrefois, nous en faisions des planches.

— Des cyprès ? demanda Plácido. Quand était-ce ?

Elle lui raconta l'histoire de la scierie, où elle avait commencé à travailler à l'âge de quinze ans avant d'être rapidement promue responsable, étant alors la seule à savoir lire et compter.

— Et que s'est-il passé ?

— Nous avons fermé la scierie.

Pour la première fois, elle employa le pluriel.

– Et nous avons ouvert La Deslumbrante.

— Tu as toujours travaillé avec Mme Valdés ?

— Toujours.

Ils continuèrent de marcher.

En passant devant chez Renata, Clara hésita à lui dire « Je suis née dans cette maison », mais elle ressentit un vertige et une envie de pleurer. Ses origines n'étaient un secret pour personne, excepté pour Plácido. Dans la famille, on n'en parlait jamais. Par honte, supposait-elle. Ou allez savoir. Personne n'évoquait plus ni Renata ni Domingo, et avec les nouveaux gardiens il y avait toujours eu une distance de patron à employé qui ne s'était

27. Dicton galicien : « *Si tiene capilla, palomar y cipres, pazo es.* »

pas resserrée avec les années. La seule chose dont Clara se souvenait était la date de leur décès, pour aller fleurir leur tombe et qu'on ne la traite pas de fille indigne.

Plácido était veuf depuis dix-neuf ans. Son épouse avait été institutrice et une mère dévouée pour leurs deux enfants. Elle était morte très jeune d'une attaque cérébrale. Elle s'était effondrée après un déjeuner en famille, comme frappée par la foudre.

— Ç'a été une image terrible, conclut-il.

À l'époque, les enfants étaient encore petits. Ils se rappelaient à peine la scène, et il leur avait fallu du temps pour comprendre que cet évanouissement avait été fatal.

Dès lors, Plácido s'était consacré à son travail et à leur éducation. Ils n'avaient retrouvé une présence féminine qu'à l'arrivée d'Andrea, son second grand amour, dont il n'avait pas dit un mot jusqu'à ce que Clara lui pose la question. Il finit par avouer que cette histoire avait tourné court parce que Andrea avait dû quitter l'Espagne.

— Précipitamment ? demanda-t-elle.

— Et sans donner d'explications.

— Tu lui en as demandé ?

— Je n'en ai pas eu l'occasion.

Toute vie a ses eaux troubles. On s'efforce de les cacher parce qu'elles font mal. Et pour Plácido, conclut Clara, le souvenir d'Andrea était aussi douloureux que celui de Celso pour elle dans ses moments de faiblesse. C'est pourquoi elle n'avait pas prononcé son nom devant Plácido, non plus que devant son mari qui par ailleurs ne se souciait guère de son passé.

Ils marchèrent jusqu'au mur du fond du jardin, d'où ils contemplèrent la mer, laissant l'air salin dissiper le vertige de se retrouver seuls, livrés l'un à l'autre. Clara était consciente que croiser le regard de cet homme suffisait à réveiller son bonheur endormi.

— Tu t'es mariée au manoir ?

Elle rougit face à cette question.

— Clara, nous ne faisons rien de mal.

— Je sais, acquiesça-t-elle. Je sais. Mais cela fait si longtemps que je ne m'en souviens même plus. Je préférerais…

— D'accord.

Plácido comprit qu'elle ne voulait pas rouvrir ce chapitre et qu'il serait vain de lui livrer ses réflexions sur l'amour. Clara savait sans doute déjà tout cela. Par son expérience ou par ses lectures.

— J'apprécie ton attention. Mais je… murmura-t-elle.

— Ne dis rien.

Les yeux dans les yeux, ils ne surent que faire. Clara sentit que son regard bleu brillait à nouveau devant cet homme qui trouvait toujours les mots justes, à chaque instant, et savait même les taire quand ils étaient de trop. Il avait su pénétrer ses pupilles fatiguées d'avoir tant vu, tant regardé.

Plácido identifia, avec la lucidité qu'apporte l'âge, les émotions qu'il pensait, tout comme Clara, ne plus jamais ressentir, s'étant habitué à vivre sans caresses ni baisers. Sans une main à laquelle se raccrocher, sans une étreinte. Et à cette seconde, il sut qu'il n'aurait peut-être pas d'autre chance. Il lui prit le visage et elle le laissa approcher ses lèvres, absente à ce qui l'entourait, comme dans un rêve. Plácido l'embrassa et Clara reconnut les saveurs oubliées, les marées de la plage de Las Barcas et l'humidité des *gamelas.* C'est ainsi que, se laissant aller, malgré son âge et son statut de femme mariée, elle découvrit combien il était excitant de se sentir aimée.

— Est-ce que je peux te dire encore une chose ?

— Vas-y.

— Si seulement je t'avais rencontrée plus tôt...

Plácido leva les yeux vers les arbres, la chapelle, la maison où Clara avait vu le jour. Au loin, les voix de Jaime et de Leopoldo se firent entendre.

— Oh mon Dieu.

Clara courut vers le garage, serrant son manteau autour d'elle, le cœur battant.

— Tout s'est bien passé ? demanda-t-elle lorsqu'elle vit Jaime.

– Oui, répondit-il sans fournir plus de détails.

Elle donna à María Elena ses instructions pour le dîner pendant que les hommes s'installaient au salon et réclamaient à boire pour fêter le transfert de l'usine aux frères Valdés. Clara évitait de croiser le regard des servantes, de peur qu'elles ne découvrent l'émotion qui la submergeait. Elle ne s'expliquait toujours pas comment cela avait pu arriver, à quel moment elle s'était laissée embrasser par cet homme dont elle ne savait presque rien, si ce n'étaient les quelques confidences qu'il lui avait faites.

Et pourtant, elle appréciait sa présence.

Jaime avait laissé les documents notariaux sur la desserte de l'entrée. Clara les feuilleta. Elle savait qu'elle n'y trouverait pas son nom, mais ressentit un frisson en lisant celui de Catalina, dont doña Inés n'avait plus jamais entendu la voix. Ce vœu inassouvi ne cessait de la tourmenter, comme si elle-même, qui n'avait rien à voir avec cette histoire, devait régler cette dette pour qu'Inés puisse enfin reposer en paix. Heureusement, Inés n'avait pas pu savoir que Catalina n'avait pas envoyé de fleurs pour son enterrement. Ç'avait été son ultime offense.

À l'heure du dîner, Clara prit place à table. Elle s'efforça d'éviter le regard de Plácido, tout comme il ne chercha pas le sien, mais tous deux sentirent la complicité qui s'était tissée entre eux. María Elena servit le potage tandis qu'ils parlaient affaires.

— Et Catalina ? demanda soudain Clara, profitant d'un blanc dans la conversation.

— Quoi, Catalina ? réagit Jaime.

— J'ai vu son nom sur les documents.

— Elle est en Argentine.

— Vous devriez l'informer qu'elle est héritière.

— Un héritage, ça se mérite. Les droits ne tombent pas du ciel, répliqua Jaime.

— Nous devrions la mettre au courant, insista Clara. Polo, qu'en penses-tu ?

Elle tâchait de garder l'air serein alors que les mots tremblaient sur ses lèvres.

Leopoldo fut incapable d'avancer des arguments pour ou contre, mais Clara le lui pardonnait : il était plus enclin à la conciliation qu'à la confrontation et, dans ces circonstances, il devait préférer ménager son frère plutôt qu'elle.

— Ta mère aurait voulu que tu le fasses.

— Mais ma mère est morte, rétorqua Jaime.

Clara ne rouvrit pas la bouche et, une fois le dîner terminé, elle se leva, laissant les bouteilles d'eau-de-vie et de liqueur Calisay sur la table, pour s'enfermer dans la chambre aux trois croix.

Elle prit son journal intime et relut les dernières lignes qu'elle y avait écrites. Elles étaient consacrées à Plácido. Quelques larmes lui échappèrent en constatant qu'aimer était la seule chose qui vaille d'être vécue. Mais la vie hélas ne lui avait pas réservé un amour durable et solide comme celui des couples qu'elle regardait avec envie pour la chance qu'ils avaient d'être ensemble.

Ces pensées, qui l'avaient hantée toute sa vie, lui permirent d'oublier Catalina, l'héritage qu'elle avait reçu, et sa douleur, que personne, pensait-elle alors, ne pourrait apaiser. Et elle se concentra sur les lèvres de Plácido pour ne jamais les oublier.

39

Clara ne dormit pas cette nuit-là ni les suivantes jusqu'à ce que, trois jours après le baiser et le rendez-vous chez le notaire, au début du mois de mai 1963, Plácido et Leopoldo repartent à Madrid. Il n'était plus envisageable de prolonger leur séjour à Punta do Bico.

Clara avait fait tout son possible pour ne pas le croiser, prétextant des obligations professionnelles afin d'éviter tous ces déjeuners, dîners et soirées qu'elle avait tant appréciés. Elle ne parvenait toujours pas à maîtriser le tourbillon de pensées, d'émotions et de peur que cet homme avait éveillé en elle. Elle était en train de trier le courrier dans la bibliothèque avant de partir pour La Deslumbrante lorsqu'elle entendit les pas de Plácido sur le parquet du salon, puis sa voix de basse.

— Veux-tu bien m'accorder une seconde ?

Clara se retourna, posa les enveloppes sur la table et joignit les mains afin qu'il ne voie pas ses doigts trembler.

— Je suis désolé si je t'ai offensée, dit Plácido.

— Tu ne m'as pas offensée.

— Alors pourquoi m'as-tu évité depuis notre baiser ?

— Parle moins fort, je t'en prie, le supplia Clara par crainte des oreilles indiscrètes.

— Nous rentrons aujourd'hui à Madrid. J'aurais voulu te le dire plus tôt, mais je n'en ai pas eu l'occasion. Pourquoi t'es-tu cachée, Clara ?

— Je n'avais pas le cœur à croiser ton regard... répondit-elle dans un murmure. Plácido, je suis une femme mariée.

— Je le sais.

— Comment ai-je pu laisser cela se produire ? Pourquoi ne l'ai-je pas empêché ? Nous deux... c'est une folie, à notre âge.

— Tu te trompes.

Clara s'approcha suffisamment pour qu'il puisse sentir son souffle, le saisit par le revers de sa veste et dit :

— Je ne me trompe pas, et je ne pourrai pas supporter de souffrir davantage.

— En ce qui me concerne, tu te trompes, mais je respecterai tes choix. Le seul regret que je garderai est d'avoir rencontré la femme dont j'ai toujours rêvé... trop tard.

Au même moment, Leopoldo, sur le départ, entra précipitamment dans la bibliothèque.

— Plácido ! Je te cherchais. La voiture est déjà devant la porte.

Clara essuya la dernière larme qui s'échappait de ses yeux.

— J'arrive tout de suite, dit Plácido d'une voix entrecoupée.

— Il y a un problème ?

— Ce n'est rien, mon ami. Attends-moi dehors, s'il te plaît.

Leopoldo sortit de la bibliothèque, aussi préoccupé qu'impatient de prendre le train pour Madrid, afin de partir loin de ce dont il venait d'être témoin.

— Clara, reprit Plácido, conscient que c'était peut-être la dernière fois qu'il lui parlait. Si tu viens un jour à Madrid, viens me trouver au 26 de la rue Monte Esquinza.

De la fenêtre de la bibliothèque, Clara les regarda partir. Elle leur fit au revoir de la main, s'efforçant de chasser les émotions qui l'avaient envahie.

L'amour valait toutes les peines, mais elle devait apprendre à oublier Plácido pour s'épargner un nouveau chagrin qui lui serait fatal.

Comme toujours, Clara trouva refuge à l'usine, auprès des seules personnes qu'elle chérissait réellement. Cependant, les documents de La Deslumbrante lui causèrent une grande tristesse, qu'elle dissimula de son mieux afin de ne pas la transmettre aux ouvrières. Les papiers officiels lui donnaient une nouvelle preuve de son insignifiance. Personne ne se souviendrait d'elle.

Elle, la fille de personne. Clara, celle qui avait vécu là.

Celle qui avait fait ceci et cela.

C'était tout.

Elle ne savait même pas si elle garderait une place dans les souvenirs de Plácido.

L'Europe vibrait, et l'Espagne sortait peu à peu de son isolement. Ces années n'avaient pas été vaines pour la Galice, dont les côtes fournissaient une grande partie du poisson consommé dans le pays. La Deslumbrante était déjà une entreprise emblématique de sa région, mais elle devait monter dans le train du commerce pour vendre ses conserves aux villes européennes. Avec la mort d'Inés et tous les soucis qui l'accablaient, Clara se rendit compte qu'elle avait besoin de quelqu'un sur qui s'appuyer et qui pourrait assumer ses responsabilités si elle venait à disparaître. Elle avait déjà soixante-trois ans. Elle devait s'entourer d'une équipe de confiance, de fidèles lieutenants.

José Figueroa, responsable du marché national, était devenu, par son talent et son expertise, une pièce maîtresse de l'édifice. Même s'il préservait les apparences avec Jaime afin de ne pas s'attirer d'ennuis, il savait que c'était Clara qui commandait et avait su se rapprocher d'elle. Un type intelligent.

Mais elle avait besoin de quelqu'un d'autre. Si bien qu'un jour, sur un coup de tête, elle alla trouver l'ouvrière la plus débrouillarde. Elle s'appelait Esther Lama. Vingt ans d'ancienneté à La Deslumbrante. Elle avait appris tous les métiers, parce qu'elle était passée par tous les postes.

— *Sabes ler, escribir e facer contas*[28] ? lui demanda Clara un matin.

Elle parlait toujours en galicien avec les ouvrières. Jaime jugeait cela dégradant, les politiciens et les bourgeois n'utilisant déjà plus que le castillan[29], mais elle pensait qu'il n'y avait aucune raison de changer : « Si le maire veut devenir espagnol, grand bien lui fasse. »

— Je connais mes chiffres et mon alphabet, répondit l'ouvrière.

— Suis-moi.

Clara emmena Esther Lama dans son bureau situé au dernier étage, d'où elle avait une vue générale sur l'intérieur du bâtiment principal. L'ouvrière ouvrit de grands yeux.

---

28. « Est-ce que tu sais lire, écrire et faire les comptes ? »
29. À son arrivée au pouvoir, en 1939, Franco impose le castillan comme seule langue officielle.

— D'ici, rien ne vous échappe…

— Rien, répéta Clara. Bien, j'aimerais que tu sois ma superviseuse.

Esther Lama pâlit et se mit à faire craquer ses jointures d'un geste nerveux, sans savoir que dire.

— Ça m'a l'air un peu trop de responsabilités pour moi…

— Certainement pas, la rassura Clara. Tu aurais dû me voir à quinze ans en train de compter des planches. Je ne dormais pas de la nuit à l'idée de me tromper ! Et puisque mon mari a une secrétaire, moi j'aurai une superviseuse. C'est plus pratique.

Ce jour-là, sans s'en rendre compte, elle avait commencé à organiser la relève sans se soucier de ce que dirait Jaime. Elle n'y pensa même pas.

Figueroa partageait avec Clara l'obsession de l'ouverture à l'international, et ce fut lui qui, avec insistance, lui parla d'un certain Jan Villaroy, agent d'affaires ayant un bureau à Madrid. C'était un Belge originaire de Charleroi, une ville située au sud de Bruxelles, où les Allemands avaient vaincu les troupes françaises pendant la Première Guerre mondiale. D'après ce qu'il avait entendu dire, l'homme possédait d'excellents contacts en Belgique et en Allemagne.

Figueroa insista tant que Clara finit par réfléchir sérieusement à sa proposition. Elle était consciente qu'il fallait investir dans l'usine pour moderniser les installations et les processus de production. S'ils ne se ressaisissaient pas, ils seraient dépassés par d'autres entreprises plus petites. Pour ce faire, ils devaient élargir leur marché, engranger plus de bénéfices.

— Si nous vendons en Europe, nous pourrons faire face à la concurrence féroce du secteur de la congélation, martelait Figueroa avec une conviction absolue.

— Si je n'étais pas si fatiguée... soupirait Clara.

Il fallut que survienne l'incident de l'accouchement de l'ouvrière Palomita pour la tirer de cette longue léthargie dans laquelle elle s'était installée.

La matinée se déroulait comme à son habitude, quand soudain une femme se mit à crier. Ses hurlements alertèrent les autres ouvrières qui, sans hésiter, se précipitèrent pour mettre au monde un bébé.

— Pousse, Palomita ! l'encourageaient les unes.

— Ça y est, le voilà, je vois ses cheveux, annonçaient les autres.

L'activité de l'usine s'arrêta complètement. À mesure que la nouvelle se répandait d'un atelier à l'autre, personne ne resta à son poste.

— Mais comment elle a pu ne pas s'en rendre compte ? Elle se faisait pipi dessus ! pesta Esther Lama, furieuse.

— Ne la réprimande pas. C'est de l'ignorance, n'est-ce pas, docteur ? dit Clara au médecin qui avait accouru depuis son cabinet.

— La voici, regardez.

Esther Lama désigna la pauvre Paloma Ruidero, mère d'une fillette que l'on nomma Alicia et qui vint au monde en sentant la sardine.

L'éminent médecin sortit des gants de sa mallette, de l'eau oxygénée et divers instruments, et demanda qu'on lave le bébé dans l'évier. La mère resta allongée par terre jusqu'à ce qu'elle affirme aller bien. Puis on plaça le bébé sur sa poitrine nettoyée à l'eau et au savon.

— Et le père ? demanda Clara.

— Il n'y en a pas, répondit Paloma.

Ce fut la goutte d'eau qui fit déborder le vase. Clara s'écria qu'elle ne tolérerait pas que les ouvrières de La Deslumbrante puissent tomber enceintes n'importe comment et de n'importe quel voyou du village ou des environs.

— Nous avons réussi à leur offrir une assurance maternité, eh bien maintenant nous allons leur donner une assurance vie.

C'est ainsi que, de manière purement fortuite et non planifiée, naquit la première École pour femmes de Galice.

Sans bâtiments ni salles de classe ou quoi que ce soit.

Les cours seraient organisés par groupes et par matière.

D'un côté, celles qui devaient apprendre la lecture et l'écriture, dont les cours seraient dispensés par Ramiro, l'instituteur de l'école de Punta do Bico, que Clara put facilement convaincre puisqu'il participait à la Campagne nationale contre l'analphabétisme que le régime avait mise en place cette année-là.

De l'autre, celles qui avaient besoin d'un minimum de connaissances personnelles : notions d'anatomie, règles d'hygiène, éducation sexuelle de base. Naturellement, ces cours seraient dispensés de manière très superficielle afin qu'on ne puisse pas les accuser de porter atteinte à la morale et aux bonnes mœurs.

Clara réserva un coin de l'un des entrepôts, et avec un tube en fer-blanc en guise de mégaphone elle s'adressa à ses employés :

— Voyons voir. Ceux qui savent lire, levez la main. Les hommes aussi !

Elle les compta un à un.

— Les cours commencent lundi prochain à huit heures du matin ! C'est compris ?

Personne ne protesta, mais au cas où, Clara insista :

— Il est interdit de manquer les cours. La journée sera déduite de votre salaire.

Lorsqu'elle eut fini de s'occuper des analphabètes, elle passa aux ouvrières qui auraient besoin de connaissances personnelles. Elle fit sortir les hommes du bâtiment et demanda :

— Bon ! Que celles qui ont un mari et des enfants lèvent la main.

Elle les compta et les fit se ranger d'un côté.

— Maintenant, celles qui n'ont ni enfants ni mari.

Elle les envoya de l'autre côté.

— Et qui va nous faire la classe ?

— La fille de Remedios, la pharmacienne, répondit Clara. Voyons, Luisa, puisque tu as envie de parler. Combien d'enfants as-tu ?

— Six.

— Et combien aurais-tu voulu en avoir ?

— La moitié.

— Moi, je me serais bien passée de celui qui est en route, patronne ! lança du fond de la salle une autre ouvrière.

— Eh bien c'est exactement ce que vous devez apprendre ! Ce ne sont pas les hommes qui font les enfants. Ce sont les femmes qui décident de les faire.

Ce fut la chose la plus révolutionnaire qu'on ait jamais entendue à La Deslumbrante. C'était l'époque où la section féminine de la Phalange espagnole, avec Pilar Primo de Rivera à sa tête, apprenait aux femmes à bien s'occuper de leur mari et à se montrer aux petits soins quand il rentrait fatigué du travail. Le murmure initial se mua en applaudissements.

— Du calme, mesdames ! Et ce qui se dit ici reste ici.

Les applaudissements retentirent à nouveau et le vacarme collectif poussa les hommes sur les quais à pointer le nez pour voir ce qui se passait. Ils croyaient qu'on annonçait une augmentation de salaire.

Jaime, qui avait entendu le brouhaha, dévala l'escalier et se posta à la porte de l'entrepôt, attendant que Clara en sorte.

— Quelles idées saugrenues mets-tu dans la tête de ces femmes ?

— Des idées de liberté, répondit-elle sans même s'arrêter.

— Pourquoi ne te tiens-tu pas un peu tranquille ? Tu as déjà abandonné l'idée d'ouvrir de nouveaux marchés ?

— Il y a un temps pour tout, répliqua Clara.

Elle devait se hâter de convaincre la fille de la pharmacienne avant qu'elle ne soit influencée par le baratin des uns et des autres, à commencer par le curé, don Antolín el Nuevo, qui était en relation directe avec l'évêché de Saint-Jacques-de-Compostelle. Si les choses tournaient mal, il pourrait faire fermer l'usine.

— Mais la liberté peut nous coûter cher ! s'exclama Jaime en la suivant tant bien que mal. Tu te rends compte des ennuis que tu risques de me causer ?

— Seulement à toi ?

— Je suis le propriétaire de La Deslumbrante.

— Ne t'inquiète pas, je leur dirai que c'est moi qu'ils doivent arrêter, conclut Clara en réprimant sa colère.

L'École pour femmes commença à fonctionner dans l'atelier de pressage. Celui-là même où Clara s'était adressée aux ouvriers. Ramiro et la fille de Remedios – qui portait le même nom, mais en abrégé : Reme – se consacrèrent à la cause avec tant d'enthousiasme qu'on put rapidement constater des progrès. L'instituteur mit plus longtemps que prévu à leur apprendre à lire, mais ils avaient tout leur temps. Après tout, ils avaient vécu des décennies sans rien savoir.

En revanche, la fille de la pharmacienne termina sa mission d'initiation aux choses élémentaires de la nature en trois semaines seulement. Clara voulut savoir ce qui préoccupait le plus les femmes, afin d'assurer un suivi et de veiller à ce que les connaissances ne soient pas perdues.

— Se tromper en amour, répondit Reme sans hésitation.

— Que veux-tu dire ? demanda Clara avec intérêt.

— Elles croient que les hommes leur donneront de l'amour. Et elles se font embobiner. Ce n'est pas une surprise, Clara, nous le savions déjà.

La Garde civile ne ferma pas l'usine, et il n'y eut pas d'inspection intempestive ni aucune catastrophe, en dépit des présages de Jaime. Ce qui ne l'empêchait pourtant pas de s'en prendre constamment à Clara.

— Tu aurais aussi bien pu l'appeler École tout court, lui dit-il un jour.

Clara lui répondit que cela ne faisait que refléter une réalité : à la conserverie, il y avait toujours eu plus de femmes que d'hommes.

— Rosalía de Castro est aussi enterrée au Panthéon des Galiciens illustres et personne ne dit rien.

Clara prit conscience que discuter avec Jaime ne servait à rien. Leur relation était devenue stérile. Depuis le départ de Leopoldo et Plácido, le couple ne se croisait plus qu'au petit déjeuner, rarement au déjeuner et jamais au dîner. À cette époque, Jaime se prit de passion pour les courses nautiques. Lorsque la régate de Ría Bajas vit le jour, il se mit à concourir sur son propre voilier. Cela convenait parfaitement à Clara.

Le manoir était devenu silencieux, habité par les fantômes de Gustavo et d'Inés, et par le souvenir de Plácido. La chambre à la galerie vitrée était fermée à double tour et personne n'y entrait. À l'intérieur se trouvaient toujours les robes de Madame et les costumes de Monsieur. Personne n'avait vidé les armoires ni ôté les parfums de la coiffeuse ou les feuilles vierges des tiroirs de la petite table où les Valdés s'asseyaient pour contempler le crépuscule de la vie.

Parfois, Inés faisait mine d'apparaître devant Clara, mais contrairement à Celso son image n'était pas tout à fait nette.

— C'est vous ? demandait Clara dans le vide.

Personne ne répondait, et elle retournait à ses obligations, poussée par Figueroa. Dans son quotidien déjà chargé, l'École pour femmes finit par absorber tout son temps libre. Elle devait adapter les horaires et employait ses journées à presser les ouvrières pour qu'elles rattrapent les heures passées en classe. Tout cela était largement compensé par la joie de les entendre réciter l'alphabet à voix haute tout en conditionnant les sardines. En fait, s'il n'y avait pas eu Jaime, Clara aurait savouré chaque instant, si bref, si dérisoire soit-il, à contempler depuis son bureau ces femmes qui jouaient avec les lettres qu'elles sauraient un jour combiner pour former des mots.

Comme chaque été, ce mois d'août 1963, Clara se réfugia dans le manoir et ses jardins pour échapper aux grosses chaleurs.

Peut-être que personne ne saurait jamais tout ce qu'elle avait fait pour La Deslumbrante, mais elle était certaine que cette École pour femmes resterait son chef-d'œuvre.

Elle le raconta à son journal intime.

Elle écrivit qu'elle s'était habituée au spectacle de l'atelier avec au fond le tableau noir, placé devant les bancs où s'asseyaient les élèves. Que personne ne manquait jamais les cours. Qu'elle n'avait pas eu à réprimander une seule fois les ouvrières pour indiscipline.

Elle éprouvait le besoin de s'investir auprès des femmes qui avaient perdu leur mari en mer, de celles qui avaient récupéré le corps pour lui offrir une sépulture, et des veuves des vivants, ces hommes dont personne n'avait confirmé la mort. Elle s'engagea aussi auprès des orphelins, pour qu'aucun ne soit contraint de gagner sa vie avant d'avoir reçu une éducation de base. C'est-à-dire avoir appris à lire, écrire et compter, la seule recette en laquelle elle croyait.

« Je les aime tous comme les enfants que je n'ai pas eus », écrivit-elle.

Puis elle s'assit devant sa machine à écrire Hermes et, comme dans un testament, elle exprima sa volonté que l'école continue de fonctionner quand elle ne serait plus là. Dans un accès de folie, elle rédigea les cinq commandements fondateurs qu'elle avait jusqu'alors prononcés à l'oral.

Pour tout cela, il faudrait de l'argent. Aussi, dans ce même document où elle avait esquissé l'avenir de l'école, elle planifia le développement de La Deslumbrante, qui la mènerait à Madrid pour finaliser les accords avec l'agent Jan Villaroy.

Elle ne demanda pas l'avis de son mari ; elle n'avait plus de temps à perdre en vaines querelles.

40

Elle se mit à organiser le voyage dans les moindres détails. Il ne lui fut pas difficile de contacter l'homme d'affaires. Figueroa était très efficace dans ce genre de démarche. Il avait un carnet d'adresses en or et arrangea rapidement le rendez-vous dont Clara avait besoin.

— Que vous a-t-il dit ? demanda-t-elle avec curiosité.

— Tout l'intéresse. Le moment est idéal. Nous ne pouvons pas laisser passer l'occasion qui s'offre à nous.

— Au fait, Figueroa, avez-vous pu apprendre quelque chose sur les Fernández ?

Clara suivait de près les énormes avancées d'un groupe appelé Pescanova, fondé par un éleveur de bétail émigré à Cuba, originaire du village de Sarria, dans la province de Lugo. Fernández avait su voir le potentiel des chalutiers-congélateurs qui naviguaient vers les zones de pêche de l'Argentine.

— J'ai découvert qu'ils avaient commencé à pêcher en Afrique du Sud, madame. Que voulez-vous que je vous dise ? Nous ne pourrions pas rivaliser !

— Ce n'est pas notre intention, Figueroa. Quoi d'autre ?

— Ils n'arrêtent pas de grossir. Personne ne peut leur faire de l'ombre.

— Combien de navires ont-ils ?

— Plus de dix.

Clara fit grise mine jusqu'au soir. Elle ne transformerait jamais La Deslumbrante en un empire du surgelé parce que ce n'était pas son domaine d'activité. Mais elle était furieuse de ne pas avoir eu l'idée plus tôt. Les Fernández allaient révolutionner la pêche en Galice et peut-être dans le monde entier avec leurs systèmes de conservation sophistiqués inédits.

— Organisez le rendez-vous avec Villaroy pour lundi prochain, Figueroa.

Tout à coup, une voix se fit entendre, interrompant le brouhaha dans toute l'usine. Clara reconnut aussitôt celle de l'éminent médecin, qui grimpa l'escalier d'un pas décidé.

— Hé, où allez-vous comme ça ? cria Esther Lama.

— Il faut que je voie Clara, dit-il sans même s'arrêter pour répondre à la superviseuse.

Clara se leva de sa chaise, craignant qu'il ne soit arrivé un malheur.

— Que se passe-t-il, docteur Vieito ?

— Il faut que je vous parle.

Le ton était catégorique et sans appel, ne laissant aucune place aux atermoiements, comme s'il n'avait pas de temps à perdre avec des bagatelles.

Elle ferma la porte du bureau et demanda :

— C'est le curé qui vous envoie, n'est-ce pas ?

— Je ne vois pas de quoi vous parlez.

— Il n'a pas le courage de venir lui-même ou quoi ? insista-t-elle.

Clara se méfiait du curé. Et pas seulement de lui. L'École pour femmes avait des ennemis partout, des gens oisifs qui s'insurgeaient contre l'éducation des masses de peur que le peuple n'en sache plus qu'eux.

— Non, ma chère, non. Je veux simplement vous parler.

— Je vous le dis tout de suite, nous n'avons ni poux ni toux suspectes. Mes ouvriers sont solides comme des chênes.

— Oh, Clara. Rien n'est jamais simple avec vous !

— Allons bon, docteur.

— Je vous le dis comme je le pense.

— Ce ne serait pas mon mari qui vous enverrait ?

— Non, madame. Non plus.

— Alors, dites-moi ce qui vous amène.

— Je voudrais vous parler en privé. Il ne faut pas qu'on nous entende, chuchota-t-il.

— C'est au sujet de mon mari ? Il en fréquente une autre ?

— Non, madame, ce n'est pas ça.

— Alors il n'y a pas lieu de faire tant de mystères.

— Bon sang, ne soyez pas si têtue ! Pour une fois... faites un effort ! s'écria-t-il.

Personne ne parlait ainsi à Clara.

— Je serai bref.

— Bien, je vous écoute.

— Je préférerais que nous allions faire un tour.

Ils quittèrent l'usine pour se diriger vers le port, où ils rencontrèrent des marins, des pêcheurs, des armateurs, des femmes qui vendaient des pommes de terre, des *grelos* et des œufs.

Le médecin se lança :

— Le jour où don Gustavo est mort, il s'est passé quelque chose dont je n'ai jamais parlé à personne, mais je ne peux plus garder cela pour moi, car je dois respecter la dernière volonté de M. Valdés.

— Ça concerne mon mari ? demanda à nouveau Clara.

— Non, répondit-il catégoriquement.

— Alors que s'est-il passé de si grave pour que vous ne l'ayez pas dit à l'époque et éprouviez le besoin de le dire maintenant ? Cela fait vingt et un ans ! Vingt et un ans !

— Eh bien…

Il se tut et se caressa le menton de ses doigts longs et fins.

— Vous avez eu tout le temps d'y réfléchir ! Parlez, docteur. Tous ces mystères me rendent nerveuse.

— Don Gustavo m'a dit ceci.

Il sortit un morceau de papier froissé de la poche intérieure de sa veste et se mit à lire.

— Il m'a dit qu'il avait toujours aimé doña Inés, qu'il avait répondu à toutes ses lettres et… Et puis il a ajouté : « Dites-lui que c'est ma fille. Quand elle rentrera de l'usine… c'est ma fille, dites-le-lui. J'ai péché, c'est à moi d'en répondre. Dites-le-lui… Et gardez ça pour vous comme un secret médical. »

— Que dites-vous ?

— J'ai cru que c'étaient les délires d'un mourant. C'est très fréquent. Je n'ai pas voulu me précipiter, mais le temps passe…

— Et ? le pressa Clara avec anxiété. Le temps passe et s'envole… Continuez, je vous en prie…

— Et c'est mon devoir de vous le dire.

Clara se méfiait du médecin, qui était homme à couper les cheveux en quatre et pinaillait sur tout.

— Quand a-t-il dit cela ? À quel moment exactement ? Où était doña Inés ? Et Jaime ? Est-ce qu'il l'a entendu ?

Le médecin secoua la tête et rejoua la scène d'octobre 1942 où, alors que Clara et Inés fêtaient la découverte de l'ambre gris dans le cachalot, Gustavo révélait son secret en ces termes précis, que Vieito avait immortalisés de son écriture serrée.

Clara lui prit le papier des mains et commença à lire les lignes qui dansaient sous ses yeux.

— Qui a écrit ceci ?

— Moi, le soir de la mort de don Gustavo, afin de ne pas en oublier un mot, le temps que je vérifie à qui ils étaient adressés. À présent j'en ai conclu que cela ne pouvait être que vous.

— À présent ? Mais qu'est-ce que vous dites ? répéta-t-elle. Vous êtes fou ! Et vous voulez me rendre folle…

— Je ne fais que répéter ses mots, Clara. Je suis désolé de devoir vous le dire…

— Bon Dieu, qu'est-ce qu'il ne faut pas entendre ! Et pourquoi pensez-vous qu'il s'agit de moi ? demanda-t-elle d'un ton suppliant, comme si elle priait pour que le médecin ait tort.

— Parce qu'il n'y avait aucune autre femme à laquelle il aurait pu se référer.

Clara le fixa une fraction de seconde.

— Et il m'a demandé de vous dire : « Dites-lui que c'est ma fille », répéta-t-il comme s'il lisait le papier.

La respiration de Clara s'emballa, un torrent acide remonta de son estomac, brûlant sur son passage la moitié de sa vie, voire toute sa vie. Ses yeux s'étaient emplis de larmes quand elle quitta le port en courant, saisie par une insurmontable angoisse.

Elle ne savait que penser.

Vérité.

Mensonge.

Erreur.

Folie.

Elle courut autant que son âge le lui permettait, à bout de souffle, les poumons et la tête près d'exploser.

— Madame, madame ! cria le Dr Vieito. Rassurez-vous, je…

S'il lui avait fallu tant d'années pour révéler la dernière volonté de don Gustavo, il n'y avait aucune raison de penser qu'il pourrait la confier à quelqu'un d'autre qu'à Clara Valdés.

La silhouette de Plácido lui apparut comme une vision et, soudain, comme si elle ne pouvait pas laisser filer le temps, elle ressentit l'impérieux besoin de se réfugier auprès de lui, car à la vérité elle n'avait personne d'autre vers qui se tourner.

— Où vas-tu ? demanda Jaime en découvrant la valise ouverte sur le lit de la chambre aux trois croix.

Elle ne répondit pas, occupée à choisir les vêtements qu'elle emporterait à la capitale.

— Où vas-tu, Clara ?

Elle aperçut son reflet dans le miroir de l'armoire aux portes entrouvertes, et ses yeux gonflés et rougis se détournèrent lorsqu'elle se retrouva face à elle-même.

— Qu'est-ce qui se passe ?

— Rien, Jaime.

— Tu peux me dire où tu vas comme ça, si soudainement ?

Clara se rappela la précipitation de Catalina lorsqu'elle s'était embarquée pour l'Argentine et, en songeant que cette femme pouvait bien être sa sœur, elle sentit à nouveau ses genoux se dérober. Elle s'assit sur le lit et se couvrit le visage de ses mains.

— Clara, qu'est-ce qui s'est passé ? insista Jaime.

Elle secoua cent fois la tête, comme si ce geste contenait les réponses que Jaime exigeait et qu'elle ne pouvait lui donner parce qu'elle ne parvenait toujours pas à croire ce que l'éminent médecin, le Dr Celestino Vieito, lui avait révélé.

Au début, elle se força à penser que ce que Gustavo avait dit sur son lit de mort était une expiation pour un autre péché commis avec une Cubaine qu'il avait mise enceinte avant de l'abandonner, avec sa fille, en revenant à Punta do Bico. Non, ça ne pouvait pas être elle, parce que si c'était vrai cela signifiait que cet homme avait eu des relations avec une servante, ce qui était inconcevable de la part d'une personne aussi sensée.

Et pourtant...

Ce jour-là, quand ses yeux rencontrèrent ceux de Jaime, elle sut qu'elle ne pourrait plus soutenir son regard tant qu'elle ne connaîtrait pas toute la vérité.

La maudite lettre qu'elle avait trouvée des décennies plus tôt entre les pages de *Quixumes dos Pinos* de Pondal, rédigée de la main de don Gustavo, contenait la réponse qu'il n'avait pas voulu lui donner. Elle en connaissait chaque ligne par cœur.

Il ne voulait pas me la donner, pensa-t-elle. *Il ne le pouvait pas !*

Renata,

Si vous procédez conformément à ce que nous sommes convenus, je vous laisserai en pleine propriété les terres qu'exploite Domingo.

Je ne le répéterai pas.

Ne m'obligez pas à vous y forcer.

Jaime alluma une cigarette qui inonda la pièce de fumée.

— Clara, s'il te plaît, dis-moi où tu vas...

Il semblait inquiet.

Dans la valise, elle plaça les chemises, les jupes, les gilets en maille, les sous-vêtements dans la pochette brodée à ses initiales, les bas et une paire de souliers de rechange. Sa trousse de cosmétiques.

Elle inspira avant de répondre :

— Nous avons besoin d'un agent d'affaires international pour distribuer les produits de La Deslumbrante en Europe. Figueroa m'a organisé un rendez-vous à Madrid avec le meilleur. Un Belge, que je dois rencontrer dans deux jours.

— Et tu comptes voyager seule ?

— Oui. Je partirai demain matin. Je vais y aller tranquillement, en prévoyant suffisamment de temps pour ne pas avoir à courir.

— C'est toi qui vas conduire ? Tu prends la Renault ?

— Oui.

— C'est de la folie ! s'écria Jaime. Ce n'est plus de ton âge !

— J'ai l'âge de faire ce qui me chante. Si nous ne nous réveillons pas, la concurrence nous mangera tout crus, dit-elle.

— Clara, écoute-moi, s'il te plaît, reprit Jaime en se radoucissant. Notre avenir est assuré. La Deslumbrante est une entreprise florissante qui n'a pas besoin de croître davantage pour financer nos funérailles. Je ne voudrais pas qu'on m'appelle en pleine nuit pour m'annoncer une catastrophe à cause de ton obstination à aller à Madrid.

— Ça n'arrivera pas.

— Et si ça arrive ? Viens ici.

Jaime s'approcha, et Clara ressentit la présence de cet homme qu'elle n'avait jamais réussi à aimer. Elle sentit son sang se glacer dans ses veines. Désormais, elle savait que son mariage n'avait pas seulement été une faute morale.

C'était aussi un crime.

Les larmes roulèrent sur ses joues et la douleur qu'elle avait appris à apprivoiser année après année bouillonna à nouveau en elle.

— Tout ce qui m'importe, c'est que l'École pour femmes continue de permettre à toutes les ouvrières et à leurs enfants d'apprendre à lire et à écrire, pour qu'ils ne soient pas laissés de côté au défilé des Rois mages et que les célibataires et les veuves ne se retrouvent pas engrossées par de stupides blancs-becs, déclara-t-elle pleine de colère.

Elle ferma les boucles de sa valise et, à bout de bras, la descendit du lit.

— C'est pourquoi j'ai besoin que La Deslumbrante continue de croître. Quand je serai morte, crois-tu que je me soucierai de savoir si nous vendons à Madrid ou à Barcelone ? Et malgré tout quelqu'un se rappellera qui les a tirés de l'ignorance. Nous n'avons même pas réussi à avoir d'héritiers...

Clara serra les dents.

— Je ne veux plus entendre ça, dit Jaime.

— C'est la vérité.

— La Deslumbrante a des héritiers, elle. Mon frère Leopoldo...

— Tu continues de faire comme si Catalina n'existait pas ? Elle ne sait même pas qu'elle a hérité d'une conserverie, ajouta-t-elle sans attendre de réponse de Jaime. Tu ne te soucies pas une seconde de ce qui peut arriver à l'usine.

— Clara, je t'en prie... Pourquoi cette colère ?

Elle continua de parler, ignorant ses supplications.

— En fait, tu t'en moques, parce que tu ne sais pas ce qu'est la misère. Tu ne l'as pas vécue. Tu ne sais pas non plus ce qu'est la souffrance. Le pire qui te soit arrivé, c'est que mon corps ne t'ait pas donné d'enfant. Tu ne sais rien, parce que tout t'a toujours été apporté sur un plateau d'argent.

Clara avait besoin de se libérer, quitte à se tromper d'ennemi, puisque le véritable ennemi était mort. La colère brûlait dans sa poitrine. Elle le pointa du doigt.

— Et je n'oublierai jamais qu'un jour tu m'as rappelé que je n'étais qu'une fille de domestique.

Les mots moururent sur ses lèvres.

— Je préfère arrêter là la discussion, Jaime. Demain, je partirai pour Madrid.

Elle s'enferma dans la salle de bains. On entendit l'eau couler et un gémissement d'animal blessé résonna dans le Pazo d'Espíritu Santo.

Derrière la porte, sur le lit de la chambre aux trois croix, l'héritier des Valdés éprouva le regret d'avoir prononcé ces paroles.

41

C'EST EN SEPTEMBRE 1963, avant l'arrivée des thons, que Clara quitta la propriété pour la capitale dans sa Renault 8. Elle promit de revenir mais ignora le regard de Jaime qui la suivait alors que le manoir s'éloignait dans les rétroviseurs.

Elle n'avait dormi que quelques heures et sa tête était lourde comme les jours de grosse chaleur dans l'estuaire, quand le ciel se couvrait de nuages gris annonçant l'orage.

C'était la première fois qu'elle prenait la route pour un si long voyage, et elle craignit de commettre une erreur. Assaillie par une multitude de pensées, elle ne savait plus laquelle suivre.

Une folie, avait dit Jaime.

Pour la première fois, elle se dit qu'il avait peut-être raison, mais qu'y pouvait-elle ? Elle n'avait jamais eu besoin d'un homme pour prendre des décisions, tout comme Inés, qui avait mis le monde à ses pieds sans l'aide de Gustavo. Ç'avait été son grand héritage.

J'ai gouverné ma vie comme je l'entendais, se dit-elle.

Mais désormais, elle avait besoin de gouverner son identité, de savoir qui elle était lorsqu'elle voyait son reflet dans le miroir, lorsqu'elle signait des papiers à la conserverie. Elle n'était plus la fille de Domingo, le pauvre gardien mort d'avoir trop levé le coude.

Qui suis-je, mon Dieu ? se demanda-t-elle sans savoir que Catalina s'était posé la même question. *Que cherchait don Gustavo en confiant son secret au médecin ? Doña Inés était-elle au courant ?*

Elle en vint rapidement à la conclusion que non, Inés ne pouvait pas avoir été au courant des frasques de son mari, qu'elle avait déjà eu bien assez à endurer au cours de vingt années de séparation, puis de quelque vingt autres à attendre la mort.

Elle se concentra sur le trajet, mais de temps en temps le Dr Vieito apparaissait à la place du passager.

« N'as-tu jamais rien soupçonné, Clara ? Aucun détail, même insignifiant, ne t'a mis la puce à l'oreille ? »

— Non, non, non ! cria-t-elle dans le vide. Juste cette fichue lettre !

Dans sa tête, une tempête d'émotions se déchaînait, changeant de forme à chaque instant. Clara n'avait pas la moindre idée de ce qu'elle allait faire de cette révélation.

Elle franchit les cols de La Canda et de Padornelo, et les monts d'A Gudiña lui firent quitter la Galice en un clin d'œil. Le paysage devint alors castillan, traversant le haut plateau de la Meseta, si plat et si aride après les mois de juillet et d'août. Elle n'avait jamais vu les vastes plaines de ces provinces et laissa son regard se perdre sur les collines surmontées de forteresses médiévales.

Pour la première fois de sa vie, elle découvrait le sentiment de liberté. Et, tel un poulain échappé, elle voulut galoper sur l'asphalte et laisser derrière elle le manoir et La Deslumbrante ; Punta do Bico, ses habitants et elle-même. Elle se sentait tout drôle, mais aussi récompensée. Ce voyage allait lui permettre de cesser d'être la fille de la servante et de l'ivrogne, ou la fille de la servante et du maître de maison, pour devenir une femme sans origines mais avec un passé.

Elle se remémora les réalisations attachées à son nom. Les années à la scierie, les sardines, puis plus tard les baleines. Le cachalot refermant l'ambre gris qui avait rendu les Valdés si riches qu'ils en avaient presque été gênés de leur bonne fortune.

Elle se remémora les soirées dans la bibliothèque du manoir avec Inés et les histoires qu'elle s'inventait. La vie telle qu'elle la dépeignait valait toutes les peines.

Le mariage.

— Pourquoi ai-je dit oui ?, s'interrogea-t-elle à voix haute.

Le bébé mort-né, qui aurait pu être et n'avait pas été.

— La nature s'est vengée de don Gustavo, conclut-elle en larmes. Ce ne peut être qu'une vengeance.

Jusqu'alors, elle n'avait pu prononcer ces mots. Perdre ce bébé, qui aurait donné un sens à sa vie, avait été en fin de compte la meilleure chose qui pouvait lui arriver. Même s'il l'avait exprimé autrement, ce que don Gustavo avait voulu dire c'est que la vie a toujours raison. Elle le revoyait encore la regarder fixement et tracer un signe de croix sur son front. Sur le moment, Clara n'avait rien compris et n'y avait pas accordé d'importance. Elle le revoyait aussi bénir la mort d'Inesita au pied du lit d'hôpital où elle était allongée. Elle ne pouvait imaginer alors que c'était là une conséquence de la consanguinité. Arriver à cette conviction l'ébranla profondément

— Comment aurais-je pu le savoir, mon Dieu ?

Elle maudit le médecin. Don Gustavo s'était tu comme un lâche, et ses confidences sur son lit de mort n'y changeaient rien.

Son dos commençait à lui faire mal après toutes ces heures passées au volant. Les années se faisaient sentir. Elle n'était plus une demoiselle. Le passage du temps, avec ses rigueurs, l'avait dépouillée de sa jeunesse. Pour la première fois, elle sentit qu'elle n'était pas à l'abri de la vieillesse.

Elle invoqua Celso en pensée, mais il ne se montra pas. Peut-être n'avaient-ils plus rien à se dire. Clara ne s'était jamais rendue à Tomiño, ni sur sa tombe. Une pierre gravée à son nom, peut-être.

Peut-être rien.

Tomiño n'était pourtant situé qu'à vingt-cinq kilomètres de Punta do Bico en direction du sud, tout près du Portugal. Inés lui avait promis qu'elles iraient un jour, mais de fil en aiguille plus de quarante ans s'étaient écoulés depuis le naufrage du *Santa Isabel*. Sa seule consolation était que pas un seul jour elle n'avait cessé de penser à lui. Personne ne pouvait lui enlever sa mémoire, le seul endroit où elle se sentait à l'abri de ses démons. Leur histoire avait été brève, et ils n'avaient même pas franchi la frontière des corps.

Nous nous connaissions à peine, mais nous avions le sentiment d'avoir été ensemble depuis toujours, pensa-t-elle.

Tout était consigné dans son journal, qui occupait à présent près d'une vingtaine de cahiers et qu'elle ne pourrait plus relire car il était rempli de mensonges.

Elle arriva à Arévalo, en Castille-et-León.

Il lui faudrait encore traverser les montagnes qui débouchaient sur la province de Madrid, où elle espérait trouver splendeur et modernité. C'est ainsi qu'elle se l'était imaginée en lisant dans les journaux le récit de l'exode vers la capitale des paysans d'Estrémadure, d'Andalousie et de Castille-La Manche. Le nord était plus épargné : les champs et la mer nourrissaient toujours des familles entières.

Elle pensa à Plácido.

Elle se sentait fière d'avoir réussi à le chasser de son esprit comme le lointain souvenir d'un épisode révolu, voilà tout. Un magnifique coucher de soleil qui avait laissé place à la nuit.

Et pourtant...

Elle voulait le revoir.

Il ne lui avait donné aucune nouvelle. Elle se disait qu'il n'avait sans doute pas voulu s'immiscer à nouveau dans son couple ou la distraire de son travail. Ou peut-être les avait-il oubliés, elle et le baiser qui les avait réunis dans les jardins du manoir. Après tout, ils n'étaient pas restés assez longtemps ensemble pour tomber amoureux. Cela, songea Clara, n'arrivait qu'aux ouvrières de son usine, qui se leurraient sur l'amour, comme l'avait diagnostiqué Reme.

Elle se sentait comme elles.

Elle avait passé toute sa vie à travailler, à chercher quelqu'un qui l'aimerait et à fureter parmi les livres pour s'instruire.

Et à attendre.

À présent, au dernier tournant de sa vie, avec la ville à ses pieds, l'abnégation et les sacrifices commençaient à lui peser.

Elle s'absorba dans le paysage pendant la dernière heure de voyage. Tout était nouveau pour elle. Le monument du Valle de los Caídos, la Cuesta de las Perdices avec la corniche du Manzanares en arrière-plan ; sur sa gauche, elle laissait Franco et sa résidence du Pardo. Le palais royal, la cathédrale de l'Almuneda et la coupole de Saint-François-le-Grand embellirent son entrée dans la capitale par le quartier de Ciudad universitaria. Elle traversa le district de Moncloa et ses avenues arborées et, dès qu'elle le put, arrêta la voiture pour demander à un agent où se trouvait la rue Marqués de Urquijo. Son accent le fit sourire, signe indiscutable qu'elle avait mis la distance nécessaire pour se calmer et, le moment venu, décider de ce qu'elle ferait de cette demi-vérité qui était pour l'instant la seule qu'elle connaissait. Elle sentit qu'un monde dont elle ne soupçonnait pas l'existence s'ouvrait à elle, avec des décors inconnus et des sensations qu'elle n'avait jamais éprouvées.

Pour la première fois de sa vie, loin de sa terre et sans personne pour la juger, elle savourait sa liberté.

Elle avait choisi l'hôtel Tirol parce qu'il se trouvait à proximité des bureaux de Jan Villaroy, rue Sagasta, du côté de la rue Luchana, à la hauteur du rond-point de Bilbao. Elle avait tout noté, y compris l'heure du rendez-vous – dix heures pile –, le nom de la secrétaire qu'elle devait demander et un numéro de téléphone en cas d'imprévu. Le voyage avait été si mouvementé, tant de pensées se bousculaient dans sa tête qu'elle n'avait même pas eu le temps de mémoriser quelques phrases clés pour entamer la négociation. Elle était nerveuse mais ne savait pas si c'était à cause de Villaroy, de Gustavo, de Jaime ou d'elle-même.

Ou bien de Plácido.

Le soir tombait sur Madrid lorsqu'elle se présenta à la réception. Après s'être enregistrée, elle monta à sa chambre, guidée par un bagagiste qui l'accompagna jusqu'à sa porte. Elle avait encore quelques heures à tuer avant le dîner, mais elle ne sortit pas de sa chambre. En s'asseyant sur le lit, elle sentit l'épuisement la gagner comme après une dure journée à La Deslumbrante.

Elle n'alluma pas la lumière et ne passa pas se rafraîchir au lavabo.

Elle ne dîna pas et ne défit pas sa valise.

Elle avait prévu d'informer Leopoldo de sa présence à Madrid, mais une seconde avant de sombrer dans le sommeil elle décida qu'elle ne le ferait pas : elle ne pourrait pas contenir sa colère, sa fureur et sa honte de devoir lui cacher ce qui s'était passé. Que penserait-il ? Comment réagirait-il ? Que pourrait bien dire le journaliste qui avait passé sa vie à fuir les ombres de Punta do Bico ? Et s'il lui posait des questions sur Plácido ?

Elle n'avait ni les réponses ni l'énergie de les imaginer, et le silence se chargea du reste en occupant l'espace de ses pensées. La dernière chose qu'elle entendit avant de s'endormir fut la voix des autres clients de l'hôtel dans le couloir.

Et elle se laissa aller.

Au sentiment de liberté s'ajoutait l'absence de soucis. Pour la première fois, elle se reposait vraiment.

Loin de l'usine, du manoir, des servantes d'Espíritu Santo.

Loin des ouvrières de La Deslumbrante, avec leurs grossesses imprévues et leurs rêves de prospérité.

Bien loin du cimetière qui veillait sur ses morts.

Du curé don Antolín, du savant médecin qui en savait trop, des barons de la mer, qu'elle haïssait quand il fallait les haïr et admirait quand c'était nécessaire.

Son rêve était blanc et monotone, jusqu'à ce qu'apparaissent Renata et son père putatif. Renata la forçait à nettoyer les excréments d'animaux monstrueux qui vivaient avec eux dans la maison des gardiens, pendant que Domingo, pas fichu de lever le petit doigt, regardait la mère houspiller sa fille. Elle se voyait en train de vomir dans les jardins du manoir, et doña Inés accourait pour lui nettoyer la bouche avec un linge en coton. Elle la prenait par la main, l'emmenait dans l'une des chambres du manoir et la déposait sur des oreillers en plumes d'oie, délicatement, comme dans les bras d'un ange. Elle la recouvrait d'un édredon doux comme la toison d'un agneau et l'embrassait sur le front avant de disparaître pour toujours.

Clara s'éveilla en sursaut. La lumière des réverbères éclairait timidement la chambre. Il faisait déjà nuit noire. Elle avait mal au dos à cause de la position inconfortable dans laquelle elle s'était endormie, et elle se maudit de ne pas avoir été plus prévoyante et organisée. Elle ouvrit la porte de la salle de bains et fit couler de l'eau glacée sur ses poignets. Puis elle mouilla son front.

— C'était un rêve, un mauvais rêve, c'est tout, balbutia-t-elle.

Elle se déshabilla et retourna se coucher dans les draps froids, sous la couverture rêche.

42

JAN VILLAROY ÉTAIT UN HOMME d'âge moyen, au visage creusé de rides profondes formant un triangle du nez aux lèvres. Ses yeux bleus, comme ceux de Clara, lui donnaient un regard vif, qui s'accordait bien à sa manière de parler, rapide et précise, entrecoupée de sourires communicatifs. Il portait un costume sombre, une cravate lie-de-vin, une chemise blanche.

Deux drapeaux, belge et espagnol, trônaient derrière son bureau, ainsi qu'un portrait équestre d'une femme aux allures de marquise. La moquette et les murs tapissés de livres conféraient à la pièce un air de grandeur, peut-être excessif, pensa Clara. Afin de ne pas paraître en reste, elle oublia ses manières de provinciale avant de lui tendre la main. Elle remarqua qu'il portait à l'auriculaire une chevalière, héritage familial ou pure ostentation.

— Qui d'autre vous accompagne ?

— Personne, monsieur Villaroy.

— Je pensais rencontrer le président-directeur général de La Deslumbrante.

— C'est tout comme. Je suis la numéro deux.

Jan Villaroy déclara qu'il avait peu de temps, qu'un imprévu s'était présenté, mais qu'il n'avait pas voulu annuler le rendez-vous parce qu'il savait que madame – « Valdés ? », demanda-t-il – avait fait le voyage depuis la Galice pour le voir.

— Appelez-moi Clara, je vous prie.

— Parlez-moi un peu de vos affaires, Clara.

Elle alla droit au but : lors de toutes les réunions auxquelles elle avait assisté, Inés menait le jeu et savait manœuvrer ses interlocuteurs avec l'habileté d'un chef d'orchestre. Elle aurait voulu lui parler des premières sardines qu'ils avaient mises en boîte, de la station baleinière et de son chiffre d'affaires, mais elle se souvint que l'efficacité d'Inés tenait au fait qu'elle ne se perdait jamais dans les détails. Elle entra donc directement dans le vif du sujet, et exposa les besoins de développement de La Deslumbrante et sa volonté d'ouvrir de nouveaux marchés en Europe pour renforcer sa croissance, en phase avec l'essor du pays.

Le Belge l'écoutait avec attention en tirant sur le filtre de sa cigarette et en prenant des notes dans un calepin que sa secrétaire avait déposé sur la table avec un stylo-plume.

— Intéressant, dit-il lorsque Clara eut terminé.

— Notre volume d'affaires nous place en tête des conserveries galiciennes, monsieur Villaroy.

— Sans aucun doute. Mais soit vous prenez le train en marche, soit vous resterez à quai.

Il se leva, se dirigea vers un bureau placé devant la baie vitrée donnant sur la rue Sagasta et revint avec plusieurs cartes qu'il étala sur son bureau.

— Mon réseau commercial vous garantira l'accès à plus de trois cents points de vente. Ma commission est de dix pour cent, résuma-t-il sans détour.

— Plutôt élevé.

— C'est ma commission, madame, répéta-t-il avec un geste qui trahissait son impatience. Si vous doublez votre production dans un an, nous pourrons en reparler.

— Nous avons traversé tellement de difficultés qu'aujourd'hui nous voulons simplement vendre le plus possible.

— Je comprends.

— Je vois que vous êtes pressé, et je ne voudrais pas que notre rendez-vous se termine sur un désaccord.

— Parlez-en avec votre mari et appelez-moi.

Il lui tendit une carte de visite avec son nom et plusieurs numéros.

— Monsieur Villaroy, mon équipe commerciale vous contactera, dit-elle avec un orgueil légitime.

Elle prit congé de Jan Villaroy et s'engagea dans la cage d'escalier pourvue de petites fenêtres à chaque étage, ouvertes pour aérer.

Le soleil du matin se glissait entre les immeubles. Elle trouva une cabine téléphonique pour appeler La Deslumbrante, et fit un compte rendu de la réunion à Figueroa. Elle lui dit que tout s'était bien passé, mais que Villaroy demandait une commission très élevée.

— J'ai le sentiment qu'il profite de la situation, mais nous allons faire appel à ses services.

Ils raccrochèrent rapidement.

Clara s'arrêta pour observer l'animation du rond-point de Bilbao, le va-et-vient des tramways, la publicité pour le cidre El Gaitero sur l'une des voitures. Un instant, elle s'imagina des réclames pour les conserves La Deslumbrante placardées dans tout Madrid.

Elle se promena le long des grands boulevards, de Carranza à Génova, avec sa magnifique perspective sur la place Colón, puis poursuivit jusqu'au palais de Buenavista, où elle emprunta l'avenue José Antonio. Elle se sentait si bien, tellement dans son élément qu'elle parvint à chasser pour un temps la *saudade*, la douce nostalgie qu'évoquait Inés lorsqu'elle parlait de Cuba et du chagrin du départ.

Impressionnée par l'ampleur de Madrid, Clara se surprit à regretter le granit jaune de Galice, utilisé depuis l'époque celte. Elle contempla les impeccables façades en brique rouge, sans mousse ni trace de la pluie persistante de sa région natale.

Le sentiment de liberté qu'elle avait éprouvé en arrivant à la capitale s'installait peu à peu en elle. Elle n'était pas pressée. Personne ne l'attendait. Personne ne savait qui elle était lorsqu'elle entra dans le café Nebraska, symbole de la modernité venue d'Amérique, et commanda un café et des tartines beurrées. Le petit déjeuner avait un goût différent, mais elle le savoura avec plaisir en observant les couples âgés qui, à cette heure de la matinée, s'accordaient une petite halte. Elle contempla avec attention les employés, tous dans le même uniforme, impeccables et bien coiffés. Enfin, son regard s'attarda sur les pâtisseries derrière les comptoirs vitrés. Jamais elle n'avait vu une telle variété : avec ou sans chocolat, saupoudrées de sucre glace, arrondies ou allongées, garnies de crème pâtissière ou de chantilly.

Quand elle eut terminé son café, elle en commanda un autre, pour le plaisir, et ramassa un journal abandonné sur la table d'à côté pour le feuilleter. La plupart des articles portaient sur la politique, mais elle tourna les pages pour arriver à la rubrique des spectacles. On projetait le dernier film de Jack Clayton, et Rocío Dúrcal était à l'affiche dans *La Chica del trébol*. Les femmes de la revue Blanco y negro arboraient des lainages légers et des cols en fourrure, des vestes courtes à boutonnage simple, des robes de soirée en dentelle et mousseline.

Elle envia les Madrilènes et les modèles qui posaient pour le photographe, si minces et élégantes.

Si libres.

Quand elle jugea le moment venu, elle quitta le café, prit le chemin du retour par la Gran Vía jusqu'à la place de Cibeles, et marcha jusqu'à la Bibliothèque nationale, où elle eut la tentation d'entrer.

Elle ne le fit pas.

Elle arrivait après la bataille. Le monde était là pour être conquis.

Elle pensa à toutes les occasions manquées, aux études qu'elle n'avait pas faites, à l'école qu'elle n'avait jamais fréquentée et à l'amour qu'elle n'avait pas connu, malgré tous ses efforts.

Et elle pensa aussi à ce qu'aurait été sa vie si don Gustavo l'avait reconnue comme sa fille. Comment elle aurait été élevée. Qui elle aurait épousé. Combien d'enfants elle aurait pu mettre au monde.

Elle ne pouvait s'empêcher de se poser toutes ces questions et bien d'autres qui enflammaient son imagination. Elles étaient nécessaires pour s'y retrouver, remettre les pièces en place et savoir qui elle était. Bien sûr, elle avait vécu dans un mensonge, mais il y avait une vérité qu'elle avait le droit de connaître.

Malgré l'érosion du temps.

Même s'il ne restait qu'une piste presque effacée, Clara était décidée à la suivre, avec l'urgence croissante qui l'habitait depuis son arrivée à Madrid.

La ville la mettait peu à peu à nu, la laissant à vif. Consumée par les mensonges, elle se sentait prisonnière d'une peau qui n'était pas la sienne.

À son âge, elle n'avait peut-être plus beaucoup de temps.

Trop de questions restaient sans réponses.

Sans réfléchir, elle dirigea ses pas vers la rue Monte Esquinza.

Le besoin de mettre les choses au clair et d'étaler toutes les pièces du puzzle sur la table devenait une obsession, et seul cet homme, qui ne l'avait jamais jugée, qui croyait la connaître, pourrait écouter son récit.

Mais, surtout, elle avait besoin d'être entendue.

Il était midi lorsqu'elle arriva dans la rue de Plácido. Le numéro correspondait à un immeuble mitoyen d'apparence classique, typique de la première extension de Madrid, où se trouvaient autrefois les hôtels particuliers de la noblesse du XIXe siècle.

Le portier fumait une cigarette sur les marches de l'entrée, en grande conversation avec un autre homme. Clara s'assit sur un banc à quelques mètres et attendit. Elle leva les yeux, essayant d'imaginer où vivait Plácido. Donnait-il sur la rue ou sur une cour intérieure ? Quel était son horizon au réveil ? Voyait-il la lune le soir en s'endormant ? Elle regarda ses pieds, son sac à main sur ses genoux, et se sentit toute petite, une anonyme dans la grande ville, sans le pouvoir et l'influence de La Deslumbrante. Seule, elle avait l'air perdue, mais était joliment apprêtée, même si son maquillage s'était un peu estompé au fil des heures.

Soudain, les deux hommes interrompirent leur conversation, le portier tourna les talons, franchit le seuil et ferma la porte. Tout se passa très rapidement, en quelques secondes.

— S'il vous plaît ! Écoutez, excusez-moi !

Personne ne l'entendit. Clara se leva précipitamment, s'approcha de la porte et toqua à la vitre. Le portier se tourna vers elle et rouvrit la lourde porte en fer forgé.

— Vous avez de la chance, madame. J'allais fermer la loge. Je peux vous aider ?

— Est-ce que Plácido Carvajal vit ici ? demanda-t-elle sans préambule.

L'homme répondit aussitôt que oui, au premier, et il venait de rentrer.

— À cette heure-ci, don Plácido doit être à table.

— Pourriez-vous le prévenir que je suis là ?

— Et qui dois-je annoncer, madame ?

— Clara, de Punta do Bico.

— Punta do Bico ? Où est-ce que ça se trouve, ça ?

— Dans la province de Pontevedra. Près de Vigo, répondit-elle avec inquiétude.

— Belle région !

— En effet.

— Entrez, je vous en prie.

Lorsqu'elle franchit le seuil, Clara fut surprise par la fraîcheur du marbre et des miroirs qui lui renvoyaient son image. Le portier monta quelques marches et l'invita à le suivre. Clara fit non de la main.

— Vous ne venez pas ?

— Je préfère attendre ici.

Les minutes s'éternisaient. Clara calma ses nerfs en se disant qu'elle n'avait rien à perdre, qu'être libre c'est agir sans scénario ni répétition, qu'elle avait pris une décision qui ne causait de tort à personne, et certainement pas à Plácido, même si son imagination lui soufflait qu'au cours des derniers mois il avait très bien pu rencontrer une femme avec qui, pourquoi pas, il partageait ses déjeuners, ses dîners, ses nuits. *Mais quand bien même,* se dit-elle. *Et alors ?*

Tout à coup, Plácido apparut.

— Clara !

Elle ne savait pas si elle devait répondre à son accueil chaleureux par une étreinte ou un baiser sur la joue. Une poignée de main. Ou rien.

Mais il agissait avec tant de naturel que ses doutes initiaux s'évaporèrent aussitôt.

— Comment as-tu pu venir à Madrid sans me prévenir ?

Clara s'éclaircit la gorge avant de parler.

— J'avais un rendez-vous important avec un agent d'affaires.

— Oh, Clara, toujours sur le pont !

Ils éclatèrent de rire comme des adolescents.

— Au moins tu ne m'as pas oublié, ajouta Plácido.

Les mots lui manquaient. Elle sentait une boule se former dans sa gorge et le rouge lui monter aux joues à l'idée d'être ici, dans cette grande métropole. Il lui proposa de monter chez lui mais elle déclina, disant qu'elle ne voulait pas le déranger, que c'était l'heure du déjeuner, qu'il n'avait sûrement pas le temps.

— Qu'est-ce que tu racontes ? Le temps, c'est maintenant, Clara. Je t'invite à déjeuner. C'est dit.

Plácido n'avait pas changé. C'était bien l'homme qu'elle avait rencontré à Espíritu Santo. Toujours aussi déterminé, se dit-elle, à profiter des occasions de la vie ou des moments qui se présentaient à lui à l'improviste.

Il disparut quelques minutes, le temps de remonter chez lui prendre une veste, qu'il jeta sur ses épaules.

Ils rejoignirent la rue, déserte à cette heure. Clara ne lui demanda pas où ils allaient et il ne le lui dit pas, mais elle remarqua la plaque à l'angle de la rue où ils tournèrent : Blanche-de-Navarre.

D'après ce que lui expliqua Plácido Carvajal, le restaurant où ils entrèrent, et où on l'accueillit en habitué, avait été fondé par des Galiciens venus à pied depuis Orense à Madrid.

— Il n'y a que vous, les Galiciens, pour accomplir ce genre d'exploit, sourit-il.

Puis il y avait eu la guerre et les pénuries, et le patron fondateur de l'établissement avait dû servir des platées de pois chiches sans réclamer un sou. Les gens du quartier leur gardaient la reconnaissance du ventre.

— Surtout les jeunes mamans, qu'ils nourrissaient de bouillons de poule à ressusciter les morts.

Plácido se montra très attentionné envers Clara, lui faisant une cour sans équivoque qu'elle ne remarqua même pas, trop absorbée par le récit.

Ils commandèrent du vin et un *cocido*, la spécialité de la maison.

— Madrilène, sans *grelos* ni museau de porc, précisa-t-il, se rappelant les marmites du manoir et les arômes qui s'en échappaient. Quels souvenirs, Clara ! ajouta-t-il. Je n'ai pas cessé un seul jour de penser à toi.

— Ne dis pas ça.

Elle détourna le regard.

— C'est la vérité.

— Je pensais que tu m'écrirais.

— Ça ne t'aurait pas embarrassée ?

— Ç'aurait été un cataclysme ! admit-elle. Moi non plus, je n'ai pas cessé de penser à toi, mais j'ai essayé de t'oublier, parce que je sais que...

Plácido l'interrompit.

— En fait, tu ne sais rien du tout...

— Arrête, s'il te plaît...

— Tu ne sais pas non plus que tu es une femme merveilleuse. Et tu sais quoi ? J'ai même pensé à revenir à Punta do Bico. J'en ai parlé plus d'une fois avec Leopoldo.

— J'espère que tu ne lui as rien dit !

— Clara, je t'en prie…

— Ne dis pas à Leopoldo que nous nous sommes vus, le supplia-t-elle.

Plácido la regarda avec étonnement.

— Je croyais que vous étiez proches.

— C'est le cas, répondit-elle sans entrer dans les détails.

Il comprit qu'il valait mieux ne pas insister, et Clara en profita pour changer de sujet. Elle ne voulait pas commencer par cela. Ce n'était pas le plus urgent.

Ils discutèrent de son entrevue avec Jan Villaroy. Clara se plaignit de la commission exorbitante qu'il demandait en échange de ses services. Elle lui expliqua que les affaires n'étaient pas au beau fixe, que La Deslumbrante devait se ressaisir, que les chalutiers-congélateurs représentaient l'avenir, mais qu'on ne pouvait se permettre un tel investissement, et qu'elle avait fondé une École pour femmes pour les ouvrières et leurs enfants. Elle en parla avec tant d'enthousiasme que Plácido fut conquis.

— Tu as l'étoffe d'un chef, déclara-t-il.

Clara manqua s'étouffer en entendant cette déclaration de la bouche de l'homme pour qui elle éprouvait toujours la même admiration.

– Tu ne me crois pas parce que tu ne te connais pas, parce que tu ne te vois pas. Mais moi qui t'observe de l'extérieur, je peux te dire que tu as l'étoffe d'un chef.

— Il y a du vrai dans ce que tu dis : je ne me connais pas, je ne sais même pas qui je suis.

Plácido fut une nouvelle fois surpris. Clara éveillait en lui un sentiment qu'aucune autre femme n'avait suscité auparavant. Elle ne s'exprimait jamais à la légère.

Chaque mot avait un sens qu'elle transmettait par l'intonation, les gestes, les silences, plus éloquents qu'un long discours.

— Qu'entends-tu par là ? demanda-t-il.

Clara but une gorgée de vin, laissant l'acidité se répandre sur son palais et, comme si elle savait que cette confession serait libératrice, elle commença à raconter.

Du début à la fin.

Du jour où Inés avait décidé de faire d'elle une Valdés au matin où le médecin de Punta do Bico lui avait lu sur un bout de papier l'ultime confession de Gustavo.

Entre les deux, Clara parla de sa mère, Renata, du peu d'amour qu'elle lui avait donné et des souffrances qu'elle lui avait infligées.

Enfin, elle lui dit qu'elle n'avait aucun document attestant ce qu'elle lui avait raconté, mais que cela n'importait guère : elle avait le sentiment que si le Dr Vieito avait attendu vingt et un ans pour le lui dire, il n'avait pu interpréter de travers les mots que Gustavo avait prononcés avant de se taire à jamais.

— Et pourtant, conclut-elle, je pense que je ne connais pas toute la vérité. Il me manque encore des pièces.

Plácido ne dit pas un mot. Il sortit un étui à cigarettes de la poche intérieure de sa veste, en alluma une et aspira une longue bouffée.

Il y eut un silence entre eux. Plácido ne se remettait pas de la forte impression que lui avait causé le discours de Clara. Il n'aurait jamais soupçonné une telle histoire, ni ce dénouement qu'elle lui confiait avec une bouleversante sincérité.

— Plácido, dit-elle, la vie est passée si vite… Je regrette tant de ne pas avoir pris le temps de réfléchir au sens des choses. Je regrette tellement de ne pas avoir posé plus de questions ! Et il n'y a qu'une raison à cela : je me suis toujours sentie comme la maudite fille de la servante, sans aucun droit et forcée d'obéir.

Elle sentit son cœur s'arrêter en prononçant ces mots. Elle ne se rappelait pas les avoir déjà formulés. Au contraire, sa mémoire avait conservé la dure accusation de Jaime et les murmures des mauvaises langues de Punta do Bico, qui s'étaient tues lorsqu'elle avait épousé un Valdés.

— Maintenant que je t'ai raconté mon histoire, tu seras peut-être surpris que j'éprouve le besoin de revoir Catalina. Je ne sais pas combien d'années il me reste, mais je ne voudrais pas mourir sans lui avoir parlé. J'ai grandi seule, sans amis, sans camarades de classe, sans anniversaires ni Noëls.

Plácido tendit la main pour toucher celle de Clara avec une tendresse inconnue.

— C'est mon souhait, dit-elle d'une voix entrecoupée. Le seul que j'essaierai de réaliser.

Clara retira sa main de celle de Plácido et se couvrit le visage pour contenir ses larmes.

Elle ne voulait pas qu'il la voie pleurer. Mais Plácido aperçut l'hiver dans son regard.

— Quand retournes-tu à Punta do Bico ?

Clara ne répondit pas.

43

APRÈS LE DÉJEUNER AU RESTAURANT de la rue Blanche-de-Navarre, ils se promenèrent dans Madrid enveloppés dans leurs silences, parfois interrompus par les observations de Plácido qui trouvait de la beauté en toute chose et la partageait avec elle, en un curieux cérémonial qui aboutirait inévitablement à des adieux. Tous deux étaient conscients que le destin les avait placés sur ces trottoirs sans but précis, leur permettant seulement de déambuler côte à côte sans jamais se toucher.

Plácido avait été l'auditeur attentif des confessions que Clara avait éprouvé le besoin de traduire en mots, comme une naufragée s'accrochant à une planche de salut pour résister aux assauts des vagues.

Tel était son état d'esprit pendant les heures qui s'écoulèrent jusqu'au coucher du soleil, où ils rejoignirent la place de Cibeles.

— J'aimerais t'inviter à dîner, proposa-t-il.

Clara n'osa pas lui demander où, ni exprimer son souhait de passer à l'hôtel se rafraîchir et se changer.

Bercée par ses incertitudes, elle laissa Plácido décider pour elle. Il avait raison : elle n'avait rien cru de ses paroles. Le trouble que ses mots avaient semé en elle l'empêchait même de nourrir l'illusion qu'ils puissent être vrais. En même temps, Plácido découvrait une femme si blessée qu'il comprenait son incrédulité.

Ils arrivèrent rue Monte Esquinza. Clara n'eut pas conscience du trajet qu'ils avaient parcouru jusqu'au moment où elle se retrouva devant l'immeuble de Plácido.

— Me permets-tu de t'inviter chez moi ?

Elle décida de se montrer honnête.

— J'ai très peur de ce qui pourrait arriver, Plácido. Je suis une femme mariée, répéta-t-elle comme s'il ne le savait pas. Je me dois à mon mari, même si je sais maintenant qu'il n'aurait jamais dû l'être, mais j'ai peur...

— Je comprends tout cela, mais fais-moi confiance.

Clara savait que sa franchise n'était qu'un écran pour dissimuler sa honte. Honte de ce qu'elle imaginait pouvoir se passer et peur du lendemain. Malgré tout, elle laissa Plácido ouvrir la porte et le suivit dans l'obscurité.

Il l'invita à s'asseoir et lui offrit un verre de vin. Il le versa avec soin, dans un verre en cristal fin, identique à ceux qu'Inés aimait tant. Elle se leva pour aller au lavabo. Dans le miroir, elle vit son visage ridé. Elle observa les cheveux blancs qui éclaircissaient ses tempes, le siège des pensées, et remarqua que ses lèvres étaient fines et gercées, comme des digues fatiguées d'avoir contenu trop de tempêtes, de naufrages, de chagrins. L'éclat de ses yeux n'avait pas résisté non plus aux assauts du temps, et ses paupières usées oscillaient au gré de ses larmes.

C'est juste de la peur, Clarita. De la peur.

Elle murmura ces mots et tenta de se ressaisir. *C'est juste de la peur,* se répéta-t-elle comme pour couper le mal à la racine. Elle ouvrit le robinet d'eau froide et plaça ses poignets dessous. Le flot glacial lui rappela qu'elle était en vie, et cette sensation suffit à la tirer de sa stupeur de se trouver ici, dans cet appartement madrilène, à quelques mètres de l'homme dont elle n'avait pas cessé de rêver. Elle enleva les dernières traces de son maquillage, se rinça la bouche et sortit, décidée à s'aimer.

Avec ses rides.

Ses cheveux blancs.

Ses paupières vieillissantes.

Et ces lèvres qui sourirent à nouveau lorsqu'elle vit Plácido installé sur le canapé, le col de sa chemise déboutonné, débarrassé de sa cravate.

— Viens t'asseoir.

— Je n'ai jamais fait ça.

— Je sais.

La première caresse fit frémir Clara. Sa peau, peu habituée, se hérissa de chair de poule.

— On ne peut pas prolonger la vie, Clara. Mais on peut l'agrandir.

Il approcha les mains des boutons de son chemisier et les défit un à un, jusqu'à ce que l'étoffe glisse le long de son torse nu. Ses doigts parcoururent sa poitrine puis son ventre, cherchant à déboutonner sa jupe.

— Crois-tu que ce soit une bonne décision ?

— Clara…

Alors il posa les lèvres sur les siennes, comme ce jour-là au manoir, et elle reconnut aussitôt le goût enivrant de sa bouche.

— Laisse-moi t'embrasser.

Le silence de Clara était le consentement dont Plácido avait besoin pour continuer d'invoquer cet amour suranné auquel ils avaient tous deux cessé de croire.

Ils basculèrent sur la moquette, comme les jeunes gens qu'ils n'étaient plus, découvrant leurs corps.

Depuis le départ d'Andrea, Plácido avait fréquenté quelques femmes, mais jamais bien longtemps, et pour aucune d'elles il n'aurait renoncé à sa confortable vie madrilène. Il était devenu prudent avec les amantes occasionnelles, de peur de leur donner de faux espoirs. Clara, en revanche, n'avait pas vu le corps nu d'un homme depuis longtemps, et loin de la tétaniser, la vision de Plácido lui rappela la passion de Celso et les efforts qu'elle avait déployés avec Jaime dans les années qui avaient suivi leur mariage. Alors elle ne pensa plus à rien et se laissa aller, leurs corps confondus comme si l'âge n'était qu'une date sur un calendrier.

Ils firent l'amour toute la nuit, jusqu'au point du jour. Les premiers rayons du soleil filtrèrent à travers les persiennes, les trouvant nus, étendus sous une couverture que Plácido devait avoir apportée.

— Allons au lit, dit-il.

Il l'aida à se lever et la guida jusqu'à la chambre. Il voulut reparler à Clara de ses sentiments, mais ne le fit pas. Son veuvage précoce lui avait pourtant appris que rien n'est plus lourd à porter qu'un non-dit.

Clara s'éveilla en sursaut quelques minutes avant midi. Elle n'avait jamais dormi aussi longtemps et sans interruption. Elle sentit la main de Plácido sur sa hanche et la serra dans la sienne.

— J'aimerais te faire l'amour toute la vie. Tu es si belle.

Clara pesa bien ses mots avant de répondre.

— Après tout ce temps, je n'aurais jamais cru ressentir cela à nouveau…

Elle fut tentée de demander à Plácido depuis combien de temps il n'avait pas déshabillé une femme, mais se dit que ça ne la regardait pas. Il passa la main dans ses cheveux et parcourut sa nuque du bout des doigts.

— Il n'y a pas d'âge pour aimer, dit-il.

Et, comme pour accompagner ses paroles, il la retourna sur le matelas, réveillant son plaisir et son instinct endormis. Surpris par l'appel sauvage de la chair, ils s'embrassèrent voracement, avec une passion inconnue.

Ainsi, les heures devinrent des jours, durant lesquels Clara oublia le manoir, Jaime, La Deslumbrante et tout le reste, et se laissa enivrer par la douce pénombre que lui offrait Plácido, tandis que le temps s'égrenait, annonçant les orages de la fin de l'été.

Clara entra dans la baignoire, s'immergeant jusqu'au cou. Elle savait que tout cela ne se reproduirait pas.

Qu'il n'y aurait plus de journées dans l'appartement de la rue Monte Esquinza.

Plus d'autres nuits en compagnie de Plácido.

Plus de plaisirs.

Que l'automne, en cette fin de septembre, annonçait le crépuscule inéluctable.

Ils convinrent tous deux qu'ils ne pourraient se revoir. Que dans une autre vie ils auraient formé un couple heureux, uni, fidèle. Et qu'ils ne seraient pas amants, afin de préserver la beauté de ce moment qu'ils chériraient pour le restant de leurs jours.

Jusqu'alors, Clara n'avait jamais pensé aux dernières fois. Elle n'avait pas imaginé que ce rendez-vous avec Celso devant l'abreuvoir serait le dernier.

Pourtant, elle ne l'avait plus jamais revu.

Elle voulut donc être pleinement consciente de chaque sensation, chaque geste, chaque moment passé avec Plácido.

Elle s'habilla calmement et écouta en elle-même. Au fond, elle était chanceuse. Sa vie avait été semée d'embûches, mais au moment où elle s'y attendait le moins, alors qu'elle croyait avoir déjà renoncé, la chance tournait en sa faveur. Le souvenir de Plácido lui suffirait pour avancer. Comme l'avait dit doña Inés, seuls ceux qui sombrent dans l'oubli meurent pour de bon.

Aux portes de l'hôtel Tirol, il lui demanda la permission de l'embrasser, et elle acquiesça.

— Quel dommage, lui souffla-t-il à l'oreille, que la vie nous ait offert si peu.

Puis, comme pour lui donner un dernier conseil, il l'exhorta à ne pas baisser les bras, à tenter de retrouver Catalina, à démêler la vérité - coûte que coûte, ajouta-t-il.

— C'est le seul chemin qui vaille d'être emprunté.

— Le chemin de la vérité, répéta Clara.

De toute façon, l'avenir, de plus en plus étroit, ne lui laissait guère le choix.

— Une fois que tu y seras, pense à moi de temps en temps, parce que nous deux c'était aussi pour de vrai, dit Plácido avec un demi-sourire qu'il garda aux lèvres en remontant la rue Marqués de Urquijo vers la place d'Argüelles avant de disparaître.

Clara sut que ce seraient ses derniers mots d'amour et se promit de ne pas les oublier.

Le lendemain matin avant l'aube, elle quitta la chambre numéro 24 de l'hôtel Tirol. Elle régla sa note et sortit dans la nuit, en sachant qu'elle ne remettrait plus les pieds à Madrid, pas même pour poursuivre les négociations avec Villaroy.

Elle gagna la voiture en traînant sa valise, chercha les clés au fond de son sac, entendit tousser le moteur.

Cramponnée au volant, elle laissa aller toute la colère accumulée au fil de ses amours contrariées.

Triste et bouleversée, elle contempla le vide béant au milieu de son cœur et songea à l'épitaphe qu'elle avait fait graver sur la tombe de doña Inés : L'AMOUR ET LA MER SONT ASSEZ GRANDS POUR TOUT LE MONDE.

— Quitte à s'y noyer, murmura-t-elle.

Dehors, dans les rues encore sombres, les veilleurs de nuit chassaient les vagabonds, les chats fouillaient dans les poubelles, les réverbères scintillaient comme des étoiles terrestres.

La vie.

Il lui fallut du temps pour se ressaisir. Puis, suivant une impulsion subite, elle retourna rue Monte Esquinza, bien consciente que ce serait la dernière fois. Elle roula le long des boulevards, les vitres baissées pour laisser entrer l'air frais. En arrivant devant le numéro 26, elle ralentit légèrement, gravant dans sa mémoire la porte en fer forgé, l'élégante façade, les pavés qu'elle avait foulés à ses côtés.

Trois jours.

La moitié d'une vie. Une vie entière.

Clara sortit de Madrid par où elle y était entrée, le quartier général de l'Armée de l'air à sa gauche, l'Arc de la victoire devant, et tout droit la route en direction de la montagne, puis la Meseta, la Castille, et enfin, l'océan.

Elle roula vitres baissées pour que le monde qu'elle avait découvert imprègne de son odeur le reste de son trajet.

Devant Plácido, elle n'avait laissé paraître aucun regret. Elle aurait pourtant aimé que leur conversation ne s'arrête jamais.

Alors que le paysage se faisait de plus en plus familier, Clara éprouva le besoin de comprendre ce qui s'était passé. Ç'avait été inattendu et bienfaisant, apaisant à tel point que, comme jamais auparavant, elle se sentait délestée de ses chagrins.

Elle repartait plus légère, mais elle ressentait le poids de l'infidélité. Pour la première fois de sa vie, elle avait été infidèle, tout comme don Gustavo l'avait été avec sa mère, et peut-être avec d'autres femmes encore.

Tout comme elle soupçonnait que Jaime avait dû l'être, car personne ne peut rester chaste si longtemps.

Tout comme Domingo peut-être aussi, ce père qui ne l'était pas.

Tout comme Renata.

Elle ne savait que penser, car jusqu'alors elle avait toujours vu l'adultère comme un accident de parcours, un faux pas. Or ce qu'elle avait vécu avec Plácido n'avait rien d'accidentel. Bien au contraire. Les saints qui veillaient sur elle en savaient quelque chose. Si elle avait consenti à s'abandonner, c'est parce qu'il y avait entre eux autre chose que le besoin instinctif d'assouvir un désir. Ils avaient partagé les plus belles nuits d'amour qu'elle ait jamais connues – loin des étreintes sans tendresse de Jaime dans le seul but de faire un enfant, qui n'avait même pas vécu.

Et elle arriva à la conclusion qu'au fond ç'avait été une forme de revanche pour toutes ces nuits gâchées.

Les heures s'écoulaient lentement à l'intérieur de la voiture. Le soleil de la Meseta embrasait les champs de blé bordés de coquelicots tardifs comme elle n'en avait jamais vu à Punta do Bico, où poussaient des camélias, des hortensias et des rhododendrons sauvages.

La seule chose qui la taraudait encore était le souvenir de Catalina – sa demi-sœur, sœur à moitié, fille de son père. Cette gamine qui lui en avait fait voir de toutes les couleurs pendant leur adolescence, qui l'avait toujours regardée avec un mépris mêlé de jalousie, et qui aurait préféré mourir plutôt que d'admettre sous son toit une souillon née dans la crasse.

Et pourtant...

Elle éprouvait le besoin de la retrouver pour lui raconter tout ce qui s'était passé depuis le décès des Valdés, lui parler de la part d'héritage qui lui revenait et, éventuellement, lui révéler qu'elles étaient toutes les deux les filles de Gustavo.

— Demi-sœurs, sœurs à moitié, répéta-t-elle à voix haute.

Elle appuya sur l'accélérateur, la peur au ventre, comme si cette simple idée ébranlait sa conscience.

Cherche la vérité. C'est le seul chemin qui vaille d'être emprunté.

Avant de s'engager dans les monts de Galice, elle s'employa à balayer ses dernières craintes d'un revers de la main. Ce serait son ultime tentative pour réparer toutes ces années de mensonges. Cela ne pouvait pas durer éternellement ainsi.

Il lui avait fallu trop d'efforts pour venir à bout des embûches placées sur son chemin – d'abord à la scierie, avec les femmes qui pillaient les entrepôts d'épicerie ; ensuite à La Deslumbrante, où on l'avait d'abord considérée comme une intruse, une émissaire de la patronne chargée de surveiller les ouvrières et de lui rapporter le moindre incident. Avec le recul, le pire qu'elles auraient pu faire était de voler une sardine ou un essuie-main.

Enfin, il y avait Jaime.

Elle pensa à lui.

À ce qu'elle lui dirait, ou si elle le lui dirait un jour.

Aux mots qu'elle emploierait et qui, dans sa bouche, sonnaient comme de la perversion ou de la calomnie, comme une terrible offense – le pire déshonneur que puisse subir un fils.

« Ton père le savait. Et il te l'a caché. »

Jaime pousserait des hurlements, nierait farouchement, s'en prendrait à elle, la pointerait du doigt.

« Mensonges », dirait-il. « Qui t'a dit ça ? Comment le sais-tu ? »

Lui dire ou non était la seule décision que Clara n'avait pas encore prise lorsque l'océan apparut au loin, après qu'elle eut franchi la dernière colline. Elle laissa à sa gauche les Cinco Pinicos, à sa droite l'exploitation forestière qui avait appartenu à son père Gustavo. Elle s'engagea sur la ligne droite qui menait au lieu-dit d'Espíritu Santo et, arrivée à la limite de la propriété où Domingo était mort, Clara retrouva enfin le courage qui lui avait tant fait défaut depuis la révélation du médecin.

44

LE LENDEMAIN DE SON RETOUR, elle se rendit au cabinet du Dr Vieito.

Elle avait discuté avec Jaime pendant le dîner, profitant de ses bonnes dispositions – il était venu l'accueillir à l'entrée de la propriété, il avait même ouvert la grille en entendant la voiture, comme s'il était resté là à l'attendre depuis son départ.

Jaime ne s'intéressait guère aux négociations avec le Belge Villaroy. Il se contenta donc d'écouter Clara, acceptant par avance de se ranger à sa décision, quelle qu'elle soit. Clara se dit que ces quelques jours d'absence avaient peut-être calmé ses ardeurs et qu'il n'y avait pas de meilleur remède à la rancœur accumulée dans le couple qu'une distance prudente. Elle regretta de ne pas être partie plus souvent.

Elle le trouva vieilli et remarqua un léger tremblement dans ses mains, perceptible uniquement lorsqu'il portait sa fourchette à sa bouche.

— Tout va bien ? demanda-t-elle.

— Pourquoi cette question ?

— Pour rien.

Cette découverte éveilla en elle une certaine tendresse mêlée de compassion qu'elle s'efforça de chasser, consciente que, si elle se laissait émouvoir, tout le courage puisé lors de son séjour à Madrid ne servirait à rien.

Elle s'installa dans l'un des fauteuils de la salle d'attente du Dr Vieito. Avant elle, il y avait deux femmes âgées à l'air mal en point, qui la saluèrent poliment. Il lui sembla que l'une d'elles était l'épouse d'Adamino, le charpentier de marine ; l'autre ne lui disait rien.

En voyant son reflet dans le miroir, elle se trouva changée. Elle avait le teint terne et les traits creusés par la fatigue, peut-être même plus que Jaime, mais ce n'était pas le plus inquiétant. Ce qui la frappa vraiment fut de constater que son regard n'était plus le même. Ses yeux bleus étaient désormais ceux d'une dame et non plus d'une servante. Cette découverte lui apparut comme une mise en garde.

Quand son tour arriva enfin, Celestino Vieito l'accueillit debout, la main tendue. Clara lui rendit son geste, puis alla directement à l'essentiel.

— Docteur, j'ai besoin que vous me remettiez le papier de monsieur Valdés, prononça-t-elle. Il serait juste qu'il me revienne.

Le médecin haussa un sourcil et lui demanda pourquoi elle y tenait tant, puisqu'elle en connaissait déjà le contenu.

— C'est une part de ma vie... murmura-t-elle.

L'éminent praticien se mit à discourir sur les dernières volontés des mourants et les nombreux secrets que les corps libéraient dans leur dernier souffle, telles des flatulences provoquées par l'agonie.

— Ne soyez pas grossier, docteur. Ne comparez pas...

Le médecin la coupa.

— Je veux dire que ce que j'ai écrit n'a aucune valeur. Ça ne vaudra rien devant un tribunal ou je ne sais quoi.

— Que voulez-vous dire ? Croyez-vous que je veuille traîner un mort en justice ?

— Non, madame. Votre mari, répondit-il en la dévisageant.

— Vous m'offensez. Quel dommage que vous doutiez de ma bonne foi quand mon père vous faisait tant confiance ! Je ne vous ai pourtant jamais déçu, docteur.

Elle se leva de la chaise qu'elle occupait de l'autre côté du bureau, face à Celestino Vieito, et quitta le cabinet en claquant la porte, faisant sursauter les autres patients et la standardiste, qui la vit partir en furie.

Elle avait besoin de respirer l'air marin et de faire quelques pas avant de se rendre à l'usine.

Au port, la vie suivait son cours.

Un paquebot transatlantique s'apprêtait à appareiller.

Un autre, plus petit, arrivait du bout du monde, où vivait Catalina – demi-sœur, sœur à moitié.

Les pêcheurs remontaient leurs filets à bord des *gamelas* à quelques milles au large.

L'animation du port parut la tirer de la torpeur où elle avait glissé, ses démons en embuscade prêts à lui sucer le sang. Elle s'était à nouveau fourvoyée au sujet du médecin, qui en savait bien moins qu'il ne le prétendait ou ne le laissait entendre. Elle ne ferait plus jamais appel à lui. Pas même en cas d'urgence. Pas même pour diagnostiquer le tremblement des mains de Jaime, qui n'allait sans doute qu'empirer.

Elle décida de se rendre à l'usine en se remémorant les encouragements de Plácido et les précieux souvenirs qu'elle avait rapportés de la capitale comme on conserve une carte postale pour revoir les lieux de sa lune de miel.

À La Deslumbrante, elle fut chaleureusement accueillie par ses employées, à qui elle avait visiblement manqué. Figueroa et Esther Lama la prirent par le bras et l'accompagnèrent à son bureau, curieux de tout savoir de son voyage à Madrid, rêve inaccessible, pur fantasme pour les gens du village.

Clara n'avait pas vraiment envie d'entrer dans les détails.

— Ç'a été une réunion fructueuse, comme je l'espérais.

Elle répéta ce qu'elle avait déjà expliqué à Figueroa au téléphone : les commissions abusives, etc.

— La prochaine fois, c'est vous qui irez sur place pour finaliser l'accord, Figueroa.

Le regard de ce dernier s'illumina à l'idée de se retrouver dans le bureau d'un homme d'affaires aussi renommé que M. Villaroy.

— Et maintenant laissez-moi seule, s'il vous plaît. J'ai besoin de faire le point, s'excusa-t-elle.

Figueroa et Esther Lama ramassèrent leurs cahiers et se levèrent pour partir, mais avant qu'ils ne referment la porte, Clara changea d'avis.

— Une seconde ! J'aimerais savoir encore une chose. Avec mon mari, ç'a été ?

— Il n'est pas venu, doña Clara.

— Tant mieux. Tant mieux ou pas, peu importe, marmonna Clara.

Elle avait tant de choses en tête que la désinvolture de son mari était le cadet de ses soucis. Jaime considérait que sa mission dans ce monde était terminée. Comme il l'avait si bien dit, il avait assez d'argent pour financer ses funérailles et avait fait le choix, en bon gentleman qui se respecte, de se consacrer à ses plaisirs. Qui – et pourquoi pas, songea-t-elle – incluaient peut-être aussi des escapades avec des demoiselles de bonne compagnie.

Elle ne s'arrêta pas un instant sur cette pensée. Les récents tremblements de son époux l'inquiétaient davantage. Un signe indéniable qu'il avait vieilli.

À l'heure du déjeuner, elle quitta La Deslumbrante en disant qu'elle ne reviendrait peut-être pas. Elle laissa planer le doute afin qu'ils n'en profitent pas pour se tourner les pouces, mais elle savait qu'elle n'y retournerait pas.

María Elena et Limita finissaient de mettre la table lorsqu'elle poussa la porte du manoir. Toutes deux étaient plus proches du royaume des morts que de celui des vivants. Elles avaient plus de soixante-dix ans, mais comme ni l'une ni l'autre ne montrait de signes de fatigue, Clara n'avait pas envisagé d'engager de nouveaux domestiques. Cependant, ce jour-là, elle prit le temps d'observer María Elena de dos. Elle ne s'endormait plus à tout bout de champ, mais elle boitait d'une jambe, ou des deux, et Clara se dit que le moment était peut-être venu pour ces deux femmes si dévouées de prendre un peu de repos avant le dernier sommeil.

— Et monsieur ? demanda Clara.

— Il a dit qu'il déjeunerait dehors.

— Il n'a pas donné plus de précisions ?

— Non.

— Il rentrera pour dîner ?

— Il ne l'a pas dit non plus.

Clara apprécia de se retrouver seule, préférant se concentrer sur ses affaires plutôt que de veiller à ne pas dire un mot de travers, à ne pas laisser échapper une remarque qui aurait pu déchaîner la tempête.

Du reste, ce jour-là, elle avait besoin du calme du manoir pour entrer discrètement dans la chambre à la galerie vitrée et chercher de toute urgence un certain objet. Sans prendre le temps de goûter au dessert préparé par la pauvre Limita mais en promettant de le manger à quatre heures, elle monta à l'étage des chambres où les domestiques crurent qu'elle allait s'étendre un moment comme à son habitude.

Cette fois, cependant, elle dérogea au rituel.

Elle ouvrit avec précaution la chambre de M. et Mme Valdés.

Elle ouvrit les rideaux qui obstruaient entièrement les fenêtres et faillit tomber à la renverse en voyant la chambre telle que les domestiques l'avaient laissée au lendemain du décès d'Inés. La courtepointe avait perdu ses couleurs d'origine, et une épaisse couche de poussière ternissait le lustre de la coiffeuse. Sa crainte d'être découverte la privait de la sérénité nécessaire pour ouvrir les tiroirs de la commode et chercher parmi les vêtements l'agenda d'Inés, où elle savait qu'elle trouverait le numéro de téléphone d'Héctor Grassi. Clara n'avait jamais su s'il était arrivé à Inés d'appeler ou si elle s'était contentée d'attendre que lui le fasse afin de ne pas importuner sa fille. *Après tout*, pensa Clara, *attendre était ce qu'Inés savait faire de mieux. Elle a bien attendu le retour de Cuba de Gustavo.*

Même lorsqu'elle avait décidé de mourir, elle avait su patienter.

Elle eut un haut-le-cœur en s'imaginant M. Valdés sur le corps de Renata. Son sang se mit à bouillir à l'idée que Renata ait pu tomber amoureuse de lui, qu'elle ait cru à l'une de ces histoires que les beaux messieurs racontaient pour éblouir les servantes, une ribambelle de promesses de richesse, de vie meilleure. Son cœur se serra à la pensée que la malheureuse n'avait même pas eu la chance de trouver un mari décent pour lui donner un peu d'affection.

Elle fouilla dans les tiroirs de sous-vêtements.

Ouvrit des placards, des boîtes à chaussures et à chapeaux.

Plongea la main dans les poches des vestes, manteaux et pardessus.

Approcha son nez des chemisiers, curieuse de vérifier si Inés continuait d'exister à travers l'étoffe, et les huma comme un chat.

Rien.

Elle fouilla à nouveau les tiroirs, les boîtes et les placards, sans plus se soucier de faire du bruit ou de déranger les domestiques pendant leurs heures de repos.

— Au diable ! s'exclama-t-elle.

Elle renversa tout par terre, puis ouvrit en grand les fenêtres et la baie vitrée. Le ciel gris et terne annonçait une pluie qui ne tarderait pas à tout détremper.

Limita, qui passait par le vestibule, s'agrippa alors à la rampe de l'escalier et, marche après marche, malgré ses maux de dos, monta voir ce qui se passait.

— Doña Clara, que faites-vous ? demanda-t-elle à mi-voix sans oser entrer dans la chambre.

Clara s'assit sur le lit et se mit à pleurer.

— Vous permettez ?

— Oui.

Peu lui importait que Limita la surprenne dans cet état. Après tout, elle l'avait déjà vue s'effondrer, chuter, se briser et se relever tant de fois que cela n'avait plus d'importance.

— Que cherchez-vous, madame ?

— Le petit agenda en cuir de doña Inés, répondit-elle simplement entre deux sanglots.

Limita la regarda de ses yeux couleur de mer calme et dit :

— Il est là.

De son pas traînant, elle s'approcha de la table ronde de la galerie vitrée, ouvrit le tiroir et en sortit le carnet où Inés notait les numéros de téléphone à ne pas oublier, les comptes mensuels et annuels de La Deslumbrante, les anniversaires des personnes importantes, les dates des décès et les médicaments que prenait Gustavo, avec les heures et les doses.

Elle le tendit à Clarita qui la remercia et lui présenta ses excuses en séchant ses larmes.

— Allez vous reposer, je vais ranger tout ça, dit la bonne.

45

Le téléphone sonna dans l'hacienda de General de Madariaga alors qu'il était dix-sept heures passées là-bas – vingt-deux heures à Punta do Bico.

Clara était restée travailler tard. Comme d'habitude, personne ne remarqua rien – ni la lumière allumée dans son bureau, ni qu'elle n'en était pas sortie depuis son arrivée le matin, ni qu'elle n'avait rien mangé de la journée.

La tonalité retentit, et elle perçut la moiteur de sa main qui tenait le combiné du téléphone Heraldo qu'elle avait fait installer dès l'arrivée des premiers appareils à Vigo et des premières lignes à Punta do Bico.

Une.

Deux.

Trois.

— Allô, oui ?

La voix d'un homme jeune se fit entendre, claire et intelligible, mais lointaine comme celle d'un marin au milieu de l'océan.

— Allô ? répéta-t-il.

— Héctor Grassi, s'il vous plaît.

— J'écoute, dit la voix à l'autre bout du fil, à dix mille kilomètres de distance.

Clara mit du temps à prendre en compte le décalage dans la communication.

— Pourrais-je parler à Héctor Grassi ?

Elle ignorait pourquoi elle le demandait lui et non Catalina, alors que c'était elle qu'elle cherchait à joindre.

— Il n'est pas là, madame.

— Êtes-vous son fils ?

— Oui, répondit ce dernier sans plus de précisions.

Sous le choc, elle reprit malgré tout.

— Je suis une parente de votre mère, Catalina. D'Espagne.

— Vous devez faire erreur. Ma mère n'a pas de famille en Espagne.

— Si, elle en a.

Clara fouilla parmi les papiers éparpillés sur son bureau et ouvrit l'agenda à la page des numéros de téléphone.

— Je suis bien à l'hacienda de monsieur Grassi, à General de Madariaga, province de Buenos Aires ?

— Oui, madame.

— Marié à Catalina Valdés ?

— Oui, madame, mais je vous assure que vous faites erreur. Ma mère n'a plus de famille en Espagne. Ils sont tous morts.

— Si quelqu'un fait erreur, c'est vous, répliqua Clara sur un ton sec. Pourrais-je parler à Catalina ?

— Elle n'est pas là pour le moment.

— C'est elle qui vous a dit qu'elle n'avait plus de famille en Espagne ?

— Excusez-moi, pourriez-vous me donner votre nom ? s'impatienta le fils de Catalina.

— Bien sûr, désolée. Je suis Clara, de Punta do Bico, du manoir des Valdés, où votre mère est née.

Ce nom disait en effet quelque chose au fils de Catalina, dont le ton se fit alors légèrement moins distant.

— Ah oui ! Ma mère nous a parlé du manoir et de grand-maman Renata.

— Grand-maman Renata ? s'enquit Clara.

— Oui, madame. Notre grand-mère espagnole. Je dirai à ma mère que vous avez appelé.

— Ne raccrochez pas, je vous en prie. Dites-moi à quelle heure je pourrai joindre votre mère.

— Un instant.

Le jeune homme s'éloigna du téléphone pour voir si Catalina était revenue de sa promenade avec Mlle Waldyn, qui s'occupait d'elle depuis un an qu'un accident vasculaire cérébral avait affecté sa mobilité.

— Vous m'avez bien dit que votre père n'était pas là, n'est-ce pas ?

— Mon père est décédé, madame.

— Je suis désolée, dit Clara à l'autre bout du fil. S'il vous plaît, soyez gentil de dire à votre mère que Clara, la fille de la servante, a appelé. Que j'ai besoin de lui parler. Elle sait qui je suis.

— La fille de la servante ?

— Votre mère sait qui je suis, insista-t-elle. Si vous voulez bien noter ce numéro...

Clara énonça les chiffres du numéro de La Deslumbrante.

— Précédé de l'indicatif de l'Espagne, précisa-t-elle.

Ils raccrochèrent, et Clara ressentit une douleur profonde dans la poitrine, comme si son cœur allait soudain cesser de battre sous son chemisier, qu'elle agrippa de toutes ses forces pour contenir cette angoisse inconnue, si terrifiante qu'elle doutait de pouvoir se lever et retourner au domaine, où elle ne reconnaîtrait plus personne. Et en dernier lieu elle-même.

Ses pensées se bousculaient dans sa tête alors qu'elle tentait de démêler les fils de cette conversation qui allait bouleverser une nouvelle fois le récit de sa vie, un récit fait de souffrance et de tromperie. À présent, il lui semblait que les pièces du puzzle se défaisaient à nouveau. Elle ne parvenait pas à s'expliquer pourquoi Catalina avait parlé de « grand-maman Renata » à ses enfants. Un instant, elle songea que cela pouvait être l'effet d'une démence précoce, mais elle écarta aussitôt cette hypothèse, le fils de Catalina s'étant montré très sûr de ce qu'il avançait, comme s'il avait grandi avec la figure de la grand-mère Renata sans jamais se demander si sa mère affabulait.

Et Catalina n'était pas du genre à affabuler.

Sa vie entière défila devant ses yeux en une série d'images. De la première fois qu'elle avait vu Inés et que celle-ci lui avait demandé si elle était Clara au jour de sa mort. Elle se souvint de sa voix lorsqu'elle lui avait dit que ses yeux bleus lui rappelaient ceux de sa mère.

« C'était une très belle femme… » lui avait-elle dit.

Clara se répétait ces mots hésitants qui l'assaillaient tels des brigands dans la nuit.

Elle respirait avec peine.

Sa poitrine se soulevait par secousses comme si elle manquait d'air, dévorée par le besoin de savoir. Elle ne pouvait laisser la conversation en suspens et s'en remettre au fils de Catalina pour faire passer le message. Qui savait s'il le ferait ou s'il avait raccroché en pensant avoir eu affaire à une folle, à une mystificatrice animée d'intentions coupables.

Elle ne pouvait pas laisser les choses se terminer ainsi.

Elle souleva à nouveau le combiné, composa le numéro sur le cadran rotatif et écouta la tonalité jusqu'à ce qu'on décroche à l'autre bout du monde, par-delà l'océan.

La même voix répondit à l'appel.

— Allô, j'écoute ?

— C'est à nouveau Clara, annonça-t-elle. C'est bien le fils de Catalina à l'appareil, n'est-ce pas ?

— Oui, madame. Ma mère n'est pas encore rentrée. Je lui dirai que vous avez appelé.

— Je vais attendre, répondit-elle sur un ton ferme, sans lui laisser la possibilité de répliquer.

— Je ne sais pas dans combien de temps elle sera là.

— Peu importe. J'ai toute la nuit devant moi.

Clara ne sut jamais combien de temps elle resta ainsi à patienter, résolue et déterminée. Peut-être cela ne dura-t-il que quelques minutes, peut-être une heure entière s'écoula-t-elle. Elle était absorbée par l'attente ; plus rien d'autre n'existait.

Elle demeura ainsi jusqu'à ce que le jeune homme reprenne la conversation dans la nuit de Punta do Bico. Depuis le bureau de Clara, la mer était noire comme la gueule d'un loup.

— Vous êtes toujours là ?

— Je suis là, oui.

— Je vous passe ma mère.

Clara s'adossa à sa chaise.

— Qui est-ce ?

La voix de Catalina semblait lointaine ; Clara imaginait ses mains, son visage, les rides autour de ses yeux.

— Catalina, c'est Clara.

— Clara, dit Catalina en écho.

— La fille de la servante, déclara-t-elle sans gêne ni honte, comme si c'était là une information objective et capitale. Vois-tu qui je suis ?

— Clara, répéta Catalina.

— Catalina, il faut que nous parlions avant que la décrépitude de l'âge n'efface nos souvenirs.

46

Le 14 janvier 1966, une automobile Mercedes noire s'arrêta au lieu-dit d'Espíritu Santo à l'heure de la sieste. Il gelait à pierre fendre et le vent soufflait, comme dans le souvenir de la femme usée par les années qui descendit du véhicule. Deux hommes en uniforme et casquette l'installèrent dans un fauteuil roulant et la poussèrent jusqu'au portail du manoir, auquel elle s'agrippa de toutes ses forces vacillantes.

Personne n'ayant annoncé sa venue, les domestiques se demandèrent si elles devaient lui ouvrir ou attendre le feu vert de Monsieur et Madame.

Ces derniers venaient de finir de déjeuner et se reposaient devant la cheminée du salon, chacun dans son coin, sans se regarder.

Depuis qu'elle avait parlé à Catalina, Clara n'avait cessé de penser à la possibilité d'organiser une rencontre qui leur permettrait de démêler les fils de leur vie. Mais elle n'avait eu aucune nouvelle et guettait en permanence la sonnerie du téléphone ou l'arrivée d'une lettre en provenance d'Argentine. Le seul événement notable qui se soit produit en un peu plus de deux ans était également arrivé par courrier, de Madrid. Une lettre de Plácido, que Clara avait mis des semaines à lire jusqu'au bout, car dès qu'elle s'y risquait ses larmes l'empêchaient de poursuivre. Ce n'était ni une déclaration d'amour ni un adieu, mais des mots précieux qui lui redonnèrent la certitude d'agir pour le mieux, selon ses vœux, en accord avec ses convictions et dans le dessein de trouver le chemin de la vérité. Le seul, écrivait à nouveau Plácido, qui vaille la peine d'être emprunté.

Clara ne l'avait pas oublié, mais depuis son retour de la capitale elle avait préféré reprendre le cours de sa vie sans trop se tourmenter l'esprit, afin de ne pas remuer le couteau dans la plaie. Elle s'estimait heureuse de l'avoir connu et s'efforçait d'entretenir son souvenir sans rien attendre en retour.

María Elena courut prévenir ses patrons sans bien savoir que dire ni qui annoncer exactement, aussi se contenta-t-elle d'aller à l'essentiel.

— Catalina est là.

Clara bondit du canapé où elle s'était à moitié assoupie, posa ses lunettes sur la table basse et sortit à sa rencontre sans une explication, laissant Jaime à ses interrogations.

En descendant les marches du perron, elle ressentit un frisson comme si ces retrouvailles représentaient l'aboutissement de son existence.

Elle se pencha pour étreindre sa sœur, percevant une fragilité nouvelle dans ce corps affaibli par la maladie et ce regard si différent d'autrefois qu'elle eut du mal à le reconnaître.

— Tu n'as pas changé, ma belle. Toujours aussi jolie, la complimenta Catalina avec cet accent argentin qu'elle avait adopté dès son arrivée à Buenos Aires, la plus sûre façon de couper les ponts avec ses origines.

Clara fut soulagée de constater qu'il ne subsistait aucune trace du ressentiment d'autrefois ni de la haine que Catalina lui avait vouée étant enfant.

— Nous avons tant de choses à nous dire...

Clara sécha ses larmes et poussa le fauteuil roulant vers le salon, où Jaime les attendait sous le choc et incrédule.

— Tu es revenue, dit-il en se levant.

Sa sœur lui fit signe d'approcher pour pouvoir l'embrasser à son tour.

— Ça fait combien de temps ?

— Quarante-deux ans, répondit Catalina en le regardant dans les yeux.

— Une éternité, murmura Clara derrière eux.

Cet après-midi-là, les filles de Gustavo allèrent se promener sur les chemins de leur enfance.

Clara poussait le fauteuil avec difficulté sur le sable humide et la terre boueuse, mais Catalina avait insisté pour revoir ces sentiers qu'elle n'avait jamais oubliés, toujours présents à sa mémoire même si elle les avait abandonnés dans un accès de folie dont elle ne regrettait rien. Elle avait alors besoin de prendre ses distances, de fuir le plus loin possible du Pazo d'Espíritu Santo et de ses occupants.

Là-bas, dans la ville de General de Madariaga, elle avait commencé à se reconstruire sur des cendres, ces fragments d'histoire révélés par Renata dans ses derniers instants, avant qu'elle ne s'éteigne seule mais en paix.

— Je n'aurais jamais imaginé revenir un jour, Clara.

— As-tu été heureuse ?

— Parfois, répondit Catalina.

La matinée venteuse avait laissé place à un bel après-midi, sous un soleil inhabituel à cette période de l'année. Clara évoqua les changements survenus à Punta do

Bico, le développement de la conserverie, les baleines et les cachalots, et les progrès des ouvrières qui savaient lire et écrire comme elles deux. Elle n'osa pas aborder la question de Renata ni révéler à Catalina ce qu'elle savait, ne voulant pas gâcher la joie de ces retrouvailles.

— Emmène-moi au port, Clara. Asseyons-nous sur le quai. Je veux voir la mer.

À General de Madariaga il n'y avait que des terres, des horizons délimitant les propriétés des Grassi et des vaches, des milliers de vaches noires ou d'un rouge sombre.

— Pour voir la mer, il faut aller à Pinamar, et Héctor n'aimait pas conduire ailleurs que sur ses terres.

— Ton fils m'a dit qu'il était mort...

— Le foie. Sa peau est devenue jaune et ses yeux ont perdu leur éclat. Nous avons vu les meilleurs médecins de Buenos Aires. Ils n'ont rien pu faire. Mais je n'ai pas envie d'en parler...

Clara poussa le fauteuil jusqu'au port, où elles aperçurent un banc inoccupé. Au prix d'un grand effort, Catalina parvint à se lever avec l'aide de sa sœur, et se laissa tomber lourdement sur l'assise en pierre.

— Il a perdu de ses couleurs, fit remarquer Catalina en parcourant du regard le port, d'où elle était partie sans une explication et sans laisser la moindre lueur d'espoir à sa mère – qui ne l'était pas.

Clara sourit à ce commentaire, prenant conscience qu'en effet les maisons de pêcheurs n'avaient plus leur lustre d'autrefois. Elle désigna de l'index les cheminées de La Deslumbrante qui pointaient par-dessus les toits.

— La Deslumbrante est ton héritage, Catalina. Ce n'est pas à moi de te le dire, je ne joue aucun rôle là-dedans, dit-elle en se rapprochant. En fait, Jaime ne sait même pas que je t'ai contactée et que c'est pour cette raison que tu es là.

— Je ne suis pas venue pour cela. L'argent ne m'intéresse pas, Clara. Nous avons largement de quoi vivre sur plusieurs générations. Mes enfants ont beaucoup de chance. Ils ont reçu la meilleure éducation, mais surtout ils ont une famille. Je ne suis pas venue chercher un héritage, répéta-t-elle. Je suis venue pour toi.

La vision de Clara se brouilla.

— Parle-moi de toi.

Clara décida de commencer par le début, depuis le moment où Inés avait arrangé son mariage avec Jaime, peu après son départ pour l'Argentine. Naturellement, Catalina avait appris la nouvelle par Héctor, mais elle n'en dit rien. Elle la laissa poursuivre.

— Nous avons été relativement heureux jusqu'à ce que je tombe enceinte d'Inesita. Elle avait si peu envie de venir au monde qu'elle n'a pas vécu.

Catalina écoutait, bouleversée, sans pouvoir exprimer ce qu'elle ressentait. Les deux femmes demeuraient sur la réserve, comme si elles ne voulaient pas que les mots s'échappent trop vite. Peut-être aussi se jaugeaient-elles, tentant de deviner ce que savait l'autre.

Toutes deux avaient pourtant conquis la liberté qu'apporte la maturité, sans condition ni compromis, sans préjugés d'aucune sorte, sans crainte de se confronter à la vérité.

— Mais tout cela c'est du passé, dit Clara. Pourquoi es-tu venue, Catalina ? Tu as fait tout ce voyage pour moi, vraiment ?

— Ton appel a été décisif.

Elles gardèrent le silence quelques minutes. Clara posa la main sur celle de Catalina.

— Nous avons des choses à nous dire, toi et moi. Qui aurait cru que je remuerais ciel et terre pour te retrouver ? Et que j'aurais envie de te revoir ? Tu m'en as fait baver !

— Je sais, reconnut Catalina. Et je te demande pardon.

Elles parlèrent de l'époque où elles vivaient toutes les deux au manoir. Catalina exprima ses regrets pour son attitude passée. Elle y avait longuement réfléchi et n'avait trouvé qu'une seule explication.

— Je me sentais seule et rejetée. J'avais l'impression de ne pas faire partie de cette famille. J'étais malade de jalousie envers toi, Clara. C'était plus fort que moi. J'en étais venue à te haïr et à souhaiter ta mort. Je priais pour qu'il t'arrive un malheur. C'était devenu une obsession.

— Je n'ai jamais compris pourquoi. Je n'avais rien fait pour, je n'ai jamais rien manigancé avec doña Inés. Au contraire. Elle faisait très attention à ne pas te contrarier. Elle t'aimait de tout son cœur. Si tu savais...

— Ne dis rien. On ne peut aller contre la puissance de la nature.

Clara grava ces mots dans son esprit :

« On ne peut aller contre la puissance de la nature. »

— Ni elle ni toi ne méritiez d'endurer cela, insista Clara. Laisse-moi au moins te dire ce que ta mère a traversé pendant toutes ces années.

Alors Catalina se tourna vers Clara, cherchant à capter son regard.

— Elle n'a jamais été ma mère.

Clara se mit à trembler.

— Que dis-tu ?

— La fille de la servante, c'est moi, répondit Catalina avec une telle gravité que Clara en fut effrayée.

Catalina fixa l'horizon de son enfance, maintes fois parcouru en quête de réponses qui auraient pu expliquer ses perpétuelles angoisses et son mal-être constant.

— Tu es la fille de doña Inés et de don Gustavo Valdés, poursuivit-elle. Ma mère, Renata, nous a échangées à la naissance. Notre père l'a mise enceinte et lui a même demandé d'avorter pour préserver son honneur, parce qu'il ne pouvait supporter la culpabilité et la honte d'avoir fait un enfant à une domestique. En échange, il a offert de lui donner quelques terres.

Clara s'effondra et se mit à pleurer. Tout ce qu'elle pourrait dire n'avait plus d'importance à présent.

— Que dis-tu… ?

— La vérité. Ma mère m'a tout raconté juste avant de mourir, dans cette maison où je suis née pendant que la tienne, Inés, te mettait au monde face aux îles Cíes. La vérité, répéta-t-elle.

— Pourquoi avoir attendu si longtemps pour me le dire ?

— Parce que maintenant nous sommes enfin prêtes à l'accepter.

— Catalina ! s'écria Clara d'une voix brisée.

— Nous en avons payé le prix fort, mais tu sais quoi ? La Deslumbrante portera toujours ta marque, comme la viande d'Argentine porte la mienne. Sur la peau de mes bêtes, sur le fer à marquer de mon élevage aux initiales H.C., *hija de la criada,* il y a toujours eu ma vérité. Et maintenant je te la confie.

Clara essuya ses larmes, consciente que la fatalité ne suffisait pas à expliquer ces années de malheurs que tout l'ambre gris du monde ne pourrait jamais compenser.

— Qu'allons-nous faire, maintenant, Clara ?

— Je ne sais pas.

À minuit, un orage éclata sur Punta do Bico, accompagné de tonnerre et d'éclairs qui illuminèrent le lieu-dit d'Espíritu Santo. Clara comprit que c'était la manifestation des esprits qu'elle avait gardés près d'elle pour combler les longs silences qui l'avaient accompagnée toute sa vie.

Elle s'enferma dans ce lieu sacré qu'était la bibliothèque du manoir et s'installa dans le petit canapé où Inés et elles s'observaient à la dérobée sans savoir quelle force aimantée les avait attirées l'une vers l'autre. Ni l'une ni l'autre n'auraient pu imaginer que Renata l'avait arrachée à ses racines après ce douloureux accouchement de février 1900.

Avec un calme imperturbable, Inés se mit à parler.

Là-bas, dans l'autre monde, il n'y avait ni mensonges ni demi-vérités, ni nostalgie ni tracas.

Pas de peines non plus.

Clara eut le sentiment que le passé était une vague immense. Aussi grande que celle qui avait englouti Celso sur le *Santa Isabel.*

Inés murmura et soupira en même temps.

Afin de ne rien oublier, Clara écrivit tout dans son journal, puis le laissa de côté.

Ce furent les dernières lignes.

Seul Plácido fit son apparition, souriant. Il lui donna une légère tape dans le dos et lui dit : « Tu as réussi, Clarita. Laisse la vérité faire le reste. »

Punta do Bico, octobre 1985

Le harponneur de La Deslumbrante a capturé la dernière baleine de Galice.

Ça suffit comme ça.

Le frère bénédictin Martín Sarmiento, qui avait visité la Galice au XVIIe siècle, signalait déjà la présence de baleines dans l'estuaire de Pontevedra. Elles s'aventuraient jusqu'à l'île Tambo dont, paisibles et magnifiques, elles parcouraient les eaux. Trois cents ans plus tard, l'homme avait appris à les chasser à l'aide de harpons tranchants qui laissaient des traînées de sang sur les quais des conserveries.

Et attiraient les sardines.

Ça suffit.

Ma voix n'est plus qu'un murmure aux oreilles des ouvrières à qui j'ai appris à lire et écrire. Leurs filles ont pris la relève, héritières d'un royaume ancien. Elles pourront confirmer mes dires.

J'ai perdu la bataille.

Comme nos concurrents de Caneliñas.

Et tous les autres.

Désormais, je ne peux plus que sombrer dans mon propre océan.

Je dériverai jusqu'aux îles de Cíes et de Sálvora. Au cap de Home, où j'avais emmené Plácido.

« C'est la force de ma terre », lui avais-je dit.

Jaime Valdés Lazariego, dont je suis la veuve, s'est éteint au printemps de 1978, emporté par ces tremblements que j'avais remarqués lorsque j'étais rentrée épuisée de Madrid, sans trouver le courage de lui avouer que j'aimais un autre homme.

Mon mari m'a prouvé que l'on peut vivre toute une vie en tremblant.

Comme sa mère, il a voulu s'aliter dans la chambre à la galerie vitrée. Je l'ai bordé et lui ai tenu la main.

« Tu vas beaucoup me manquer, a-t-il murmuré.

— Tu aurais pu me le dire plus tôt, lui ai-je répondu. »

Je vais au cimetière avec des roses que je coupe moi-même dans les jardins du manoir. Personne ne s'étonne de m'y voir tous les jours à la même heure.

— Ai vai Clariña. Sempre leva pena.

— Non é pena. Ten ollos de loucura, disent les hommes.

— Que carallo saberás[30]? les corrigent les femmes.

Je les entends, mais je fais comme si de rien n'était : les fous ne mentent pas.

Elles ont toujours pris soin de moi depuis la mort de mes frères.

30. « Ah, voilà Clarita. Elle a toujours l'air triste./– Ce n'est pas de la tristesse. Elle a des yeux de folle./– Qu'est-ce que tu peux bien en savoir ? »

Leopoldo nous a quittés en juillet dernier, à l'âge de soixante-dix-huit ans. Je savais déjà que La Deslumbrante était condamnée.

Le moratoire interdisant la chasse à la baleine nous a porté le coup de grâce.

L'entreprise est au bord de la faillite.

Pourtant, nous avons tenté de tenir bon.

Nous avons négocié avec les ouvriers.

Nous avons parlé avec les politiciens.

Rien n'y a fait.

Ma demi-sœur, Catalina Valdés Comesaña, vit toujours dans l'hacienda de General de Madariaga.

Mais elle n'a plus aucun souvenir.

Elle ne sait plus qui elle est.

Ni qui elle a été.

« C'est une chance », dis-je à ceux qui l'ont connue, qui l'ont vue partir et me demandent encore de ses nouvelles.

Il ne reste donc plus que moi.

Clara. Tout court.

Je suis la dernière des occupants du Pazo d'Espíritu Santo.

J'ai survécu aux tempêtes.

Et aux mensonges.

Seuls Plácido Carjaval et une femme privée de mémoire connaissent la vérité.

« C'est le seul chemin… m'avait-il dit à Madrid.

— … qui vaille la peine d'être emprunté », lui dis-je en marchant, mes roses à la main.

Mon heure ne devrait plus tarder.

J'ai hérité de l'opiniâtreté de doña Inés jusque dans mon entêtement à vouloir mourir.

Et je ne veux pas assister à la fermeture de La Deslumbrante.

J'ai rédigé de ma main vingt-neuf carnets intitulés « Journal amoureux ». Ils sont numérotés et classés par date.

Si vous veniez à les trouver quand je ne serai plus là, lisez-les et faites revivre mon histoire à travers vos mots.

Et celle de doña Inés et don Gustavo.

Celle de Jaime, de Leopoldo et de Catalina.

Celle de Celso.

Celle d'Inesita, qui n'est pas morte puisqu'elle n'a pas vécu.

Celle de Renata, de Domingo, de Limita, de María Elena.

Et celle d'Isabela, qui a inauguré notre caveau.

Celle de Plácido aussi, le seul homme qui m'ait rendue heureuse et appris ce qu'était le bonheur.

Ni gravez mon prénom dans la pierre.

Ni mes patronymes.

Afin de ne mentir à personne.

Et de ne pas trahir la vérité.

REMERCIEMENTS

Avant de refermer ce livre, j'aimerais ajouter ces quelques remerciements.

À toutes celles et tous ceux qui ont parcouru les pages de ce roman : merci pour votre patience et vos efforts.

Pour être honnête, je n'ai jamais bien su où m'emmènerait l'histoire de doña Inés, de Clara et de Catalina. Où m'entraîneraient leurs amours contrariées, qui m'ont parfois fendu le cœur à moi aussi.

Trois années ont passé depuis que j'ai commencé à écrire, guidée par cette seule mission.

Écrire.

Écrire.

Et écrire encore.

Entre-temps j'ai lu, je me suis rendue en Galice et me suis imprégnée de toutes ces histoires de femmes qui sont restées anonymes. Inconnues et ignorées. Ouvrières, âmes solitaires dans les ports et sur les quais. Peut-être ces pages n'ont-elles d'autre but que rendre hommage à ces femmes-là.

À leurs larmes.

À leurs mains ridées.

Et à leurs peines.

Je tiens également à remercier le museo Anfaco[31] de la industria Conservera de Vigo pour son travail beau et délicat.

Merci à Celestino Vieitez pour son monumental travail de documentation sur le naufrage du *Santa Isabel* dans son livre *El Titanic de las costas españolas.*

Aux journaux *ABC, El Faro de Vigo* et *La Voz de Galicia,* mémoire à l'encre de notre histoire.

À Bobby Fernández de Bobadilla pour m'avoir généreusement confié l'histoire de sa mère. La vie de doña Inés est empreinte de la sienne.

Chaque source à laquelle j'ai puisé a étanché ma soif et m'a permis d'arriver jusqu'ici.

Enfin, une fois encore, merci à mes fils Iago et Gonzalo, qui continuent de grandir sans tout à fait s'habituer à mes absences.

31. Association nationale des fabricants de conserves de poissons et de coquillages.

La communauté Charleston a aimé !

Chez Charleston, nous sommes convaincus que loin d'être une aventure solitaire, la lecture est une invitation au partage. Nous échangeons constamment avec nos lecteurs et lectrices, et nous sommes fiers de la belle communauté d'amoureux des livres que nous formons tous ensemble. Chaque année, nous choisissons au sein de cette communauté vingt lectrices et lecteurs qui nous accompagnent tout au long de l'année et découvrent nos romans en avant-première. Voici leurs avis !

J'ai été captivée par l'évolution des personnages, par la richesse de l'intrigue et par la profondeur des thèmes abordés. Un roman puissant, un hymne féministe, un coup de cœur absolu.

@flora_bouquine

Une fresque familiale immersive, portée par des personnages complexes et un cadre envoûtant. L'Espagne du début du xxe siècle y est magnifiquement retranscrite, entre traditions, inégalités sociales et intrigues domestiques. L'écriture est fluide et immersive, avec une vraie finesse psychologique !

@teabooksandyou

Mon cœur a vibré par moments, s'est réchauffé à d'autres. Si vous aimez les secrets de famille, de destins brisés, ancrés dans un contexte historique fort, ce roman est fait pour vous !

@pickbooks

Cette histoire m'a happée. Sonsoles Ónega nous plonge dans un demi-siècle d'histoire entre la Galice et Cuba, à travers des destins de femmes de toutes classes sociales. Un hommage vibrant à la force et à la persévérance des femmes espagnoles.

@folle_delivres

Coup de cœur pour ces femmes fortes et résilientes qui tiennent en main les rênes de leurs destinées dans un monde régi par les hommes.

@lavieenlivresdefrancoise

J'ai adoré découvrir Inés, Clara et Catalina et les suivre tout au long de leur vie. Leur histoire m'a bouleversée. Ce roman est si bien écrit qu'il se dévore, cette histoire est captivante, totalement addictive !

@petitsinstantsdelecture

Une histoire pleine d'amour, de mensonges et de colère. Une plume contemplative et cinématographique qui m'a réellement accrochée !

@meslecturescosy

Cet ouvrage a été imprimé en utilisant des papiers composés de fibres naturelles, renouvelables, recyclables et fabriquées à partir de bois issus de forêts qui adoptent un système d'aménagement durable. En outre, les fournisseurs de papier s'inscrivent dans une démarche de certification environnementale reconnue.

IMPRIM'VERT®

Achevé d'imprimer en avril 2025
par CPI Bussière
À Saint-Amand-Montrond (18)
Dépôt légal : mai 2025
N° d'impression : 2083449
Imprimé en France

L'imprimerie CPI Bussière est titulaire de la marque Imprim'Vert®